# Francisco Calcagno

# APONTE

Edición crítica, estudio introductorio y notas
*Francisco Morán*

 - STOCKCERO -

© Foreword, bibliography & notes © Francisco Morán
of this edition © Stockcero 2016
1st. Stockcero edition: 2016

ISBN: 978-1-934768-84-6

Library of Congress Control Number: 2016935344

Set in Linotype Granjon font family typeface
Printed in the United States of America on acid-free paper.

Published by Stockcero, Inc.
3785 N.W. 82nd Avenue
Doral, FL 33166
USA
stockcero@stockcero.com

www.stockcero.com

*Francisco Calcagno*

# Aponte

Francisco Calcagno

# Índice

## Aponte

### Tomo I

## TOMO II

## ANEXOS

# «Cabezas y otras decapitaciones»: Una introducción a la novela *Aponte*, de Francisco Calcagno

Francisco Morán, Southern Methodist University

## I. Apuntes introductorios a la compleja relación de Francisco Calcagno con los negros

Francisco Calcagno (1827-1903) fue pedagogo, periodista, traductor, antólogo, conferencista, biógrafo, ensayista, poeta y, sobre todo, prolífico novelista cubano. Nació en Güines, La Habana, y era hijo de un médico italiano. Llama la atención que por lo general, o solo se menciona al padre italiano de Calcagno, o se omite cualquier referencia a su *origen*.[1] Cualquier intento de averiguar el origen materno de Calcagno tropieza con un muro de silencio. El escritor mismo, narra un episodio de su infancia centrado en Doña Bárbara, que «era la señora que nos cuidaba a mi hermano y a mí, después que murió *nuestra madre*» (Calcagno 1893, 39) (énfasis añadido). Para no variar, la madre permanece innombrada. Esto se repite en otro recuerdo suyo —«El hombrecito enfermo»— donde dice: «Aun recuerdo... sí... yo era muy niño... mi madre hacía tiempo que no existía» (25). Más aún, Calcagno evoca a Doña Bárbara en un artículo que le dedica evocando también los cuidados que le prodigó en su infancia, pero no hace lo mismo con su madre.[2] No es, pues, aventurado

---

[1] Notamos lo primero en el excelente resumen bio-bibliográfico de Calcagno en el sitio *En Caribe, Enciclopedia de Historia y Cultura del Caribe*. Ver: http://www.encaribe.org/es/article/francisco-calcagno/1429. De aquí hemos tomado toda la información sobre Calcagno, a menos que en algún caso se indique lo contrario. En cuanto al silencio absoluto respecto a la familia de Calcagno, véase la «Síntesis biográfica» de Calcago en el sitio oficial cubano *EcuRed*: http://www.ecured.cu/Juan_Francisco_Calcagno_Monz%C3%B3n. Igualmente, en la entrada correspondiente a Calcagno del *Diccionario de la literatura cubana* de 1980 solo se menciona al padre italiano (I 172). También en el sitio MyHeritage, dedicado a la genealogía, solo se menciona al padre de Calcagno, y por si fuera poco, con su nombre y sus dos apellidos: Francisco Calcagno y Monti. Véase: https://www.myheritage.com/names/francisco_calcagno. Por otra parte, resulta notable la más que relativa falta de interés en la obra de Calcagno por parte de la crítica cubana.

[2] Ver: «Doña Bárbara» en *Recuerdos de antes de ayer* (1893 7-11).

sospechar ahí un ocultamiento, puesto que si se sabe quién fue el padre resulta poco menos que imposible que no se sepa nada de la madre. Sin embargo, esto podría explicarse en el caso de que la madre hubiera sido negra o mulata, una esclava –para ser más preciso– del padre de Calcagno. De haber sido así, es muy probable que éste hubiera decidido ocultar el asunto. Esto resulta todavía más plausible si recordamos que, por lo menos en dos de sus novelas –*Los crímenes de Concha* y *Aponte*; sobre todo en la última– un motivo de indiscutible ansiedad se origina precisamente en el peligro de la polución racial, de que el negro llegue a parecerse tanto al blanco que termine por *absorberlo*.[3]

Entre los libros de Calcagno se destacan: *Mesa revuelta* (1860 y 1863), *Escenas cubanas* (1863), *Calcañotipos o sea retratos a la pluma, por un nuevo sistema de mi invención* (1864) y *Poesías del negro esclavo Narciso Blanco* (1864), algunas de las cuales incluye en la antología *Poetas de color* (1878), pero, sobre todo, su ya famoso *Diccionario biográfico cubano* (Nueva York, 1878). Como puede apreciarse en estos títulos, Calcagno tuvo un especial interés en la cuestión racial, y con frecuencia se resalta su abolicionismo. Así, por ejemplo, en la página citada de *EcuRed*, y bajo el epígrafe «Ideales», leemos:

> Calcagno defendió con pasión la necesaria emancipación de los esclavos, y les dio la libertad a los suyos cuando los recibió en herencia, así como mantuvo *preocupación* por los que eran manumitidos, y planteó que había que *perfeccionarlos* mediante la educación y que recibieran *preparación* para la vida de hombres libres.
>
> Fue defensor del abolicionismo, y con el producto de su libro *Poetas de Color*, libertó a un esclavo. Debido a las guerras de liberación en Cuba, emigró a España, donde se estableció en Barcelona.

---

3  En su excelente discusión de la novela *Los crímenes de Concha*, Jorge Camacho nos dice que Concha, una antigua esclava y la protagonista de la novela había tenido un hijo «que fue vendido cuando era chico a un dulcero francés.» Camacho cita a Calcagno, que piensa que el francés «ignorante y desapercibido de las cosas de Cuba lo echó a perder porque le decía usted, le compraba zapatos y le toleraba el sombrero en su presencia» (*Los Crímenes* 75). En *Aponte*, el motivo del sombrero ocurre de manera casi idéntica. Del marqués de Represalia se dice que «[c]osa muy rara en su época, compadecía a los africanos y era indiscretísimo abolicionista, lo que constituía entonces la mayor de las excentricidades. Al hablar con un negro libre, empezaba por mandar o suplicar que se cubriera, pues era de ley que los de color, aun libres, hablaran al blanco más humilde con el sombrero en la mano» (*Aponte* 59). En ambos casos estamos ante lo mismo: un blanco que trata a un negro como su igual, al menos a través de gestos simbólicos como el tratamiento de usted, y de no descubrirse en presencia del blanco, por demás europeo –si bien en el caso de Represalias el asunto se complica– con lo cual se corre el peligro de quebrantar las jerarquías, de que el negro, en fin, comience a despertar a la idea, no solo de que puede tener los mismos derechos y prerrogativas del blanco, sino de que incluso las exija.

Criticó fuertemente la intervención yanqui y a las pretensiones ane-
xionistas del imperialismo (ob. cit.) (énfasis añadido).

Lo sorprendente es que, como ocurría con harta frecuencia –y no
solo en Cuba– los abolicionistas eran también racistas, lo cual se manifiesta en esta celebración acrítica del abolicionismo de Calcagno
que, desde la perspectiva del hombre blanco, solo puede concebir al
negro como un ser imperfecto –o lo que es lo mismo, negro– al que
además hay que preparar para que aprenda a vivir como hombre
libre. El racismo de esos ideales, que *Ecured* celebra, es la prueba más
palpable de la institucionalización de la discriminación que ahora el
Estado mismo supuestamente quiere eliminar con *debates*, como antes
con *decretos*. El racismo de Calcagno –respaldado por *EcuRed*– es el
de la variante que David T. Goldberg llama *historicista*, y que precisamente consiste en proponer que el negro puede avanzar, progresar,
que con el paso del tiempo la situación del negro mejora y este conquista más derechos. El problema, no obstante, es que, como afirma
Goldberg, el negro siempre está *llegando*, pero nunca *llega*, pues para
que esto ocurra tendría que convertirse en *blanco*.[4]

---

4   En *The Racial State* Goldberg expresa de este modo la distinción entre lo que él llama
dos tradiciones de racismo: el «naturalista» y el «historicista». El primero «representa
la lógica de fijar 'nativos' racialmente concebidos, en una condición prehistórica de puro
Ser, naturalmente incapaces de desarrollo, y por tanto de progreso histórico. El segundo,
explícita y auto-conscientemente da un carácter histórico a la caracterización racial, eleva
a los europeos y a su progenie (post-colonial) sobre los Otros primitivos y subdesarrollados
como una victoria de la Historia, del progreso histórico.» Goldberg nos dice que ambas
tradiciones pueden ser rastreadas casi a través de toda teorización y concepción racial,
marcando por ejemplo las diferencias a mediados del siglo XVI entre las afirmaciones
de Sepúlveda de la inherente esclavitud de los indios, y la insistencia de Las Casas en que
las almas de los indios podían salvarse» (Goldberg 43). La tradición naturalista es aquella
para la que el sujeto racializado es simplemente un salvaje, un bárbaro incapaz de auto-
gobierno, lo cual justifica la violencia empleada contra él. En cuanto a la historicista,
ahora ese Otro –sin dejar de ser tal, y justamente porque lo es– puede progresar, puede
avanzar como resultado de logros históricos respecto a la equidad. Finalmente, resulta
de la mayor importancia la aclaración que Goldberg introduce: «No debería pensarse,
sin embargo, que estoy afirmando que el historicista es relativamente más benigno (por
ser de alguna manera más 'progresista') que el modo naturalista de gobierno racial. Las
formas naturalistas, es cierto, tendían a ser más visceralmente viciosas y crueles, y las his-
toricistas más paternalistas. Pero por lo mismo, la naturalista tendía a ser más llana, des-
vergonzada y directa en lo concerniente a la presunción y compromiso racista, [y] el historicista ambiguo, ambivalente, en verdad hipócrita. Consecuentemente con el
naturalista las líneas de la batalla podían ser delineadas más directamente, mientras que
la tendencia historicista a la cortesía, al significado codificado (las implicaciones mismas
de 'progreso' tienden a esconder asunciones acerca de la inferioridad), y la tolerancia
como velo para la continua invocación del poder racial» (79) (Mi traducción). A menos
que se indique lo contrario ha de entenderse que éste será el caso de las que pudieran
seguir). Mi lectura de textos claves, y supuestamente anti-racistas de Martí, sacan a la luz
precisamente, lo que pudiera llamarse complicidad o colaboración de las modalidades
del racismo naturalista e historicista. Véanse, sobre todo: «'Mi raza' o José Martí, el racista

La antología de Calcagno *Poetas de color* suele mencionarse como ejemplo de sus ideales abolicionistas. No se olvide que *EcuRed* nos recuerda que «con el producto» de la venta de ese libro «liberó a un esclavo,» aunque sería más exacto decir que *compró* la libertad de un esclavo. Esto, por supuesto, no demerita el gesto, pero sí debe recordarnos que el gesto filantrópico, a pesar de sí mismo, al comprar la libertad *reinscribe* al esclavo en el régimen de la cosa. Lo que sucede con frecuencia es que los estudiosos suelen ver el paisaje a distancia, creyendo que lo abarcan todo. Pero, como ya se sabe, «el diablo está en el detalle». Así, por ejemplo, Calcagno simpatiza con Plácido, llegando a afirmar que su vida y su muerte es «la mancha más negra de nuestra historia política y literaria, el baldón más ignominioso que puede echarse en cara a las instituciones y a la tiranía de *otros tiempos*» (*Poetas* 5) (énfasis añadido). En primer lugar, la exaltación de Plácido comienza con un nosotros que lo reclama blanqueándolo, europeizándolo: «fue por su vida y penalidades *nuestro* Tasso, por su muerte *nuestro* Andrea Cheniér» (5). Por supuesto, Calcagno entra de lleno en la cuestión del origen incierto de Plácido, de los debates al respecto, y como es natural de la cuestión racial de ese origen. Sin embargo, en esta antología, de 1878, para Calcagno la tiranía es cosa del pasado, de *otros tiempos*. Él está de acuerdo, además, con la afirmación de muchos críticos de que Plácido «fue muchas veces el trovador pagado de los festines aristocráticos,» y se pregunta qué se podía pedir «al ser [...] que pertenecía a esa desgraciada clase que, por exigencias de la época, conservamos aun en el oscurantismo y la ignominia» (7). El pasado –«otros tiempos»– no había pasado, porque esos *otros tiempos*, eran también *la época*, el *presente* de Calcagno. Lo interesante, sin embargo, es que el *nosotros* no solo reconoce la opresión presente de «esa desgraciada clase,» sino que además la *justifica* como «exigencias de la época.» No menos significativo es la fijación de Calcagno con el sombrero como significante de la inferioridad racial. Así, nos dice ahora que Plácido, por ser mulato, «estaba obligado a hablar con el sombrero en la mano al último de los blancos» (8). ¿Cómo reconciliamos esta crítica con la que hace a su vez en la novela *Aponte* al

bueno» en http://martijinfinita.blogspot.com/2015/05/mi-raza-o-jose-marti-el-racista-bueno.html y Al lado, o detrás del negro: la justiciera 'tez de amo' de José Martí en http://martijinfinita.blogspot.com/2015_06_01_archive.html Igualmente me ocupé del asunto, lo mismo en relación con la mirada de Martí hacia los inmigrantes europeos que hacia los negros en *Martí, la justicia infinita* (2014)

marqués de Represalias, a quien el narrador llama «indiscretísimo abolicionista,» lo que unido a su compasión por los africanos «constituía entonces la mayor de las excentricidades.»[5] Puedo anticipar dos objeciones: primero, que por tratarse de una novela no hay que confundir autor con narrador, ni por tanto atribuirle al primero las ideas del segundo, y viceversa; segundo, que el *entonces* de la cita demuestra que Calcagno se refiere específicamente al año de la llamada conspiración de Aponte: 1812. Lo primero, en el caso de Calcagno, es más que discutible. Camacho ha notado, acertadamente, la «estructura policial» de la novela de Calcagno *Los crímenes de Concha* (volveremos sobre este asunto). También insiste en el realismo intencional que el autor insufla a su novela: «Desde un inicio [...] la novela trata de afincar su credibilidad en la realidad histórica, intenta ser un testimonio de lo real y no meramente literatura.» Observa que «le hace creer al lector que los datos en que se basa los obtuvo de primera mano o se los contó alguien, cosa que le da al texto un fuerte respaldo testimonial y sociológico.» Dicha «ilusión de realidad,» como afirma Camacho, se apoya en la estructura policial de la novela y por «los datos histórico-sociológicos que aporta el autor sobre los esclavos y ñáñigos» (Camacho 164-5). Le anticipo al lector que lo que Camacho detectó en la mencionada novela llega a su paroxismo en *Aponte*, texto en el que *explícitamente* narrador y autor alcanzan una unidad simbiótica. Por otra parte, la referencia temporal –entonces– resulta no menos problemática que la relación entre autor y narrador en el caso de Calcagno. Aunque *Aponte* dista mucho de ser una novela perfecta desde el punto de vista de su escritura, su estructura narrativa es de una asombrosa modernidad, y siendo la última de Calcagno es, posiblemente, la mejor. A pesar de su rabioso racismo, hay que advertir. Por entre los pliegues de su defensa de Plácido uno puede sorprender, sin mucho esfuerzo, el puntillazo racista: «cayó sin saberlo evitar en la pocilga de los vicios» (*Poetas* 8). Qué *vicios* fueron esos, Calcagno no nos lo dice. Pero la imagen de Plácido aquí es la del mulato –y por extensión la del negro– fuera del raciocinio, privado de auto-control, fácil presa de los vicios, incapaz de distinguir lo moral de lo inmoral. Después de todo el juicio; o mejor, *encausamiento* moral del otro es una de las señales del racismo. Esto, más que cualquier otra cosa, mantiene una peligrosa cercanía entre las modalidades de racismo

---

5    Como recordará el lector ya abordamos este asunto en nota al pie.

«naturalista» y «racista»: «Hazlos abyectos, y no queda mucho para
prevenir su deshumanizado despido, su 'desalojo moral',» afirma
Goldberg (87).[6]

En la semblanza que le dedicó en *Cromitos cubanos* (1892), Manuel
de la Cruz trazó el ideal que Calcagno se había forjado de Cuba: «su
ideal es una *paz de oro*, un delirio de patriotismo generoso, la isla de
Cuba, por sus instituciones transformada en la *Helvecia del Nuevo
Mundo*, por la cultura de sus hijos en la *Grecia pedagógica* del mundo
moderno» (*Cromitos* 229) (énfasis nuestro). La Grecia nuestra siempre
resulta ser la otra: la blanca, la de mármol pentélico. En efecto, De la
Cruz comenta que Calcagno, «[a]bolicionista individual, sincero y
consecuente, ha ganado equívoca reputación: fue un filántropo me-
droso y calculista, no un verdadero abolicionista.» Cabría suponer
que, dada la afirmación inicial de De la Cruz, éste se distancia de ese
equívoco. Pero, en lugar de esto, no hace sino echarle leña al fuego:
«En 1883 preveía, por culpa de la abolición que iba a consumarse, horrendos cataclismos sociales. Su plan de abolición consistía en domiciliar en cada ingenio, en cada sitio, en cada vega, un sacerdote y un
maestro de escuela, y declarar ciudadanos, con mucha cautela, a los
más aventajados en religión y letras» (230). Antes de proseguir, tome
nota el lector de esa fecha y no la olvide: 1883. Si en la afirmación de

---

6   Si no bastaran los ejemplos que he mencionado, veamos uno más. Calcagno llega final-
    mente al proceso de La Escalera que condenó a Plácido a ser ejecutado. Hay varias cosas
    que ameritan nuestra atención. Al referirse a esto, Calcagno expresa que «[n]o tratamos
    de arrojar baldón sobre *nadie*, sino sobre la *época*» (énfasis añadido). El autor agrega que
    «casi todos los fiscales de la Comisión [...] estaban habituados a ver el sufrimiento de la
    raza negra.» No veo como sea posible negar que aquí se justifica el proceder de los fiscales
    en virtud del hábito represor; sobre todo porque antes Calcagno nos ha dicho, explícita-
    mente, que no quiere culpar a nadie, sino a la época. Convenientemente olvida que la re-
    presión no la sufrió la época, sino sobre todo negros y mulatos, o sea, *alguien*. Y que fue
    *alguien* también los que dictaron y ejecutaron las sentencias; los que arrancaron confe-
    siones mediante la tortura. Pero para Calcagno eso es cosa de *otros tiempos*: «*Ensalcemos
    la época actual*, que reprueba aquellos horrores y quiere alzar del polvo al oprimido. *Hoy*
    que halaga a nuestros corazones la esperanza de mejores días, *hoy* que nos alienta el deseo
    de *reformar, de aniquilar* una institución inicua [...], olvidemos aquellos días de infamia,
    no corramos el tupido velo que cubre ese sangriento cuadro» (*Poetas* 10) (énfasis añadido).
    Hay que decir que, a pesar de su exhortación al olvido, Calcagno hace recordar al lector,
    en detalle, muchas de las atrocidades que se cometieron. Pero no menos importante – in-
    cluso revelador – resulta el pasaje de reformar, aniquilar la esclavitud. Es decir, en 1878
    – la época que Calcagno ensalza – no se pide el fin de la esclavitud, sino primero su re-
    forma, y luego - ¿al cabo de cuánto tiempo? – su aniquilación. El hecho mismo de que
    Calcagno se complazca en celebrar esa época que, como el lector supondrá, los esclavos
    no podían con la misma complacencia, deja ver a las claras no solo la proximidad, sino
    también, como ya hemos dicho – siguiendo a Goldberg – entre las dos modalidades de
    racismo. Calcagno elogia los progresos, el avance histórico, en plena vigencia del sistema
    esclavista.

Manuel de la Cruz se muestra, sin ningún equívoco, el odioso racismo del ideal abolicionista de Calcagno, no vaya a pensarse que el propio De la Cruz, aeda de hazañas mambisas, le iba muy a la zaga.[7] Pero si

---

7    Así lo vemos referirse al «constante espectáculo e inevitable comercio con razas que están en la infancia de su desarrollo o en la última etapa de una decadencia paralizada, como la africana y la semita» (*Cromitos* 230). Resulta significativo que la semblanza de Calcagno se convierte prácticamente en examen del abolicionismo. Muchos fueron abolicionistas, dice De la Cruz, «medio puesto en acción para el medro y la fama,» mientras que otros liberales «tronaban contra el patronato y esperaban, como a un Ante-Cristo, el decreto que los privase de la explotación de sus patrocinados» (231). Hubo otros, a los que llama fanáticos *emancipistas*, «que fueron abolicionistas en el período álgido de la esclavitud, con desinterés absoluto, por puro espíritu de justicia.» A ese grupo pertenece Rafael María de Labra, «que con su infatigable propaganda se ha hecho una pirámide humana de negros de todas las tribus, de expósitos de todas las inclusas, de proletarios de todas las naciones, surgiendo su figura en la cúspide de la pirámide, a la admiración excesiva de sus idólatras, a igual altura que la de los grandes redentores de la humanidad» (231). Este último grupo que sugiere la simpatía de Manuel de la Cruz por él, aparece no obstante, caracterizado de manera ambivalente, coloreado incluso por una mirada racista. Al mismo tiempo, la caracterización de Labra colocado sobre la pirámide de todos los emancipados curiosa y paradójicamente lo reinscribe como amo de ellos y como un humanitario egoísta. Lo que sí es preciso reconocer es la manera en que Manuel de la Cruz deja al descubierto la hipocresía de muchos de los que, como Saco, se opusieron a la trata, pero no a la esclavitud; y sobre todo —y su lectura aquí es no solo acertada, sino de una lucidez pasmosa– del contubernio entre esclavismo y anexionismo, por un lado, y la causa independentista y el esclavismo, por el otro. Esto no quiere decir que los pruritos racistas del propio De la Cruz han desaparecido, sino que al manifestarse nos permiten ver su complejidad y su arraigo en la conciencia criolla. Vale la pena citarlo en extenso: «*Hasta la víspera de la insurrección de Yara hubo entre los representativos cubanos más enemigos de la trata de negros que de la esclavitud en sí*, y esta faz, esencialmente práctica y egoísta desde el punto de vista de los intereses de la raza, se encarna en José Antonio Saco. Es aquel el predominio de la reflexión, que no excluye y que convive con la expresión del sentimiento, que tiene por verbo el lirismo de nuestro primer poeta político. En los períodos sucesivos, desde el bajalato de Tacón, el tozudo fugitivo de Popayán, hasta que Pintó expira en el cadalso, como un mártir equívoco del anexionismo, *perdura el odio al comercio de esclavos en contubernio con el amor a la conservación de la propiedad del hombre negro*: entonces *el revolucionario era, ante todo, un esclavista, y la tendencia anexionista era una especie de liberto que buscaba el amparo del amo más poderoso*. El abolicionismo, obscuro y vago, vive en la poética región de lirismo, o se desliza, taimado y sutil, en las enseñanzas de nuestros ilustres educadores. Algunos próceres, como *Luz*, al igual que Washington, *emancipan sus esclavos en el lecho de muerte*. En la Junta de Información, *los delegados del pueblo cubano descargan sus iras contra el pirata de la costa de África, y votan unánimes por la abolición gradual de la esclavitud*, en tanto que los delegados puertorriqueños Ruíz Belvis, Acosta y Quiñones, con insólita audacia, demandaron la abolición inmediata, sin trabas ni cortapisas para el redimido. En plena revolución, Carlos Manuel de Céspedes, el caudillo de la naciente República, lucha con tenacidad para conservar la esclavitud, en medio las sacudidas y renovaciones que él había hecho estallar con su osadía, y si más tarde, vencido al fin por la tendencia radical, puso su firma al pie del decreto de redención votado por unanimidad en la Asamblea soberana de Guáimaro, *lo hizo a pesar suyo*, convencido que sacrificaba preciosas ventajas en el ara de un sentimentalismo romántico. Pero esta legión de *reflexivos y de prudentes*, muchos de ellos, como Céspedes, abolicionistas de corazón, procedían como *hombres prácticos* no abordando el problema de frente, y confiando al tiempo y a la evolución su resolución definitiva; y al mismo tiempo, aborreciendo la trata, la invasión de la barbarie, querían impedir la africanización del país, y representaban, frente al gobierno, la burocracia y la oligarquía, la tendencia más avanzada, más humana y más patriótica» (233-34) (énfasis añadido). Las contradicciones son obvias. Céspedes se opone tenazmente a la abolición, pero era abolicionista de corazón. Habría que preguntarle a De la Cruz cómo se las arregló para

uno repasa la lectura que, en 1983 –es decir, a un siglo exacto de las ideas «abolicionistas» que según Manuel de la Cruz sostenía Calcagno por aquel entonces– hace Roberto Friol de la cuestión racial en el autor de *En busca del eslabón* (1888), no puede menos que arribar a una –o a ambas– de estas conclusiones, a saber; o Friol nos resulta demasiado ingenuo, o francamente racista. Admitiré que me inclino por lo segundo. Veamos, entonces, lo que comenta Friol:

> *algunos de los sabios cubanos del siglo XIX poseían esclavos y hacían insertar anuncios en los periódicos para que se les capturase cuando se fugaban. Esa era la costumbre, y no hay por qué enjuiciarlos fuera de su circunstancia témporo-espacial.* Como tampoco hay que enjuiciar a Calcagno fuera de la suya, *ni confundir su pensar con el de sus personajes. Estaba muy lejos de creer*, como Stanley, *que el negro no es el hombre.* Sobre este punto ironiza más de una vez en el libro (énfasis añadido).[8]
>
> Las relaciones de Calcagno con el negro *son complejas. Se sabe* de su antiesclavismo permanente.... *Se sabe* de su preocupación por los esclavos manumitidos, y *más de una vez se preguntó si se hacía bien liberándolos antes de prepararlos para la vida del hombre libre. Se sabe que creía en el perfeccionamiento del negro mediante la educación....* *Se sabe* de su defensa del abolicionista dueño de esclavos, del cual era ejemplo su amigo Anselmo Suárez y Romero. *Se sabe* que, como los otros miembros de la Sociedad Antropológica de la Isla de Cuba de su tiempo, *consideraba que existían razas superiores y razas inferiores a las últimas de las cuales pertenecía el negro* (Roberto Friol, 14)

La idea misma de que «algunos de los sabios cubanos» que tenían esclavos fugados insertaban anuncios ofreciendo recompensa naturalmente –aunque Friol no lo mencione– puede justificarse porque «esa era la costumbre,» y no podemos por tanto juzgarlos desde nuestra época, es de un racismo tan odioso como de la más elemental falta de sentido común. ¿Cree Friol, de verdad lo cree, que aquellos negros cazados como animales, que aquellos negros que «poseían al-

---

hurgar en el corazón de Céspedes. Para él, además, esos hombres *prácticos* –es decir, como Saco, a quien tacha de egoísta– que querían impedir «la invasión de la barbarie» y la «africanización del país,» según Manuel de la Cruz representaban «la tendencia más avanzada, más humana y más patriótica.» Creo que sobran las palabras. El autor no vacila incluso en llamar a Hernán Cortés «la más humana y hermosa figura de conquistador español» (238).

8    Friol se refiere a *En busca del eslabón*, y la cita que incluimos aquí está tomada del prólogo que escribió para la re-edición cubana de 1983. Resulta llamativo que Friol, en lugar de decir que Calcago estaba muy lejos de creer que *el negro no es un hombre*, escriba que *el negro no es el hombre*. La frase parece quedar colgando: el hombre... ¿qué?

gunos de los sabios cubanos» del siglo XIX, habrían quedado satisfechos con una explicación tan burda? Incluso el hecho de que pase por encima, sin examinarla en lo más mínimo, la pregunta que *se hacía* Calcagno de si debía liberar o no a sus esclavos, es una evidencia contundente del racismo apuntado. ¿Por qué Calcagno no se liberaba de esa duda y les preguntaba a los esclavos? Y ya hemos visto que detrás de la idea abolicionista de *perfeccionar* al negro mediante la educación –lo que Goldberg llama «racismo historicista»– se afirmaba, de manera bastante inequívoca, la *inferioridad* del negro. Y en efecto, Friol reconoce que para Calcagno los negros pertenecían a las *razas inferiores*. Por otra parte, en cuanto a ese «se sabe» de la amistad de Calcagno con el abolicionista Suárez y Romero, aparte de que el mismo Friol sabía que éste era *dueño de esclavos*, conviene recordar lo que nos dice Manuel Moreno Fraginals en *El Ingenio*:

> Anselmo Suarez y Romero, escritor romántico y dueño de esclavos, para quien el ingenio no era una referencia literaria sino un negocio y espectáculo cotidiano, dejó esta breve pero excepcional descripción de las esclavas: «de esas negras puede decirse que no descansan ni los domingos ni los días de fiesta; esas negras parece que son hechas de hierro. Porque no dormir más que cinco horas durante la molienda, levantarse cuando aún no piensan lucir los primeros resplandores de la mañana, y estarse metidas, sin más tregua que el raro del mediodía en que vienen a comer a las casas, entre los cañaverales, tumbando caña al sol, al sol derretidor de los trópicos, y en medio de esto, si cae un aguacero, aguantando agua, y en invierno, el frío que en los campos y a los africanos penetra hasta los huesos, y luego el domingo y los días de fiesta dar de mamar al hijo, lavar y coser la ropa, guisar la comida... ¡Yo no sé, yo no sé cómo tienen resistencia para tanto! Y con todo, amigo, lo creeras?, andan siempre alegres, el rostro placentero, no tienen aquella gravedad que tienen de ordinario los negros y rara vez se les ve desesperadas, quitarse la vida ahorcándose, Por eso dicen los mayorales que las negras son de más resistencia, y de más constancia en el trabajo que los hombres, y lo atribuyen a ser de mejor temple por su naturaleza física: pero los mayorales, como es natural, no pueden penetrar en el fondo de las cosas...» (Moreno Fraginals 2014, 39).[9]

---

9    En otra parte Moreno Fraginals elabora más al respecto: «La literatura criolla tuvo uno

De aquí que la afirmación de Friol de que «[l]as relaciones de Calcagno con el negro *son complejas*,» no es otra cosa que un ejemplo – entre muchos otros que podrían mencionarse– de cómo la crítica literaria, e incluso la historiografía han realizado un trabajo eficiente en la institucionalización del racismo en Cuba.[10]

## II. EL «CROMITO» DE MANUEL DE LA CRUZ: CALCAGNO, «BIÓGRAFO A LA ANTIGUA»

... Regresando al cromito sobre Calcagno, éste se enfoca en una crítica mordaz, demoledora incluso del *Diccionario*, justamente la obra más popular del autor. Lo que me interesa aquí no es sopesar el juicio crítico de Manuel de la Cruz, sino más bien llamar la atención sobre un aspecto de esa crítica, y que estimo crucial a la hora de acercarnos a la obra de Calcagno, y especialmente, como se verá más adelante, a su novela *Aponte*. Dice De la Cruz que «[p]or la índole de sus lucubraciones, por el carácter de su estilo, por los temas de su predilección, Calcagno resulta un biógrafo a la antigua, un escritor adecuado para escribir biografías cuando estas eran sencillas narraciones, pequeñas crónicas personales» (*Cromitos* 237-38). En este comentario aparece un Calcagno cronista, biógrafo; o sea, un historiador y un narrador. Sabemos que la historia narra, desde luego, pero la observación de Manuel de la Cruz trae a la mente la tensión entre his-

---

de sus primeros frutos en *Francisco o las delicias del campo*, novela escrita por Anselmo Suárez y Romero a instancias de Del Monte. Fue Suárez y Romero un escritor cuyo padre, a quien dieran por apodo El Mulón, había sido un sangriento policía de los gobiernos coloniales y dejó a sus hijos, como herencia, el ingenio «Surinam» en el valle de Güines […] Para escribir *Francisco* no tuvo que hacer otra cosa que sentarse en la casa de vivienda de su ingenio, tomar un argumento amoroso a lo Silvio Pellico (estaba de moda en La Habana ) y suponer que ocurría en el paisaje, azucarero que tenía a la vista. La trama, amores entre Dorotea y Francisco, así como otros personajes negros […] son completamente falsos […]. Los personajes blancos son de gran realismo […]. El autor, su promotor Del Monte, y sus amigos literarios de entonces […], fueron siempre conscientes, y lo confiesan en su correspondencia, de la falsedad de los negros Francisco y Dorotea, pero justificaron esta distorsión de la realidad como mecanismo literario que servía para exponer la corrupción de la sociedad blanca esclavista. Añade Moreno Fraginals que Suárez y Romero «leyó su novela en numerosas tertulias y, según fuentes fidedignas, hizo derramar abundantes lágrimas a los oyentes. Lo cual provocó una violenta polémica cuando Enrique Piñeyro, desde la revista *El Ateneo*, lanzó públicamente la acusación de esclavistas al autor y a los conmovidos tertulianos. Quedaba así al descubierto, por los propios contemporáneos, la radical falsedad del antiesclavismo literario de los amos de esclavos» (Moreno Fraginals 2002, 194).

10 Esta será la tesis de mi próximo estudio, y en el que abordaré no solo la cuestión racial, sino también, su hermano gemelo: el anexionismo.

toria y sociología por un lado, y narración literaria, por el otro, que ya ha observado Camacho. Para De la Cruz, se trata de una tendencia

> que en serie sucesiva y ordenada va a culminar en la filosofía de la historia, [y que procura] someter a examen y a tortura el testimonio de los principales cronistas, entresacar biografías, rehacer una historia narrativa del descubrimiento y la conquista con los materiales dispersos en esas memorias heterogéneas de testigos más o menos veraces, llevar a cabo, en una palabra, según la ley de división del trabajo humano, la labor ordenada y sistemática del organizador y el analista para que el crítico pueda en su sazón elaborar su síntesis (239-40).

Las biografías del *Diccionario* vendrían a ser, pues, una mezcla heterogénea y anárquica de historia y ficción, de lo que resulta una narrativa *más o menos* veraz. La violencia de la intervención autorial queda marcada por su *modus operandi*: *examen* y *tortura*. Lo que mejor resume la crítica de Manuel de la Cruz es lo que dice de Bachiller y Morales, que fue, según él, el modelo de Calcagno:

> devoró, infatigable y febril, bibliotecas enteras, formando abigarrados rimeros de datos, noticias y fechas; no hubo obra que tuviese próxima o remota relación con sus planes que escapase a su mirada pesquisidora; pero cuando llegó el momento de arrojar la escoria y aventar la hojarasca, como el paciente investigador no era un analista, ni un crítico, todo lo confundió y embrolló, mezclándolo con impericia de niño a quien se confiara la clasificación de un archivo (240).

Ambos, pues, Bachiller y Morales, y Calcagno, se caracterizan por la avidez erudita, el acopio de datos, de información indiscriminada, pero incapaces de manejar todo ese caudal, no pueden llegar a la síntesis, al análisis crítico que exige hacer los distingos, creando así un embrollo con —repitamos la imagen— «impericia de niño a quien se confiara la clasificación de un archivo.» Además de la irresponsabilidad, la falta de orden y la desorganización que introduce el niño nada más y nada menos que en la institución clasificadora y jerarquizadora por excelencia —el archivo— está también, y quizá sobre todo, el elemento lúdico, de juego, que permite recombinar, «entresacar,» «rehacer,» como decía Manuel de la Cruz; o para decirlo de otro modo, *reinventar* el archivo. Irónicamente, tal como lo ha visto Agnes Lugo-Ortiz, Manuel Sanguily censurará en Manuel de la Cruz —a propósito de *Los episodios de la revolución cubana* (1890)— su manera de «entramar la verdad histórica, las estrategias discursivas que acercaban el relato histórico la ficción, su contaminación (no especialización) retórica. La cita de Sanguily, a quien Lugo-Ortiz llama «el más severo de los críticos de Cruz» no fallará en evocar en el lector, casi literalmente, lo que esté último le había criticado con dureza a Calcagno. Dice Sanguily: [Manuel de la Cruz] «[r]ecogió sus noticias entre insurrectos, es decir, los mismos actores, y luego aplicó él su lente para no ver más que caballos como mastodontes y hombres como el habitante de Sirio…» (citado por Lugo-Ortiz, 189).

En *Aponte* observamos igualmente el entramado de historia y ficción, así como citas textuales de periódicos habaneros, constantes comparaciones de las costumbres y hasta de los avances tecnológicos entre los de la época del narrador y los de 1812. Significativamente, en un baile de máscaras en el teatro Principal coinciden, por un lado, el Capitán General Someruelos, algunos de los miembros de la aristocracia habanera de aquellos tiempos; y, por el otro, personajes ficticios como el marqués de Represalias y Juan Pérez. Este entramado —y no está de más que insistamos en ello— está al servicio de una estrategia política evidentemente racista. Como habrá intuido el lector, el título mismo funciona como deíctico de la *historia* —la rebelión de José Antonio *Aponte*—, al mismo tiempo que el texto *novela* la *historia*. Diremos entonces que si la trama novelesca re-escribe la historia, la sobre-escribe; también, como ya hemos dicho, la historia novela, y es en este nudo historia-ficción-historia donde radican en última instancia las propuestas racistas y políticas de Calcagno. Desde el punto de vista narrativo, estrictamente hablando, *Aponte* despliega la habilidad narrativa de Calcagno, tanto como la chapucería de su estilo. Cuando José Luciano Franco escribió que *Aponte*, «novela histórica, no [era] muy buena por cierto» tenía razón, pero *solo* hasta cierto punto. (Franco 21).

En la novela *Aponte*, las referencias a la historia de la rebelión de esclavos de 1812, y sobre todo a José Antonio Aponte, constituyen tanto el trasfondo de la trama como lo que la impulsa y le da sentido. Dicho de otra manera, el lector podría sorprenderse, y hasta confundirse, por las alusiones y comentarios sobre la rebelión que simplemente unas veces se mencionan de pasada, en otras brilla por su ausencia, y en otras adquiere un lugar prominente. La rebelión, pues, aparece y desaparece constantemente; o eso *parece*.

## III. La rebelión de Aponte

Pero antes de continuar quiero, a *grosso modo*, ubicar al lector en el hecho histórico en que se basa *Aponte*.[11]

Desde fines del siglo XVIII ya habían ocurrido sublevaciones de esclavos. En 1795 se produjo una en la hacienda Cuatro Compañeros en Santa Cruz del Sur (Camagüey). La represión que siguió fue tal que no sobrevivió ninguno de los esclavos que tomaron parte en ella. También el 11 de junio de 1798 los esclavos del ingenio azucarero de D. Manuel N. de Agramonte –mayormente de origen carabalí– se sublevaron y les dieron muerte a los mayorales, así como a los de las fincas más próximas. Dice José Luciano Franco que «las milicias blancas enviadas para dominarlos *hicieron una espantosa carnicería* (Franco 11) (énfasis en el original). A pesar de esto, en diciembre de 1798 se alzaron los esclavos de Trinidad, mientras que en agosto y octubre de 1799 se sublevaron los esclavos de los ingenios Peñalver, Calvo de la Puerta y Ponce de León (Franco 12).

José Antonio Ponte era carpintero, hacía tallas en madera, algunas de carácter religioso. Residía en La Habana, en el barrio de Guadalupe,[12] en una casa muy pobre, donde tenía su taller, y que estaba cerca de la Calzada San Luis Gonzaga, hoy Carlos III.[13] Estaba casado y tenía 6 hijos (Franco 23). También poseía una pequeña biblioteca. Había sido Cabo primero de las milicias habaneras, en el Batallón de Morenos, y estaba retirado, con el pretexto de la edad, pero según Franco, «sus relaciones con el capitán Bassabe, aun cuando no aparecían cargos contra él, lo había hecho sospechar de su fidelidad a España» (Franco 24).[14]

---

11    El lector interesado en la rebelión de Aponte puede consultar, en primer lugar, el punto de partida –ya un clásico– del que parten todos los historiadores: el estudio *La conspiración de Aponte* (1963), de José Luciano Franco, además de *La rebelión de Aponte de 1812 en Cuba y la lucha contra la esclavitud Atlántica*, de Matt D. Childs (2011). Resulta de singular importancia en este sentido la observación de Childs de que, desde la aparición de la investigación de Franco, y hasta la suya, «*ningún otro investigador* se ha concentrado exclusivamente en la rebelión de Aponte o ha trabajado en los documentos pertinentes de los archivos cubanos» (Childs 27) (énfasis añadido). Nos referiremos a la traducción cubana, puesto que el libro se publicó primero en inglés en 2006. Nos apoyaremos en estos autores para narrar, de manera sintética, y sin otra pretensión que la informativa, los hechos principales de la rebelión de Aponte. Toda la información que aportemos, citada textualmente o no, ha sido tomada de Franco y de Childs. En cada caso lo especificaremos.

12    Childs, 78.

13    En la época en que escribe Franco. Luego pasó a llamarse Avenida Salvador Allende.

14    Cuando en 1809 el Capitán General, Marqués de Someruelos, decretó una medida eco-

La primera batalla de la rebelión de Aponte en 1812, nos dice Childs, «ocurrió en una región donde había crecido el sentimiento de alarma por la resistencia del negro.» Esa región era Puerto Príncipe (Camagüey). Allí fue relocalizada, como consecuencia de la revolución haitiana, la Audiencia de Santo Domingo. Los recién llegados de Santo Domingo «cargaron con ellos el temor y el terror a las revoluciones esclavas.» Según Childs, entre 1791 y 1810 la población esclava de la región había experimentado un aumento de un 61%, lo cual, por supuesto, contribuyó a exacerbar el miedo (Childs 195).

En solo dos días, y comenzando el 15 de noviembre de 1812, «los esclavos y gente de población libre» se alzaron en cinco plantaciones, «todas localizadas dentro de un perímetro de cinco kilómetros de Puerto Príncipe.» Los esclavos se insurreccionaron primero en la hacienda Najasa, donde le dieron fuego a la casa del amo, mataron a tres blancos, y extendieron el levantamiento a las haciendas colindantes. Casi de inmediato se rebelaron los esclavos de la Daganal, donde le dieron muerte al mayoral. De allí siguieron a la San José y les dieron muerte a dos blancos. A estos alzamientos le siguió otro en la hacienda Montalván. En este lugar mataron a un blanco e hirieron a otro. Fue aquí donde la milicia local, el ejército, y los ciudadanos armados sofocaron la rebelión. «Los alzamientos,» continúa Childs, «habían sido planeados y organizados durante los fines de semana y los días de fiesta entre la Navidad y el Día de Reyes el 6 de enero» (Childs 194).

Las autoridades escenificaron la ejecución pública de aquellos que habían lidereado los alzamientos. El 29 de enero de 1812 «un grupo grande de ciudadanos se reunieron en la plaza central a fin de ver la ejecución en la horca de ocho rebeldes en una ceremonia que duró dos horas.» Y el 31 de enero fueron ejecutados otros dos esclavos, pero

---

nómica que en realidad prohibía el comercio con los Estados Unidos, los hacendados y comerciantes de La Habana elevaron al Ayuntamiento un memorial de protesta. Bassave fue uno de los firmantes. Estos, todos de familias ricas, «aparecieron complicados como dirigentes de un movimiento encaminado a lograr la independencia de Cuba, gestado entre los francmasones de una logia habanera» (Franco 18). Según Franco, Bassabe era un criollo blanco, habanero, Capitán de Milicias de Caballería, y pertenecía a la clase rica. Román de la Luz, otro de los implicados, los acusó «de malas costumbres y del vicio de la embriaguez, y que –cita Franco de una legajo del Archivo de Indias– 'convocaba y excitaba a los negros y mulatos y a la hez del pueblo para sublevarse…'» En efecto, Franco afirma que «[l]a tarea realmente revolucionaria y popular de la conspiración la llevó a cabo el Capitán Bassave.» Franco sugiere que en la acusación hecha contra Bassave figuraba que en sus gestiones conspirativas éste había reclutado a Aponte. Igualmente afirma Aponte «cooperó» en la conspiración y «confió plenamente» en Bassave, pero que «logró sustraerse al proceso y eludir las investigaciones» (Franco 18-18).

no por ahorcamiento como los otros, sino usando «una nueva máquina de administrar la muerte conocida por garrote,» pero como esto no bastó para matar a los esclavos, fueron fusilados. En total se ejecutaron 14 rebeldes, 170 –entre esclavos y gente de color libre– fueron arrestados, y muchos fueron encarcelados, azotados y desterrados (Childs 199).

Por otra parte, una rebelión que iba a estallar en Bayamo no llegó a ocurrir porque el 7 de febrero un esclavo alertó a su amo. Los interrogatorios hicieron concluir al teniente gobernador de Bayamo que los esclavos que se habían alzado en Puerto Príncipe estaban complotados con los de Bayamo. También éstos habían aprovechado los días festivos para organizar la rebelión. Childs añade que entre el 2 y el 4 de febrero «los esclavos y la gente de color libre cantaron varias canciones» en la fiesta de la Candelaria.» Durante la procesión por la ciudad, tanto los esclavos como la gente de color «habían cantado muchas veces:» «*dale fuego a Bayamo*» (Childs 203). Así, mucho antes de que a las fuerzas insurgentes de 1868 se les hubiera ocurrido, o hubieran soñado con incendiar Bayamo; mucho antes incluso de que se iniciara el movimiento insurreccional; y cuando las familias ilustres de la ciudad hubieran apoyado la liquidación de la resistencia negra –familias que se incorporarían a la revolución de 1868[15]– los negros, no los blancos, peleando por su propia libertad, estaban dispuestos a incendiar Bayamo. Pero a ese primer grito de *dale fuego a Bayamo* lo ahogó el mito nacional del Céspedes heroico dándoles la «libertad» a sus esclavos; y luego el no menos escenificado incendio de la ciudad que, dice la leyenda, apoyaron *todos* sus habitantes.[16]

El descubrimiento de la conspiración de Bayamo movilizó a las autoridades coloniales de toda la isla, y el miedo a las rebeliones de esclavos se extendió incluso al mundo atlántico (Childs 208-9).[17] Los te-

---

15 Una rama de los Agramonte se había establecido en Bayamo desde el siglo XVI, y otra rama en Puerto Príncipe. Y los Céspedes igualmente, desde el siglo XVII.

16 Refiere Antonio M. Alcover y Beltrán que: «Convencidos hasta la más absoluta evidencia los jefes cubanos de que toda resistencia era perfectamente inútil y por demás temeraria, se reunieron en consejo, en unión de los miembros del Ayuntamiento, celebrando con la precipitación que el caso demandaba una sesión plena. Después de una larga y meditada deliberación acerca de la gravedad de la situación y de los eminentes peligros que los amenazaban; sesión que duró hasta muy entrada la media noche, se acordó abandonar la posesión de Bayamo, pero antes entregando la ciudad entera al furor de las llamas, para que 'no diese abrigo a los odiosos invasores, ni los enriqueciese con sus despojos'» (81-2).

17 Childs afirma que pocos blancos estaban más aterrorizados que los de Holguín ante la posibilidad de un levantamiento de esclavos (210). El hecho no deja de ser relevante

mores, al parecer, no eran infundados. A finales de febrero de 1812 tres esclavos fugitivos de Puerto Príncipe fueron arrestados, y luego, el 11 de marzo, una esclava no identificada denunció los planes de alzamiento. Aunque la represión no se hizo esperar, Childs no pudo encontrar los detalles más importantes de dicha conspiración.[18] No pasó mucho tiempo antes de que La Habana misma se viera involucrada en la conspiración. En efecto, Childs comenta que justo cuando las autoridades coloniales desactivaban el patíbulo en Holguín, ya se estaba levantando otro en La Habana. Él agrega que «María de la Luz Sánchez, negra libre de etnia congo, le dijo a su antigua ama en febrero que dentro de poco esa tierra sería gobernada por los negros.» Igualmente, otro esclavo «les dijo a las autoridades judiciales el 10 de marzo que los esclavos de La Habana tenían discusiones acerca de la libertad y la rebelión.» Como era de esperar, el Capitán General Someruelos comenzó a investigar el asunto. Lo significativo es que en las dos primeras semanas de marzo de 1812, en La Habana «circulaban ampliamente noticias, historias y rumores de planes de levantamientos» (Childs 217). En la novela de Calcago uno de los personajes, Belisario, le pregunta a su amigo Alberto si no sabía «los planes del Cabecilla,» a lo que éste respondió con otra pregunta: «¿Quién los ignora?» El narrador comenta que «se hablaba *públicamente* de los descabellados planes del Cabecilla» (*Aponte* 124), nombre con el cual se designa a Aponte en la novela. Se queja incluso de que nadie hubiera escrito «del *asunto palpitante*, ni prosa ni verso» (130) (énfasis añadido).

Mientras tanto, muchos esclavos rebeldes se trasladaron clandestinamente desde La Habana a las plantaciones de las afueras para extender la rebelión. También ellos aprovecharon los días festivos para planear la insurrección (Childs 217-8). Entre los esclavos y personas libres de color que salieron de La Habana estaban Juan Barbier, Estanislao Aguilar, Juan Bautista Lisundia y Francisco Javier Pacheco (Childs 217-8). Pronto, sin embargo, el Capitán General empezó a reunir evidencias que alarmaron a los blancos de la ciudad. Un esclavo informó a las autoridades que tres hombres le habían preguntado si quería que lo incluyeran en un libro en el que estaban registrados los participantes de la rebelión. Le explicaron que iban a rebelarse

---

porque recuerdo que muchas veces escuché decir en Cuba que Holguín era la zona más racista de la isla.

18    Ver Childs, pág. 210-17.

«porque no podían seguir como esclavos.» También el calesero de Someruelos le informó a éste que un negro criollo le hizo una
proposición –como la que había reportado el esclavo antes aludido–
solo que el calesero especificó que en la lista había 200 nombres de
negros complotados para liberarse de sus amos y matarlos (Childs
219-20). Cuando estas denuncias se hicieron públicas, los planes de insurrección se apresuraron, y a pesar de que el 11 de marzo circuló la
noticia de la que la revuelta había sido frustrada, los rebeldes fueron
al campo para ponerla en marcha. Childs refiere que:

> El miliciano negro libre Francisco Javier Pacheco, más tarde in-
> formó que José Antonio Aponte pidió que él y otros fueran a las ha-
> ciendas. Juan Barbier, Clemente Chacón y Juan Bautista Lisundia
> declararon que Aponte escribió una carta en la cual describía el plan
> de rebelión, y les ordenó que la llevaran a las haciendas y la leyeran
> a los esclavos. Mientras que los líderes urbanos de la rebelión
> salieron de La Habana en secreto, los esclavos en las plantaciones
> sostuvieron reuniones para coordinar sus actividades. Más adelante,
> las autoridades se enteraron de que la reunión clave para la organi-
> zación de la rebelión había acontecido la noche del 15 de marzo de
> 1812 cuando los esclavos de varias plantaciones se reunieron para
> discutir el alzamiento (220).

Childs aventura la hipótesis de que tal vez la hacienda Peñas Altas
fue la seleccionada para iniciar la rebelión porque facilitaba la entrada
a los alojamientos de los esclavos sin que esto fuese notado. El 14 de
marzo Aguilar, Barbier, Lisundia y Tiburcio Peñalver consiguieron
que los esclavos de Peñas Altas se les unieran, y de inmediato quemaron y destruyeron la hacienda. Los rebeldes les dieron muerte al
técnico encargado de la refinación del azúcar, a sus dos hijos y al mayoral. Lisundia procedió a reunir a los esclavos y se dirigieron a las
haciendas más próximas. Intentaron así hacer lo mismo con las haciendas Trinidad, Santa Ana y Rosario. Pero los militares y los pobladores armados no permitieron que llegaran a Rosario. Los esclavos
marcharon entonces a Santa Ana, donde el ejército y los ciudadanos
armados pudieron frenarla exitosamente. Dispersados, los esclavos
rebeldes buscaron refugio en los campos, donde la mayor parte de
ellos fueron perseguidos, apresados, enjuiciados, castigados y ejecutados (Childs 220-22). Capturados Aponte, Chacón, Ternero y
Pacheco el 19 de marzo, la rebelión llegó a su fin. «En los dos meses

siguientes,» nos dice Childs, «los funcionarios coloniales arrestaron a más de 200 esclavos y personas de color libres, por lo que las prisiones de la Isla se llenaron rápidamente.» Asimismo añade que «Juan Ignacio Rendón, el principal juez a cargo de la investigación, más adelante declaró que debido a la severidad de los castigos, los esclavos y la gente de color libre volvieron a aprender el miedo y la sumisión a los blancos» (227-8). Vale recalcar que los castigos contaron con el apoyo de los representantes cubanos en las cortes de Cádiz.

El 7 de abril de 1812 el Capitán General Someruelos publicó un bando por el que se condenaba a muerte a José Antonio Aponte y a sus colaboradores más cercanos, expresa José Luciano Franco. Y añade: «En ese bando confiesa Someruelos que no hubo juicio en el proceso. Reunido con el oidor Rendón y D. Leonardo Delmonte acordaron los tres, en nombre del régimen esclavista, condenar a muerte a los presos» (Franco 52). Al lector cubano le resultará familiar sin dudas ese apellido –Delmonte– y sobre él volveremos enseguida.

El 9 de abril fueron ahorcados José Antonio Aponte, Clemente Chacón, Salvador Ternero, Juan Bautista Lisundia, Estanislao Aguilar, Juan Barbier, negros libres, y los esclavos del ingenio Peñas Altas, Esteban, Tomás y Joaquín Santa Cruz. Aponte fue luego decapitado y su cabeza, en una jaula de hierro, «se puso en exhibición en el lugar que forman las calzadas de Belascoaín y Carlos III, precisamente en la esquina donde se levanta hoy el edificio de la Gran Logia de la Isla de Cuba» (Franco 52). Meses más tarde, el 22 de octubre, el gobernador Ruiz de Apodaca –que había sustituido a Someruelos– hizo ahorcar a José del Carmen Peñalver, a Francisco Javier Pacheco, y a otros dos rebeldes.[19] Ruíz de Apodaca –leemos en el sitio oficial cubano *EcuRed*– «fomentó la industria y saneó la Hacienda» y «[s]u gobierno fue muy *beneficioso*, pues supo mantener la Isla en *paz* y *fomentó* el desarrollo económico que se basó especialmente en el

---

[19] Varios factores influyeron en las rebeliones de esclavos: los rumores de un decreto real abolicionista que se les habría ocultado a los negros para mantenerlos en la esclavitud. De hecho, la abolición había sido objeto de debate en las cortes, y hasta pedida por un representante de México. La noticia no demoró en divulgarse en el mundo atlántico. El representante de la Isla, André de Jáuregui, «escribió a los miembros del Ayuntamiento de La Habana informándoles de la polémica en España, que había una tormenta tan amenazadora para su país que podía degenerar en horribles conclusiones.» Por esta razón, aconsejó que si las cortes iban a discutir el asunto, «se hiciera en secreto.» El Ayuntamiento explicó los rumores que circulaban entre los esclavos como una confusión entre sus deseos de libertad y la realidad de que esto era un hecho. Según otros rumores que corrían entre los esclavos, no había sido el rey de España el que les había concedido la libertad, sino inglés o el gobernante del Congo (Childs 244-52).

cultivo de la caña de azúcar» (énfasis añadido). Pero no dilatamos nuestras averiguaciones y veamos a dónde nos lleva el comentario de José Luciano Franco.

## IV. La familia del Monte, represores de las rebeliones de esclavos de 1812 y 1844

Urbano Martínez, autor de la biografía de Domingo del Monte, rastrea el origen del apellido en Santiago de los Caballeros (Santo Domingo). Con no disimulado orgullo sigue el ascenso del apellido en la estructura de poder de la colonia. «Un tal Domingo del Monte Pichardo y González,» nos dice, llegó incluso a ser «proclamado Alcalde de la Santa Hermandad, cargo que aumentaría su linaje,» y que le daba derecho a llevar ciertas prendas 'para distinguirse de los demás'» (Martínez 40). Su hijo, Francisco, se distinguió combatiendo primero «a los filibusteros invasores de la isla,» y luego exitosamente también contra los ingleses de una expedición que había organizado Oliver Cromwell. También se enfrentó a los franceses. Martínez comenta que así de «intrépido guerrero era el tatarabuelo de Domingo del Monte.» En Santiago de los Caballeros los Del Monte «[a]tendían sus posesiones, pero también ocupaban puestos en el ejército y en los órganos públicos de administración y justicia.» Entre las figuras de la familia que se destacaron por sus servicios y su prosapia, Martínez menciona a Leonardo del Monte y Pichardo y Villafaña, y a su hijo Juan del Monte y Tapia, quien «consecuente con el historial de sus antecesores, fomentaría una gallarda trayectoria, iniciada en 1741 al nombrársele Capitán de Caballos de Corazas.» En 1752 llegó a ser Gobernador de la ciudad, y luego Alférez Real desde 1762, «cargo que le valió para proclamar la exaltación al trono de dos soberanos: Fernando VI y Carlos III.» No podía imaginar –añade Martínez en referencia a nuestro Domingo del Monte– «que en el próximo siglo un nieto suyo escribiría memorias para ser enviadas a la reina de España.» No solo esto; tampoco imaginó que ese nieto seguiría sus pasos; que como a otro Del Monte, también le estaba reservado un importante papel como represor de esclavos y gente de color rebeldes.

Leonardo del Monte tuvo un hijo al que llamó igual que él. Como «las mejores familias,» dice Martínez, se codeaban con los Del Monte,

xxvi                    Francisco Calcagno

no podía sorprender que Leonardo hijo se casara en 1778 «con cierta joven que llevaba un apellido de alta consideración y respeto: Rita Morell de Santa Cruz, hija de un Alcalde Mayor de la villa.»[20] Leonardo, que era abogado, se desempeña como tal en la Real Audiencia de Santo Domingo. Pero enviuda, y «el desconsuelo de la primera viudez» lo lleva a casarse «con otra prominente criolla: Rosa Aponte y Sánchez» (Martínez 40-43). Digamos de paso que Calcagno, al comentar el origen «[o]scurísimo y envuelto en tinieblas» de Aponte, si bien está de acuerdo con las versiones que lo creían nativo de La Habana, dice que «no falta[ba] quien, porque *fue esclavo de un Delmonte*, lo cre[yer]a oriundo de Santo Domingo» (*Aponte* 9) (énfasis añadido). Aponte era, en efecto, habanero, pero aunque Calcagno está de acuerdo con esto, o se inclina a pensar que este era el origen de Aponte, todavía resulta sorprendente que circularan rumores de que el rebelde hubiese sido esclavo de los Del Monte. El hecho resulta más irónico si se piensa en la participación del propio Leonardo en la represión de la rebelión de Aponte. En nota al pie, Martínez se refiere a esos rumores:

> La versión dada por algunos en lo referente a que este rebelde cubano llegó a la isla como criado o esclavo de los Del Monte y de que su apellido le venía, precisamente por el de Rosa Aponte –esposa de Leonardo y madre de Domingo– es una falsedad sin sentido alguno. José Antonio Fernández de Castro, el primero que habló del asunto, no ofreció pruebas efectivas, sino simples conjeturas. Pero la propia lógica de los hechos desploma el sentido de una hipótesis tan descabellada. Los Del Monte llegan a Cuba en 1811, como hemos planteado. No es posible que en 1812 uno de sus domésticos aparezca como líder de una conspiración que solo puede ser *orquestada* por alguien con suficiente influjo en las masas negras y con profundo dominio de la situación local. José Luciano Franco, quien con más seriedad investigó la figura de Aponte, ha divulgado la historia de ese inolvidable mártir de nuestras luchas sociales; una historia bien distinta, por cierta, de ese *novelón* que lo presenta desvirtuado: más que un *luchador criollo*, como un *agente atizador de ideas* (56).

En cuanto a lo primero, ese rumor no pudo partir de Fernández de Castro, por cuanto éste nació en 1897, y Calcagno lo menciona en 1901. En todo caso fue de Calcagno de quien aquél lo tomó. Pero hay que advertir que Calcagno estaba meramente repitiendo –sin respaldarlo–

---

20   Si algo sobresale en el estilo del biógrafo, como ya habrá apreciado el lector, es la más rampante cursilería.

ese rumor. Lo que quiere decir que el mismo tenía que haber circulado antes de que el autor de *Aponte* lo mencionara. Respecto a lo segundo, siendo evidente la irritación que le producen a Urbano Martínez esos rumores, viene al caso aquí hacernos algunas preguntas. En primer lugar, puesto que es obvio que leyó la investigación de José Luciano Franco, ¿pudo no haber leído *también* lo que este escribió sobre la participación de Leonardo del Monte –el padre de Domingo– en la represión de la rebelión de Aponte? Y si consideramos el profundo interés por la genealogía de la familia Del Monte, ¿cómo entender que esto se le hubiera escapado al biógrafo? ¿Por qué se refiere, además, a la rebelión de Aponte con el peyorativo *orquestada*?[21] ¿Qué es, por otra parte, y estrictamente hablando, lo que diferencia al «luchador criollo» del «agente atizador de ideas»? El biógrafo de Domingo del Monte prefiere la primera etiqueta –más aguada si se quiere– a la segunda, que no puede menos que evocar la acción de avivar, echarle fuego a las ideas, y que –como sabemos– eran las ideas de libertad de los negros. ¿Le parece esto censurable a Urbano Martínez? ¿Acaso este resquemor y su embobamiento con una de las figuras más racistas de la historia de Cuba no traiciona un racismo solapado?

Tras producirse la revolución haitiana en 1791, la firma del Tratado de Basilea, en 1795, España le cedió a Francia la parte de la isla que hasta ese momento había gobernado. Para aquellos que habían defendido la monarquía española, comenta Martínez, «el imprevisto viraje político resultó frustrante,» lo cual, naturalmente, provocó la desbandada. Pero como inicialmente el acuerdo entre España y Francia fue «una cuestión teórica» y no una acción concreta, algunos «pacientes y esperanzadores pobladores no se marchan.» Entre ellos, el preclaro Leonardo del Monte. Entonces, cuando Napoleón trata de recuperar la posesión colonial, los dominicanos que, escribe Martínez, «prefieren seguir siendo españoles y sueñan todavía con la total revocación de una medida tan injusta,» acuerdan enviar un comisionado a Madrid para reclamarle a la corte. Tal honor recae –¿ya lo adivinó el lector?– sobre Leonardo del Monte, y a quien proclaman Síndico procurador de la colonia, otorgándole amplios poderes, a fin de que pueda representar a Santo Domingo «como expresión de una voluntad

---

21  Según el diccionario de la RAE, *orquestar* tiene un sentido peyorativo cuando denota «organizar una confabulación,» que es, de sus posibles significados, el único que cabe aquí. Urbano Martínez no lo usó en el sentido de «instrumentar una composición musical para orquesta.» Tampoco

absoluta, mayoritaria y aplastante.» Hasta le organizaron una «ruidosa fiesta de despedida,» pero el Síndico no pudo ni zarpar, porque en ese mismo 1801 los franceses pasaron de la teoría a la práctica. Esta vez Leonardo, mejor aconsejado, «decidió abandonar su patria,» y muy bien recomendado llega a Maracaibo el 14 de febrero de ese propio año. Él y los «infelices emigrados» que acompañaron a los Del Monte en el viaje elevan una súplica al gobierno de Caracas (Martínez 44-47). La súplica de Leonardo no cayó en oídos sordos: «En agosto el rey Carlos IV emitió una orden para que Leonardo recibiera en Caracas el sueldo equivalente al de Asesor del Gobierno de Bayayá, un gesto gratificador del monarca en compensación por los desvelos de un súbdito suyo de espíritu leal y sincera consagración» (47). En Maracaibo los Del Monte se sienten tranquilos. Han dejado atrás la tormenta revolucionaria. Como apunta Martínez, allí, «[e]n la tierra donde se habían refugiado los Del Monte se respiraba calma y se notaba –al menos superficial-mente– un cierto espíritu de fidelidad a España» (47). Hagamos una pausa para subrayar que Martínez no está simplemente imaginando o reportando esta historia desde una posición distanciada, sino, por el contrario, se nos muestra ostensiblemente fascinado con los privilegios coloniales y con la mentalidad colonial de su sujeto, y en total acuerdo con su mentalidad reaccionaria y sin dudas esclavista.

En 1803 a Leonardo y Rosa les nace un hijo al que bautizan como Domingo María de las Nieves. Al año siguiente Carlos IV premia a Leonardo nombrándolo Teniente Gobernador, Auditor de Guerra y Asesor del Gobierno y la Intendencia de la provincia de Maracaibo (49). Entonces los sorprende otra revolución. Esta vez resulta todavía más claro que lo que impulsa a los Del Monte a emigrar por segunda vez es su lealtad a la corona española y en consecuencia su rechazo a las ideas independentistas. Así, Martínez empieza por decirnos que era incuestionable «que la *idea liberadora* se abría paso y ganaba nu-merosos adeptos con gran rapidez,» para añadir que «[p]or segunda vez los Del Monte sienten *amenazada* su seguridad» (51).[22] Y es

---

22  No obstante la conexión bastante clara de lo que hemos apuntado, Urbano Martínez dice más adelante: «La oportuna salida de los Del Monte de Venezuela es, a la postre, asunto sospechoso, no bien esclarecido por los historiadores. Los *trastornos políticos* en aquella Capitanía deben de haber influido sobremanera en el traslado del *leal funcionario*, quizás mediante favorables recomendaciones elevadas por sus amistades bien acreditadas ante la Corona, consiguiendo apartarlo de un *clima tumultuoso y violento*. Lo cierto es que el 10 de abril de 1810, cuando el Cabildo toma la atrevida decisión de sustituir al Capitán General y se convierte en Suprema Junta conservadora de los derechos de Fernando VII, ya la familia no se encuentra en esas tierras» (52) (énfasis añadido).

Urbano Martínez –no lo olvidemos– quien comenta que Leonardo «tuvo suerte» porque una Real Orden «firmada el 31 de octubre de 1809 lo nombró Asesor del Gobierno de La Habana, capital de la 'siempre fiel Isla de Cuba'» (51). Los Del Monte, hijos *fieles* de la Corona, ¿a dónde mejor podrían ir a parar que a la *fidelísima* Cuba? Esa fidelidad la heredaría el hijo: Domingo del Monte, el cual, quizá para evitar confusiones, echó a un lado el «María de las Nieves.»

La goleta española en que salieron de Maracaibo los Del Monte se nombraba *La Africana*, e hicieron una breve escala en Santo Domingo antes de dirigirse finalmente hacia La Habana. Acompañaban a Leonardo «su esposa, ocho hijos, doce criados de mano y siete más con sus mujeres, así como su correspondiente equipaje.»[23] Llegan a Santiago de Cuba en 1811, y Leonardo debe viajar rápidamente a La Habana para «ejercer allá las altas responsabilidades que le había encomendado la Corona desde finales de 1809.» Sin embargo, las regulaciones vigentes exigían que viajara antes a Puerto Príncipe y «prestar juramento del cargo» (Martínez 53). El 23 de agosto, y presidiendo la ceremonia el Capitán General Someruelos en el Cabildo de La Habana, a Leonardo «se le da posesión de sus elevadas funciones sociales, con toda la solemnidad que demandan las especiales circunstancias.»

Urbano Martínez pasa de prisa sobre lo que llama «conspiración,» silenciando así las revueltas de esclavos que habían tenido lugar no solo en La Habana, sino también en otras partes de la isla como ya sabemos, reduciendo de paso la figura de Aponte, el alzamiento de los esclavos y de personas libres de color. Childs ha demostrado que, en lo tocante a rebeliones y conspiraciones, tal y como ocurre con Aponte, la identificación de un líder está atrapada en complejas políticas, a menudo contrapuestas:

> Un cuadro de líderes también provee al orden establecido de un grupo identificable de personas en quienes concentrarse para reprimir el desafío a la autoridad. Al hacer responsables del movimiento a los líderes, la clase dirigente niega que la oposición pudiera estar ampliamente difundida. Además, centrarse en ellos, ofrece a la *élite* la creencia reconfortante de que si no hubiera sido por la influencia de *agitadores radicales*, las masas no se habrían unido. El nombre de José Antonio Aponte se hizo sinónimo del movimiento inmediatamente después que las autoridades suprimieron las rebe-

---

23   Enildo A. García: *Índice de los Documentos y Manuscritos Delmontinos...*, p. 48 (citado por Martínez, p. 52).

liones (Childs 234-35) (énfasis añadido).[24]

Vale destacar que el comentario de Urbano Martínez a que ya nos referimos, y según el cual la idea de que Aponte, «más que un luchador criollo» haya sido «un agente atizador de ideas» no sería otra cosa que un *novelón*, tiene la misma connotación descalificadora – además de su notable parecido en términos retóricos– a que recurre la *élite* para, siguiendo a Childs, cargar el movimiento a solo «la influencia de agitadores radicales.» Más aún; Martínez se refiere a Aponte con el mismo calificativo despectivo que una y otra vez usa Calcagno: «cabecilla», además de endilgarle el adjetivo de «subversivo». Dicho de otro modo, se refiere a Aponte exactamente en los mismos términos que habrían usado las autoridades coloniales y la élite racista de la colonia.

Así, pues, al llegar a La Habana, a Leonardo del Monte «se le confirieron honores» –dice Calcagno– «se le da posesión de sus elevadas posiciones sociales, con toda la solemnidad que demandan las especiales circunstancias» –expresa, como ya sabemos, Urbano Martínez, regodeándose más que el primero en la pompa colonial– que no fueron otros que los de «Auditor de la Ciudad de La Habana,» cargo que

---

24    Childs no niega que Aponte «tuviera un importante papel en el movimiento» (236) Como él afirma: «Independientemente de las evidencias de reuniones en la casa de Aponte, a las cuales asistieron esclavos y personas de color libres involucradas en la rebelión, el descubrimiento por las autoridades del libro de dibujos con las imágenes de soldados negros que derrotan en combate a los blancos, fue toda la prueba que necesitaban para justificar su ejecución. Aun antes de encontrar el libro, Juan Ignacio Rendón, abogado a cargo de la investigación, había concluido por los interrogatorios a otros que dicho texto contenía referencias al delito» (235). Rendón, expresa Childs, declaró después «que en un espacio de cuatro días había descubierto la conspiración del rebelde Aponte» (236). Según Childs, la «evidencia crucial» del rol de Aponte como cabeza de la insurrección puede hallarse en la confesión que hizo –la última– el día antes de ser ejecutado. Esa confesión nunca ha sido encontrada. Childs afirma que la pregunta más importante sería entonces «si en realidad las revueltas y conspiraciones que estremecieron a Cuba en enero, febrero y marzo de 1812, merecen el título de 'La rebelión de Aponte'.» El historiador concluye (vale la pena citar en extenso): «Con razón o sin ella, la política de buscar culpables hizo famoso a José Antonio Aponte: desde entonces, la historia lo ha conocido como el líder de la conspiración de 1812. La rebelión comenzó en Puerto Príncipe con la insurrección de los esclavos de varias haciendas. El movimiento entonces se extendió a Bayamo, donde los cabildos, en los días festivos, desempeñaron un papel activo en la organización y proyección de la insurrección. Los rumores de rebeliones de esclavos y gente de color libre aterrorizaban a los habitantes blancos a lo largo y ancho de la Isla. En Holguín, este miedo contribuyó a que se interrogaran a los esclavos de varias haciendas y a que aparecieran denuncias del movimiento. Los esclavos y gente de color libre de La Habana se sublevaron los días 15 Y 16 de marzo, según un plan detallado que involucraba población rural y urbana. La documentación disponible *no* provee suficientes *evidencias* para poder afirmar que la rebelión constituía un plan coordinado de revolución dirigido por Aponte y otros líderes de La Habana» (239) (énfasis añadido).

ocupó por diez años, «siendo el último Teniente Gobernador» (*Diccio-nario* 232). No está de más recordarle al lector que el nombramiento de Leonardo ocurre a menos de un año de las rebeliones de esclavos y de la represión que desataron las autoridades. Refiriéndose a «esta at-mosfera,» Urbano Martínez comenta que la misma «no [era] muy alen-tadora para la formación elemental de un niño.» Pero, añade:

> Pero Domingo se pasea entre los más afortunados. La alta jerarquía política del padre posibilitaba un desahogo económico, un respirable bienestar que no les podía venir de fortuna acumulada, porque el peregrinaje antillano de sus vidas les obstaculizó toda prosperidad en los menesteres que adelantaran sus antecesores en Santiago de los Caballeros. No obstante, los ingresos de un Asesor de Gobierno le permitían garantizar al hijo el concurso de buenos preceptores para el desarrollo de los estudios iniciales (57).

Los ingresos derivados de la «alta jerarquía política» del padre per-miten el «respirable bienestar» de la familia y, en este caso, más espe-cíficamente del biografiado: Domingo del Monte. De aquí que no sea posible desmarcar, ni la posición política de Leonardo, ni el bienestar de que disfrutaba la familia, no solo de la posición política del primero, sino también de su conducta en apoyo de la ley y el orden coloniales. Donde más claro se ve esto es, como ya había observado José Luciano Franco, en el papel que jugó en las ejecuciones de los es-clavos rebeldes en el contexto de las rebeliones esclavas de 1812. No es lo mismo, sin embargo, leer el señalamiento condenatorio de Franco, que leerlo en el «Manifiesto» mismo del Capitán General So-meruelos, que José de J. Márquez reprodujo en su artículo «Conspi-ración de Aponte.» Dada la importancia de este asunto, citaré un ex-tenso fragmento de esa declaración:

> En fuerza de tales disposiciones se ha conducido a una de las forta-lezas de esta plaza, porción de personas sospechosas, y habiendo co-misionado para formalizar las correspondientes indagaciones y pro-cesos al señor Oidor honorario D. Juan Ignacio Rendón, auxiliado de los tres letrados de mi confianza, han desempeñado a mi satis-facción tan penoso, grave y complicado encargo. Puestas las causas en estado claro y convincente de las culpas de cada uno: y creyendo dicho señor que sin pasar adelante podía tomarse alguna delibe-ración, convoqué una junta compuesta de los referidos cuatro le-

trados, y de los señores oidores, decano de la Real Audiencia del distrito, D. José Antonio Ramos, y teniente gobernador D. Leonardo del Monte, para que inspeccionados los procesos en mi presencia me consultasen lo conveniente. Habiéndose verificado así, y teniendo en consideración la gravedad de los crímenes cometidos, la urgente necesidad de imponer sin demora un pronto y ejemplar castigo, que asegure para lo adelante la quietud pública perturbada, las circunstancias particulares de esta Isla y otros graves fundamentos largamente discutidos, fueron de unánime parecer que el estado actual del juicio debía imponerse la pena capital a los reos convictos y confesos; con cuyo dictamen me conformé y en su virtud sufrirá la de horca José Antonio Aponte, Clemente Chacón, Salvador Ternero, Juan Bautista Lisundia, Estanislao Aguilar, Juan Barbier, Esteban, Tomás y Joaquín, los seis primeros libres y los otros tres últimos esclavos de la dotación del ingenio «Trinidad».

Si el lector tiene buena memoria, recordará que José Luciano Franco afirma que en el bando ya citado «Someruelos confiesa que *no* hubo juicio en el proceso» (Franco 52). El Capitán General, en completo acuerdo con el criterio de Rendón expresa que *«sin pasar adelante* podía tomarse alguna deliberación» (énfasis añadido). Por esta razón, convoca a una junta compuesta no solo por los cuatro letrados –uno de los cuales era el propio Rendón– y «los señores oidores, decano de la Real Audiencia del distrito, D. José Antonio Ramos, y teniente gobernador D. Leonardo del Monte,» a fin de que, en su presencia, *inspeccionaran* los procesos y le *consultasen* como convenía proceder. Todos ellos, añade el Manifiesto, «fueron de *unánime* parecer que el estado actual del juicio debía imponerse la *pena capital* a los reos convictos y confesos» (»Manifiesto» 450).[25] No solo Leonardo del Monte fue consultado –junto con los otros letrados, desde luego– sobre si se debía ejecutar a los rebeldes, sino también, implícitamente, si debía procederse a las ejecuciones y castigos «sin pasar adelante» con otras averiguaciones.

Márquez dice en otra parte:

> En 1856, trabajando de maquinista el autor de este artículo en el ingenio «Santa Rosalía», en Macuriges, oyó decir a un negro contramayoral, refiriéndose al levantamiento citado lo que sigue: *Me cansé de dar azotes*. Este hombre, que se horrorizaba ante esa revelación, representaba la máquina patibularia en forma humana que se movía, como un autómata, a la voz de mando de su amo que no se

---

25    Reproducido en «Conspiración de Aponte,» de José de J. Márquez.

*cansaba* en ordenar los azotes (Márquez 445).

Esa «máquina patibularia,» y en general la del sistema colonial constituyeron la fuente del bienestar de la familia del Monte, y en no poca medida el propio Domingo del Monte, dado que, como dice Martínez, fueron «los ingresos de un Asesor del Gobierno» los que le permitieron al primero disfrutar del «concurso de buenos preceptores.» Y ya ha visto el lector al menos un caso –pero de la mayor relevancia para el mantenimiento del *status quo* de la élite blanca– el tipo de asesoría que podía ofrecer, y ofreció, Leonardo del Monte.

Por su parte, Domingo del Monte se enredaría a su vez en la segunda de las más famosas represión de negros y gente libre de color: la llamada Conspiración de la Escalera, en 1844.[26] Si para Childs no hay suficientes evidencias que demuestren que las insurrecciones de 1812 –incluida la de La Habana– hubiesen sido coordinadas de acuerdo a un plan revolucionario liderado por Aponte junto a otros líderes habaneros» (239), Paquette concluye que en el caso de La Escalera (1844),[27] las evidencias *sí* apuntan a la existencia de una conspiración de esclavos, a pesar de las dudas al respecto de numerosos historiadores.[28]

Central a la conspiración de La Escalera es la amistad de Domingo del Monte y Alexander Hill Everett, siendo este último, como afirma Paquette, un connotado anexionista y enemigo de los esfuerzos abolicionistas de Inglaterra (Paquette 148). En 1840 David Turnbull –decidido abolicionista– fue nombrado cónsul de Inglaterra en La Habana y Superintendente de emancipados. A la hostilidad por parte de los comerciantes de esclavos y de los propios esclavistas, al miedo a las actividades abolicionistas del cónsul, y a las presiones del

---

26    Al lector interesado en el proceso de La Escalera le recomiendo, entre otros títulos importantes: Robert L. Paquette. *Sugar is Made with Blood* (1988), Michele Reid-Vazquez. *The Year of the Lash* (2011) y Aisha K. Finch. *Rethinking Slave Rebellion in Cuba. La Escalera and the Insurgents of 1841-1844* (2015).

27    El nombre de la conspiración se debe a que los esclavos y acusados de haber participado en la conspiración eran atados a escaleras donde eran azotados para obligarlos a confesar. La más famosa de las víctimas del proceso llevado a cabo por las autoridades coloniales fue el poeta Gabriel de la Concepción Valdés (*Plácido*), en ese tiempo uno de los más famosos poetas cubanos. En el proceso fueron también acusados algunos blancos que gozaban de renombre en la isla como José de la Luz y Caballero y el propio Domingo del Monte, quien fue acusado por Plácido. Eventualmente ambos fueron absueltos, aunque Domingo del Monte, quien estaba fuera de Cuba cuando se llevó a cabo el proceso, no cumplió la orden de regresar para ser procesado, y murió exiliado en España. Había declarado que temía regresar a Cuba y ser asesinado por un negro por considerarlo traidor. La mayor parte de los que sufrieron el rigor de la tortura, y de los ejecutados, fueron abrumadoramente negros esclavos y la gente de color libre. El orden colonial se ensañó particularmente en los negros y mulatos libres que habían logrado elevar su status social.

28    Ver en Paquette, «La Escalera Reexamined.»

gobierno español se debió en gran medida que éste fuera separado de su posición en 1842 y reemplazado en el cargo por Joseph T. Crawford.[29]

En 1840 Everett llegó a Cuba como enviado especial de los Estados Unidos. Oficialmente, su misión era investigar las alegaciones de vínculos entre la trata de esclavos y Nicholas Trist, cónsul estadounidense en La Habana. No obstante, dice Paquette, «fuentes anónimas de Crawford acusaron a Everett de llevar a cabo un trabajo clandestino entre los criollos.»[30] El historiador añade que incluso otras fuentes de inteligencia «acusaron nada menos que a Félix Varela» –exiliado en Nueva York por sus ideas liberales– «de ser el 'Emisario de este partido,' y de haber negociado garantías de apoyo de altos oficiales del gobierno de Estados Unidos para una rebelión de los criollos» (Paquette 168-9). Antes que Paquette, Bill J. Karras se refirió a la misión de Everett de la siguiente manera: «En cumplimiento de la naturaleza política de su misión, Everett se reunió con el Intendente, con la clase alta de la sociedad, y con el cónsul de los Estados Unidos, Nicholas P. Trist (a quien estaba investigando ostensiblemente por acusaciones de mala conducta). Y cuidadosamente también tomó notas del terreno y las fortificaciones del Puerto de La Habana» (138). El presidente de los Estados Unios, Van Buren, seleccionó a Everett porque estaba «particularmente equipado para recolectar información en Cuba. Era un notable hispanófilo» y «había editado el altamente estimado *North American Review*.» Creía, añade Paquette, en el Destino Manifiesto, y era un expansionista. Más aún, Paquette nos dice que «[c]omo ministro en España durante la presidencia de su mentor John Quincy Adams, Everett había iniciado por su propia cuenta conversaciones con oficiales españoles con vistas a adelantar un esquema para adquirir la soberanía de Cuba» (Paquette 189). En este contexto, las peticiones de Everett a Del Monte revisten particular importancia. El 12 de febrero de 1842, le escribe a Del Monte:

> ¿Existe en esa algún bosquejo de la historia política de la isla correspondiente a los últimos veinte años? Estoy obligado, por *la misión que me llevó a Cuba*, a presentar a nuestro Gobierno un informe

---

29  El asunto de las actividades de Turnbull es mucho más complejo de lo que he presentado aquí, y que el lector debe tomar como un rápido bosquejo, un atajo para llegar rápidamente a la relación Del Monte-Everett, que es lo que nos interesa.

30  Paquette no es el único que menciona la misión de Everett como cubierta para un trabajo de espionaje. Bill J. Karras, en su artículo «Alexander Everett y Domingo del Monte: A Literary Friendship, 1840-1845» (1978)

sobre el particular. No he cumplido todavía mi cometido, en parte por falta de tiempo y en parte par falta de materiales, aunque *he reunido, durante mi estancia en esa, algunos de valor considerable*. Si se ha publicado alguna narración de los principales acontecimientos del período aludido, que comprenda alguna noticia de las circunstancias que acompañaron a la apertura de los puertos al comercio extranjero, al fracasado intento de la representación en Cortes y a la administración de Tacón, así como a las causas de su destitución, etc, etc, le estimaría en gran manera que me la enviara, comunicándome al mismo tiempo sus propias observaciones en la extensión que estime oportuna, pues considero que una memoria detallada de su pluma sobre esta cuestión me sería altamente valiosa. Si usted tiene tiempo y deseo de hacerla y bastante confianza en mí para facilitármela, sepa que la utilizaré con la mayor *discreción* posible y *únicamente* en la forma que usted me autorice» (*La Correspondance* 55-6).

Y luego, el 16 de septiembre de ese año, vuelve sobre lo mismo:

En mi anterior me permití pedirle me comunicara si creía conveniente dar a conocer algo de la historia política de Cuba desde la apertura de los puertos al comercio internacional. Cuando me escriba tenga la bondad de decirme si no tiene inconveniente en suministrarme algunos datos. En nuestro país se sigue esa cuestión con *especial interés*, de modo que se sacaría *gran provecho* de los materiales que usted facilitase. Tenga también la seguridad de que se utilizarían con la mayor *discreción*» (58-9) (énfasis añadido).

El cuidado que pone Everett en asegurarle a Del Monte su *discreción*, así como su declaración explícita de que se trataba de informes solicitados por el gobierno norteamericano, siendo *esto* el motivo de su visita a la isla, apenas deja lugar a dudas de sus actividades de espionaje, de que Del Monte estaba al corriente de esto, y finalmente que Everett confiaba lo suficientemente en él para pedirle esos informes, asegurándole una total discreción. Según Paquette, en sus viajes a Cuba, «Everett buscó a Del Monte para extraerle información sobre Cuba.» Y agrega: «En efecto, el informe solicitado sobre la situación política de Cuba que posteriormente Everett preparó para el gobierno, se apoyaba casi completamente en Del Monte y en los materiales que había suministrado» (Paquette 191)

En la correspondencia Del Monte-Everett me interesa demostrar, no ya que el cubano le reveló a Everett la conspiración de La Escalera

–lo cual ya nadie niega– sino eso que se ha tratado de negar por sus apologistas, por más que esto desafíe el sentido común: su complicidad, y de aquí se sigue su responsabilidad en la represión brutal de los esclavos y la gente libre de color. Como él mismo fue involucrado en la conspiración y se emitió una orden de arresto en su contra, como contra Luz y Caballero, ambos han aparecido como víctimas del proceso, con lo cual se le resta importancia, o no se le da la que merece, al hecho de que uno y otro fueron finalmente absueltos.[31]

La carta en cuestión –que estuvo perdida por mucho tiempo– es una que Domingo del Monte le escribió e Everett el 20 de noviembre de 1842. En ella, Del Monte le informa a Everett sobre una conspiración de esclavos cuyos detalles le fueron revelados por un «agente inglés» que quiso comprometerlo.

Martínez Carmenate cita un párrafo de la carta, pero solo el pasaje

---

31    A propósito de Luz y Caballero, Rafael Soto Paz cita una carta que Antonio Maceo le había enviado a Eusebio Hernández desde Nueva York en 1885, en referencia a la biografía de Luz y Caballero que había escrito Ignacio Rodríguez: «La esclavitud del hombre por el hombre –expresa Maceo–, fue sostenida por él –don Pepe de la Luz y Caballero–; tan desinteresado como parece hoy a nuestros historiadores, testó sus esclavos cuando desaparecía de esta Babel de miserias humanas, para confundirse en la otra vida con los impíos; no hubo pureza en José de la Luz y Caballero. Pepe de la Luz fue el 'educador' del privilegio cubano [...] [Saco] proclamó la conservación de la esclavitud, que es lo mismo que declarar eterno el gobierno de España en Cuba, y el otro heredó y sostuvo la esclavitud que testó a su muerte [...].» Coincidiendo con Maceo, Soto Paz añade que «como pone al descubierto Maceo, Luz ni siquiera a la hora de la muerte dio la ansiada libertad a todos sus esclavos. De su testamento que hemos revisado en nuestro Archivo Nacional, y que ha sido reproducido por José Ignacio Rodríguez en el libro que en 1873 consagrara a este educador, copiamos los párrafos séptimo y octavo, que dicen así: '7º: Lego y dono la libertad a los esclavos Dolores, Joaquín y Julio, bajo la precisa condición de permanecer al abrigo de mi consorte hasta que cumplan veinticinco años, los que sean menores. 8º Lego también la libertad a la esclava Juliana y también la lego al asiático Narciso'» (Soto Paz 72-73). En un pequeño libro titulado *La polémica de la esclavitud. José de la Luz y Caballero*, Perla Cartaya Cotta se las arregla para afirmar que la familia de Luz «poseía esclavos en el ingenio y en el hogar, como era usual en la época.» Añade que «Luz heredaría la parte que le correspondía después de la «venta» del ingenio, pero no hay prueba alguna de que tuviera esclavos para su servicio personal. Y hay testimonios de que tampoco los tenía en el colegio que fundó.» Cartaya Cotta parafrasea, no cita, el artículo 9 del testamento para demostrar que aunque Luz «pudo haberlos tenido [esclavos] no los poseyó» (Cartaya Cotta 17). Por supuesto, guarda silencio sobre los artículos 7 y 8 citados textualmente por Soto Paz. Más adelante, sin mencionarlo por su nombre, sino por el título de su libro –típica costumbre del Estado cubano revolucionario para ningunear a los que se salen de la caja de la ortodoxia– Cartaya Cotta expresa: «Tampoco faltaron en la república mediatizada teóricos de la «falsa cubanidad» de Luz» (44). Lo que habría que preguntarse por qué no dice nada sobre lo que expresa el historiador marxista Raúl Cepero Bonilla, quien comenta la carta de Luz y Caballero al Capitán General O'Donnell, de 23 de agosto de 1844, y en referencia a la Conspiración de la Escalera: «José, de la Luz y Caballero, maestro de moral, consideró que la acusación que se le hacía de estar complicado en una conspiración de negros, lastimaba *sus sentimientos del honor y de la lealtad*» (Cepero Bonilla 20) (énfasis en el original). Uno tiene que preguntarse a *qué* lealtad, lealtad a *quién* se refería Luz y Caballero.

en el que Del Monte expresa sus temores sobre cuál sería el resultado del triunfo de la rebelión de esclavos y del aumento de la influencia inglesa, no solo para Cuba, sino también para Estados Unidos. Lo que no cita es la información específica que Del Monte le pasó a Everett, aunque sí afirma que la carta a Everett de noviembre de 1842 «resulta una evidencia irrefragable de que Del Monte reveló el secreto de la conspiración urdida por los ingleses con el doble fin de lograr la emancipación de los esclavos y la independencia de la Isla. Nada lo excusa, pues, de ser un delator.» Al mismo tiempo sostiene que Del Monte *no* fue un traidor, sino que tuvo «más bien la actitud consecuente de quien intuye un peligro fatal para su clase y procede de la forma más prudente a su juicio» (455). En segundo lugar, añade que «la trascendencia de la denuncia delmontina no puede decirse que haya hecho efectos concretos, porque España estaba al tanto de lo que ocurría en Cuba y la inusitada revelación nada agregaba a los estrictos informes recibidos por fuentes más seguras y confiables» (456). Si lo primero es aceptable, lo segundo no deja de ser sorprendente, bien por exceso de ingenuidad, o de hipocresía. Lo que realmente importa no es si la delación de Del Monte tuvo efecto o no, sino que actuó con la *intención* de que los Estados Unidos se decidieran a intervenir en Cuba. La falacia de Martínez Carmenate la repite por cierto Fina García Marruz, a pesar de que aparentaba estar mejor informada.[32] Si España estaba al tanto fue porque, como ella dice, los Estados Unidos le habían pasado la información recibida (*Estudios* 43). Ninguno de los dos, ni Martínez Carmenate, ni García Marruz, leyó, o deliberadamente pasó por alto, la correspondencia de Del Monte con Everett, incluyendo, claro, la carta que ya conocemos. En efecto, en una carta que le envía desde Washington el 8 de febrero de 1844 a Domingo del Monte, Everett expresa: «Me dice el Presidente [...] lo que yo no sabía tan bien antes, aunque había tenido insinuaciones acerca de ello: que fue *sobre*

---

32  Comenta que «[s]us informes del 42 no tuvieron otra consecuencia que el envío, por parte del gobierno americano, de dos fragatas de guerra, con orden de brindarle sus servicios al Gral. Valdés, en caso de necesidad» (*Estudios* 44). Añádase que se había referido antes a «esta carta perdida» (42), lo que sugiere varias cosas. Primero, que muy posiblemente *Estudios Delmontinos* es, en su totalidad, el estudio que había escrito en los 60s y que, por las causas que fueren, no llegó a publicar —lo que explicaría la referencia a la carta «perdida»— y, segundo, que ni siquiera tuvo el cuidado de revisar la edición; o, lo que es todavía peor, que ni siquiera leyó, o se enteró, de la publicación de las cartas de Del Monte a Everett, ni leyó la biografía de Martínez Carmenate. Tratándose de alguien que, como ella, se ha ocupado de Del Monte por largo tiempo, ese descalabro informativo revela poca lectura.

xxxviii      Francisco Calcagno

*todo debido a los informes contenidos en su carta de noviembre, 1842, que*
*se enviaron a La Habana uno o dos barcos de guerra y se entabló comuni-*
*cación con el Capitán General sobre el caso, medidas que probablemente*
*salvaron a la Isla»* (*La Correspondace* 143) (énfasis añadido). Pero García
Marruz sustituye el comentario de la carta misma por la opinión de
aquellos autores que han rechazado la idea de que Del Monte hubiese
sido «una especie de delator de la conspiración de 1844» (43). Como
expresa la carta, los informes de Del Monte fueron cruciales en la *sal-*
*vación de la isla*, si solo porque ellos fueron trasmitidos luego por los
Estados Unidos al Capitán General. De manera que *sí* es posible
afirmar, y hay que decirlo, que Del Monte tiene una *responsabilidad di-*
*recta* en la *represión* de La Escalera, y más particularmente, en la *eje-*
*cución* de Plácido.[33] Así, la duplicidad de García Marruz se expresa en
la manera en que –sin conocimiento de los hechos, u ocultándolos–
busca, si no limpiar de culpa del todo a Del Monte, sí justificar y
restarle importancia a las consecuencias de su acción: «Por nuestra
parte creemos que fueran unas u otras sus motivaciones inmediatas»,
nos dice, y tiene razón en ello, «lo que está en cuestión es su *responsa-*
*bilidad* acerca del hecho mismo de la carta y de sus *consecuencias* ulteriores» (énfasis añadido). En cuanto a lo primero, expresa que «[l]o
que habría que *subrayar* es que si bien Del Monte denunció lo que
creyó un *peligro mayor* que el que *se* trataba de erradicar» [con lo que
acepta la cuestión de su responsabilidad], aconsejó, como veremos *re-*
*medios bien distintos* a los que adoptaron dos años después, y por
temores *menos respetables*, los jueces de La Escalera» (*Estudios* 44) (énfasis añadido). ¿Qué nos quiere decir con esto? ¿Cuál era ese «peligro

---

33    Daisy Cué Fernández no podía haberlo resumido mejor: «[A]unque en la práctica [la
      conspiración] fuera traicionada por unos criollos blancos, con *Domingo del Monte a la*
      *cabeza*, que no hubieran soportado la *equiparación social* o la pérdida de su status quo en-
      gendrada por la *abolición de la esclavitud*; y unos ingleses cuya filantropía estaba situada
      *por debajo de sus intereses económicos*» (Cué Fernández 76). Y más adelante: «La posterior
      salida de Cuba de Del Monte y la entrega de información de los ingleses a España, *decidió*
      *el destino de la conspiración y de los hombres involucrados en ella*, de ahí el odio del poeta
      [Plácido] hacia el uno y hacia los otros, con quienes parece haber tenido relaciones, a
      juzgar por sus propias palabras y las acusaciones hechas contra él» (Cué Fernández 84)
      (énfasis añadido). No está de más recordarle al lector aquí que, según el testimonio de
      Everett, los Estados Unidos informaron directamente al Capitán General sobre la cons-
      piración. Obsérvese que erróneamente ella dice que fue a los ingleses a quienes Del
      Monte entregó la información. Más adelante se contradice, al parecer sin percatarse de
      ello (págs. 103-04), solo que lo hace sin mencionar a Del Monte. Por otra parte, como bien
      observa ella, si los criollos, y sobre todo Del Monte veían en el abolicionismo inglés no
      filantropía sino intereses económicos, por otra parte, como bien observa Cué Fernández
      ese mismo rechazo respondía, no a sentimientos patrióticos o cubanos, sino también a la
      necesidad de preservar sus intereses como clase.

mayor» que no especifica? Antes, había admitido que en su carta a
Everett, Del Monte «denunciaba sublevaciones de negros instigada
por Inglaterra,» pidiéndole que «diera cuenta del plan al gobierno de
los Estados Unidos y al de Madrid» (42) sin añadir nada más, es decir,
sin especificar *cuáles* fueron esos remedios que Del Monte habría
pedido, y que a ella le parecen «menos respetables» que los de los
jueces de La Escalera. ¿Por qué esos *remedios* no mencionados eran al
cabo más *respetables*? Y en cuanto a los jueces, lo que nos dice ¿no implica acaso que sus «remedios» –es el nombre que ella le da aquí a la
represión, a la tortura y a las ejecuciones– no carecían por cierto de respetabilidad; que solo eran *menos* respetables que los de Del Monte?
Nos recuerda entonces –siempre sin citar el contexto; mucho menos a
Domingo del Monte– que éste «escribió horrorizado a sus amigos
acerca de este inicuo proceso, con el que no podemos *de ningún modo*
relacionarlo» (44) (énfasis añadido). Pero lo que queda aquí es una palpable «contradicción.» Por un lado, *de ningún modo* podemos rela-
cionar a Del Monte con el proceso de La Escalera; mientras que, por
el otro, la *diferencia* de los remedios recomendados por él solo varían
de grado – por significativos que éstos hayan sido – de aquellos que
aplicaron los verdugos. Dicha inconsecuencia, sin embargo, es solo
aparente. Conscientemente, Fina está dispuesta a exculpar a Domingo
del Monte de la represión, pero el inconsciente racista le juega cabeza
justo en ese mismo intento.[34] Porque aquello que Del Monte quiso

---

34  Como ya se sabe, no es esta la primera vez que comentamos esto. Es más, hay otra
    instancia que, además de a García Marruz involucra también a Gastón Baquero y a
    Cintio Vitier que demuestra como los debates en torno a y/o los intentos de definir *lo
    cubano, la cubanía* o *la cubanidad*, a poco que se examinen con detenimiento se descubre
    el *racismo* subyacente a esos manejos. Sirvan de ejemplo algunas de las críticas a que dio
    lugar la publicación del poema *La isla en peso* (1943), de Virgilio Piñera. Luego de elogiar
    el poemario *Sedienta Cita*, de Vitier, había publicado, comenta Baquero que el poema
    de Piñera «nos lleva a un mundo radicalmente opuesto en apariencia.» Piñera, añade,
    «nos arrastra a la visión de una isla antillana, frutal, vegetal viviente, coruscante, que se
    instala a una distancia geográfica y tópica *muy lejana de la nuestra*. La isla de Piñera,
    afirma Baquero, «es una isla de plástica *extra-cubana*, ajena por completo a la realidad
    *cubana*. Isla de Trinidad, Martinica, Barbados... llena de una vitalidad *primitiva* que no
    poseemos [...] es precisamente la isla contraria a la que nuestra condición de sitio ávido
    de problema, de historia, de conflicto, nos hace vivir más «civilmente», más en espíritu
    de *civilización*, de nostalgia.» En conclusión: la isla de Piñera está «en *desconexión absoluta*
    con el tono cubano de expresión, es Isla de una *antillana* y *martiniquería* que *no nos ex-
    presan*, que *no nos pertenecen*» (Baquero 51-2) (énfasis añadido). Por su parte Vitier, en
    *Lo cubano en la poesía* (1958), comenta el poema de Piñera en términos prácticamente
    idénticos a los de Baquero. Si antes Baquero opuso Cintio a Piñera, ahora Cintio opone,
    a Ángel Gaztelu, a Piñera: «Contrastando con las armoniosas soluciones de Gaztelu,»
    Piñera «nos conduce a un desfiladero de amargas disonancias voluntaristas, y también
    fatales.» La isla en peso, dirá más adelante, «va a convertir a Cuba, tan intensa y profun-
    damente *individualizada* en sus misterios esenciales por generaciones de poetas, en una

conjurar no fue solo, ni principalmente, la amenaza del dominio inglés sobre Cuba, sino ante todo lo que esto representaba para la supervivencia del régimen esclavista y la preservación de la riqueza y las propiedades de la élite criolla blanca. Precisamente, usó esa amenaza para atizar a su vez un miedo similar en los Estados Unidos, de modo que tomaran carta en el asunto, es decir, para *salvar la isla*.

En este punto quiero llamar la atención sobre un hecho singular. Como regla general, los historiadores han tratado de dilucidar si Del Monte tuvo que ver o no con la conspiración de La Escalera; es decir, si tenía o no fundamento la acusación de Plácido y – *separadament*e; y esto es lo importante – si el poeta de «Plegaria a Dios» tuvo a su vez, no digamos ya participación, sino protagonismo en la conspiración. Este tratamiento del asunto por separado ha impedido ver el paralelismo Del Monte/Plácido y, en consecuencia, calibrar mejor las respuestas o las suposiciones de los historiadores y estudiosos en ambos casos. Esto significa que tanto en Del Monte como en Plácido, e incluso en el de Polonia, la esclava que delató la conspiración, el asunto de la «delación» es de la mayor importancia, y que un examen de la cuestión no fallaría en dejar al descubierto el diferente rasero que se ha usado al enjuiciar a los aquí mencionados.[35]

---

*caótica, telúrica y atroz Antilla cualquiera*, para festín de existencialistas.» Piñera ha creado un trópico de «inocencia pervertida» donde «en el sitio de la *cultura* se entronizan los *rituales mágicos*, y en lugar del *conocimiento*, el *acto sexual*.» El dictamen no se hace esperar: «Nuestra sangre, nuestra sensibilidad, nuestra historia, como hemos visto en este Curso, nos impulsan por caminos *muy distintos*. Considero que este testimonio de la isla está falseado» (*Lo cubano* 479-81) (énfasis añadido). Entonces, en 1997, Fina dejará lo suyo: «Virgilio nos dejó con su «Isla en peso» una sensación de ingravidez histórica, de isla caribeña que pudiera ser inglesa a martiniquense, a lo Aimé Césaire. No reconocimos al cubanísimo gran poeta de «Vida de Flora» –que Cintio incluyó entre las mejores poesías cubanas– en esta isla diferente. Y crítica, entre nosotros, es imperdonable agravio» (García Marruz 1997, 66-7). Que Baquero escribe en 1944, o sea, a un siglo exacto de La Escalera, no es algo que debamos pasar por alto. Lo que todos ellos –Baquero, Vitier y García Marruz– le censuran a Piñera, es haber convertido a Cuba, primero, en una isla más del Caribe, de las Antillas; y en segundo lugar, y como consecuencia de lo anterior, en una isla de negros. De ahí la oposición civilización/barbarie (Baquero), individuación –entiéndase excepcionalismo– /«atroz Antilla cualquiera» (Vitier) e «isla caribeña que pudiera ser inglesa a martiniquense, a lo Aimé Césaire.» Dicho de otro modo, Piñera parecía actualizar el mismo fantasma que había aterrorizado a Del Monte y a su clase: el de una Cuba africanizada, diluida en una «vitalidad primitiva» que, desde luego, no tenía cabida en las tertulias de Del Monte, ni en los ritos familiares de Orígenes.

35    Tan es así, que María del Carmen Barcia y Manuel Barcia, titulan el artículo en que se ocupan de la delación de Polonia; «La conspiración de la Escalera: el precio de una traición.» Ver: María del Carmen Barcia Zequeira, Manuel Barcia Paz. «La conspiración de la Escalera: el precio de una traición» (*Cataruo* 3, 2001). Los autores sugieren que «tal vez» fue el miedo lo que llevó a Polonia «a traicionar a los suyos,» puesto que era esclava de Santa Cruz, famoso por la crueldad con que trataba a sus esclavos (201-02). Sin embargo, como lo sugiere el título del artículo, y lo plantea explícitamente el artículo, de lo

Por razones de espacio aquí solo me detendré en la correspondencia
Del Monte-Everett, y sobre todo en aquellos puntos que a mi parecer,
los que han hablado de ella, o la han discutido – si bien no exhaustiva-
mente, 1) no los han enfatizado lo necesario, 2) ignoraron o deliberadamente no mencionaron evidencias que echan por tierra el hecho de que
la delación de Del Monte prácticamente no tuvo consecuencia alguna,
3) finalmente, el racismo, el impulso anexionista que revelan esas cartas.

Como se recordará, Everett le había solicitado a Del Monte, en
varias ocasiones, informes sobre la isla. En su respuesta del 20 de noviembre de 1842, el último explica la demora en cumplir el encargo
por falta de tiempo, aunque le asegura que se los enviará. «Por ahora,»
añade del Monte, «solo puedo, y debo ocuparme de los *peligros de
nuestra situación actual.* Cuento con el honor y la *discreción* de V. al hacerle estas comunicaciones, y espero, que V. sepa aprovecharlas en
*nuestro favor* y *en favor de la prosperidad del pueblo Americano*» (*La Correspondance* 59) (énfasis añadido). Del Monte exige de Everett la
misma discreción que éste le había exigido, sobre los informes que iba
a darle. Como habrá advertido el lector esta es la famosa carta que
estuvo perdida por mucho tiempo. Del Monte también expresa desde
el principio sus motivaciones: que Everett aproveche el informe «en
nuestro favor» – lo que significaba la clase que él representaba – y «en
favor de la prosperidad del pueblo Americano.» Lo mismo en un caso
que en el otro, se trataba precisamente de garantizar la prosperidad de
los Estados Unidos – contribuyendo a defender sus intereses político-
estratégicos en Cuba y en la región – y, desde luego, la prosperidad de
la élite blanca, criolla. En la carta se destaca el miedo a los esfuerzos
abolicionistas de Inglaterra que, dice Del Monte, «ha decretado *nuestra
ruina*» (énfasis añadido). Irónicamente, afirma que España no debió
haber permitido nunca la trata de esclavos, puesto que la riqueza de

---

que se trata es de condenar moralmente a Polonia: «La delación se basó en que los
esclavos pretendían dar muerte a los dueños, entre ellos al suyo; pero ¿fue *amor* o *miedo*
a las consecuencias? Todas las sublevaciones anteriores habían fracasado y muchos esclavos habían muerto en el intento. ¿Pensaba Polonia en ello o simplemente calculó el
beneficio que podía recibir? La *traición* podía llevarla a una libertad más fácil y segura;
finalmente ése fue el camino que escogió, *individual* y *artero.* La esclava se transformó en
libre, mientras sus congéneres pagaron su decisión con la muerte o la cárcel» (202) (énfasis
añadido). No aportan ninguna evidencia, ni mencionan hecho alguno que permitan siquiera *suponer* que Polonia pudo haberse enamorado de su amo, pero esa posibilidad, si
se considera la lista de horrores cometidos por aquél contra sus esclavos, añade abyección
a Polonia, lo que hace de ella, por decirlo de algún modo, la Malinche negra. Pero esto,
como lo que ya mencioné respecto a Plácido y Domingo del Monte requiere un análisis
más a fondo que no podemos hacer aquí.

la familia con la que estaba emparentado (los Aldama) y aún la propia posición social y la de su clase, habría sido virtualmente imposible sin la explotación del trabajo esclavo. Entonces, cuando ya poseían una riqueza, que podían perder en cualquier momento; cuando finalmente la ruina los acechaba, los criollos habían decidido oponerse a la trata, incluso retrospectivamente. Esto es obvio en el hecho que Del Monte culpa a España y convenientemente olvida el intenso cabildeo de los criollos – Francisco de Arango y Parreño, en primer lugar – para que España permitiera la trata libre de esclavos. Hay que advertir, además, que en la carta Del Monte liga lo que él llama dramáticamente «la destrucción total e inmediata de la Isla» con el intento de Inglaterra de «declarar la emancipación general de los esclavos de la isla,» y de este modo convertir a Cuba «en una *república-militar-negra* bajo la inmediata protección británica,» con lo que la isla se perdería no solo para la clase criolla, sino también para los Estados Unidos, dado que Cuba estaba «*destinada a ser la estrella más brillante del pavellón* [sic] *de América*» (60) (énfasis añadido). Como puede verse, Del Monte se refiere a los intentos de convertir a Cuba en protectorado británico, lo que de hecho equivaldría hasta cierto punto a un gobierno autonómico. La pregunta, sin embargo, que tenemos que hacernos, es la de *por qué* Inglattera habría querido para Cuba una *república-militar-negra*. Por otra parte – y esto es importante – al ligar «nuestra ruina» a los intereses estadounidenses, Del Monte explícitamente deja en claro, no solo su pensamiento anexionista, sino, además, su adhesión a la ideología del Destino Manifiesto, lo cual muestra su perfecta *sintonía* con el demócrata anexionista Everett. Está claro cuál era la preocupación de Del Monte al informar a Everett sobre la conspiración abolicionista y la rebelión de los esclavos:

> la influencia inglesa no tendrá límites en el hemisferio occidental: que sabrá, con los 600.000 negros de Cuba y los 800.000 de sus colonias en las West-Indies amagar con un golpe de muerte el corazón de la esclavitud sud-americana de la Unión, colocándose en la Habana y en el cabo de Sn Antonio, como en dos Gibraltares que cerrarán las dos entradas del golfo mexicano a las naves que no logren su beneplácito: además de impedir el libre tránsito a los buques americanos que quieran navegar por los dos canales de Bahama[sic] (61).

Hay dos aspectos en este argumento que es necesario resaltar. Por un lado, invoca el miedo a la africanización del Caribe; lo dramatiza con esas cifras que crean la imagen de un *estado de sitio*, una nueva geografía negra que terminaría por asfixiar a la población blanca y despojarla de sus riquezas y propiedades, al mismo tiempo que esto significaría de hecho un golpe de muerte al sistema esclavista. Por el otro, hábilmente – al menos en este pasaje – busca convencer a Everett, precisamente para presionar a los Estados Unidos a actuar con rapidez, de que es la Unión americana la que estaba realmente amenazada. Dicho de otro modo, a Del Monte le angustiaba tanto la suerte de Cuba como la de los Estados Unidos. Uno puede ver también la consumada hipocresía del argumento. Los que como Del Monte y Saco se oponían a la trata, *ya no la necesitaban*, y también *la temían* por la sobrepoblación de negros que ella produciría. Pero estaban muy lejos de ser abolicionistas, de buscar el fin de la esclavitud, y de renunciar así a sus propios esclavos. En este sentido, Del Monte es bastante explícito: «Los habitantes más ricos del país también están ciegos, y *no ven el peligro inminente en que se encuentran de perderlo todo*: todavía compran negros y abogan por la continuación del tráfico, y llaman revoltosos y amigos-de-los-ingleses a los pocos patriotas ilustrados que declaman contra la introducción de africanos, y promueven la inmigración de blancos en la isla» (61) (énfasis añadido). Creo que respecto al *patriotismo ilustrado* de que habla Del Monte sobran las palabras. Lo que sí vemos aquí, insinuado, es un abolicionismo gradual que dependería del aumento de la población blanca a través de políticas de inmigración. Entonces, luego de presentarle a Everett de la manera más trágica que podía el peligro que pendía sobre los Estados Unidos, Del Monte pasa a pedir esta vez directamente la intervención norteamericana, y a partir de un criterio repetido, y explícitamente anexionista:

> Ahora bien ¿qué debe hacer el gobierno de Washington en estas circunstancias?. – Verá impasible el pueblo Americano, como quien contempla la progresión de un drama en el teatro, como se va elaborando curiosa y hábilmente por la astuta Albión, la pérdida de la mayor de las Antillas, de la hermana menor de la gran Confederación Occidental de los pueblos caucásicos de América? No lo creo; porque, aunque la naturaleza desparramada u algo disolvente de sus instituciones gubernativas, le impida la *rapidez en las resoluciones*, y el *golpe certero en el ataque*; todavía tiene la gran ventaja de la omnipotencia de la opinión pública, y esta creo que *nos* es favorable en todos sentidos. A V. y sus amigos políticos toca

dirigir esta opinión y hacerla obrar, p[ero] pronto y bien, en las circunstancias presentes (62)

Del Monte está pensando, en efecto, está pidiendo un «golpe certero»
por parte de los Estados Unidos; quiere que obren, y pronto. Y a tal
efecto, sugiere incluso la manipulación de la opinión pública para que
respalde una acción militar. A este *patriota* ilustrado le preocupa que
se pierda para los Estados Unidos no digamos ya «la mayor de las Antillas,» sino incluso la «hermana menor» de la «gran Confederación
Occidental de los pueblos caucásicos.» Su racismo es de tal virulencia
que le cambia el nombre a los Estados Unidos.[36] Puesto a elegir entre
lo que él llama la «república etiópico-Cubana» (62) y la anexión, elige
lo segundo. Así, de lo que Del Monte dice aquí, y en otra de las citas
que ya comentamos, se sigue que para él la anexión era el camino de
Cuba. Es tal su miedo al negro, que no vacila en inferiorizar a Cuba –
«hermana menor» de los Estados Unidos – con tal de evitar la temida
africanización. Y no deja de ser curioso que Del Monte llame a su pesadilla república etiópico-Cubana; primero porque se trataría de una
organización política republicana y no monárquica; y luego, porque lo
*etiópico-cubano* implica una *cubanía*, una *cubanidad* negra. La africanización de la isla significaría así, tanto su ennegrecimiento como su
*cubanización*. Del Monte huye de esto hacia la solución *anexionista* y
*desnacionalizante*. «La frase que, según Echeverría [dice García
Marruz], pronunció [Del Monte] al morir: 'Muero anexionista', es la

---

36    Debo advertir que su racismo no se limita a los negros ni mucho menos. Aunque ahora
      no puedo detenerme en el asunto de la anexión de Texas que se debatía en aquellos mo-
      mentos en Estados Unidos, escuchemos a Del Monte hablar sobre los mejicanos en la
      carta que le escribe a Everett el 31 de julio de 1844: «Así es que en la cuestión de Texas,
      las naciones y los individuos que son meros espectadores del drama, simpatizan más con
      *el medio-salvage [sic] Mexicano*, y el ambicioso inglés, su padrino, que con el democrático
      Americano» (*La Correspondance* 120) (énfasis añadido). Y en esa misma carta le dice lo
      siguiente a Everett –quien había criticado, e incluso se había burlado de los datos errados
      de la Condesa de Merlin en sus impresiones sobre los Estados Unidos– sobre lo que
      Merlin había escrito acerca de su viaje a La Habana: «Dispuesta a escribir su 'Viage'[sic]
      solicitó de algunas personas en la Habana materiales sobre las rentas, el comercio, la le-
      gislación &c &c: éstos les [sic] fueron proporcionados con abundancia, los cuales unidos
      a los que después le dio Saco, en París, la pusieron en estado de escribir algunas cartas
      en muy buen sentido, y con datos bastante exactos sobre nuestras cosas públicas, salvo
      alguno que otro error o equivocación de la bella redactora, y fácil de disculpa en una
      muger [sic] que no entiende semejantes materias» (121). El paternalismo y la inferioridad
      que le atribuye a Merlin van de la mano. En primer lugar Merlin usa la información que
      le suministró Saco –la autoridad letrada masculina– y en segundo lugar los errores que
      haya cometido pueden ser disculpados, dada, no la ignorancia, sino la *incapacidad* para
      comprender «semejantes materias» de «una [esa] mujer.»

confesión de un fracaso» (*Estudios* 33).[37] Pero ¿por qué de un fracaso?, pregunto. ¿No es acaso más apropiado decir que esa frase simplemente resume una verdad, que era el perfecto epitafio para su tumba?

Leonardo y Domingo del Monte, el padre y el hijo, terminan trabados en el miedo al negro y en el engranaje de la misma represión colonial. Si el primero contribuyó a apretar el nudo que ahorcó a Aponte; el segundo contribuyó a la represión de la Escalera, y a la ejecución de Plácido. Y si los Estados Unidos no intervinieron en Cuba en 1844, no fue ciertamente porque no hubieran recibido la correspondiente invitación. Bastante que se esforzó Domingo del Monte. José Martí llamó a Domingo del Monte «el más real y útil de los cubanos de su tiempo.» Ahora sabemos el significado cabal de la frase.

## V. ¿Quién perdió la cabeza?: la novela Aponte, de Francisco Calcagno

En el más estricto sentido del término, *Aponte* es una novela policial. Lo curioso del texto de Calcagno es que rebasa también las expectativas del policial. Usualmente, los relatos policiales siguen dos caminos: 1) principian en la escena del crimen, y serpean por un camino plagado de demoras, desvíos, pistas falsas, hasta que por fin el criminal descubierto. 2) Asistimos a la ejecución misma del crimen –lo que nos coloca en una posición ambigua: somos testigos tanto como cómplices– y, al seguir las peripecias del detective nos deleitamos en el hecho de que sabemos lo que él desconoce. Otro aspecto esencial de los relatos policiales es el del motivo del crimen –que siempre sabemos, o termina por descubrirse– y, finalmente, pero no menos importante, es la seguridad misma de que en el centro del

---

37  No obstante, comenta en la página siguiente, en nota al pie: «La simpatía de Del Monte por Azcárate fue motivada por una carta que escribió este último a Antonio González de Mendoza contra la anexión y la esclavitud, carta que Del Monte mostró a Saco. 'Por entonces –cuenta Azcárate en sus respuestas al interrogatorio de Vidal Morales– también se cruzaron cartas muy agrias entre Miguel Aldama que era anexionista furibundo y Domingo Del Monte, resueltamente contrario a esta forma de separatismo'. 'Domingo se peleó con sus parientes, que solo después de algún tiempo y de un viaje a Madrid de Domingo Aldama reanudaron con Del Monte su cariñosa correspondencia Epistolar', (Mesa Rodríguez: ob. cit., p. 74.)» (*Estudios* 34). Ella afirma que de Del Monte «podría decirse lo que Fernando Ortiz dijo de Saco: sus ideas son siempre las mismas: solo cambian de posición» (39), lo cual constituye una curiosa manera de explicar la «fijeza» de las ideas. Obsérvese, de paso, que separatismo –que luego será identificado con el independentismo– es aquí solo una de las variantes del anexionismo.

relato hay un *crimen*. Todo esto resulta problemático en la novela de
Calcagno que, me atrevo a afirmar, no suelta prenda hasta casi al final.
Cuando el misterio se revela, el lector no puede sentir sino que ha
llegado tarde. Esto no significa que Calcagno no deje pistas, pero éstas,
como lo comprobará el lector por sí mismo, han sido plantadas con
tanta habilidad que a la postre resultan engañosas. Quiero dejar en
claro, no obstante, que no estoy afirmando que ningún lector llegará
a develar el misterio del texto; se trata más bien de que serán muy contados esos lectores. Otro problema importante es el *crimen* mismo, y
el *criminal*. Tratándose de una novela de índole racista; esto es, de un
texto que se desenvuelve en la sociedad esclavista, y que está narrada
desde una perspectiva racista, tanto el *crimen* como su naturaleza y el
*criminal* mismo resultan altamente cuestionables. Dicho de otra
manera, en esta novela el crimen *no* paga, y el criminal –el verdadero
criminal– se sale con las suyas. En este sentido, resulta de la mayor
importancia señalar no solo que la novela no es abolicionista, sino que
por el contrario es *anti-abolicionista*. Esto se revela en dos escenas cuya
relevancia radica en la inquietante discusión acerca de la *libertad* de
los negros. Dos ejemplos, estrechamente entrelazados y al mismo
tiempo habilidosamente separados uno de otro en la narración bastan
para demostrar lo que he dicho. En el capítulo titulado «Los quemacueros,»[38] dos de los personajes –Belisario y Alberto– aparentemente
sostienen una discusión sobre el derecho de los negros a rebelarse.
Digo aparentemente porque la «defensa» de ese derecho por parte de
Alberto es precisamente lo que le permite a Belisario acometer contra
ese derecho, y apoyarlo en argumentos obviamente marcados por las
ideas prestadas del darwinismo social (época en que se sitúa el narrador) y en un argumento típico de la sociedad esclavista: la supuesta
maldición bíblica. Belisario le recita a Alberto unos versos que había
escrito sobre Aponte, y que tituló «Al oso negro de las selvas». El segundo le responde que él no creía que «[Aponte] merece el Oso negro
de las selvas, *tanto* epíteto virulento, ni merecen los negros versos *tan*
piramidales. Yo creo que tienen razón. Si está su raza en el último escalón social, ¿cómo no ha de aspirar a su enaltecimiento?» (127) (énfasis añadido).[39] Nótese que, antes de defender el derecho de los

---

38   Así se les llama en la novela a los esclavos rebeldes que quemaban los cueros (látigos) de
     los mayorales, y luego los mataban.
39   Sigo la paginación original de la novela.

negros, Alberto le reprocha a Belisario, no tanto los insultos proferidos contra Aponte, sino el grado de los mismos. Dicho de otro modo, no se opone al epíteto virulento, sino a que sea *tan* virulento; ni a los «versos piramidales,» sino a que lo sean *tanto*. Así, los argumentos y preguntas de Alberto son los que de hecho les dan paso a los comentarios racistas de Belisario. El primero, por ejemplo, pregunta cuál es «la razón, el motivo, el por qué» de los abusos que sufren los negros: «¿Por qué? porque son negros, y no pueden ser blancos. ¿Para qué nacieron los bueyes? para trabajar; ¿para que el caballo? para ser montado; ¿para que el negro? para servir al blanco. La maldición de Noé a Cham, se cumple,» responde Belisario. Y más adelante: «es ley histórica que la raza potente oprima y absorba a la más débil.» Cuando Alberto arguye que los blancos no han sido precisamente «amables» con los negros, la riposta de Belisario no se hace esperar: «No importa; con la manumisión, impuesta o voluntaria, el país se arruinaría hasta el punto que ellos mismos se morirían de hambre; *ellos debieran oponerse a esa manumisión*» (129) (énfasis añadido). ¿Por qué enfatizamos esto? Porque cerca del final de la novela, en el capítulo «El esclavo liberto,» el narrador introduce el siguiente comentario acerca de un esclavo –personaje muy importante– y cuyo nombre me reservo, pues de lo contrario le entregaría al lector una de las claves del misterio de la novela:

> Allá en el cafetal, el hijo de Mama Creta, desconocido e ignorante del vasto mundo y de sus goces, vivía relativamente *feliz*, sin más dolores que los de la *materia*, porque la *falta de amor propio* y de *dignidad personal* anulaba los del *alma*; mas ahora, convertido el *esclavo* en *hombre*, los ojos con que miraba el anterior crepúsculo de ignominia y abyección de su vida, le hacía considerar preferible la *muerte* a la *esclavitud*.» (222-23) (énfasis añadido).

Como puede notarse, de la afirmación del personaje Belisario de que los esclavos deberían oponerse a la manumisión, hemos pasado a la inconveniencia misma de la libertad. El sujeto esclavo puede todavía, y aunque solo relativamente –ser «feliz» puesto que el único dolor que experimenta es el de «la materia.» La anfibología que escamotea la naturaleza de esa materia –el cuerpo– liga, por tanto, cualquiera que fuese el grado de felicidad del esclavo, a su mera existencia biológica; esto es, lo que Giorgio Agamben llama *zoé*. De aquí que lo que le falta al esclavo es la vida calificada –el *bios*– del hombre libre, del ciudadano.[40] El paso de la vida puramente biológica a la vida calificada, según Calcagno, es el verdadero causante de la infelicidad del esclavo, *no* la esclavitud *per se*. Porque, como reconoce Calcagno, la libertad no resulta suficiente: el esclavo querrá también la «dignidad.» Él reconoce, acertadamente, que para el esclavo la libertad solo podía significar que ya no tenía amo, porque entonces descubriría que «[ser] hombre de color en un país de blancos» era lo mismo que escuchar la voz del amo diciéndole al oído: «fuiste *mi* esclavo, y no puedes ser más que *mi* liberto» (223). El posesivo *mi* deja al descubierto que para el esclavo la lucha por la libertad no puede ser sino un esfuerzo tan ilimitado como angustiante de librarse del yugo de esa posesión.[41] No se le ocurra pensar al lector que tras estas reflexiones existe algún tipo de simpatía o de solidaridad con el negro. Por el contrario, una de las líneas de pensamiento más reiteradas en la novela es la de que la *libertad* resultaba *nociva* para el esclavo.

El comentario sobre el hijo de Mama Creta culmina en una escena magistralmente tramada por lo que oculta y revela al mismo tiempo. El hijo de Mama Creta se presenta ante Aponte y pide que se le permita engrosar las filas rebeldes para tomar venganza de su amo. Cuando Aponte le pregunta por qué quería vengarse, antes de que pudiera responderle, Aponte debió asumir, desde luego, que habían sido las humillaciones, la violencia física infligidas por el amo: «—¿Qué te hizo tu amo…?, pero ya comprendo; lo que todos los amos, egoísmo, inconsideración, ingratitud.» Pero el hijo de Mama Creta responde de otro modo: «Mi amo *me dio la libertad*, de eso me vengo» (232) (énfasis añadido). Significativamente, Aponte no se sorprende, ni mucho menos le extraña esta respuesta.[42] Al saber quién era su amo

---

40    Ver: Giorgio Agamben, *Homo Sacer. El poder soberano y la nuda vida*.

41    Véase el excelente estudio *Tercera Persona*, de Roberto Esposito. Precisamente, el argumento de Esposito –en mi opinión absolutamente persuasivo– es el de que el paso del esclavo al hombre está libre está tan accidentado que hace virtualmente imposible dejar atrás la esclavitud. De hecho, la figura del *trabajador asalariado* no nace en oposición al *trabajo esclavo*, sino como un desarrollo inevitable de la transformación del régimen esclavista en capitalista.

42    Jorge Camacho, en el artículo que ya hemos mencionado, cita un caso idéntico en la novela *Los crímenes de Concha*, de Calcagno: «Pero aun en el momento en que lo iban a matar, dice el narrador, Macario 'piensa' que la 'causa primera de su desventura' había sido aquel 'amo bondadoso', el francés, que lo había dejado 'libre y sin freno' (*Los crímenes* 163) (Camacho 189). No se insistirá demasiado en que ambas escenas funcionan como espejo una de la otra. Igualmente, Susan Willis en *The Slave's Narrative*, incluye esta cita de Calcagno: «Malo es ser esclavo, pero mil veces peor es ser esclavo despierto; un esclavo que piensa es una protesta viva, es un juez mudo y terrible que está estudiando el crimen

—«uno de los señores rarísimos amados de sus siervos; ni uno solo de su propiedad, se había incorporado a las falanges rebeldes— concluye que «amos de tal índole eran un inconveniente para la realización de la magna idea. El imperio de Aponte no podía sino cimentarse sino sobre sangre y ruinas, y, sería preferible, en justo homenaje a la conciencia humana, luchar contra tigres que no contra justos» (232). Del amo del hijo de Mama Creta, Aponte «[s]abía que... era uno de los rarísimos señores,» que era amado por sus esclavos, pero el paso a la afirmación de que «[e]l imperio de Aponte no podía sostenerse...,» crea una ambigüedad; cabría mejor decir un *puente* en cuyo punto medio se solapan lo que piensa Aponte, y el juicio del narrador-autor. Primero habla un narrador omnisciente que, por serlo, puede reportar lo que *piensa* Aponte, pero lo que sigue está más dentro de lo que opina el autor-narrador y le comunica al lector. Incluso debe notarse que lo segundo, por más que lo disfrace Calcagno, es un comentario sarcástico sobre una violencia desbordada que, en su misma «justicia a la humanidad» aparece como *inhumana*.

¿Cómo presentar entonces la novela de Calcagno sin revelar el *secreto* que la sostiene de *principio* a *fin*? De más está decir que resulta casi imposible. Por esta razón el foco de esta introducción se limitará a tres aspectos de gran relevancia y estrechamente relacionados entre sí: 1) al contenido altamente simbólico de la novela, expresado en el secreto de la identidad de una de las dos cabezas mencionadas al comienzo de la novela; 2) la compleja relación autor-narrador e historia-ficción, así como a las consecuencias raciales y políticas de este entramado. Por último, revisitaremos la muy conocida expresión «más malo que Aponte». Esto es en lo que respecta a la novela de Calcagno, estrictamente hablando. Señalo esto porque, a modo de conclusión, destacaré la reaparición no solo de la figura de Aponte, sino también de su cabeza —y justo al cumplirse el Centenario de su rebelión— en el contexto de la masacre de los Independientes de Color (1912), y en la proximidad del tercer Centenario (2013), ocasión en la que le dedicaremos algunas reflexiones a la novela *Una biblia perdida*, de Ernesto Peña González (2010).

*Aponte* comienza llevándonos a un momento específico de la rebelión. Esta ha sido sofocada, los rebeldes ejecutados, y lo primero que

social» (Willis 199).

se muestra a los ojos del lector, no es otra cosa que la cabeza de Aponte encerrada en una jaula de hierro y expuesta a los ojos de la muchedumbre. De modo que Calcagno exhibe la cabeza desde dos perspectivas diferentes y simultáneas que se complementan una a la otra: la cabeza cuelga entre los ojos del lector y los de la multitud. *Proximidad y distancia*. Estas miradas que a su vez encierran la cabeza articulan otra especie de jaula, pero de una solidez menos confiable que la del hierro: las miradas, fijas en la jaula de hierro, traicionan la fascinación que ella suscita, pero también desasosiego.

La novela da comienzo con un «Prólogo», cuya primera línea –«Día 9 de abril de 1912»– nos sitúa temporalmente en un hecho histórico específico: la ejecución del primer grupo de rebeldes, Aponte entre ellos. El narrador encuadra la escena – el lugar, y la gente: en el punto «donde empezaba el camino de San Luis Gonzaga, *hoy* calzada de la Reina, la multitud absorta contempla un espectáculo repugnante, monstruoso, posible solo en La Habana de *aquellos* tiempos.» Desde su comienzo mismo se establece la distancia histórica y temporal entre la Habana de ayer –donde ese «espectáculo» era todavía posible– y la de hoy, obviamente más moderna y civilizada que aquélla. Incluso el cambio de nombres de las calles enfatiza la distancia. Solo que el narrador quiebra esta distancia, o la pone en entredicho, al llevarnos a 1812, y forzarnos a ser testigos de la ejecución de Aponte; ejecución que, obviamente, él ha visto *antes* que nosotros, sus lectores. La cabeza estaba «en el interior de una jaula de hierro, enclavada sobre un poste de dos metros, custodiada por dos hombres armados, una cabeza humana se ofrece a la expectación pública.» Tanto la jaula que la encierra, como su vigilancia por hombres armados, sugieren una inquietante agencia en esa testa que podría burlar su encierro. Además, la frase «se ofrece» podría leerse como que esa cabeza actúa por su cuenta, que ella se ofrece, desafiándola, a la mirada «absorta» de la multitud. Habría que preguntarse *quién* mira a *quién*, *qué* es lo que mira y *qué* es lo mirado. Pues la multitud absorta está sin dudas atrapada, enjaulada entre hierros no menos férreos que los que guardan la cabeza. Un dicho popular cubano viene a la mente: «compró *cabeza* y le cogió miedo a los *ojos*» (énfasis añadido). Calcagno juega, además, a excitar el placer del lector posponiendo la aparición de *otra* cabeza, empalada en el puente del Horcón, y escondiendo su identidad, la de su dueño. A ese deseo decapitado, Calcagno ofrece otra cabeza: «En el mismo día, otra cabeza de muerto se exhibía en el puente del Horcón, hoy de Chávez. La cabeza expuesta en San Luis Gonzaga es de un negro, la del puente del Horcón es de un mulato» (5). Solo dos páginas después nos informa que la cabeza del negro era la de Aponte. Pero no es esta última –y que es que describe minuciosa y grotescamente– la cabeza central a la trama, sino la otra, la del mulato, y cuyo nombre no se nos revelará sino casi hasta el final de la novela. La estrategia narrativa consistirá, entonces, en barajar esas cabezas tanto como sea posible, al parecer con la intención de que el lector se extravíe, *pierda la cabeza* en ese juego de cabezas aparentemente trocadas. En este sentido, el error de Sibylle Fischer consiste en afirmar, no que la novela se enfoque en un «mulato ficticio,» sino que «se mantiene lejos de Aponte» (Fischer 56). Dicho error solo demuestra la maestría narrativa de Calcagno al tramar la novela que, insisto, es un magnífico ejemplo de novela policial.[43] Es importante notar que Fischer solo se detiene en una cabeza –la de Aponte– y no en la de aquella que le hacía compañía: la del mulato. Justamente el truco narrativo de Calcagno es el de describir minuciosamente la horrible visión de la cabeza de Aponte, y no mencionar sino al final del «Prólogo» –y sin describirla, esto es, sin hacer de ella un objeto de horror– la cabeza que protagoniza la novela. Vale observar que, no obstante lo que acabamos de decir, ambas cabezas están íntimamente relacionadas, y no solo por la participación de sus dueños en la revuelta de esclavos, sino también por su significación simbólica. Si la cabeza de Aponte es, o se pretendía que lo fuera, el significante de la rebelión y de la subsecuente represión; la *otra* será a su vez el de otro significante, y como se verá a su debido tiempo, menos tranquilizador, y hasta el reverso de lo que el poder colonial quiso inscribir en la de Aponte. Hábilmente, pues, Calcagno se detiene en la cabeza que por otra parte le da título a la novela, engañando *a medias* al lector que creerá que va a leer una novela histórica. En efecto, el inicio de la descripción de la cabeza de Aponte introduce, de manera casi imperceptible, la *otra*: «La cabeza expuesta en San Luis Gonzaga es de un *negro*, la del puente del Horcón es de un *mulato*» (énfasis añadido). En efecto, como ya hemos dicho, será la de Aponte hacia la que Calcagno dirige al lector; cabeza que le sirve de señuelo narrativo:

---

43   Vale añadir que, no obstante lo apuntado, Fischer hace una observación muy importante sobre la novela. A esto regresaremos a su debido tiempo.

> Exangüe el rostro, cárdenos y contraídos los labios, que ocultan
> apenas unos dientes blancos y afilados como los del cocodrilo, los
> ojos sanguinolentos, inflados y medio abiertos, revelando la muerte
> por asfixia; un olor nauseabundo que impregna la atmósfera, las
> moscas zumbando en derredor, y el populacho abyecto, como fas-
> cinado ante aquella asquerosa obra humana, de la que esperaba el
> elemento oficial saludable escarmiento para malhechores y tranqui-
> lidad material para la gente honrada (6).

La detallada descripción oscila entre el asco y la fascinación que no
son solo los del «populacho abyecto,» sino también de Calcagno.
Además, la descripción misma deja entrever el desasosiego que suscita
en él esa cabeza. Posicionado, claro, entre la «gente honrada,» y parti-
dario por tanto del «elemento oficial,» para ambos grupos, y especialmente para Calcagno, la escenificación pública de la ejecución, ex-
presada en el imperfecto *esperaba*, no podía resultar, por cierto, muy
*tranquilizadora*. Puesto que ese imperfecto expresa un pasado que no
termina de pasar, inconcluso, además de que, semánticamente,
combina la (siempre incierta) *esperanza*, con la *creencia* (no menos pre-
caria) de que el «escarmiento» cumpliría su «saludable» cometido, la
mirada fija de Calcagno traiciona su propio cautiverio –en el doble
sentido de cautivo (aprisionado y seducido)–, su, si se prefiere, su inti-
midad con una cabeza que, aun después de cortada, no cesa de hablar,
ni de mirar. Calcagno se adentra, sin poderlo evitar, en la geografía del
horror. Si los labios quieren ocultar los dientes, su deseo y su miedo, los
obligan a entreabrirse para que aquellos por fin se dejen ver en todo lo
que tienen de amenazadores: «dientes blancos y afilados como los del
cocodrilo.» De detrás del intento de bestializar al rebelde ejecutado,
surge, amenazadora, la voracidad amenazante del cocodrilo que, casi
siempre, ataca por sorpresa, surgiendo de repente de las aguas oscuras
de un río, de los pantanos, de una geografía, en fin, tan amenazante
como la que se insinúa en esa cabeza aparentemente derrotada y silen-
ciada. Obsérvese que un detalle revelador de la ambigüedad de la
mirada de Calcagno son las frases «ocultan apenas» y «medio abiertos.»
Ellas muestran la oscilación entre el deseo y el miedo de mirar *aquello*.
Incluso ese «olor nauseabundo» que, como él afirma, «impregna la atmósfera» –y es de notar aquí ese presente perpetuo, que no acaba de
pasar– ¿podría acaso no impregnar la escritura de Calcagno? ¿Podría
acaso Calcagno no respirar ese «olor nauseabundo,» preservar la «salubridad» de la escritura, salvarse de las trampas de la abyección?

Calcagno continúa describiendo lo que él llama «el cuadro» sin mencionar nombre alguno:

> Atentas ante todo a la seguridad de la colonia, fácil era que las leyes de Indias prescindieran de las apariencias, cuando *el malvado* que se castigaba o suprimía era de la raza esclava, tanto más temible por su número, por el trato que se le daba, y por el innegable derecho que tenía a reclamar y aspirar. De medio millón de almas que poseía Cuba, 300 000 eran esclavos, y eso imponía el lujo de crueldad en los castigos; *era preciso probar que sabíamos precaver, ya que no ilustrar*. Todo terror se consideraba lógico y saludable; que el orden es suprema necesidad del estado (6) (énfasis añadido).

Ahora, ni siquiera se refiere a alguna de las dos cabezas, puesto que se trata de una reflexión generalizadora que incluye a todos los ejecutados por las autoridades coloniales, y que son designados con un solo término: *el malvado*. Por otra parte, el *nosotros* no deja lugar a dudas –tal como ya lo vimos antes– acerca desde *qué* lugar Calcagno habla. Porque aun si se arguyera que se trata, o que podría tratarse del plural de modestia, su tácito respaldo a las medidas represivas lo implica en ellas. Además, la generalización en *presente* con que concluye –«el orden es suprema necesidad del estado»– sugiere que el mantenimiento del orden no solo en 1812, sino también en su propia época, legitimaba la violencia; incluso la *preventiva*.

El autor continúa posponiendo la narración en sí mientras se entrega a reflexiones sobre la necesaria costumbre de la publicidad que rodeaba a las ejecuciones, así como a otros detalles tales como la posibilidad de escapar a la ejecución mediante un pago por un particular. Igualmente señala –en lo que sin dudas es otra referencia histórica– que en Cuba se puso fin a la costumbre de exhibir las cabezas de los ejecutados antes de que se extinguiera la esclavitud. Este último detalle sugiere que el autor-narrador escribe, cuando menos, en *1886*, año de la abolición oficial de la esclavitud en Cuba. Pero, como veremos más adelante, la narración contradice esto del modo más flagrante.

Tras esta digresión, Calcagno todavía incluye otra para narrarnos la historia de Aponte, la que se extiende de las páginas 7 a la 10. En esa narración escueta sobresalen, sin embargo, dos cosas. En primer lugar, la mención de la frase «más malo que Aponte» seguida de la pregunta: «¿Quién en Cuba no ha oído alguna vez esa frase?» Luego de expresar que «[n]o todos conocen su origen,» siguiendo el mandato de la caridad que consiste en instruir al que no sabe «diremos que el Antonio Aponte fue un negro de alma tan negra como su rostro» y que pretendía «fundar un imperio negro sobre las ruinas de la colonia blanca, proclamándose emperador,» lo cual «había de conseguir asesinando a todos los blancos y quedándose con las blancas, para servicio doméstico y *otros usos*» (7-8) (énfasis añadido). Para que no quepan dudas de que estas son las palabras del Calcagno autor, tanto como del narrador, todo lo que tenemos que hacer es repasar la entrada que le dedica a Aponte en su *Diccionario Biográfico Cubano*, puesto que es de aquí de donde toma, casi al pie de la letra, la información que ofrece en la novela. Veamos:

> «*se asegura* que hipócritamente [Aponte] acompañaba al *Rosario* que de la iglesia de la Merced salía todas las noches a rezar y recoger limosnas por las calles de la Habana» (*Diccionario* 40) (énfasis añadido).

> «y *tampoco sé dónde he leído*, que rezando hipócritamente, con golpes de pecho y alzamiento contrito de ojos al cielo, solía acompañar el rosario que de la iglesia de la Merced, salía todas las noches a cantar rezos y recoger limosnas por las calles de la Habana» (*Aponte* 8) (énfasis añadido).

Lo interesante en ambos casos, es que tanto la información que nos ofrece el *Diccionario* como la que encontramos en la novela están informadas por el rumor, y más aún que Calcagno no recordara dónde había leído esa historia: ¡en su propio *Diccionario*! Y éstas no son las únicas coincidencias ni mucho menos. Recuerde el lector la cita que acabábamos de dejar atrás:

> «diremos que el Antonio Aponte fue un negro de alma tan negra como su rostro» y que pretendía «fundar un imperio negro sobre las ruinas de la colonia blanca, proclamándose emperador,» lo cual «había de conseguir *asesinando a todos los blancos* y *quedándose con las blancas*, para servicio doméstico y otros usos» (*Aponte* 7-8).

> «fraguó una conspiración entre los de su color, cuya mira era *asesinar a todos los blancos*, *quedarse con las blancas* y establecer aquí un imperio por el estilo de Soulouque» (*Diccionario* 40) (énfasis añadido).

Las diferencias son mínimas, excepto en un detalle importante. En el *Diccionario*, la entrada de Aponte concluye con su ejecución y la de los rebeldes. Pero en la novela, insertada al final de la narración de la historia de la sublevación de Aponte, reaparece la cabeza del mulato cuyo nombre no se había mencionado, ni lo descubrirá el lector, sino cuando ya esté muy cerca del final del texto: «el otro que llamaba la atención por sus facciones semicaucásicas, era desconocido por las turbas, y por eso muchos preguntaban en vano por qué estaba allí su cabeza.» Se habrá notado que ahora no se habla del mulato, sino como «el otro.» A él se le atribuyen ahora *facciones semicaucásicas*. Por lo mismo, esa cabeza desdibuja peligrosamente las categorías raciales. Desde luego, no se me escapa que un mulato —sobre todo si era muy claro, «adelantado»— podía tener facciones caucásicas, pero en la novela de Calcagno debemos tomar en serio esa metamorfosis racial, puesto que en ella reside el núcleo de su *secreto*. Eso explica el paso de la *piel* a las *facciones*. Como se sabe, en la novela abolicionista no es infrecuente el secreto del origen, del nacimiento, plasmado en la relación sexual, satisfecha o deseada, entre sujetos de la raza blanca y de la negra (incluyendo los mulatos). El ejemplo emblemático es, por supuesto, *Cecilia Valdés*. Otro caso similar, aunque menos explícito, es *Sab*, de Gertrudis Gómez de Avellaneda. Pero mientras el origen del nacimiento de Cecilia es un secreto, éste no es el caso en la novela de Calcagno. Por el contrario, al lector se le informará, de la manera más natural, el origen de esas facciones semicaucásicas. Aquí el problema será de otro tipo: a dicho personaje se le hará creer que su padre es X. El lector descubrirá, sin embargo, que aquello que desata su justa ira cuando por fin se le revela la verdad, no es el engaño mismo, sino el descubrimiento de que ha sido solo un instrumento de un plan urdido por otros dos personajes. Este hecho, del que no le daré más información al lector, saca a la luz la ambigüedad subyacente en la relación *esclavitud-libertad*, y *amo-esclavo*.

Dada su importancia, permítaseme recordar lo que dice Calcagno al referirse, no a la cabeza de Aponte, sino a la otra: «el otro que llamaba la atención por sus facciones semicaucásicas, era *desconocido* por las turbas, y por eso *muchos preguntaban* en vano por qué estaba allí su cabeza» (énfasis añadido). El «Prólogo» concluye escuetamente: «Para explicar el *origen* de esa cabeza se ha escrito la presente *historia*» (10).

Pienso que al lector se le habrá hecho más evidente eso que afirmé antes: la pericia narrativa de Calcagno, así como —tal y como ya lo había visto antes Camacho— la efectividad con que podía urdir un relato policial. *Aponte* es, a mi juicio, la mejor y más acabada expresión de estas cualidades. Hay que observar que lo único que, según Calcagno, causa la curiosidad de «las turbas» era el hecho de que la otra cabeza les era *desconocida*. Hábilmente, inserta el deseo del lector (de novela policial) en el de las «turbas,» puesto que no es exagerado afirmar que nosotros, al igual que el «populacho abyecto,» al leer-mirar la cabeza –la otra, porque el autor hace el trueque en este momento, nos sintamos a su vez *fascinados*, *excitada* nuestra curiosidad. Así, parece decirnos éste: «igual que esas «turbas» preguntaban *en vano*, ustedes, los lectores, también preguntarán *en vano*.» No se trata, claro, de que nuestros esfuerzos serán definitivamente inútiles, sino de que ahí hay una advertencia: «demoraré la revelación del secreto tanto como me sea posible. Y sé que disfrutarán la demora, aunque no lo admitan ahora, o parezcan irritarse.» En este sentido, la novela debe leerse como un cuerpo que –literal y metafóricamente– ha perdido la cabeza y avanza, dando tropiezos por un camino accidentado para encontrarla. El propósito de Calcagno no es otro que mantener en vilo a las turbas y a los lectores, dirigir su curiosidad y su deseo hacia *esa cabeza*. La novela es la cuchilla que separa una cabeza de su cuerpo, y al lector del cumplimiento (pospuesto casi hasta el final) de su deseo. Por la misma razón el deseo del lector, así como el cuerpo mutilado comparten y están trabados en la misma empresa: encontrar/recuperar la/su cabeza. De ahí que el título de la novela resulta engañoso, pues nos da gato por liebre. La cabeza de Aponte es, sin dudas, importante. Es el objeto de comentarios y temores, y según progresa la novela es una amenaza que parece lejos, pero que se acerca cada vez más. Está, por decirlo de algún modo, siempre presente. Pero Calcagno la usa como biombo tras la cual oculta la otra. Ambas terminarán encontrándose y, como ya sabe el lector, compartirán la misma suerte. Sin embargo, esa de que promete ocuparse la novela, no aparecerá sino al final. La novela tiene, pues, una estructura circular perfectamente tramada.

Resulta particularmente útil repasar aquí la lectura que propone Peter Brooks de *Más allá del principio del placer*, de Freud; y que para él constituye la trama maestra del propio Freud. Brooks señala que «en el trabajo analítico (como también en los textos literarios) hay una evidencia, mínima pero real, de la compulsión a repetir que puede cancelar el principio del placer [...].» En la narrativa, añade, «siempre tiene que presentarse como una repetición de sucesos que ya han ocurrido, y dentro de este postulado de repetición generalizada, debe hacer uso de repeticiones específicas, perceptibles, a fin de crear una trama, es decir, de mostrarnos una conexión significativa de los eventos» (Brooks 99). *Aponte*, me atrevo a afirmar, ilustra a la perfección el argumento de Brooks. Así, por ejemplo, la rebelión de Aponte es representada a través de constantes repeticiones que incluyen, como ya hemos visto, en primer lugar la narración del propio autor, y luego, las de diferentes personajes cuyos temores racistas reflejan/repiten los de la época, y esto hasta el punto de que Calcagno inserta un fragmento del bando de Someruelos. Igualmente, cita un fragmento de una crónica de *El Triunfo*, de 1881 para mostrarle al lector que lo ocurrido con X, no era nuevo en La Habana, y que incluso ya había ocurrido antes, en la década del 30 o del 40. La sensación de que nos movemos en círculos es fuerte, sin dudas, y el epítome podría decirse que es la cabeza misteriosa, la cual no solo comparte la suerte de la de Aponte, sino que es su repetición misma, puesto que, aunque por razones desconocidas por las «turbas» y los lectores, pero no por el autor, una termina siendo un espejo de la otra. No tanto por la participación de ambos personajes en la rebelión, sino más que nada por la mirada racista que las reúne. Lo que permite mejor apreciar esto es el hecho de que si bien —y consecuentemente su cabeza— se une a la rebelión de Aponte, Calcagno no narra la rebelión en cuanto tal, sino que solo refiere su final, además de elogiar el trabajo de los represores. El silencio apuntado cumple, además, una importante función narrativa e, insisto, racista: al final, sabemos por fin de *quién* era la cabeza, e incluso *qué* llevó a su dueño a unirse a Aponte, pero en el salto de la rebelión a la ejecución, Calcagno elude la cuestión de la culpa de los blancos. No que no lo mencione, sino que mayormente lo que les reprocha es la libertad, las concesiones que les hacían a los negros.

Brooks señala que Freud se acerca cada vez más «a una averiguación concerniente a la relación entre la compulsión a repetir y lo instintivo.» Siguiendo este análisis, por supuesto, Brooks nos lleva a la conclusión freudiana: «la meta de toda vida es la muerte» (102).[44] De aquí extrae Brooks una importante conclusión para una mejor comprensión de cómo funciona la trama, de en qué consiste su efec-

---

44    Brooks cita a Freud

tividad: «Lo que opera en el texto a través de la repetición es el instinto de muerte, el impulso hacia el final.» En este punto considero importante citar extensivamente a Brooks:

> Más allá y por debajo de la dominación del principio del placer está la línea de la trama, su básica 'pulsación,' sensible o audible a través de las repeticiones que nos hacen regresar en el texto. No obstante, la repetición demora también la búsqueda de la gratificación de la descarga del principio del placer, lo cual es otra pulsión de movimiento-hacia adelante del texto. Tenemos una curiosa situación en la que dos principios de movimiento hacia adelante operan uno sobre otro como para crear una demora, un espacio de dilación, en el que el placer proviene de la posposición en el conocimiento de que esto – ¿a la manera de estimulación del placer?– es una aproximación necesaria al verdadero final. Ambos principios pueden en verdad ser dilatorios, un placer *en* y *de* la demora, aunque ambos también en maneras diferentes nos recuerdan la *necesidad de un final*. Esta aparente paradoja puede ser consustancial con el hecho de que la repetición puede llevarnos hacia adelante y hacia atrás porque estos términos se han vuelto reversibles: *el final es un tiempo antes del comienzo* (103) (énfasis añadido).

Entonces, si como afirma Brooks, «la trama arranca (o crea la ilusión de arrancar) de ese momento en el que la historia, o la 'vida,' es estimulada desde un estado de quietud a otro de narratividad, en una tensión, un tipo de irritación, que exige narración,» *Aponte*, como he venido insistiendo, es el perfecto ejemplo de una trama ideal. La novela no podía haber arrancado de algo más inanimado que de una cabeza decapitada. Igualmente, es precisamente esa quietud la que exige la narración, primero de las turbas, y luego del lector. La novela avanzará, como lo hace desde las primeras páginas, entre dilaciones, digresiones, vuelta atrás, etc., para, simultáneamente, satisfacer el principio del placer y la pulsión de muerte; puesto que, en última instancia, el deseo de averiguar el final, es un deseo de muerte. No es, pues, casual, que la novela de Calcagno al estimular y, satisfacer el deseo de los lectores y de la multitud, comience y concluya en el mismo lugar; y sobre todo, que el *inicio* y el *final* terminen repitiéndose especular y vertiginosamente en la cabeza objeto del deseo, y con el que solo puede coincidir en la decapitación.

De aquí el acierto, pero también el lamentable error en que incurre Fischer. En la novela, afirma ella, «Aponte y la guerra de razas en general, al parecer están contenidas a través de una narrativa de desplazamiento: lo que parecía *anterior* —es decir, la guerra de razas— se muestra como *posterior*; y lo que parecía ser la causa del peligro aparece como el *efecto*.» Añade que «[l]os reclamos políticos de la población esclavizada y de sus aliados existen solo como *secundarios* a otros conflictos» (Fischer 56) (énfasis añadido). Ciertamente, como ella afirma, la novela está estructurada a partir de desplazamientos que, además de, en efecto, invertir la cronología histórica de los hechos, introduce digresiones, flashbacks, y conflictos que, contra lo que ella postula, sí están íntimamente relacionados con la rebelión de Aponte. Para no poner sino un ejemplo —por cierto importante— este es el caso de la historia de Juan Pérez. En tanto que figura *ubicua*, Aponte es la figura amenazadora que se introduce en las conversaciones, en los rumores que circulan por la ciudad. Se le relaciona con un esclavo misteriosamente desaparecido. Por otra parte, Fischer acierta en parte al afirmar que «[l]a ficción literaria transpone así un conflicto que en apariencia no puede ser abordado directamente.» Pero esto sugiere —a lo que hay que añadir lo que ella había expresado antes— el papel predominante, e incluso me atrevería a decir protagónico de la ficción literaria a expensas del acontecimiento histórico de la rebelión de esclavos. No obstante, a Fischer no se le escapa algo de vital importancia y que, como veremos, nos llevará de vuelta al final, esto es, a la cabeza de Aponte: «El mérito de Calcagno es el de haber hallado una articulación que permite que una memoria aterradora, reprimida, *vuelva* a infiltrarse en la esfera pública, convertirse otra vez en conocimiento» (Fischer 56) (énfasis añadido). El regreso de lo reprimido se manifiesta, ante todo, en la ya mencionada narrativa circular, que nos fuerza a mirar la cabeza decapitada, grotesca —no la de Aponte, como ya hemos dicho— de ese sujeto, supuestamente ejecutado junto con Aponte, descrito primero como mulato, mientras que luego «llamaba la atención por sus facciones semicaucásicas.» Como recordará el lector, al final del «Prólogo,» el narrador expresa sucintamente:

> Para explicar el origen de esa cabeza se ha escrito la presente historia

Al final, la novela da un giro inesperado:

> Y he aquí porque en la mañana del 9 de Abril de 1812, la mul-

titud  absorta contemplaba en el puente de Chávez, aquel repug-
nante espectáculo que la fascinaba y en vano inquiría.
— ¿Por qué está aquí esa cabeza de blanco?
Al fin pasó uno que se demoró, miró, oyó y satisfizo la curiosidad
diciendo:
— Es que ese blanco… era negro (*Aponte* 236).

La mención de la «multitud absorta [que] contemplaba […] aquel
repugnante espectáculo» *repite*, casi al pie de la letra, la escena de la
cabeza de Aponte al comienzo de la novela: «el populacho abyecto,
como fascinado ante aquella asquerosa obra humana.» *Multitud/po-
pulacho*; *fascinado/absorta*; *asquerosa* obra humana/*repugnante* espectáculo.» Similarmente, la curiosidad de la multitud por las «facciones
semicaucásicas» del desconocido, explicaba por qué «muchos preguntaban en vano por qué estaba allí su cabeza,» retorna al final: otra vez
la multitud *inquiría*. Y como antes, el narrador dice que «en vano.»
En este punto se distancia de su propio relato, para que uno que
*pasaba* disipara al fin la curiosidad: «Es que *ese blanco… era negro*.»
La sorpresa del desenlace reside, por supuesto en la revelación definitiva de la cabeza. El mulato de facciones semicaucásicas resulta ser
un *blanco* que era *negro*. Ese desenlace, sin embargo, lo es solo en apariencia, puesto que el descubrimiento nos lleva a *otro* misterio, a otro
comienzo justo al concluir la novela. No se trata, como era el caso de
otras novelas, de que esa cabeza pudiera *pasar* por blanca, sino de que
fuera un oxímoron: a la vez *blanca* y *negra*. Desde luego, el lector comprobará que, en efecto, por sus facciones «semicaucásicas» la cabeza
podía *pasar* por blanca. Debe advertirse, no obstante, que lo que veía
la multitud era, literalmente hablando, la cabeza de un *blanco*. Entonces, la respuesta del transeúnte, lejos de aclarar que se trataba de
un mulato casi blanco, añade confusión al declarar que esa cabeza era
ambas cosas: *blanca* y *negra*. Este final es el que, a pesar de Calcagno,
subvierte la impronta racista de la novela. Si con las ejecuciones de los
rebeldes, como comenta Calcagno, «esperaba el elemento oficial *saludable* escarmiento para malhechores y tranquilidad material para
la gente honrada» (énfasis añadido) en esa cabeza blanca y negra se
traban la represión contra los esclavos, los negros, y la amenaza de
éstos de regresar a vengarse y poner en entredicho la victoria de la violencia institucionalizada de la colonia. Después de todo, el empala-
miento de las cabezas de los rebeldes, con el que se pretende dar un

saludable escarmiento, es no menos indicativo del miedo de las autoridades y de la élite blanca. No se me escapa, claro, que la novela sugiere que no es posible decapitar una cabeza sin hacer lo mismo con
la otra. Pero hay que recordar que eran los blancos los que
decapitaban a los negros –al menos casi siempre. Por tanto lo reprimido que retorna aquí es el miedo nunca apagado a la venganza
del negro. No se trataba, no, de la guerra de razas, sino en todo caso
de la guerra de la raza blanca contra la negra. El final de la novela nos
enfrenta a una ambigüedad que muy posiblemente traicionaba los
miedos del propio Calcagno. No hay que olvidar que publica su
novela en 1901, es decir, a un año de la proclamación de la República.

En la novela el terror de los blancos es justamente la contraparte, y
además aquello que los ronda, impidiendo su tranquilidad, de la represión desatada contra los rebeldes negros. De hecho, esto último es
apenas narrado en la novela, mientras lo primero es en última
instancia el motor que pone en marcha la narración. En este sentido,
el racismo de Calcagno refleja como un espejo, y es la proyección me-
tonímica del terror de su clase. Ese racismo es a su vez lo que permite
constatar la trabazón narrador-autor.

Un ejemplo de lo que señalamos es el capítulo 3 titulado «Los quemacueros,» y al que nos referimos antes, pero solo de pasada.
Conviene notar que dicho capítulo gira alrededor no solo de los este-
reotipos racistas de los blancos, sino también de sus miedos. En cuanto
a lo primero, se destaca la representación de los rebeldes como
salvajes. Además, el salvajismo atribuido a los negros los coloca, in-
equívocamente, y como era de esperar, fuera de la civilización, pero
también fuera de la identidad criolla y nacional – aun si ésta
empezaba apenas a insinuarse en los criollos, todavía fieles a España,
tal como lo puso de manifiesto la virulencia del sentimiento anti-
francés tras la invasión de España por Napoleón:

> *Allá por las cerranías de la Sierra Morena*, los cimarrones acababan de
> celebrar una ceremonia *grotesca* y *salvaje*, que moviera a risa, si no
> indignara por su vandálica intención: la fiesta de quemacueros. En
> una *gran fogata* quemaron los cueros (látigos) quitados a los mayo-
> rales que habían asesinado, y con ellos *algunos de los brazos* que los
> habían esgrimido. *Alrededor de la hoguera bailaban en rueda*, después
> de *emborracharse hasta perder el juicio; mostraban sus miembros mar-
> cados por el látigo de los mayorales, y juraban el exterminio de blancos
> sin distinción de edades, aunque sí de sexos.* La fiesta de quemacueros,

> que dejó este nombre a una de las bandas rebeldes, debía ser de *ca-rabalíes*, que se dicen *antropófagos* en su tierra, a juzgar por lo feroz y sanguinario de sus adeptos; aunque no consta que tostaran allí ningún niño blanco, como se dijo de una secta de la especie en Haití (Aponte 124-25) (énfasis añadido).

Los marcadores de la geografía de la «barbarie» son, en primer lugar, la significativa distancia cultural que separa al hablante *blanco* de su otredad radical, el *negro*: «Allá por las serranías...» La separación de las *serranías* –el monte, la naturaleza salvaje– de la *ciudad* – el espacio de los teatros, paseos, bailes; en fin, de la civilización, es el primer signo de una ruptura radical encaminada a legitimar la represión. No obstante, aquí aparecen también los terrores psicológicos de los blancos ante la creciente amenaza de la rebelión de Aponte, y es de la mayor importancia que nos detengamos en el miedo generado por la «barbarie» negra. En este sentido se destacan, primero, el horror inspirado por la mutilación: en un gesto altamente simbólico, los quemacueros habrían quemado los látigos con que se les infligía la violencia, pero también «algunos de los brazos que los habían esgrimido.» Resulta imposible minimizar la significación simbólica de este pavor: ahí se ha producido un corte, un desgarramiento, en verdad, un acto de *decapitación*, y consecuentemente, de castración. Si, como afirma Carol Mason, «[v]er a un blanco con un cuchillo evoca, no la ansiedad de castración freudiana, sino más precisamente una histórica ansiedad de castración» (Mason 234),[45] en el caso que nos ocupa el blanco experimentaría esa misma ansiedad igual al ver al negro con un cuchillo o un machete. Más aún; esta ansiedad de castración es reforzada por el siempre presente temor al negro adueñándose de las mujeres blancas, y que ambiguamente oscila entre la fantasía sexual con la potencia viril del negro, y el ya mencionado miedo a la castración, de emasculación de los blancos. Hay que decir que la lectura psicoanalítica que hace Franz Fanon, es más que probablemente acertada:

> Para la mayoría de los blancos, el negro representa el instinto sexual

---

45   Respecto al simbolismo del brazo, Alain Gheebrant comenta: «El brazo es el símbolo de la fuerza, del poder, del socorro acordado y de la protección. Es también el instrumento de la justicia: el brazo secular inflige el castigo a los condenados.» Añade que «[l]os hombros, el brazo y las manos, según el pseudo Dionisio Areopagita «representan el poder de hacer, obrar y operar» (Gheebrant 197). En el acto de cercenar los brazos de los mayores los esclavos rebeldes recuperan, aun si por breve tiempo, la *agencia* de los suyos.

(no educado). El negro encarna la potencia genital por encima de las morales y las prohibiciones. Las blancas, con una auténtica inducción, perciben regularmente al negro en la puerta impalpable que conduce al reino de los Sabats, de las bacanales, a las sensaciones sexuales alucinantes... Hemos mostrado que lo real resta valor a todas estas creencias. Pero eso me sitúa en el plano de lo imaginario, en cualquier caso en el de una paralógica. El blanco que atribuye al negro una influencia maléfica sufre una regresión sobre el plano intelectual, pues hemos mostrado que lo percibe con la edad mental de ocho años (cuentos ilustrados...). ¿No concurren regresión y fijación en las fases pregenitales de la evolución sexual? ¿Autocastración? (Al negro se le aprehende con un miembro pavoroso). ¿Se explica la pasividad por el reconocimiento de la superioridad del negro en términos de virilidad sexual?... (Fanon 154).

Finalmente, el tercer y último fantasma que reconocemos en el pensamiento colonial, tal y como aparece en la novela de Calcagno, es el miedo a la *antropofagia*. Regina Janes establece una diferencia fundamental entre canibalismo y decapitación: «el terror imperial del sujeto colonial viene en dos fantasías. El civilizado, que sabe que está mal comerse a otra gente, y que contar sus cabezas es barbarie, descubre en las tierras que quiere colonizar o conquistar, bárbaros que creen que está bien comer gente y que es heroico cortarles las cabezas.» Pero, como observa Janes, el canibalismo precede a la decapitación como fuerza de terror imperial...» (Janes 143). Pero «lo que define al bárbaro, sin embargo, no es que corte una cabeza, sino su rusticidad» (144). Central al terror del canibalismo, es el de «ser ingerido, y de desaparecer con el otro, la disolución de las fronteras entre el ser y el cuerpo: eso aterraba» (146).

De lo visto hasta aquí, no resulta aventurado afirmar que el terror inspirado por la idea de una Cuba africanizada no es sino un desplazamiento simbólico del suscitado por el canibalismo. Porque, en verdad, no era sino la absorción, el miedo de los blancos a desaparecer, a ser –literal y metafóricamente devorados por su otredad radical: los negros. Permítaseme en este punto, añadir lo que solo en apariencia es una digresión. El tan celebrado anti-anexionismo de José Antonio Saco podría y quizá debería leerse como otra manifestación del miedo de los blancos al canibalismo, pero con un interesante giro. Saco rechazó la anexión aduciendo que «[le] quedaría en el fondo un sentimiento secreto por la pérdida de la *nacionalidad cubana*» (itálica en el original) Esta es una de las dos ideas más comúnmente citada y que

–a despecho del más repulsivo racismo de Saco– ha concitado sistemáticamente la admiración de los nacionalistas cubanos. Lo que se
pierde de vista es cómo se desenvuelve ese «sentimiento secreto.»
«Apenas somos en Cuba,» dice Saco a continuación, «500, 000
blancos.» Suponiendo que esa población se asentara en el norte de la
Unión, «muchos de los peninsulares» que hoy habitan Cuba, «la
abandonarían para siempre.» Implícito en este cálculo estaba, claro,
la reducción de esos 500, 000 blancos. Previendo entonces –y tenía
razón– que los Estados Unidos «llamarían a su seno una inmigración
prodigiosa, los Norte-Americanos dentro de poco tiempo, nos supe-
rarían en número, y la anexión, en último resultado, no sería *anexión*,
sino *absorción* de Cuba por los Estados Unidos.» Para Saco, los
Estados Unidos eran una «raza extranjera» que «desde que se sienta
con fuerzas para balancear el número de Cubanos, aspirará a la dirección política de los negocios cubanos» (Saco 2) (itálicas en el original). Los mismos argumentos que regían el miedo a la *africanización*
de Cuba, sostengo que regían los de Saco respecto a la *absorción* de la
isla por los Estados Unidos. Porque, ante todo, hay que tener en
cuenta que Saco se refiere a una *nacionalidad cubana blanca*. ¿Cómo,
entonces, vincular el miedo a la africanización con el miedo a la absorción? La respuesta está en que en ambos casos el catalizador del
terror no es otro que la desaparición de la «nacionalidad» cubana in-
gerida, absorbida por el otro, ya se trate de los negros, o de los Estados
Unidos. En este último caso, como ya había dicho, el asunto da un giro
revelador. La absorción por los Estados Unidos significaría, por lo
mismo, que esos 500 000 blancos, en los Estados Unidos, serían menos
*blancos*; e incluso, al producirse la absorción total, puede decirse que
hasta cierto punto pasarían a ser ellos mismos, *negros* en Estados
Unidos.

A través de la novela de Calcagno, el miedo a Aponte aparece precisamente como el miedo a la africanización de la isla y a la subversión
del orden colonial. Esta subversión alcanzaba incluso al de la
identidad de género que los rebeldes habrían puesto en entredicho:
Así,

> En ese punto se despachaban a su gusto, y en vano reclamaban su
> derecho de primacía *las marimachos*, que así se llamaba a las pocas
> *hembras* adheridas a la banda, las cuales eran, por cierto, más *feas* y
> más *feroces* que los *hombres* (125)

Aponte «inspiraba terror en los campos» (33)

Allí se hablaba de guerra, de Napoleón, del bandido que imperaba, y *sobre todo* de Aponte» (43)

Al *famoso* Antonio Aponte, que ya había escapado de la Habana y *hacía sonar su nombre* y sus fechorías por lejanos contornos (66-7)

se murmuraba que se había incorporado a las hordas de Aponte, y de quien se temía que tratara de *inficionar* la dotación de la Concordia (67)

porque con la conspiración de Aponte temía el *hundimiento* de la isla (68)

cuidadosamente se la vigila por *temor* que acoja a algunos de los emisarios de Aponte (76)

Unido ahora, según declaraba el amo, a las descarriadas hordas de Aponte, ¿no trataría el engreído mulato de sembrar en la «Concordia» los perniciosos *gérmenes de rebeldía* y anarquismo que *fermentaban* ya en *toda* la isla? (80)

Y entretanto, concibiendo el atrevido plan de *atrapar al mismo Aponte*, por medio del Hipólito, envió dos esclavos de toda su confianza, ofreciéndoles su libertad porque preparararan una celada. Mas de los dichos esclavos, *uno se quedó con Aponte*. El otro volvió; pero declarando que Hipólito no estaba entre los rebeldes (80)

El hipocritón Aponte, el roe-altares el antiguo sicario, a falta de otras virtudes, poseía la de una *actividad febril e incansable perseverancia*, y tenía *secuaces* y *ayudantes* que se infiltraban por *todos* lados como insidiosas serpientes (80)

Aponte aceptaba *prosélitos negros y mulatos*, con tanta más solicitud cuanto aparecían ser más feroces y criminales (81)

Los que se adherían a Aponte, lo hacían con la idea de *reproducir* en Cuba los horrores que todavía en ese año se perpetraban en su *primitivo país* [Haití]. Y la insurgencia se *dilataba* con desalmados de toda especie, entre los cuales, muchos *libres* de las *ciudades*. No formaban bandos por naciones africanas, *mezclábanse* indistintamente lucumíes con macuaés, congos con araraes y otras tribus tal vez enemigas en su tierra, [pero] aquí *unidas* por el interés común, que fue

> siempre primer efecto de la opresión, unir entre sí a los oprimidos.
> La banda de los *carabalíes*, que se llamaban así mismos
> quemacueros, capitaneada por un *negro feroz*, contribuía a la obra
> común, pero no obedecía a Aponte ni a nadie, era una *horda de ván-
> dalos* que *asesinaba* y *quemaba* por su cuenta y riesgo, y si resistieron
> a la acción de Peñas-Altas, que describiremos más tarde, fue sin
> duda porque temían hallarse aislados o porque creían que con una
> sola batalla quedaría *la isla africana* (*Aponte* 82)

El temor a la africanización de la isla se evidencia igualmente en la conversación que sostienen Alberto y Belisario y en la que nos informan como los rebeldes se distribuirían las mujeres más distinguidas de la sociedad habanera: «Y además, la linda Silvia Gómez Cominer, será adherida al harem, con el título de *baronesa de Africa-Cuba*» (*Aponte* 126). Como afirma el narrador más adelante: «diríase que la Isla resplandecía demasiado para ellos y querían *oscurecerla, africanizarla*, para que quedara digna de *africanos*» (231) (énfasis añadido). El énfasis —oscurecerla, africanizarla, africanos— da cuenta del verdadero terror que inspiró la conspiración de Aponte.

Ahora bien, como dijimos al principio, la impronta racista de la novela no hace sino reflejar el racismo del propio Calcagno, y esto podemos apreciarlo en el nudo, imposible de deshacer, narrador-autor. Un ejemplo claro de esto es cuando leemos: «[t]al fue el episodio que nunca supieron sino a medias y desfigurado, ni Alberto, ni Panchita la Calle, ni nadie, más que el autor del hecho y el [*autor*] de esta obra» (*Aponte* 52). De ahí que podamos afirmar que solo ambos, ya fundidos en uno —narrador y autor— conocían desde el principio el secreto también, la historia de la cabeza blanca… y negra. Similarmente, cuando el narrador se refiere a la revelación de otro secreto que, por supuesto, no descubriremos al lector, Calcagno dice: «Y, en realidad, añade *el autor*; ¡qué cosas se ven en un país esclavista! ¿Cómo pudo decir un escritor que la vida de Cuba no se presta a la novela trágica?... Tómese cualquiera de nuestras causas célebres en asuntos de esclavitud; allí palpita el crimen, acaso más horrible en las que quedaron ocultas» (208) (énfasis añadido). Dado que Calcagno no menciona, ni antes, ni después, a ningún otro autor que a él mismo, ¿quién sino él, insisto, podía ser ese *autor*? Esto se hace más evidente cuando a continuación, obviamente en su condición de *autor* recurre a un ejemplo de la prensa de su época (*El Triunfo*, de 1881) en el que se narra una de esas «causas célebres en asuntos de esclavitud» del país (*Aponte* 211). Recuérdese la observación de Camacho de que Calcagno introduce en sus novelas elementos históricos con lo cual se desdibuja, aún más si se quiere, la distancia entre *historia* y *ficción*. En el caso que nos ocupa, sin embargo, esto tiene otras implicaciones. Al referirse a la crónica de un periódico habanero de 1881, podemos fijar este año como el de la escritura de la novela. Si se quiere una prueba más conclusiva, justo antes de darnos este detalle, Calcagno había escrito, en referencia a ese año: «en *este mismo año* en que *escribimos* esto» (210) (énfasis añadido). Nótese la coincidencia de la instancia autorial –escribimos– con el marco temporal de la escritura: «en este mismo año [1881].» Manuel de la Cruz –¿lo recuerda el lector?– nos había presentado el abolicionismo de Calcagno en los siguientes términos: «En *1883 preveía*, por culpa de la *abolición* que iba a consumarse, *horrendos cataclismos sociales*. Su plan de abolición consistía en domiciliar en cada ingenio, en cada sitio, en cada vega, un sacerdote y un maestro de escuela, y declarar ciudadanos, con mucha cautela, a los más aventajados en religión y letras» (énfasis añadido). ¿Mera coincidencia? Ante todo hay que tener en cuenta la dislocación de la temporalidad en la novela: los hechos narrados se desarrollan, estrictamente hablando, en 1812. El autor-narrador se sitúa el mismo en 1885. Desde este mismo año evoca la rebelión de Aponte, el terror de la élite blanca en 1812 y el suyo propio hacia 1885. En este sentido no debemos olvidar que cuando Calcagno afirma que escribe en 1885, se sitúan él y el narrador a solo un año de la abolición de la esclavitud (1886). ¿No afirma De la Cruz que hacia 1883, en efecto, Calcagno había *previsto* la abolición del régimen esclavista? No obstante, puesto que la novela se publica en 1901, lo más probable es que la escritura real de la novela haya tenido lugar posteriormente a 1885. Pero, ¿cuándo? ¿Sería posible, cuando menos, y aun si con un mínimo de probabilidad, responder esta pregunta? Si pensamos que el fantasma de la guerra de razas no dejó de dominar el discurso político durante la preparación de la guerra, e incluso en la contienda misma, ¿por qué no sospechar que la novela pudo ser escrita alrededor de esos años –1895-1898– como expresión de la ansiedad, quizá nunca extinguida en Calcagno, ante la posible preeminencia de la raza de color en Cuba? Quizá la explícita afirmación de su yo autorial haya que entenderlo en el contexto del ímpetu y miedo racista –y en consecuencia represivo– de la novela. *Aponte*, su última novela, habría sido entonces su testamento, el miedo que legó a la república por venir. Esto resulta todavía más plausible, puesto que la *guerra de razas* es explícitamente invocada para justificar la represión. Leamos con cuidado la narración, la retórica, el razonamiento a que arriba Calcagno:

> algunos secuaces habían propuesto al jefe que se respetara la vida de los amos que habían sido buenos, para que si era aplastada la rebelión, quedara ese recuerdo y escarmiento en el ánimo de todos. Pero ya las circunstancias hacían peligrosa toda conmiseración: era *guerra de razas*, la más terrible de las guerras.
> — De modo que tú eres aquel Hipólito separado de su madre...
> — Ese soy yo.
> — Está bien – dijo Aponte –; tomaremos venganza de tu amo y de todos. Si es blanco, es nuestro enemigo; no se puede ser amo impunemente (Aponte 232-33).

Calcagno no presenta una guerra de razas, sino la guerra de los *negros* contra los *blancos*; o lo que es lo mismo, una guerra de razas que avanza en una sola dirección, y en la que las líneas de la guerra están nítidamente trazadas: «Si es blanco, es nuestro enemigo.» En ninguna parte de la novela Calcagno presenta la hostilidad del blanco contra el negro como resultado *exclusivo* del color de la piel. O bien los personajes blancos más importantes –como la Condesa de San Marcos– son amados por sus esclavos, y disfrutan de su devoción; o su racismo explícito y virulento se justifica por la inferioridad natural del negro. La *diferencia* entre la rebeldía de los *negros* y la represión de los *blancos* es de la mayor importancia: los primeros actuaban supuestamente por un *odio irracional* al blanco, mientras que los últimos podían justificar *racionalmente* la discriminación y el esclavismo. Se escamotea así la verdadera guerra de razas: la de los blancos contra los negros. Pero, habiendo razonado como hemos visto, a Calcagno se le facilita la justificación de la represión racista:

> Pero si *feroces* y *sanguinarias* eran las *hordas africanas*, *alguna* censura *puede* recaer también sobre los *defensores del orden*, porque fueron despiadados *más allá* de lo necesario. Fue una lucha de *tigres* contra *caníbales* (*Aponte* 233) (énfasis añadido).

Aquí podemos ver más claramente la línea implacable que separa al sujeto civilizado –«defensores del orden»– del bárbaro –«feroces y sanguinarias, hordas africanas—; y esto hasta el punto que frente a los «defensores del orden,» el negro es deshumanizado, expulsado a la otredad radical, a la intemperie. Ese contraste permite minimizar la violencia blanca, sobre la que puede recaer «alguna censura.» El verbo *puede* sugiere que los guardianes del orden colonial *pueden*, pero no *tienen* que ser juzgados, y menos castigados. Haciendo filas con ellos, Calcagno se limita a comentar que «fueron despiadados más allá de lo necesario.» No dice, como era de esperar, *qué* cantidad y modalidad represión era la que él consideraba *necesaria*. Su conclusión hace más rígida la separación civilización-barbarie. El tigre sigue su naturaleza, pero el caníbal es un bárbaro. El canibalismo, la absorción reaparece una vez más como aquello que autoriza y legitima la represión. Janes pregunta «[c]ómo «podría justificarse el dominio sobre los otros mal dispuestos a aceptarlo.» Su respuesta es: «La razón debe estar en ellos, en sus deficiencias y necesidades, en su color y en su fisionomía racial.» Esto explica que la ideología imperial «se sostuviera ella misma haciendo uso precisamente de la fuerza que censuraba, en la forma que más temía —corta cabezas metafórica, simbólica (y a menudo literalmente)— mientras transfiere la responsabilidad de esa violencia al Otro temido…» (Janes 153). Concluyo esta sección regresando al comienzo de la novela. Vimos que Calcagno borra la ejecución misma y solo se enfoca en las cabezas de Aponte y en aquélla que termina siendo, simultáneamente, blanca y negra. Esto no quiere decir, sin embargo, que el patíbulo, y aun la ejecución misma —si bien de otras cabezas— no figuren en la escritura de Calcagno. Precisamente, Camacho —en el capítulo «Negro y criminal…» en el que se ocupa de la novela de Calcagno *Los crímenes de Concha* (1887)— se refiere a la ejecución de un esclavo que, según Calcagno, él y Anselmo Suárez y Romero habían presenciado. Según Camacho, «[e]l propósito de relatar esta escena y de corregir a Anselmo es demostrar la ineficacia del patíbulo para contener el crimen y acusar al mismo sistema de producir al asesino» (Camacho 168). Puesto que Suárez y Romero había afirmado que el negro ejecutado era inocente, y la investigación posterior de Calcagno demostró todo lo contrario, es de suponer que esta haya sido la rectificación introducida por Calcagno. Sucede, sin embargo, que Calcagno vuelve a repetir la historia, casi al calco, en 1893, pero con dos significativas diferencias. En 1893, es él, Calcagno, el que presencia la ejecución —Suárez y Romero no se menciona en lo absoluto– y, a diferencia de lo que ocurre en *Los crímenes de Concha*, no es, por supuesto, Suárez y Romero el que es perturbado por la escena, sino Calcagno. Esto es otra evidencia de cómo se desdibujan por una parte la distinción y la distancia entre autor y narrador y, por la otra, entre ficción e historia. En *Los crímenes de Concha* Calcagno introduce una historia que puede considerarse autobiográfica, dado que lo involucra tanto a él mismo como al escritor Anselmo Suárez y Romero. En 1893 recuenta el hecho en un libro de memorias y autobiográfico: *Recuerdos de ayer*. Esa narración contamina, pues, para decirlo de algún modo, la ficción novelesca y el relato autobiográfico, sin que nos sea posible distinguir la «verdad» de una de la «ficción» de la otra, y viceversa. Creo, además, que un examen de ambas narraciones confirman –más allá de lo que expresa Camacho– los acordes racistas de Calcagno que ya hemos discutido. De esto me ocuparé en uno de los anexos donde incluyo ambos relatos.

## VI. El cráneo de Maceo en manos de la antropología

Regresemos a la cabeza de Aponte, y a la otra, *blanca* y *negra*. Propongo que esas y otras decapitaciones de 1812 están de vuelta ya en los umbrales de la proclamación de la República. Lo vemos otra vez, en toda su intensidad racista, en 1900, cuando se publican los resultados del estudio antropológico del cráneo de Antonio Maceo a que habían arribado José Ramón Montalvo,[46] Carlos de la Torre[47] y Luis

---

46    En el sitio *EcuRed* dedicado a Montalvo leemos, entre otras cosas: «Nació en el año 1843, cubano. Provenía de 4 de las familias más aristocráticas de la colonia, los Montalvo, O'-Farril, Calvo de la Puerta y Peñalver. Graduado de Licenciado en medicina en la Universidad de La Habana, el 29 de mayo de 1867, poco tiempo después viajó a París donde se especializó en enfermedades de los ojos en la clínica del célebre profesor Xavier Galezowski. Fue miembro fundador de la Sociedad Antropológica de la Isla de Cuba, era considerado en el país como el segundo en competencia en esta importante ciencia del hombre, solo precedido por el doctor Luis Montané Dardé, creador de la Cátedra de Antropología en la Universidad de La Habana. Miembro fundador de la Sociedad de Estudios Clínicos de La Habana, fue vicepresidente y en 2 ocasiones ocupó su presidencia. Académico de número de la Academia de Ciencias Médicas, Físicas y Naturales de La Habana.» Sobre su «trayectoria revolucionaria» dice EcuRed: «A pesar de su origen aristocrático era un hombre de arraigada ideología independentista por lo que a finales de 1896 fue encarcelado y deportado a las prisiones de Ceuta, donde fue compañero de galera de los doctores José Á. González Lanuza y Alfredo Zayas Alfonso y del pedagogo José María Reposo López. Al ser detenido, las autoridades coloniales le echaron en cara

Montané.[48] De esos tejemanejes antropológicos con otra cabeza – ahora la de Maceo– se llega a conclusiones «científicas» que también permitían afirmar que Maceo era, en efecto, *negro* y *blanco*:

> 1⁰ Como ya lo hemos visto en más de un punto en el curso de estas investigaciones, muchos caracteres antropológicos reintegran a Maceo en el tipo negro, –en particular, las proporciones de los huesos del esqueleto.

> 2⁰ Pero se *aproxima* más a la raza blanca, la *iguala*, y aún la *supera* por la conformación general de la cabeza, por el peso probable del

---

que sus hijos Rafael y Juan se encontraran alzados en armas contra el gobierno de su majestad el rey de España, a lo que respondió lleno de orgullo: 'Yo les enseñé el camino.' En esa trayectoria revolucionaria, *EcuRed* incluye el examen antropológico de los restos de Maceo.

47    Regresando a *EcuRed*: «Carlos de la Torre Huerta. Antropólogo, malacólogo y zoólogo cubano. Eminente investigador y profesor universitario, discípulo de Felipe Poey. Llegó a poseer la más completa colección conocida en Cuba de especies terrestres de moluscos. Tras iniciarse como maestro en el colegio de su padre, continuó sus estudios en el Instituto de Segunda Enseñanza de La Habana, donde obtuvo el título de bachiller en Artes en 1874. En ese propio año ingresó en el curso preparatorio de Medicina de la Universidad de La Habana, el cual concluyó con notas de sobresaliente. La Sociedad Económica de Amigos del País le encargó en 1890 la realización de una expedición a Puerto Rico, Santo Domingo y la región oriental de Cuba, en búsqueda de piezas antropológicas y arqueológicas, como resultado de la cual pronunció en 1891 una valiosa conferencia en la Real Academia de Ciencias Médicas, Físicas y Naturales de La Habana sobre cráneos deformados y objetos arqueológicos descubiertos en las Cavernas de Maisí. En esta última zona, estudió además la enfermedad de los cocoteros que asolaba el territorio, y descubrió la causa que la producía; de igual forma, colaboró con Fermín Valdés Domínguez y otros patriotas cubanos, quienes trabajaban en los preparativos del futuro estallido independentista.» No obstante esa *colaboración* revolucionaria: «Poco después, tras el estallido de la Guerra de Independencia abandonó la Isla, y viajó a Inglaterra, donde asistió al Jubileo de la reina Victoria; en aquel país visitó importantes centros científicos e intercambió con destacadas personalidades del momento, como Bendall, Pomsomby y Fulton. Por otra parte, en Francia entró también en contacto con eminentes científicos como Hamy, Verneau, Milmez-Edward y Perrier. Ya en 1897, *cumplió una misión especial en apoyo a la causa revolucionaria cubana, cuando se trasladó a los Estados Unidos para entregar a Tomás Estrada Palma un mensaje de Marta Abreu*» (énfasis añadido).

48    Vuelta a *EcuRed*: «Luis Montané Dardé. Médico y Antropólogo. Introdujo la Antropología Física en Cuba. Obtuvo el título de Bachiller en Ciencias en París, fue discípulo de los destacados antropólogos franceses Broca, Hamy y Quatrefage con quienes se mantuvo en contacto. Fue Miembro Numerario entre 1877 y 1883, así como Miembro de Mérito, a partir de 1895 en la cual llegó a ocupar el cargo de Presidente. Se trasladadó a Francia a los dos años de edad, realizando sus estudios, desde los primarios en ese país. Cursó el Bachillerato en Letras en el Liceo de Toulouse, y luego obtuvo el título de Bachiller en Ciencias en París. En 1872, aún estudiante, fue nombrado Miembro Titular de la Société d Anthropologie de París. En 1874 se graduó de Doctor en Medicina, en la Universidad de París, con la tesis: *Etüde anatomique du cráne chez les microcphales*, la cual constituye el punto de partida de los estudios antropológicos de Montané y resultó premiada por la referida Sociedad; este trabajo posee importancia para la historia de la Craneología. A su regreso a Cuba, en 1874, ingresó en la Real Academia de Ciencias Médicas, Físicas y Naturales de la Habana, tras la presentación de su trabajo: *El cráneo desde el punto de vista Antropológico*. En esta última sociedad fue donde presentó su trabajo titulado: *Un caribe cubano*.»

encéfalo, por la capacidad craneana, lo que permite definitivamente afirmar en nombre de la antropología:

$3^0$ Que dada la raza a que pertenecía, y el medio en el cual ejercitó y desarrolló sus actividades, Antonio Maceo, puede con perfecto derecho ser considerado como un *hombre realmente superior* (*El cráneo* 15) (itálicas en el original).

El examen de limpieza de sangre ha pasado al dominio de la antropología, y como aquél, por supuesto, al del racismo. La blancura de Maceo ocurre gradualmente: se *aproxima*, *iguala* y *supera*. El hecho mismo de que no resultara suficiente igualar a Maceo con el hombre blanco, sino que incluso tuviera que *superarlo*, que hubiera que afirmar —para decirlo de otro modo— que Maceo era más blanco que un blanco, revela ambas cosas: el afán tranquilizador que significaría echar al basurero la negritud de Maceo, y la persistencia de esa misma negritud que no cesa de rondar, de mantener en vilo, desveladas, para siempre agujereadas las conclusiones del saber antropológico. La estratega seguida es fácil de reconocer porque tiene una larga historia: oponer la cabeza (Agamben diría *bíos*) al cuerpo (*zoé*). La cabeza «simboliza en general el ardor del principio activo. Incluye la autoridad de gobernar y esclarecer. Simboliza igualmente el espíritu manifestado con respecto al cuerpo, que es una manifestación de la materia» (*Diccionario* 221). El simbolismo de la cabeza, al menos eso parece, no puede completarse si no se le opone al del cuerpo: espíritu la primera; materia el segundo. Nada, pues, más natural, que fuese la cabeza lo único de los restos de Maceo susceptible de blanqueo. Ni había forma de declarar que había sido un hombre «realmente superior» sin, al mismo tiempo, consignar que tenía cabeza de *blanco*, a pesar —sí; a pesar— de que nada hubiese podido borrar la negritud de su cuerpo. Más aún; la impronta racista se revela en toda su fuerza en la oposición *cuerpo negro-cabeza blanca*. Lo que sale de ese examen no es, pues, otra cosa que la confirmación de la superioridad del blanco y la inferioridad del negro; la de la cabeza sobre el cuerpo, la del intelecto y la razón sobre los instintos y las pasiones.

El examen antropológico no puede menos que evocar la decapitación. Hay que ver la foto, la composición triangular de esos «científicos» con Montané en el centro. Carlos de la Torre, en el extremo izquierdo, mira al fotógrafo con aparente hostilidad. A la izquierda

José Ramón Montalvo mira hacia otro lugar como si no tuviera que ver con lo que ahí está pasando, o como si simplemente estuviera posando. Al centro, Montané, caídos los párpados, fija la vista en el cráneo de Maceo –de perfil– que sostiene entre las manos. La mano derecha se abre con amplitud para abarcar la base del cráneo, como si lo estuviera pesando. El cráneo de Maceo señala el vértice de la fotografía y es el punto focal que atrae la mirada del espectador. En las manos de Montané, y flanqueado por De la Torre y Montalvo, ese cráneo parece un trofeo de guerra, como si finalmente la mirada antropológica se hubiese apoderado de él. Los otros restos – restos de negro o de mulato; da igual – han sido hábilmente expulsados, *separados* de la cabeza. De nada había servido que Maceo se hubiese identificado él mismo como *hombre de color* (Ferrer 26). Esta, la segunda muerte de Maceo, concita por tanto una repulsión que no podemos sentir ante la que, en el campo de batalla, le dieron los españoles. La causada por la antropología es repulsiva porque se esconde entre los pliegues de un nacionalismo que, justo al afirmarse, empieza por exacerbar el racismo colonial. Pero esto no debería sorprendernos. Ada Ferrer refiere la reacción que se originó en el campo insurrecto cuando en 1873 Máximo Gómez sugirió que Antonio Maceo liderara la invasión a Occidente:

> Pero las conquistas militares de Maceo y su rápido ascenso por la jerarquía independentista (ya era brigadier cuando Gómez propuso su nombre) ocasionó recelos y consternación entre los elementos de la dirección rebelde civil y blanca. Ahora, la idea de Maceo, conduciendo a los mambises al territorio occidental –centro económico de la colonia cubana– y emancipando a los esclavos en zonas donde estos sobrepasaban en número a la población blanca, alimentó las especulaciones acerca del papel de Maceo no solo en la rebelión, sino también en la república libre que aspiraba a fundar. Maceo, según los rumores, se proponía nada menos que convertir a Cuba en una república negra y proclamarse gobernante indiscutible de esa república. Uno de los oponentes a una invasión conducida por Maceo preguntó: «¿Acaso nos hemos liberado solo para compartir el destino de Haití y Santo Domingo?» (Ferrer 92).

Lo asombroso y revelador es el hecho de que en 1873, y en plena guerra de independencia, se usaran contra Maceo exactamente los mismos planteamientos racistas que antes habían justificado la represión violenta de la rebelión de Aponte. En efecto, escuchemos a Calcagno: «Pero [Aponte] nada menos pretendía, que fundar un imperio negro sobre las ruinas de la colonia blanca, proclamándose emperador, a la manera de Dessalines, o de aquel Christophe que a la sazón era Enrique I rey de Haití» (*Aponte* 8). Para poner fin a esos temores los antropólogos decidieron exorcizar cada uno de los restos negros de la osamenta negra de Maceo, y dejar así la cabeza, luego de declarar su blancura absoluta. El cráneo de Maceo en las manos de Montané se solapa con el de Aponte. No pasará mucho tiempo antes de que la República corte otras cabezas.

## VII. Los Independientes de Color: Nuevas decapitaciones

Hasta donde sé, a los historiadores se les ha escapado la extraña coincidencia de que el alzamiento y masacre de los Independientes de Color haya tenido lugar precisamente al conmemorarse el Centenario de la rebelión de Aponte. A esto hay que añadir un siniestro *déjà vu*: en las caricaturas de la época abundan imágenes de decapitación. En *La Política Cómica* del 15 de octubre de 1916 una caricatura titulada «El macheteo de los negros» muestra un pico Turquino hecho de los cráneos de los masacrados en 1912. En el mismo periódico, ese mismo día, pero en la primera plana, el presidente José Miguel Gómez es representado como un cazador que sostiene como trofeos las cabezas de Estenoz e Ivonet. Otra caricatura, publicada en *La Discusión* el 8 de junio de 1812, muestra la solidaridad racial entre los blancos cubanos y los blancos estadounidenses: un cubano y un norteamericano juegan al fútbol con las cabezas de dos negros. En la parte inferior de la caricatura una pregunta: «¿Será así como llegará a jugarse al foot-ball en Oriente?» Pero lo que es todavía más elocuente es que en el número *La Política Cómica* del 19 de noviembre de 1916 una caricatura titulada «El Cacahual» y con la inscripción al pie «La voz de Maceo» aparezca el fantasma de Estenoz comparado con el de Maceo.[49] De este modo se produce una coincidencia simbólica que re-

---

49 A menos que se exprese lo contrario, las caricaturas que comentamos sobre la masacre de los Independientes de Color han sido tomadas, sin excepción, del libro *Una nación para todos*, de Alejandro de la Fuente.

fleja el arraigo del racismo en la conciencia cubana: Aponte-Maceo-
Independientes de Color.

Pero si los historiadores han descuidado la coincidencia de la masacre de 1812 con la rebelión de Aponte, Manuel Márquez Sterling
nos dejó esta joya racista que, además de vincular la rebelión de
Aponte con el alzamiento de los Independientes de Color, hace lo
mismo con la represión que siguió en cada caso, tanto por parte de la
Colonia como después por la República:

> En ese momento ofrecíase a la contemplación universal, desde los
> campos de Cuba, un caudillo siniestro, Estenoz, a quien siguieron
> por apóstol de su raza varios millares de negros, no, desde luego, los
> más cultos, ni tampoco los más inteligentes. La primer noticia del
> estupendo e inesperado acontecimiento la leí en la prensa, tan vaga
> y contradictoria, que no la creí verosímil, habituado, además, a las
> versiones maliciosas contra nuestra República; pero, muy pronto
> me fue, por desgracia, ratificada, en un extenso despacho del go-
> bierno que me produjo espanto y que leí repetidas veces aumen-
> tando, cada una de ellas, mi consternación. La fecha de nuestra in-
> dependencia, el 20 de Mayo, habíanla escogido los rebeldes para tan
> horrible sacrilegio, cumplido, precisamente, en Febrero de aquel
> año, el centenario de una in tentona semejante que ahogó en sangre
> la colonia. El Marqués de Someruelos, Gobernador General de
> Cuba en 1812, rondando por los arrabales de la ciudad de la
> Habana, según Pezuela, detúvose junto a una choza donde
> hablaban dos individuos refiriéndose al día y los lugares en que los
> negros pensaban sublevarse contra los blancos; mandó el General
> que los prendieran e incomunicaran y tardó poco en averiguar la
> trama, toda ella, de «un negro libre, de resolución y travesura,
> llamado José Antonio Aponte» quien, con ocho de sus cómplices,
> expió su delito en el patíbulo. No obstante, pronuncióse buena parte
> de las dotaciones de ingenios ubicados en las cercanías de la capital;
> pero, los negros de otro ingenio, Santa Ana, «antes de que pudiese
> acudir ningún destacamento, consiguieron sujetar a los sediciosos
> y obligarlos a restituirse a sus labores». Cuéntase, ahora, que no dio
> importancia el Presidente Gómez, a las confidencias que le llevaban
> de Estenoz y que apenas, a última hora, se convenció de que, en
> efecto, existía un plan de rebelión; pero, dióse el gobierno tanta prisa
> en disponer la defensa, que abortó en Santa Clara, y en otras pro-
> vincias, menos en los desfiladeros de Oriente, donde hallaron
> guarida los revolucionarios. Aponte conspiró a pretexto de obtener
> la libertad de su raza, mucho después, obtenida por los blancos, en
> provecho de sus esclavos, y sacrificándoles la riqueza y la vida. Es-
> tenoz ¿en qué podía fundar su apostolado? El cubano blanco

impuso, primero, la emancipación del negro, después la independencia de la patria. La República reconoce iguales derechos políticos
al blanco y al negro. Y en la vida nacional no han postergado los
blancos a ningún negro de ilustración (Márquez Sterling 218-19).

Márquez Sterling traza una continuidad entre la represalia del gobierno colonial de Someruelos y la del gobierno republicano de José
Miguel Gómez. De la misma manera que la propaganda colonial caracterizó a los esclavos rebeldes, y también Calcagno, como bárbaros,
Márquez Sterling emplea la misma retórica: los negros rebeldes no
eran de los más cultos. Debe advertirse que primero echa mano a la
retórica de la guerra de razas al afirmar que en 1812 «los negros pensaban sublevarse contra los blancos.» Luego parece justificar esa rebelión –«Aponte conspiró a pretexto de obtener la libertad de su raza–
pero el «a pretexto» no disipa en lo absoluto la raíz racista del texto.
Igualmente repite la falacia de que los *negros* deben su libertad, no ya
a la guerra de independencia, sino a los *blancos*. Pero lo que traiciona
definitivamente el racismo del texto es el hecho de que tanto la «libertad» de los negros como la «independencia» de la patria aparezcan
sospechosamente ligadas al autoritarismo, que podamos entrever en
lo uno y en lo otro, la esclavitud: «El cubano blanco *impuso*, primero,
la emancipación del negro, después la independencia de la patria»
(énfasis añadido). El remate se las trae: la república había garantizado
los derechos de políticos del blanco y del negro –el orden es de la
mayor importancia– pero, eso sí, de los negros «de ilustración.» La
de los blancos, como es natural, se daba por descontada. El negro tenía
garantizados sus derechos políticos solo si demostraba que tenía una
cabeza más blanca que la de cualquier otro blanco, incluyendo la de
Márquez Sterling.

Como si no bastara el racismo de Márquez Sterling, mostraré un
fragmento de la carta del presidente José Miguel Gómez a Gonzalo de
Quesada –el albacea literario de José Martí, y uno de sus más allegados
colaboradores en el Partido Revolucionario Cubano. Cabe decir, antes
de pasar a la carta, que de la obra de De Quesada –no la del hijo– no
hay otras ediciones que aquellas que se imprimieron durante la República. El presidente la escribió el 11 de junio de 1912, y se la envió a
Gonzalo de Quesada a Berlín, donde se desempeñaba como «Enviado
Extraordinario y Ministro Plenipotenciario» de Cuba:

Ya está restablecida la paz. Han desaparecido *todas*, absolutamente *todas* las partidas rebeldes. El jefe de los *racistas* en armas ha muerto, y todos los principales cabecillas han seguido igual suerte o se han presentado a las autoridades. No queda más caudillo que Ibonet, herido y oculto, probablemente por alguno que ha sido leal, que lo sigue siendo, pero que es amigo suyo y quiere salvarlo, movido por esa piedad enfermiza, que compadece al *criminal*, cerrando los ojos para no ver sus *horrendos crímenes*.

*Muy bien se ha portado usted*, justificando así mi resolución de que estuviese allí, y allí *defendiera nuestro crédito y nuestros derechos contra los calumniosos ataques de nuestros enemigos* (Gómez 215) (énfasis añadido).

La carta del Presidente es de la mayor importancia, puesto que implica no solo que De Quesada estuvo de acuerdo con las medidas represivas contra los Independientes de Color, y en consecuencia con el racismo que legitimó esa represión, sino que también, en perfecto acuerdo con esta postura, defendió en Berlín las acciones del gobierno «contra los calumniosos ataques de nuestros enemigos.»

## VIII. Conclusiones: ¿Más malo que Aponte?

La masacre de los Independientes de Color cuestiona severamente la afirmación de Childs de que «[d]espués de leer el acerbo retrato de Aponte, diseñado explícitamente como una novela histórica para sembrar más temor ante la posibilidad real de un 'imperio negro', pocos lectores hubieran podido repetir la frase popular 'más malo que Aponte.' Luego de Calcagno, a nadie se le hubiera podido describir con dicha frase» (Childs 23). En primer lugar, no hay manera de demostrar que la novela de Calcagno hubiera tenido tal efecto. Además de que, implícitamente, Márquez Sterling sugiere que Estenoz, a quien llama «caudillo siniestro,» si no era más malo que Aponte, sí era, cuando menos, tan malo como él. Por esto creo importante que le prestemos alguna atención a la frase.

Para empezar, recordemos el comentario de Calcagno en *Aponte*. En primer lugar, expresa que «[n]o todos conocen [el] origen,» de la frase «más malo que Aponte». Inmediatamente añade que «puesto que una de las obras de caridad nos manda enseñar al que no sabe, diremos que el Antonio Aponte fue un negro de alma tan negra como su rostro.» No hace falta decir que Calcagno no explica en lo absoluto el origen de la frase.

Childs nos ofrece una serie de ejemplos de textos que recogen la frase. Cita un pasaje de la novela *Cecilia Valdés* donde Cirilo Villaverde, al comentar la rebelión de Aponte, expresa: «Quedaban, además, confusas si ya no tristes reminiscencias de las pasadas conjuraciones. De la del año 12 solo sobrevivía el nombre de Aponte, cabeza motín de ella, porque siempre que se ofrecía pintar a un individuo perverso o maldito, exclamaban las viejas: ¡Más malo que Aponte!» (Villaverde 107). Como observa Childs, Villaverde hace que uno de los personajes repita la frase como un insulto: «'Eres más malo que Aponte', como solía decir mi abuela» (21-22). Es Leonardo quien le dice esto a Nemesia (Villaverde 307). Luego el historiador menciona al español Justo Zaragoza, autor de una historia de las insurrecciones en Cuba, «con el propósito de explicarse los orígenes del movimiento nacionalista.» Nota asimismo que Zaragoza «[a]puntó que el legado de la rebelión de Aponte se mantenía fresco en la mente de los cubanos mediante el 'adagio «más malo que Aponte»' que todavía se usa para señalar gente malvada» (Childs 22). Aparte de Villaverde y Zaragoza, Childs no menciona otros ejemplos, no obstante la popularidad que debió tener la frase.

Lo primero que notamos es el anonimato que rodea a la frase, sin dudas insertada en la tradición oral. Calcagno preguntaba en 1901 que quién no ha escuchado la frase. Villaverde dice que era algo que decían «las viejas.» En cuanto a Zaragoza, no está claro qué quiere sugerir Childs. Al parecer, el primero asocia la frase con el origen de las insurrecciones independentistas. Solo estoy especulando porque, insisto, no me queda clara la intención. No veo, sin embargo, como una frase peyorativa podría explicar en lo más mínimo su relación con los deseos de independencia. En efecto, según José Luciano Franco «Calcagno no hizo otra cosa que «repetir, aumentada escandalosamente, lo que ya habían propalado los historiadores españoles defensores del régimen colonial y de la esclavitud» (Franco 22). Para demostrarlo, introduce la misma cita de Zaragoza que reprodujo Childs. También, el historiador cubano menciona el juicio positivo de

Juan Arnao sobre Aponte, pronunciado en 1877 (Franco 22), y que comentamos más abajo. Esto último sugiere que no obstante la frase, al parecer no existía un consenso sobre la maldad de Aponte. Uno tiene que preguntarse *por qué*.

Como ya se habrá visto, los dos ejemplos mencionados por Childs provienen de la cultura letrada (Villaverde y Calcagno) y de la historiografía colonial (Zaragoza). Y todos ellos no pueden hacer otra cosa que repetir lo que ellos mismos habían escuchado, de las viejas, o de otros individuos. No solo esto. El origen de la frase se pierde, pues, en la tradición oral, en el folclore popular. La cuestión que quiero abordar, ante todo, es la de quién o entre quienes pudo haberse originado aquélla. ¿Entre los mismos esclavos, entre los negros? ¿Sería una casualidad que el calesero de Leonardo Gamboa se llamara precisamente Aponte? ¿Y por qué María de Regla cuando registra su memoria buscando «la causa verdadera del rigor con que [había] sido tratada,» apenas puede ir más allá de «no me acuerdo bien, solo sé que hace mucho tiempo, después de la tormenta grande de Santa Teresa, o el año en que ahorcaron a Aponte...» El recuerdo de la ejecución de Aponte está explícitamente asociado a los maltratos que ella misma había sufrido. El negro rebelde no es aquí el significante de la maldad; por el contrario, la memoria articula un puente que posibilita el encuentro, la simpatía entre dos sufrimientos. En lo que respecta al calesero, Leonardo lo trata con rigor y sin miramientos: «– ¿Con que no dormías? Aponte, Aponte, tú parece que no me conoces, o que crees que yo me mamo el dedo. Mira, monta, que ya ajustaremos cuentas» (Villaverde 58). La siguiente escena habla por sí misma:

> Y sin más ni más empezaron a llover zurriagazos en las espaldas desnudas del infeliz esclavo. Se retorcía, porque los golpes los descargaba un brazo vigoroso, y decía:– Bueno está, mi amo, (por basta). Por la niña Adela, mi amo. Por señorita (como llamaban los criados a doña Rosa Sandoval de Gamboa), mi amito. Si yo pudiera decir la verdad, niño, su merced vería que no tuve yo la culpa. Bueno está ya, niño Leonardito!
>
> Pero aquella boca había callado, embargada por la cólera, aquel corazón se había vuelto de piedra, aquella alma había perdido el sentimiento, aquel brazo sólo parecía animado, de hierro, no se cansaba de descargar golpes. ¡Qué cansarse! los menudeaba cada vez con más furor si no con más fuerza. Dormía ya D. Cándido, cuando le despertaron asustado los estallidos del látigo y los lamentos del calesero.

> —¿Qué es eso ? preguntó a su esposa.
>
> —Nada, Leonardo que castiga a Aponte.
>
> —Pero ¡qué escándalo! ¿Qué horas son estas de castigar a los criados? Di a ese muchacho de Barrabás que pare la mano, o por Dios bendito…
>
> —Acuéstate y duerme; repitió la mujer. Aponte está muy perro y necesita un buen castigo (Villaverde 200-201).

La crueldad con que Leonardo –para no mencionar la de Rosa Sandoval– abusa de su esclavo Aponte, nos fuerza a preguntarnos si una frase como «es más malo que Aponte» –frase, al parecer, usada siempre en *presente*– pudo ocurrírsele acaso a un esclavo, o a un negro aunque se tratara de un negro libre. Aquí debemos detenernos en *Páginas para la Historia de Cuba*, de Juan Arnao (1900):

> Como una reminiscencia que no debe perecer en la obscuridad del olvido, cumple a la historia consignar la muerte en horca del negro Aponte, por ser el primer Cubano que soñó la bella inspiración de rebelarse contra la dominación española de un modo práctico. Pagó con su sangre su arrojada fantasía, dejando tan solo en la memoria del pueblo de su cuna, la remembranza de un adagio, que invertido en su moral esencia se repite todavía por punto de comparación bajo las frases siguientes, «Es más malo que Aponte». Hasta la santa causa de Cristo fue anatemizada por la tiranía! (Arnao 57-8)

Teniendo en cuenta que Arnao escribe este juicio un año antes de la publicación de la novela de Calcagno, hay por lo menos dos aspectos del mismo que no debemos pasar por alto. En primer lugar, como ya había señalado Franco, Arnao le hace justicia a Aponte, de quien dice incluso que fue «el primer Cubano que soñó la bella inspiración de rebelarse contra la dominación española.» En segundo lugar, no podemos decir exactamente a qué se refiere Arnao cuando, en relación con la susodicha frase, nos dice que la misma quedó «en la memoria del *pueblo de su cuna*.» ¿Se refiere a *Cuba*, o a la *cuna racial* –de los negros– de Aponte? Debemos advertir que en los ejemplos mencionados hasta aquí, no hay uno solo que se la atribuya *específicamente* a los negros.

En 1917, la frase «más malo que Aponte» reaparece en *Cosas de antaño*, de Álvaro de la Iglesia, el cual introduce un giro notable. Para no dilatar más el asunto, el título de su artículo es… «Más malo que el 'Pelado'.» Desde el principio, pues, se sugiere que sí, hay alguien *más malo que Aponte*. En este sentido, el comienzo del artículo resulta iluminador:

> Aun en nuestros días es muy frecuente oír, ponderando la perversidad de alguno; – *Es más malo que Aponte*... – o bien: –*Es más malo que el «Pelado»*...– ¡Pues no va pequeña diferencia del uno al otro término de comparación! (De la Iglesia 85)

Puede advertirse que aunque para el autor no hay mucha diferencia entre Aponte y el Pelado, en modo alguno los equipara. Pero, casi enseguida, Álvaro de la Iglesia amplía esa diferencia:

> Claro está que Aponte perseguía la redención y el predominio de su raza maltratada durante casi cuatro siglos por el látigo implacable de la servidumbre y esta revolución social no podía realizarse sin derramar torrentes de sangre; pero también es cierto que si el éxito hubiera coronado su empresa, el nombre de Aponte no sería el de un criminal en los anales de la historia de Cuba, sino el de un redentor y un caudillo. ¿Acaso fue tan honrada como la suya la obra de Bonaparte? Ya se sabe que el éxito lo justifica todo. ¿Y quién fue el *Pelado*? Recorriendo la historia de este país no se tropieza con un monstruo semejante. El Pelado es la fiera humana: malo por instinto, por incontrastable tendencia al mal, malo por vocación. Había nacido para matar como la pantera y el tigre: era sanguinario como otro puede ser sanguíneo; por temperamento. Mataba sin motivo; no lo movía el robo, ni la venganza, ni un arrebato, siquiera, de ciega cólera: mataba... por matar (87).

Álvaro de la Iglesia establece ahora una diferencia total entre Aponte –el revolucionario– y el Pelado, un asesino al que califica de monstruo que mataba por el placer de matar, y que provenía del «fondo del hampa habanera» (87). El primero es un *revolucionario*, cuya obra el autor considera incluso *más* honrada que la de Bonaparte; el segundo fue un *asesino*. De el Pelado afirma De la Iglesia que en 1820 había desertado del Regimiento de «Cuba,» hasta que fue ahorcado en 1826, y que «[l]a lista de sus asesinatos es muy larga.» Añade el autor que aquéllos «llegaron a probársele al ser sometido a la Comisión Militar Permanente creada por Vives en 1825, *bastarían para hacer su memoria odiosa*» (87) (énfasis añadido.). Para demostrar su punto, Álvaro de la Iglesia narra, entre otros crímenes, los siguientes:

el Pelado asesinó aquella misma noche a otro vecino muy estimado, don Juan Miguel Aguiar y días después, en una sola noche, también, realizó tres asesinatos más, yendo después a acostarse a su guarida tan tranquilamente como si acabase de rendir la jornada del trabajo. La tarde de Navidad, cuando una muchedumbre popular llenaba la antigua plaza del Vapor, que después consumió un incendio, el Pelado recogía de un vaciador en los portales el cuchillo que horas antes había dado a afilar. Lo probó en la mano, lo examinó en todos sentidos y como la cosa más natural del mundo, lo enterró en el pecho de un hombre que acompañado de su esposa salía en aquellos momentos del mercado, llevando alegremente las compras de Noche Buena. Y mientras se arremolinaba el público en torno del infeliz caído que lanzaba ahogados quejidos y por todas partes se escuchaban las voces de: *¡El Pelado!,– ¡Es el Pelado!* Éste se retiraba sin apresuramiento y para probar el filo, iba enterrando el cuchillo en los ijares de las bestias que iba encontrando a su paso (88).

De la Iglesia comenta que como la isla estaba amenazada «por graves peligros exteriores, perdida para España toda la América en aquel desastre que dio en tierra con todo su inmenso poderío colonial,» las atenciones del gobierno de Vives se concentraron «en mantener segura y tranquila una tierra donde empezaba a germinar la semilla separatista arrojada por Bolívar…,» y en consecuencia a la vigilancia política. Notemos que, en primer lugar, los crímenes que De la Iglesia le atribuye al Pelado –por otra parte ampliamente conocido, pues la población era capaz de identificarlo enseguida– no tienen comparación alguna con nada que hubiera podido serle atribuido a Aponte. Childs comenta que en realidad nunca llegó a probarse nada que bastara para inculparlo.[50] Por otra parte, las circunstancias políticas de los 1820s no diferían mucho de las de 1812. Los crímenes del *Pelado*, públicos por demás, debieron imprimirse en la memoria del pueblo con más fuerza que el recuerdo de Aponte. El hecho mismo de que el título del artículo de Álvaro de la Iglesia lleve por título «Más malo que el 'Pelado',» indica que esta frase era la que debió haber permanecido. Sobre todo porque incluso los hechos protagonizados por el Pelado son posteriores a la ejecución de Aponte y debían estar más frescos en el recuerdo. *¿Por qué* no sucedió así?

---

50  El lector recordará que ya citamos antes lo que comenta Childs sobre si Aponte fue o no en realidad el líder de la rebelión. Según el historiador no existen las evidencias que permitan afirmar el liderazgo de Aponte. Ver págs. 239-40.

Quizá la respuesta esté en la diferencia entre la naturaleza del crimen atribuido a Aponte y a los rebeldes (*político*) y la de los asesinatos del Pelado (*crímenes comunes*).

De lo visto hasta aquí, nace una sospecha, y con ella una explicación, al menos plausible, del origen del adagio «más malo que Aponte». ¿Quiénes sino los blancos podían beneficiarse de ese adagio que explícitamente servía para demonizar al negro y, sobre todo, al negro rebelde? No afirmo con esto que la población, en general, no llegara a hacerla suya, solo que tal vez por el hecho de que llegara a convertirse en cita.

Para ver mejor esto, y de paso para concluir esta introducción, voy a referirme brevemente a otra novela, más reciente, enfocada también en la rebelión de Aponte: *Una biblia perdida* (2010), de Ernesto Peña González. Es de notar que fue publicada justo antes de cumplirse dos años que marcaban el segundo Centenario de la rebelión de Aponte, y quizá por lo mismo. La obra de Peña González ganó el Premio de novela Alejo Carpentier. Lo merecía. La fuerza narrativa, su estilo, están muy por encima de la novela de Calcagno, la cual, para decirlo con toda franqueza, está plagada de cursilerías. Así y todo, en lo que respecta a la trama misma, prefiero la del último. Como este último, Peña González indagó en fuentes históricas, en documentos de la época. Lo que me interesa de la novela de Peña González, sin embargo, es su tratamiento del adagio «más malo que Aponte». Durante el interrogatorio a Aponte, Nerey, intentando convencer a Aponte para que confesara, le dice:

> Y lo peor: Esta usted sacrificándose por esos malvados. Esta usted arriesgando su vida para salvar la vida de los traidores a su patria, al rey y a sus antepasados. ¿Quiere usted que se le recuerde como el peor de los perversos? ¿Que la Historia le tome por un Judas, un traidor de lo sagrado?, ¿se imagina usted?
> Aponte no respondió, cavilando.
> - ¿Se imagina usted que mañana se diga, para calificar a una persona siniestra, *«ese hombre es más malo que Aponte»*? (*Una biblia* 67) (énfasis añadido)

Peña González establece de hecho, como puede verse, el origen de la frase en la puesta en marcha del aparato represivo colonial. Pero el asunto toma otro cariz con la reacción de Aponte al escuchar la frase, y el recuerdo con que la asocia: «Aponte se estremeció. Sabía que los poderosos podían falsear la historia a su antojo. Ya lo habían hecho en menoscabo de toda una raza, de todo un linaje.» Y entonces, el recuerdo: ««Mas malo que Aponte», pensó. Y recordó aquella fiesta de Reyes cuando un brujo le dijo: «Tú, el más malo, *tu cabeza en un palo*». Aponte apretó los dientes. No pudo disimular su irritación y vergüenza» (67) (énfasis añadido). Aquello que el interrogador solo había mencionado como uno de entre los posibles nombres infames que podría adjudicarle la posteridad –«el peor de los perversos,» «un Judas»– le había sido profetizado antes por un brujo, por un negro. El adagio se convierte en destino, de modo que la ejecución posterior de Aponte, su decapitación incluso, no serían ya la manifestación de la máquina represiva colonial, y sí el cumplimiento de un *pathos*. Más adelante asistiremos a la escena del brujo, tal y como tuvo lugar. Conviene citar en extenso, por lo que sale ahí:

> Ya en extramuros, Aponte se molestó otra vez como cuando tropezó can el capataz de muelle. Los brujos invadían la calle conducente a su taller. Tendrían que desviarse. La horda que sucedía a los bailadores de esta tribu siempre andaba pletórica de puñales y navajas. Tomaron una calle aledaña para efectuar un rodeo. Al doblar una esquina se encararon a cinco hombres can capuchones largos. Seguían a un viejo convulsivo, todo pellejo y nervios, que se contorsionaba en espasmódica danza.
>
> La calleja era estrecha. Aponte y Chacón se miraron y decidieron continuar. Los hombres que seguían al viejo se apartaron con maliciosa cortesía, empozados los venenos en sus rencorosos corazones, Tras un súbito e imposible salto, el viejo cadavérico atrapó a José Antonio por un brazo. Giró su cabeza hacia su víctima. Los ojos loqueaban en las órbitas y se ponían en blanco.
>
> —Tú, tú el más malo, tú el más malo –rugió echando una vaharada putrefacta de aguardiente y tabaco–. Ella... Ella... Tu cabeza en un palo. Ella va' vel, ella va' vel. Tu cabeza en un palo. Tú el más malo... Tu cabeza...
>
> Con la misma celeridad can que lo agarró, el viejo lo soltó y continuó su danza macabra hacia el final de la calleja seguido por sus fieles. Aponte se quedó sembrado en el suelo, mirando al viejo que repetía «el más malo» (*Una biblia* 131).

La escena transcurre durante la celebración del Día de Reyes. La descripción de la fiesta apenas difiere de las que encontramos en los relatos racistas de los viajeros de la época. Compárese esta descripción que hace Xavier Marmier en sus Cartas sobre la América (1851) con la que sigue, de Peña González:

> Debajo de los balcones del gobernador o del intendente, en las plazas y en las calles más frecuentadas, el jefe de la tribu da la señal. Al instante mismo los músicos se forman de uno y otro lado con sus instrumentos. *¡Qué instrumentos! Todo lo que chilla, todo lo que hace ruido, todo lo que vibra con los más agudos y discordantes sonidos, es bueno para su diabólica orquesta*.... Hombres y mujeres, colocándose unos en frente de otros, bailan; pero, no, bailar no es la palabra propia que puede dar una idea de esta escena. *Es un estremecimiento nervioso; es un continuo y violento movimiento de todos los miembros; son cuerpos que se agitan, se retuercen, se repliegan, se levantan, y saltan como salamandras en el fuego.* Sus pies, sus manos, sus caderas, sus pechos, todo está en acción, y sus movimientos son por cierto poco decorosos. Sin embargo, un círculo numeroso de personas de ambos sexos asiste a esta admirable coreografía, y no se admiran de ninguno de los gestos de los danzantes (Marmier).
>
> ....
>
> *Los tambores ensordecían, batidos por las manos de incansables incansables tocadores, y delante de estos avanzaban los llamados diablitos agitando sus cuerpos en extrañas contorsiones.* Grupos de marineros de todas las naciones se unían al vocerío atronador, al ver danzar las *lujuriosas bellezas africanas* y a las *extravagantes ñulonas* que invadían junto con las capitanes, tambores, cascabeles y cencerros, la calle de los Mercaderes, del Obispo y O'Reilly (*La biblia* 129) (énfasis añadido en los dos fragmentos).

Incluso la expresión «los llamados diablitos» sugiere un narrador no familiarizado con la festividad, alguien que solo de oídas sabe de esos diablitos. Esto, unido a la descripción que exotiza al otro marcando su diferencia, inscrita en la negritud estereotipada en el origen africano, entiéndase salvaje, en las afueras de la racionalidad del europeo blanco, define la mirada etnocéntrica del texto. Así, la referencia a la «horda,» a «los bailadores de esta tribu,» y finalmente la descripción del brujo negro, «convulsivo,» con ojos que «loqueaban en las órbitas y se ponían en blanco» marcan la distancia cultural y racial del narrador, lo que se torna aún más visible; o audible, en la reproducción del habla del otro: «Ella va' vel, ella va' vel.» Lo inquietante, sin embargo, es que no hay absolutamente nada en la novela que justifique la profecía. De acuerdo, pues, con la narración de Peña

González, ni siquiera era importante si Aponte estaba mezclado o no en la conspiración: su cabeza estaba destinada a un palo. Y ya lo había fijado, enrejado para la posteridad, el lenguaje: «más malo que Aponte». Como resultado de esto, la muerte de Aponte y su decapitación no resultan de la condena judicial de la colonia, sino de la profecía de un brujo, que, como ya dije antes, era por supuesto negro. Entonces, la novela de Peña González en la proximidad del segundo Centenario de la ejecución de Aponte, representa su muerte –y habría que decir la de los negros– como el cumplimiento de un destino insoslayable. Recordemos la «Paráfrasis sencilla» de Ángel Escobar:

> Yo pienso, cuando me aterro,
> como un Escobar sencillo,
> en aquel blanco cuchillo
> que me matará: soy negro.
>
> Rojo, como en el desierto,
> salió el sol al horizonte:
> y alumbró a Escobar, ya muerto,
> colgado, ausencia del monte.
>
> Un niño me vio: tembló
> de pasión por los que gimen:
> y, ante mi muerte, juró
> lavar con su vida el crimen.

# Esta edición

La presente edición crítica de la novela *Aponte*, de Francisco Calcagno, ha sido concebida para dos tipos de audiencia. Por un lado, se
trata de poner a disposición de los profesores una novela que no había
sido reeditada, y que por lo tanto puede ser incluida y completar
syllabus de estudios literarios, y también históricos. Por esta razón, la
edición que el autor tiene en sus manos ofrece una buena cantidad y
variedad de notas que esclarecen cuestiones relativas al vocabulario,
y ofrecen información adicional sobre hechos, personajes y
costumbres de la sociedad cubana de 1812 a fin de hacer más accesible
la lectura. Por otro lado, esta edición aspira también a ser de utilidad
para investigadores profesionales, así como para profesores y estu-
diantes de cursos graduados. En general, la presente edición será de
gran utilidad para los estudios sobre la esclavitud y el racismo en Cuba
–pero también sobre la influencia de la revolución haitiana en las rebeliones de esclavos en la isla, de ahí su ámbito caribeño. Igualmente,
la edición de Aponte es una contribución a la ampliación del canon
de la literatura cubana y latinoamericana. La novela es de gran
utilidad para el estudio de problemas literarios como la relación autor-
narrador e historia-ficción.

Una aclaración final. En ocasiones, el autor no incluyó una preposición o un artículo, por ejemplo, donde eran necesarios. En estos
casos añadimos lo que se echaba en falta, y para indicar que es un
añadido lo hemos puesto entre corchetes –[X]. También hemos modernizado la ortografía. Otros dos aspectos de importancia son los siguientes: Calcagno usa excesivamente las comas, lo cual a veces difi-
culta la comprensión de períodos completos. En estos casos, o
eliminamos algunas comas, o las cambiamos de lugar. Cada vez que
esas comas –aunque nos parecieran inadecuadas por cualquier razón–
no se interponían en la comprensión de la idea, las dejamos tal cual
las puso el autor. De esta manera tratamos de conservar el sabor original del texto. Finalmente, en contados casos –muy pocos– el problema resultaba más serio, puesto que el problema que confrontá-
bamos era la legibilidad misma de la oración o de la idea. Decidimos
entonces que lo mejor era reescribir la idea tal y como la entendíamos,

y en una nota al pie reprodujimos el texto original. Nuestro objetivo principal fue el de no comprometer en modo alguno la integridad del texto. Esperamos haberlo conseguido.

# APONTE

# Tomo I

# Prólogo

# I

Día 9 de Abril de 1812. Próximo a la casa que llamaban *del Obispo* donde empezaba el camino de San Luis Gonzaga, hoy Calzada de la Reina,[1] la multitud absorta contempla un espectáculo repugnante, monstruoso, posible solo en la Habana en aquellos tiempos.

En el interior de una jaula de hierro, enclavada sobre un poste de dos metros, custodiada por dos hombres armados, una cabeza humana se ofrece a la expectación pública.

En el mismo día, otra cabeza de muerto se exhibía en el puente del Horcón, hoy de Chávez. La cabeza expuesta en San Luis Gonzaga es de un negro, la del puente del Horcón es de un mulato.

Exangüe el rostro, cárdenos y contraídos los labios, que ocultan apenas unos dientes blancos y afilados como los del cocodrilo, los ojos sanguinolentos, inflados y medio abiertos, revelando la muerte por asfixia; un olor nauseabundo que impregna la atmósfera, las moscas zumbando en derredor, y el populacho abyecto, como fascinado ante aquella asquerosa obra humana, de la que esperaba el elemento oficial saludable escarmiento para malhechores y tranquilidad material para la gente honrada.

---

1 Una de las calles más importantes de la ciudad extramuros. José María de la Torre nos dice que se llamó primero *Camino de San Antonio*, «por el ingenio de *S. Antonio el chiquito* que pertenecía al Regidor D. Blas de Pedroso,» y que «existía aun en tiempo de la invasión inglesa» [...], siendo el camino principal de salida de la ciudad para el campo, hasta 1735 en que en la Calzada del Monte se hizo un puente (donde está hoy el de Chávez). Partía de la *calle Real* (calle de la Muralla), atravesaba el Campo de Marte, y en su línea tortuosa seguía hasta el citado ingenio de San Antonio. Recibió el nombre de San Luis Gonzaga por la ermita de esa advocación (erigida en 1751 y destruida en 1835) que había en ella esquina a la calzada de la Beneficencia. En 1735 se le dio rectitud y se le puso aceras de piedra. En 1836 se hizo un malecón a lo largo de esta calle que nivelaba sus dos alturas [...]. Dicho malecón fue construido en 1844 en que se hermoseó la calle construyéndose las actuales anchas banquetas y sembrándose el arbolado: dándosele el nombre de Calle de la Reina (*Lo que fuimos...* 71-2). La alusión al cambio de nombre de la calle es la primera señal en el texto de la distancia temporal del narrador de los hechos que narra.

Tal el cuadro. Atentas ante todo a la seguridad de la colonia, fácil era que las leyes de Indias prescindieran de las apariencias, cuando el malvado que se castigaba o suprimía era de la raza esclava, tanto más temible por su número, por el trato que se le daba, y por el innegable derecho que tenía a reclamar y aspirar.[2] De medio millón de almas que poseía Cuba, 300 000 eran esclavos, y eso imponía el lujo de crueldad en los castigos; era preciso probar que sabíamos precaver, ya que no ilustrar. Todo terror se consideraba lógico y saludable; que el orden es suprema necesidad del estado.[3]

La publicidad se hacía imprescindible; públicas eran las ejecuciones; a expectación pública se ponía la cabeza del ajusticiado, en la calle de la Picota[4] y por las esquinas de otras calles, públicamente se distribuía el azote por manos del verdugo. En tal caso, si un particular abonaba cierta cantidad, el reo se libraba de aquella azotaina, y pasaba a la esquina siguiente; si al pasar frente a una iglesia en oficio, el clérigo, ya avisado y autorizado, se interponía con el sacramento, el reo se salvaba del castigo corporal y pasaba a presidio.

Debemos advertir, sin embargo, que la inmunda costumbre de exhibir cabezas de fascinerosos, antigua en la Península, concluyó mucho antes de la extinción de la esclavitud. Creemos que la última en Cuba fue la del bandido Juan Fernández, alias, el Rubio, expuesta en el puente de Chávez en el año 34, por los primeros días del gobierno de D. Miguel Tacón.[5]

---

2    De la observación del narrador – indisociable como se verá a su debido tiempo del modo de pensar del autor mismo – no debe deducirse una condena o crítica a la esclavitud y al racismo. Después de todo, el reconocimiento al «innegable derecho» de la raza esclava lo precede la invocación del miedo al negro, lo que implícitamente se justifica por el dato demográfico.

3    Nótese la inclusión del yo del narrador en el sector blanco hegemónico: «era preciso probar que *sabíamos precaver*» que justifica la violencia una vez más con el miedo al negro.

4    Calle de la ciudad intramuros. Se la llamó así «[p]orque en ella (esquina a la de Jesús María) estaba *la picota* o palo donde se azotaba a los reos; y luego la pasaron a la Plaza Vieja donde estuvo hasta 1836» (*Lo que fuimos* 59). Calles como la de la Picota, Inquisidor y Tacón son permanentes recordatorios de las instituciones y la violencia colonial inscritas en el trazado mismo de la ciudad.

5    Miguel Tacón y Rosique (Cartagena, 10 de enero de 1775 - Madrid, 12 de octubre de 1855) primer marqués de Unión de Cuba, (después elevado a ducado), duque de la Unión de Cuba. fue un noble, marino y militar español, teniente general de la Real Armada, Mariscal de Campo del Ejército de Tierra y I Duque de la Unión de Cuba. En 1834 se le ascendió a teniente general y se le nombró, Gobernador de la Siempre Fiel isla de Cuba, donde llegó y tomó el mando el 7 de junio de 1834. Su gobierno se caracterizó por el despotismo, la represión y el fomento del comercio de esclavos. A su regreso a España en 1852, durante el reinado de Isabel II, fue nombrado senador.

# II

La cabeza que el 9 de Abril de 1812, se exhibía en el puente del Horcón, era desconocida del pueblo, y nadie contestaba cuando alguno inquiría quién era o había sido el decapitado.[6]

La que se hallaba en San Luis Gonzaga era la de José Antonio Aponte. A este sí lo conocía el pueblo, porque el nombre del funesto «Cabecilla», que así por antonomasia se le llamaba, ya era proverbio en nuestro lenguaje provincial.

«Más malo que Aponte» ¿Quién en Cuba no ha oído alguna vez esa frase?

No todos conocen su origen, y puesto que una de las obras de caridad nos manda enseñar al que no sabe, diremos que el Antonio Aponte fue un negro de alma tan negra como su rostro, y no decimos esto porque conspirara contra blancos, y pretendiera realzar el decaído espíritu de los suyos; que eso no fuera más que amor a la dignidad de su raza.

Pero nada menos pretendía, que fundar un imperio negro sobre las ruinas de la colonia blanca, proclamándose emperador, a la manera

---

6    La ficción entra en la Historia, mitologizándola. El 9 de abril de 1812, en efecto, fue ahorcado y luego decapitado el negro libre José Antonio Aponte. Junto a él fueron ejecutados los también negros libres Clemente Chacón, Salvador Ternero, Juan Bautista Lisundia, Estanislao Aguilar y Juan Barbier, así como «los esclavos del ingenio *Peñas Altas*, Esteban, Tomás y Joaquín Santa Cruz» (Franco 1963, 52). Aunque Franco nos dice que Aguilar era un negro libre, la excelente investigación de Matt D. Childs demuestra que era mulato (ver Childs, pp. 190 y 291). Cuando trabajaba en la edición de la novela, solo tenía la versión original – en inglés – del estudio de Childs. Por esta razón me vi compelido a traducir las citas. Sin embargo, cuando comencé a trabajar en el estudio introductorio llegó a mis manos la edición cubana, que utilicé entonces para ganar tiempo. El lector queda, pues, advertido. Lo importante, sin embargo, es que todos los nombres de los ejecutados con motivo de la rebelión de Aponte eran conocidos, y era imposible por tanto que Calcagno no los supiera. El *Diario de la Havana*, por ejemplo, anunció la ejecución en estos términos: «Ayer cerca de las ocho de la mañana fueron conducidos a sufrir la pena de horca, José Antonio Aponte, Clemente Chacón, Salvador Ternero, Juan Bautista Lisundia, Estanislao Aguilar, Juan Barbier, Esteban, Tomas y Joaquín, los seis primeros libres y los tres últimos esclavos de la dotación del ingenio [...] Trinidad; todos reos convictos y confesos de haber proyectado perturbar la feliz tranquilidad que reina en esta afortunada isla [...]. A las nueve y media ya habían recibido el condigno castigo, que exigían sus crímenes y reclamaba la vindicta pública.» Ahora bien, esa cabeza anónima, decapitada por Calcagno mismo, y por él mismo colocada en la vecindad de la de Aponte, crea el misterio que pondrá en marcha la narración. En efecto, toda la novela marcha a partir de este instante, y por entre constantes dilaciones y digresiones, a satisfacer la curiosidad de todos los que inquirirían sobre la identidad de la misteriosa cabeza, incluyendo, desde luego, al lector mismo. En este sentido la novela *Aponte* podría en justicia ser considerada como una novela policial.

de Dessalines,[7] o de aquel Christophe[8] que a la sazón[9] era Enrique I
rey de Haití; y esto se había de conseguir asesinando a todos los
blancos y quedándose con las blancas, para servicio doméstico y otros
usos. Rómulo, mandando matar sabinos y guardando sabinas[10] es un
inocente al lado de nuestro Aponte.

Como simple rebelde pudiera merecer perdón y hasta respeto;
pero según revelan las crónicas, era el carácter menos digno de em-
prender la regeneración de su raza, el tipo menos a propósito para

---

7   Susan Buck-Morss escribe que: «El 1 de enero de 1804, el nuevo líder militar, el esclavo
    de nacimiento Jean-Jacques Dessalines, dio el último paso al declarar la independencia
    de Francia, combinando así el fin de la esclavitud con el fin del estatus colonial. Bajo la
    consiena de Libertad o Muerte (palabras inscritas en la bandera roja y azul, de la cual había
    sido suprimida la franja blanca de la bandera francesa [...], derrotó a las tropas francesas
    y destruyó la población blanca, estableciendo en 1805 una nación constitucional e inde-
    pendiente de ciudadanos 'negros', un 'imperio' que reflejaba al de Napoleón, bautizado
    con una palabra del Arawak, Haití. No existen antecedentes de estos acontecimientos,
    que llevaron a la libertad completa de los esclavos y de la colonia» (*Hegel y Haití* 38-39).
8   Nacido Christopher Henry en la Isla de San Cristóbal, Christophe fue llevado a Santo
    Domingo, donde trabajó en el restaurante de un hotel y consiguió la libertad. Se dice que
    luchó durante la Guerra de la Independencia de los Estados Unidos en el asedio a Sa-
    vannah. Christophe destacó en la rebelión de 1791, ascendiendo al rango de general en
    1802. En 1806, participó en el golpe de estado contra Jacobo I y tomó el control del norte
    del país. Su principal enemigo era su cómplice en la conspiración Alexandre Pétion,
    quien erigió a la región meridional en república separada, bajo su presidencia. Henri se
    autoproclamó presidente del «Estado de Haití» en 1807, junto con Pétion, éste como pre-
    sidente de la «República de Haití» en oposición al sur. En 1811, convirtió el Estado de
    Haití en reino y se proclamó rey, gobernando con el nombre de Enrique I de Haití. C.
    R. L. James nos dice que «Christophe, posteriormente emperador de Haití, fue un
    esclavo, camarero en una fonda de Cap François, donde aprovechó sus oportunidades
    para instruirse sobre los hombres y el mundo» (*Los jacobinos negros* 34). James también
    agrega: «Christophe, ex hotelero, no sabía ni leer ni escribir, pero también sorprendió a
    los franceses por su conocimiento del mundo y la facilidad y autoridad con que ejercía
    sus funciones. Era un negro de habla inglesa, pero al contrario que Toussaint aprendió
    a hablar el francés con sorprendente fluidez. Gustaba del lujo, era amigo de los blancos
    y practicaba un buen gobierno» (241). La historia de Enrique I sirvió de argumento de
    *La Tragédie du Roi Christophe*, una obra teatral de 1963 escrita por el martiniqués Aimé
    Césaire, y también, en gran medida, para la novela de Alejo Carpentier *El reino de este
    mundo* (1949). Su figura está presente en la obra de Eugene O'Neill *El emperador Jones*.
    Por su parte, el cronista de viajes, corresponsal y antropólogo John W. Vandercook le
    dedica su libro *El rey de Haití*, versión española en Eds. Rialp, Madrid, 1955.
9   por aquel entonces
10  El Rapto de las Sabinas es un episodio mitológico que describe el secuestro de mujeres
    de la tribu de los sabinos por los fundadores de Roma. Según el mito, en la Roma de los
    primeros tiempos había muy pocas mujeres. Para solucionar esto, Rómulo, su fundador
    y primer rey, organizó unas pruebas deportivas en honor al dios Neptuno, a las que invitó
    a los pueblos vecinos. Acudieron varios de ellos, pero los de una población, la Sabinia,
    eran especialmente voluntariosos y fueron a Roma con sus mujeres e hijos y precedidos
    por su rey. Comenzó el espectáculo de los juegos y, a una señal, cada romano raptó a una
    mujer, y luego echaron a los hombres. Resulta significativa la comparación de Rómulo
    (figura fundacional europea, blanca) con la del negro libre Aponte. Porque si bien Cal-
    cagno nos dice que aquél era «un inocente al lado de nuestro Aponte,» se mantiene en
    pie su semejanza como raptores de mujeres. Este hecho, a su vez, ilumina el racismo de
    la expresión «más malo que Aponte,» puesto que a éste no le se imputaron cargos por
    violación y asesinatos de mujeres.

hacer el papel del Louverture cubano.[11] Toussaint Louverture tuvo grandes cualidades; se le obligó a veces a ser sanguinario, las circunstancias lo llevaron hasta a parecer traidor; el solo episodio de sus hijos Isaac y Plácido, víctimas de las arterias[12] del Primer Cónsul, bastaría a justificar su crueldad; pero no cabe dudar que mereció el título de salvador de su pueblo.[13] No agraviemos su memoria comparándolo al cabecilla Aponte.

Oscurísimo y envuelto en tinieblas aparece el origen de éste: hay quien supone que era africano, quien que hijo de la Habana, siendo esto lo más probable, pues como tal aparece en la sumaria, y no falta quien, porque fue esclavo de un Delmonte, lo crea oriundo de Santo Domingo.

Parece que hacia fines del siglo pasado (no recuerdo donde leí esto) vivía en un tugurio miserable de una estancia de labor, cita en lo que hoy se llama Pueblo Nuevo;[14] y tampoco sé donde he leído, que rezando hipócritamente, con golpes de pecho y alzamiento contrito de ojos al cielo, solía acompañar el rosario que de la iglesia de la Merced, salía todas las noches a cantar rezos y recoger lismosnas por las calles de la Habana. A peseta los padrenuestros, a real cada avemaría, diez centavos por un gloria patri, canturreado a dos voces con violín y clarinete; tales eran los precios del último perpetrado en Guanabacoa, hasta que los pilluelos lo acabaron a pedradas.

---

11    François Dominique Toussaint-Louverture (La Española, 20 de mayo de 1743 – Fuerte de Joux, La Cluse-et-Mijoux, cerca de Pontarlier, Francia, 7 de abril de 1803) fue un político y militar, el más importante de entre los dirigentes de la Revolución haitiana. Llegó a ser gobernador de Saint Domingue, que era el nombre dado por los franceses a Haití. Parte de su legado fue haber sentado las bases para la erradicación definitiva de la esclavitud en Haití y posteriormente, a consecuencia de ello, en el mundo entero.

12    Debe tratarse de un error. Carcagno se refiere probablemente a acciones *arteras* (esto es, mañosas, astutas).

13    Sobre Toussaint Louverture y su familia recomendamos el capítulo «La familia de un héroe» de la novela *Enrique Faber: Ensayo de novela histórica*, de Andrés Clemente Vázquez. Allí el autor considera a Louverture «el Espartaco americano» (130), y resulta significativo que en una nota al pie, al referirse a varios trabajos que se habían publicado sobre Louverture, les diga a sus lectores: «No nos atrevemos a recomendar el folleto Cosas de Haití, dado a luz en 1893, en Ponce, (Puerto Rico) por don José Rodríguez Castro, sin embargo de que en dicho libro hay importantes datos con referencia a la independencia de los dominicanos, porque el estilo del autor, aunque correcto, chispeante y sumamente ameno, reboza de una *tendencia de marcada hostilidad y de notoria injusticia en contra de los negros*» (132) (énfasis mío).

14    Dick Cluster y Rafael Hernández nos dicen «durante la mayor parte del siglo XIX [...], Belascoaín marcó el borde occidental de la ciudad [...]. El único barrio en el lado lejano de Belascoaín fue llamado, adecuadamente, Pueblo Nuevo. En algún momento antes de 1811, el carpintero y tallador José Antonio Aponte y Ulabarra construyó él mismo una casita de tablones de madera y paja de palma. Estaba en un camino primitivo, predecesor de la calle que más tarde vino a ser llamada Jesús Peregrino, nombre que oblicuamente conmemoraría al propio Aponte» (Cluster and Hernández 69).

Que era Aponte santurrón y supersticioso no cabe dudarlo: en la casa en que vivía tuvo a espectación pública un retablo de la imagen de Jesús, y a esto, según Latorre, debió su nombre la calle de Jesús Peregrino, que aún hoy lo lleva; que a la perversidad y la audacia unió la astucia, también es notorio, pues supo enaltecer a la abyecta raza que lo proclamaba Emperador de Cuba.

Cuando prisionero en la reñida acción de Peñas Altas, sepulcro de tantos héroes ignorados de quienes la Historia injusta, salvo los de Orihuela y Quintero, ni el nombre conserva, tendría de edad unos cuarenta años, Aponte y ocho de sus secuaces fueron encerrados en la Cabaña[15] donde el licenciado Rendón, fiscal de la causa, pasó dos meses, sustanciándola con tal mestría que mereció Real agrado, significado más tarde con el título de vizcondesa de Peñas-Altas, conferido a su viuda.[16]

---

15    Fortaleza San Carlos de la Cabaña. Llamada así en honor al rey español Carlos III. Comenzó a edificarse en 1763, bajo la dirección del ingeniero militar Silvestre Abarca. Se levantó en la ribera alta del Puerto de La Habana, zona que había quedado indefensa hasta ese momento. Al terminar su construcción, en 1774, era la más grande fortaleza española construida en América.

16    En *Noticia biográfica del señor Don Juan Ignacio Rendón...* en la nota 3 se expresa que: «Este cuaderno se escribió en el año de 1838 en cuya época aun no tenía la señora doña María de las Nieves título alguno: hoy goza los *de marquesa de Rendón*, *vizcondesa de Peñas Altas*, pues aunque fundadora del título ha querido conservar la memoria de su difunto venerable esposo, y consignar sus hechos a la posteridad: el de Peñas Altas consta en esta biografía, y allí está explicado su origen» (las notas aparecen en páginas sin numerar). Por esta Nota biográfica nos enteramos de que en 1824 Francisco de Arango y Parreño nombró a Rendón «para el desempeño de la fiscalía interina de hacienda pública» (55). Añade el autor que «[t]odas las corporaciones trataron de inscribir en su seno a un hombre tan útil, tan laborioso, y que a cualquiera de ellas podía honrar...» De modo que «[e]l excelentísimo ayuntamiento convencido de esta verdad puso en sus manos en 1829 una vara de alcalde ordinario, en cuyo ejercicio acabó de acreditar, si más pruebas necesitaba de él, cual era su amor por la justicia y sus incontrastables principios en su administración» (56). Prueba de este amor a la justicia es una anécdota que vale la pena reproducir: «Recuerdo qnc el año de 20 durante su alcaldía, se ejecutó en uno de los teatros de la Habana la tragedia de *Abufár*, traducción del joven cubano don José María Heredia, excelente poeta y que tenía entonces las más dulces simpatías por sus talentos y desgracias: toda la numerosa concurrencia prorrumpió en estrepitosos y continuos aplausos, pero sin alterar el orden en lo mas pequeño: el señor Rendon presidía, y no tuvo que tomar partido alguno. Sin embargo, la envidia y el encono quisieron herir de nuevo al ilustre proscrito, y asestando sus tiros del modo más infame supusieron que el escándalo y el desorden habían becho sospechar que la representación de la obra de Heredia despertaría sentimientos e ideas peligrosas a la tranquilidad cubana y su unión con la Metrópoli. El señor Rendón, despreciando los riesgos de su posición, salió al instante a defender la verdad: nada le arredró, y patentizó cuán calumniosa era la mentida acusacion, que sostuvo con sus principios incapaces de hacerle transigir con el desorden.... La tragedia volvió a representarse más adelante. ¡Loor eterno al recto y justiciero Rendón!» (64-65). De este justiciero Rendón nos dice Childs que sofocada la rebelión de Aponte, cuando más tarde «solicitó una nueva posición en la burocracia colonial española [...], subrayó que él había descubierto la conspiración *mientras trabajaba día y noche* en La Cabaña, tomando las confesiones e *interrogando* a los prisioneros que planearon la revuelta [...]. Rendón se movió entonces con lo que él describió como

Todos fueron condenados a muerte y el día 8 de Abril los nueve cadáveres, pendientes de sus respectivas horcas, se ostentaban visibles desde la Habana, en las alturas de la Cabaña. Desde el muelle, por las calles, desde los balcones y azoteas, aun escasas, las multitudes miraban con lentes aquel espectáculo repugnante y salvador.

Dos de los ajusticiados eran mulatos: el uno, el Trinitario, tipo conocido en los anales del crimen; el otro que llamaba la atención por sus facciones semicaucásicas, era desconocido por las turbas, y por eso muchos preguntaban en vano por qué estaba allí su cabeza.[17]

Para explicar el origen de esa cabeza se ha escrito la presente historia.

---

*rapidez y prontitud* para liquidar la rebelión con castigo ejemplarizante» (Childs 16) (énfasis mío). Obviamente el sentido de la justicia de Rendón podía distinguir – y actuar en consecuencia – entre la amenaza al orden colonial que representaba la rebelión de los esclavos y la inocua representación de una obra traducida por Heredia.

17 El primero de esos «ajusticiados» que lógicamente tenía que ser Aponte, no era mulato como ya sabemos, sino negro. El único mulato ahocado ese día fue Aguilar. La contradicción es obvia. Antes Calcagno nos había de dos cabezas, una negra y otra mulata. Ahora una es la de un mulato, y la otra la un individuo casi blanco. Es esto justamente lo que intriga, pues la multitud distingue entre el castigo físico aplicado a los negros del que debían recibir los blancos. Childs nos dice que «[l]a codificación con connotaciones raciales de los instrumentos de autoridad y dominación, cambió el significado del castigo físico en Cuba durante la década de los noventa del siglo XVIII y principios del XIX. [...]. En la medida que la esclavitud definía con más claridad los paradigmas de la jerarquía cubana, la amenaza y el uso de la fuerza como formas de castigo tenían que separarse en castigos para esclavos y castigos para blancos» (Childs 94). Regresando a Calcagno, debe advertirse, además, que la expresión «tipo conocido en los anales del crimen» sugiere o podría sugerir que para cuando se produjo la rebelión Aponte era un criminal ya famoso. Esto no es cierto. Ni siquiera lo era en el sentido de contar con un historial de rebeldía.

# Aponte

## Capítulo Primero

### Pílades y Orestes[18]

Siempre se les veía juntos: frecuentaban los mismos cafés, bailaban con las mismas compañeras, jugaban en los mismos garitos. Si uno carecía de fondos era porque el otro también estaba sin blanca[19]; si este se enamoraba, aquél también, y de la misma dama.

El uno se llamaba Belisario Cortés; el otro respondía al nombre de Alberto Goylan: el primero era alto, delgado, un arrogante mancebo ya decadente; el segundo es bajo, rechoncho, más simpático que bello; aquél es un segundón de noble casa; éste, un hijo de familia honrada; ambos por lo regular de buen humor, aunque a menudo bolsiescuetos.[20]

Respectivamente treinta y treinta y dos años.

Verdaderos tipos del hijo de colono enriquecido, pasear, beber, discutir en continuas controversias, enamorar damas casadas, deshacer reputaciones, darlo todo a barato, no creer en dioses ni diablos, echarla de valientes; tales eran sus ocupaciones conocidas.

Allá van calle abajo por la de Ricla, hacia la puerta de la Muralla,[21] a la caída de una tarde de Febrero, tan bella como una mañana de Mayo. Después de pasar una noche toledana la regozaban reproduciendo en memoria y palabras todas sus peripecias.

Belisario, aunque dos años menor, representaba cinco o seis más

---

18    En la mitología griega, Pílades era el hijo del rey Estrofio de Fócide, conocido principalmente por sus lazos afectivos con Orestes.

19    dinero

20    La palabra no aparece en el diccionario. Tratándose de un compuesto —bolsa / escueta— su significado más probable es *cortos de dinero*.

21    En intramuros. José María de la Torre nos dice que la calle *de la Muralla* se conocía ya con ese nombre en 1691, «porque siendo la principal para salida de la ciudad para el campo (como que antes se llamaba *calle Real*), se abrió en ella en 1721 la *puerta de la Real Muralla*. En 1763 se le dio el nombre de Ricla por el gobernador de este nombre que vivía la casa hoy de los comandantes de Marina» (*Lo que fuimos...* 55)

que Goylan. Ojos amortecidos y tempranas arrugas en pálido semblante, zona amoratada al sur de los ojos, alguna imprudente cana prematura, visibles anuncios de precoz calvicie, suelen ser claro indicio o de grandes pesares, o de dilatadas privaciones: aquí lo eran de eslabonados placeres y licenciosos desórdenes.

Ambos pertenecían al Círculo Antillano, sociedad de baile y juego, que por estar presidida por un tal Jacobo Ortiz, la juventud había dado en llamar Club Jacobino (por aquél, más recordado entonces, que tanto sonó en los fastos de la gran Revolución), y eran asiduos concurrentes al Cafe del Noy, lugar de placer, sito en un jardín por el recinto de la antigua muralla.[22]

---

22    La Muralla de La Habana Vieja. La Habana Vieja desde su surgimiento fue muy codiciada por su ubicación geográfica y las potencialidades que ella atesoraba para el desarrollo económico de la isla, como es el caso del puerto de La Habana, calificado como el más importante del país por ser centro de la actividad portuaria. Así, fue azotada por innumerables ataques de corsarios y piratas que ponían en peligro la vida de los peninsulares y las riquezas que la corona almacenaba en la villa, por lo que se hacía imprescindible su fortificación a través de obras de ingeniería militar que permitieran defender la floreciente urbe. De esta forma son construidas las fortalezas de La Fuerza, La Punta, El Morro, La Cabaña y los torreones de Cojímar, La Chorrera y San Lázaro. Sin embargo, todavía la ciudad era vulnerable por lo que en 1603 existe ya un proyecto de crear una muralla para evitar el acceso de enemigos por la parte de tierra. Esta parte de tierra era la costa desnuda, y especialmente el bosque que, por la parte de lo que más tarde sería El Vedado, se interponía entre el mar y la ciudad. Iba a extenderse desde el barrio de Campeche hasta La Punta, con cuatro pies de ancho y ocho de altura, mas tres pies adicionales que se obtendrían por medio de grandes ladrillos, pero nada de esto se llevo a cabo al interponerse numerosos tramites burocráticos y la falta de fondos con que se justificaba España. Por consiguiente se plantean otras propuestas, como la de crear la muralla pero de madera y rodear a la villa con fosos de agua como los castillos medievales. La primera es desechada rápidamente, pues seria fácilmente penetrable con la utilización del fuego y la segunda seria poco práctica pues devendrían problemas con la insalubridad que rodearía la urbe. La muralla se comenzó a construir durante el gobierno de Francisco Rodríguez de Ledesma el 3 de enero de 1671 y se terminó casi un siglo más tarde; siendo dada por terminada la sección que daba a tierra en 1698 pero no completándose la parte que daba a la bahía hasta 1740, 137 años después de que naciera la idea de construirla, a un costo de tres millones de pesos. Al principio contaba con dos puertas: Puerta de La Muralla (después llamada Puerta de Tierra) y Puerta de La Punta. Después se abrieron otras, algunas siendo reemplazadas, como la de Tenaza que fue reemplazada por la del Arsenal. En general llegó a haber unas nueve puertas activas, entre ellas la de Monserrate, la de Luz, la de San José y la de Jesús María. Todo lo que quedaba dentro del recinto era llamado intramuros, asiento preferido de los peninsulares, mientras el resto, extramuros, era habitado preferentemente por los llamados naturales del país o criollos. Con el paso de los años esta construcción llevó consigo a la división de la villa y mientras se desarrollaban más actividades y asentamientos en el exterior, se hacía menos necesaria la existencia de la muralla. En 1863 comenzó su demolición con el derrumbe del gran muro por las Puertas de Monserrate y no es hasta comienzos del siglo XX que culmina. Actualmente se conservan los restos de la muralla que testifican las características y el trazado de esta importante construcción del sistema defensivo de La Habana, la cual según los especialistas no tuvo una verdadera utilidad pues jamás tuvo que enfrentar un asedio ni contener máquinas de asalto reales, ya que en la única ocasión en que pudo haber sucedido, durante la toma de La Habana por los ingleses, el astuto enemigo evitó el cerco de piedra y penetró en la ciudad por la desprotegida loma de La Cabaña. Aunque

Se dirigían pedibus[23] andando, y ocultamente armados, que no era sano entonces ir por las calles sin un arsenal de defensa, a casa de una llamada Panchita la Codorniz, mulatica muy más allá de los quince, que vivía en las afueras, allí donde entre ciénaga, lodo, maleza, y basureros se esbozaba el barrio de Jesús María.[24]

Era el santo[25] de la mulata y lo celebraba con risa y baile, arpa y violín, dulces y licores.

Panchita la Codorniz, era protegida de Ana Luisa, Condesa de San Marcos, y a la generosidad de ésta debía el poder entregarse al presente sin preocuparse por el mañana, como que su madre había sido nodriza de la dicha Condesa. Su verdadero apellido era La Calle, y por ser este nombre muy común, Alberto tuvo la humorada de

---

tuvo una vida útil de 123 años, hoy sólo quedan restos dispersos en la parte vieja de la capital, el más grande es La Puerta de la Tenaza y se halla en Egido y Desamparados, donde se destaca un lienzo de la mole. También en Egido frente a la estación central de ferrocarriles, se conserva parte de lo que fue el cuerpo de guardia de la puerta Nueva, mientras en la intersección con Teniente Rey se halla otro fragmento. En la Avenida de las Misiones y Refugio, es posible observar lo que siglos atrás fue el Baluarte del Ángel.

23   Latín: a pie.

24   El 23 de septiembre de 1763, entró en vigor una Ordenanza de policía urbana dictada por el Capitán General Ambrosio Torres de Villalpando, Conde de Ricla, que estableció la primera división territorial de San Cristóbal de La Habana, la cual quedó entonces dividida en cuatro cuarteles o barrios sujetos a la jurisdicción de un regidor del cabildo. Poco tiempo duró este reparto, pues en 1770 el gobernador Antonio María Bucarely dividió la población en dos cuarteles: la Punta y Campeche, los que a su vez se subdividieron en ocho barrios. Al primero correspondían los de Dragones, el Ángel, la Estrella y Monserrate; mientras el segundo incluía a San Francisco, Santa Teresa, Paula y San Isidro; nombrando entre los vecinos de mayor arraigo y solvencia los comisarios de barrio en lugar de los antiguos regidores. Estas primeras ordenaciones se limitaron al recinto amurallado, pues la zona extramural carecía de peso demográfico y sus construcciones eran de escaso valor. En 1807 se puso en práctica una nueva división, que amplió los barrios hasta diez y seis: San Francisco, Santa Clara, Santa Teresa, Ursulinas, Espíritu Santo, Paula, San Isidro, Belén, de la Casa de Gobierno, Santo Domingo, San Felipe, Monserrate, San Juan de Dios, Santo Ángel, San Telmo y la Fuerza; mientras se creaban en extramuros las Capitanías de Partidos, a cuyo frente quedaron los capitanes pedáneos. La nueva demarcación mantuvo su vigencia hasta 1841, cuando el Capitán General Gerónimo Valdés, atendiendo al ensanche alcanzado por la ciudad más allá de las murallas, decidió dividir la población exterior en seis barrios: San Lázaro, Nueva Cárcel, Guadalupe, Peñalver, Jesús María y Chávez. En 1851 la administración colonial fijó nuevos límites y dividió la ciudad en dos grandes distritos, nombrados Oriental y Occidental. Así, por vez primera los barrios de extramuros del Cerro, Jesús del Monte, Arroyo Apolo o los ultramarinos pueblos de Regla y Casa Blanca se consideraron parte integrante de la ciudad. El distrito Oriental, dentro del cual se ubicó el actual municipio de La Habana Vieja, se fragmentó en dos distritos y estos a su vez en barrios, así, el primero, en la parte norte, llamado Catedral, incluyó los barrios del Templete, San Felipe, Santo Cristo, San Juan de Dios, Santo Ángel y Casa Blanca; mientras el segundo, denominado Espíritu Santo, cubría la mitad meridional del viejo recinto, y quedó integrado por los barrios de San Francisco, Santa Clara, Santa Teresa, Paula y San Isidro. Tomado de: *Plan Maestro para la revitalización integral de la Habana Vieja*: http://www.planmaestro.ohc.cu/index.php/la-ciudad-historica/barrios

25   Onomástico de una persona

afrancesarlo en *La Caille*, y Belisario lo reespañolizó en su equivalente Codorniz.

El segundón de casa noble se ocupa en hacer inempeorables versos para las damas, improvisar, en festines, poner gacetillas en saludo de natalicios, en los periódicos de la epoca: *El Lince*, *El Esquife*, *La Cena*, *El Hablador*, *El Mensajero* y otros, nacidos al soplo germinal de una transitoria prensa libre que tuvimos por aquellos días.[26] También se ocupa en aprender de memoria trozos de Zequeira y del Padre Capacho,[27] únicos poetas que hasta allí habíamos tenido.

---

26   Calcagno se refiere a la Ley de Imprenta reconocida «por un Real Decreto de las Cortes de Cádiz, en nombre de Fernando VII» (Leví Marrero 15, 22), y publicada el *Diario de La Habana* el lunes 21 de enero de 1811. Leví Marrero nos dice que «[a]ntes de 1811, año en que se inició un breve período de libertad de prensa en Cuba, muy pocos períodos habían circulado en la isla. El primero que mereciera tal nombre fue el *Papel Periódico* (1780-1805), editado por la Sociedad Económica de Amigos del País, al que sucedieron, bajo igual auspicio, *El Aviso* y *El Nuevo Aviso* (1805-1810). En 1810 la Económica inició la publicación del *Diario de la Habana*, que vendría a ser el *órgano del gobierno*» (Marrero 15, 21) (énfasis nuestro). Como puede verse, entonces, el *Diario de la Habana* – que apoyó resueltamente y divulgó la represión de la rebelión de Aponte – muestra a las claras la complicidad de la élite criolla con la política colonial. Marrero agrega que «[e]l primero entre los numerosos periódicos que aparecerían en corto plazo, acogidos a la nueva libertad, fue *El Lince*, que apareció el 1-II-1811.» El historiador comenta que «[e]l integrista Justo Zaragoza, exasperado seis décadas después ante el avance de la insurrección en 1868, concedió indudable importancia al breve período inicial de libertad de imprenta en el ensanchamiento de la brecha, ya existente desde antes, entre criollos y peninsulares.» Los editores de *El Lince* (1811-1812) fueron Agustín Caballero y Domingo Mendoza. De esa época son también *El Esquife* (1813-1814), editado por Simón Bergaño; *La Cena* (1812-184), por Antonio Valdés. Respecto a *El Hablador*, Justo Zaragoza escribe que «desapareció en octubre de 1811, a poco de ver la luz, y anunció la segunda época de su publicación en 16 de febrero de 1812, diciendo en el nuevo prospecto, que a la sazón se publicaban en la Habana y tendría por colegas a *La Gaceta*, *El Diario*, *El Censor*, *El Frayle*, *El Patriota*, *La Tertulia*, *Ronquillo* y *Reparón*» (Zaragoza 746). Finalmente, el *Mensajero Político Económico-Literario de la Habana* (1809-1812) tuvo como editores al conocido poeta habanero Manuel de Zequeira y Arango y a José Antonio de la Ossa (Marrero 24). Sobre el desarrollo de la imprenta en el período 1763-1868 recomendamos el excelente estudio *El terror de los tiranos...* (2009), de Juan José Sánchez Baena.

27   Ramón de Palma, en un artículo publicado en la *Revista de la Habana* en 1857, y en referencia a los primeros cultivadores de la décima en Cuba, escribe lo siguiente: «Entre los más antiguos y famosos versistas de la Habana, se cita al nombrado Padre Capacho, autor del *Príncipe Jardinero*,» pero afirma que a Capacho, «por claro que fuese su ingenio, y por muchas buenas décimas que compusiese, no le corresponde el título de trovador cubano» (297). Por su parte, Antonio Bachiller y Morales escribía en 1859: «los hombres maduros de la época [fines del siglo XVIII] usaron casi siempre de la *décima*, como el metro mas naturalizado en el país. Las décimas son el metro popular en Cuba. En décima canta el hombre del pueblo; décimas se improvisan en las mesas de sus modestos festines; y en décimas se pretende conservar la memoria de los acontecimientas notables en esta tierra de eterna Primavera. La décima se presta a todos los tonos: la consonancia era una necesidad para los oídos músicos que dio el cielo a los nacidos en una tierra llena de poesía, y a unos hombres por cuyas venas venía corriendo la sangre de los andaluces y en que se mezclaba la de las dulces cantoras de los sencillos *areítos* de los indígenas. Así pues, el Dr. Palomino encierra sus pensamientos cristianos, filosóficos, severos, al perder la luz de sus ojos, al cegar, en numerosas décimas; el ingenioso padre Fr. José Rodríguez Ucres, el primer dramático en Cuba de que tenemos conocimiento, se expresa en no

El hijo de familia honrada, ya por su afición a la heráldica, ya con el objeto de alternar con la clase alta, se ocupa en confeccionar un libro nobiliario de la aristocracia habanera, con noticia de proezas, cruzamientos, y mucho hablar de prosapia excelsa y y preclaros blasones, y mucho halagar vanidades, y mucho esperar premio por sus desinteresadas lisonjas.

Mientras caminan nuestros dos héroes, charlan y disputan sobre diversidad de asuntos triviales.

Dice el hijo de familia honrada:

— En esa pretensión te llevarás chasco; esa Ana Luisa es la virtud personificada; tan firme como guapa.

Y contesta el segundón de casa noble:

---

despreciables décimas [...]. Corría por aquellos tiempos la aficion a las agudezas, a la sorpresa del equívoco y a la brillantez de los contrastes. El padre Fr. José Rodríguez *Capacho*, obtuvo entre todos la nota de mejor conceptista y fue merecida: sus décimas jocosas se leen con gusto, mientras son insoportables sus poesías mixtas de latín y español, tales como las que dedicó al *vejámen* de la Universidad de que presentamos sobrada muestra en capítulo anterior» (Bachiller y Morales 39). José Lezama Lima nos dice que las poesías de Capacho son «bromas, juegos verbales,» y que «El vejamen» «era una composición burlesca que se leía todos los años en la Universidad por algún profesor de la misma, en la que se aludía a los defectos físicos y morales de los profesores que lo merecían.» Lezama lima cita dos uintillas de Capacho de las que dice que «no expresan sentimientos propios de un sacerdote, pero como *El Capacho* era dado a burlas, donosuras, y casi toda su poesía son jácaras, retruécanos o burlas, bien podía el clérigo dar salida a una pasión fingida, mera burla y entretenimiento» (Lezama Lima 95). El otro poeta al que hace referencia Calcagno – Manuel de Zequeira y Arango – ya lo habíamos mencionado. Zequeira nació en La Habana el 28 de agosto de 1764, en el seno de una familia que poseía riquezas y abolengo. Es considerado como el primer poeta cubano. En 1774 ingresó en el Seminario San Carlos, donde fue condiscípulo y amigo de Félix Varela. Allí estudió historia y literatura y se puso en contacto con la cultura latina. Una gran parte de su existencia la desenvolvió en la vida militar dentro y fuera de Cuba, alcanzando el grado de coronel de infantería. Poeta neoclásico, publicó sus composiciones y ensayos literarios en el *Papel Periódico* de la Havana desde 1792. Estuvo muy vinculado al gobierno de don Luis de las Casas y a la Sociedad Patriótica. Fue uno de los cubanos que más trabajó para esta Sociedad, (más adelante Real Sociedad Económica de Amigos del País), donde colabora con su amigo el Dr. Tomás Romay. Se le considera el primer autor de plenitud en la tradición lírica cubana. Su cultivo de la décima, ya para entonces muy popular en la Isla, y de variados temas vernáculos, están en la raíz del proceso de cubanización de la poesía: *Oda a la piña*. No deja de ser significativo que Zequeira, en quien precisamente suele rastrearse el origen de la cubanía en la poesía, haya sido también una de las figuras de la cultura cubana más comprometidas con el régimen colonial. Incluso su famosa *Oda a la piña* es una celebración imperial, colonial, de la fruta americana. Debe notarse que las aficiones poéticas del personaje de Belisario combinaban lo popular (Padre Capacho) y lo culto (Zequeira). Además, Calcagno liga en este personaje el gusto por la poesía con la vida decadente: «Ojos amortecidos y tempranas arrugas en pálido semblante, zona amoratada al sur de los ojos, alguna imprudente cana prematura, visibles anuncios de precoz calvicie, suelen ser claro indicio o de grandes pesares, o de dilatadas privaciones: aquí lo eran de eslabonados placeres y licenciosos desórdenes.» Este podía haber sido el retrato de cualquiera de los poetas modernistas alrededor de la época en que Calcagno escribió su novela; sobre todo Julián del Casal en lo concerniente a Cuba. Desde luego, y como se hará más evidente según avance el lector, Calcago lo ridiculiza totalmente.

— Yo entiendo que esas virtudes son del siglo pasado; ella no se rinde porque... ya se rindió.

— ¡Cómo! ¿has conseguido...?

— No, no yo; pero sí otros.

— ¿Quién?

— Ese forastero rico que parece un chino, que la sigue a todas partes: el Marqués de...

— ¡Ah! sí, de Repersaria, como dice Panchita la Codorniz.

— Represalias, ese mismo; si no triunfó, triunfará.

— ¡Vamos, chico! Yo creo que el despecho te domina y te ciega. Yo creo que el peor enemigo de una mujer es aquel que de ella recibió calabazas.[28] La condesa de San Marcos es intachable.

— No creo fiel a la mujer que no ama a su marido, y tú no puedes ignorar lo que pasó en esa boda.

— ¿Qué pasó?

— Que ella debió casarse con el hacendado Juan Pérez Labastida, pero se interpuso el señor Conde y triunfó el título.

— Es decir, que la obligaron sus padres a enviar a paseo al Juan Pérez y se hizo condesa de San Marcos.

— Item[29] más; el Juan Pérez se quiso meter a farandulero[30], y un día en el paseo público ese farandulero insultó al Conde, y ese Conde levantó el bastón, y ese bastón vino a caer sobre el venerable occipucio[31] de Juan Pérez.

— ¡Graciosísimo todo eso! De modo que Juan Pérez...

— Se quedó cornudo y apaleado.

— ¡Ah! sí, sí; eso me recuerda cierta copla callejera:

> ¿Qué se quedó sin novia
> y cabecirroto dices?

Belisario, como autor de la rastrera[32] copla, sonrió con satisfacción y añadió:

> Eso se llama quedar
> tras de cornudo con un palmo de narices.

---

28    *dar calabazas*: desairar o rechazar a alguien cuando requiere de amores.
29    algo más (un añadido)
30    charlatán
31    Parte de la cabeza por donde esta se une con las vértebras del cuello.
32    vulgar

— ¿Y qué se hizo de ese tipo callejero y apaleado?

— No sé, ya no se le ve; creo que desafió al Conde y éste no le hizo caso. Desde entonces se retiró del mundo, y vive en su finca rural vigilando a sus negros. Parece que...

— ¡Qué! ¿Teme algo?

— Sí... un esclavo suyo... creo que lo llamaban Hipólito Marañón. Se ha escapado y unido al Cabecilla[33], y teme que ese prófugo trate de inficionar la finca. Además, el apaleado debe estar sin blanca porque, según veo, ha vendido su famosa pareja de tordillos[34] al marqués de Represaria.

— Represalias, hombre, Represalias.

— ¡Represalias! No está ese título en mi *Libro de la nobleza*.

— No es de la tierra; es de los Madriles.[35] Y creo que no ha venido más que para poner a prueba la virtud de las habaneras.

— ¡Cá,[36] hombre!, si no sirve para el caso; si es un cenobita,[37] un Don Simplicio,[38] la virtud personificada; hasta la cara la tiene de santo. Y prueba de ello es que desde su llegada, por distraer sus ocios, o por seguir la moda de las intriguillas amorosas, ese santo se puso a hacer la corte a una de nuestras damas mas distinguidas.[39] La Condesa le pareció conquista fácil o triunfo honroso.

— Son hablillas de los ociosos o encono de agraviados. Da lástima tanta pequeñez de algunas almas que no creen posible amistad franca y leal entre hombre y mujer; donde hay matrimonio la malignidad busca adulterio.

— Te repito que Represalias, el justo, el santo, el Simplicio, es un pillastre,[40] y pretende...

— Mal le anuncio, porque el marido es un Otelo y ella una Lucrecia Colatino.[41]

---

33    José Antonio Aponte

34    Caballos que tienen la pelambre mezclada de color negro y blanco (como los tordos)

35    No es nativo de Cuba, sino de España (de Madrid).

36    Interjección que denota incredulidad o negación

37    Persona que profesa la vida monástica.

38    Mentecato, un poco bobo

39    El lector se percatará de la contradicción: primero se implica que el marqués rehúye las relaciones amorosas con las mujeres (es un cenobita); luego, que tan pronto llegó a La Habana se propuso seducir a una de las damas cubanas más distinguidas. La confusión aumenta con lo que obviamente resulta un error tipográfico. A continuación de «la tiene de santo» sigue una coma, y en la línea siguiente la raya correspondiente sugiere la intervención del interlocutor. En realidad, sin embargo, lo que sigue – «—Y prueba de ello» – debía continuar después de la coma. Por esta razón hemos unido en una sola las dos entradas arbitrariamente separadas. El lector queda avisado.

40    Nótese que solo ahora se nos aclara que lo de «santo,» «cenobita,» etc., significaba lo opuesto.

41    Lucrecia, personaje de la Antigua Roma, se casó con Colatino. Fue violada por Sexto Tarquinio, lo que la impulsó al suicidio.

— Pues ya se corren voces de esa Lucrecia...

— Sí; pero son efectos de las cucurbitáceas.

— ¿Cu..., cu...; que?

— Las calabazas, hombre; los desairados se desquitan de ese modo, guiados por el despecho.

— Si lo dices por mí, te engañas; todo esta en que yo hubiera persistido.

Alberto, en son de burla, se puso a silbar un aire de *La Isabela*, puesto en boga por la Gamborino, que en el Coliseo[42] hacía las delicias de la Habana.

— ¿Te ríes?... Apuesto un almuerzo en el jardín del Noy a que antes de un mes...

— Va el almuerzo.

— Como que me llamo Belisario, que te ganaré.

— Por mi patrono San Alberto, que em emborracharé ese día a tu costo.

---

42   El primer teatro que tuvo La Habana, y fue inaugurado en 1775. Más tarde fue rebautizado como *Principal*. José María de la Torre nos dice que «[fue] construido por el marqués de la Torre con auxilios del vecindario, y para dotación de la Casa de Recogidas, siendo en su época el más hermoso y bello teatro de la monarquía. Desde finel siglo pasado [XVIII] se dieron en él óperas españolas, y en 1834 comenzaron las italianas. Acabado de sufrir una gran reparación que lo dejó elegante y espléndido, fue destruido por el desastroso huracán de 11 de octubre de 1846» (De la Torre 119). Por su parte, Alejo Carpentier escribió que desde 1803 «se publicaban composiciones musicales en La Habana, recogiéndose muchas canciones que habían estado de moda a fines del siglo XVIII» (*La música* 155). Sin embargo, en el caso de *La Isabela* a que alude Carcagno, la compuso Ramón Montalvo «sobre una versión del To Jenny de Byron.» Carpentier afirma que ésta y otras romanzas similares eran en realidad «un reflejo de lo que se cantaba en los salones europeos de la época.» Y añade: «Otras, de más pretensiones, como *La Isabela*, buscan su atmósfera y su tipo de acompañamiento en el *lied* alemán» (158). Respecto a la Gamborino, debe tratarse de «la famosa tonadillera Isabel Gamborino,» hermana de la bailarina Isabel Gamborino. Llegaron a La Habana en 1810 como parte de una compañía española que, nos dice Carpentier que «habría de actuar en Cuba – con modificaciones parciales de elenco – durante más de veintidós años (*La música* 160).

# Capítulo II

## El Zungambelo

Cerraba la noche cuando llegaron a casa de la Codorniz.

La pequeña y pobrísima sala, alumbrada con velas de sebo que dejaban escapar un humo negro y maloliente, era estrecha para la abigarrada concurrencia que venía a saludar a la linda mulata, en sus natalicios... y a beber; porque cerveza y licores era el obligado incienso con que se festejaba a los santos. El mueblaje guardaba perfecta armonía con el aspecto del edificio y con la gente que lo poblaba.

Desvencijadas sillas de madera, que no vinieron de Francia, enfiladas junto a paredes de embarrado no muy limpias y adornadas con cuadros alegóricos, oriundos de venduta,[43] flores naturales, en mesa de pino, pintadas de verde; hoyos en todos los rincones, porque ratones y cucarachas, no indígenas,[44] pero introducidas por los primeros buques, establecían sus prósperas colonias en casas pobres como las de Panchita; y luego muchos vasos y platos... prestados por vecinas, muchos vinos y licores... fiados por la tienda inmediata, y muchos dulces que se habían pagado porque el tabernero de la esquina, que era quien los hacía, no fiaba.[45]

Los dos jóvenes entraron con tanta franqueza[46] como si hubieran sido invitados. Era uso;[47] empero,[48] no faltó quien hiciera gesto de desagrado, porque no gustaba a los de color, privados entonces de toda

---

43  Es decir, cuadros comprados en locales comerciales pequeños, donde compraban los sectores populares y más pobres.

44  Que no eran naturales de la isla.

45  Fiar es vender sin recibir el pago correspondiente en el momento de la venta, acordando que el cliente pagará más adelante. Este tipo de venta, ya en desuso en Cuba, suponía, pues que el vendedor confiaba en el cliente. Nótese la cercanía léxica entre *fiar* y *confiar*.

46  naturalidad

47  costumbre

48  sin embargo

consideración social, que se mezclaran en sus diversiones, blancos, que
creían honrarlos con su presencia y que venían a cercenar sus escasí-
simos derechos, empezando por llevarse los mejores bocados.

Es verdad que muy poco se cuidaban los dos blancos de ser o no ser
acatados por la concurrencia, tal era entonces la superioridad de raza;
y además, no venían a recibir honores; su solo objeto era ver a la Codorniz, la cual, en aquel momento, con voluptuoso éxtasis bailaba el
zungambelo,[49] variante o degeneración de la contradanza cubana, que
estaba en boga y que tenía su musica especial y hasta su letra especial,
picaresca, por supuesto. Bien sabido es que en nuestros aires locales,
más divierte lo picante de la intención que la melodía musical.[50] No se

---

49   En la crónica costumbrista «La Habana de 1810 a 1849» Luis Victoriano Betancourt, el
     narrador visita a una amiga solterona a la que siempre le había pedido, infructuosamente,
     que le contara sobre La Habana del tiempo mencionado en el título, porque ella – le decía
     – «era del día» (162), implicando que no había vivido, ni conocía el pasado. Pero una
     noche en que el narrador estaba en casa de Mónica – que ese era su nombre – llegó a vi-
     sitarla otra mujer, Mateita, y de inmediato se pusieron a conversar y a recordar el pasado,
     «haciendo abstracción completa de mi personalidad» (162), admite el cronista. El lugar
     de este, pues, oscila entre los del cronista, claro, el historiador que «baja» a las voces anó-
     nimas del pueblo en busca de la verdad del pasado – y en el que ya se figura la del escritor
     de testimonios – y la del etnólogo. Sobre todo por el hecho de que en la crónica las
     mujeres constituyen el otro lado, el otro que la autoridad letrada utiliza como fuente de
     información, y que fija para el lector al reforzar los lugares comunes de «lo femenino».
     Ambas, Mónica y Mateita son exageradamente emocionales – «Abrazáronse, como digo,
     besáronse, volvieron a abrazarse» (162) – lo que contrasta con la actitud más reservada
     y racional del cronista –, hablan hasta por los codos y mienten sobre su edad, por lo que,
     desde luego, resultan poco confiables para la racionalidad masculina. No obstante, la
     escena narrada también subvierte el afán de dominio de la mirada del cronista, ya que
     aunque Mónica termina ofreciendo la información deseada, ella debe primero – y lite-
     ralmente – obliterar la presencia del cronista, y con ello su autoridad. Justo porque las
     mujeres lo borran, es que «comenzaron a charlar alegremente, como si nada tuvieran
     que esconder, incluso la edad» (162). Esto introduce un cambio importante: el cronista
     ya no es tal; tampoco un etnólogo. Lo que presenciamos es la actividad policial que espía
     al otro, *ignorante* de su presencia. En el transcurso de la conversación, ellas mencionan
     entonces, entre otras danzas de la época, *El Zungambelo*, y curiosamente, en ese mismo
     grupo, otra cuyo referente es el negro de origen africano y con una connotación
     despectiva: *El mandinga siguato* (166).
50   Calcagno califica al *zungambelo* como «degeneración de la contradanza cubana,» y men-
     ciona «nuestros aires locales.» Lo primero, la *degeneración*, se la atribuye implícitamente
     a la influencia de los bailes y música negros, e implica por tanto la *desnacionalización* de
     la contradanza. Hay por otra parte un obvio afán por diferenciar lo nuestro de lo ex-
     tranjero: *picante* vs. *melodioso*. Lo llamativo es que lo nuestro picantoso es justo lo que el
     autor parece ver en el *zungambelo*. En realidad, como lo ha estudiado Carpentier, no
     puede hablarse de una contradanza *cubana*, si por esto se entiende un baile claramente
     distintivo y autóctono. Carpentier cita a José Antonio Saco, según el cual «'el hábito de
     tratar con desprecio las ocupaciones del negro', lo que determinaba el alejamiento del
     blanco – alejamiento que no era tan absoluto, además – del oficio de músico.» Entre otras
     razones para esto, Carpentier menciona que el de músico no era tenido por un oficio
     honroso como las leyes, la medicina, la iglesia, las armas o, en último caso, la administra-
     ción pública (*La música* 136). Se trata de empleos y profesiones que, como puede verse,
     no estaban asociados con el trabajo manual. Habría incluso que decir que una de las con-
     secuencias psicológicas más terribles de la esclavitud – y que permanece como uno de sus

bailaba abrazados dama y caballero, como danza y polka, sino separados, como el fandango o la jota, o como nuestro zapateo criollo. (Quien quiera saber más acuda a *La Habana Artística*, de Serafín Rodríguez).[51]

Sin dejar de bailar y sin perder el compás, la mulata, con sonrisa y ademán de bailarina de teatro, saludó a los recién llegados, y estos que-

---

legados más visibles – es la devaluación total del *trabajo manual* al quedar ligado definitivamente al *trabajo esclavo*. Ahora bien, si no para el blanco, la música, afirma Carpentier, era una «profesión muy estimable» para el negro porque lo situaba «en el tope de sus posibilidades de ascenso en la escala social.» Usualmente, el negro músico tenía también otro oficio – sastre, ebanista – pues el de músico «no resultaba del todo envidiable, por la inestabilidad y la pobreza que a sus actividades se unían» (*La música* 137-38). Así, cuando una compañía teatral no requería sus servicios, al músico negro solo le quedaba una opción: el baile. El baile serio de la época, nos dice Carpentier, era el minué, al que seguían las contradanzas, «que constituía la gran novedad desde la llegada de los franceses a Santiago [de Cuba].» Y cita a *El Regañón de la Habana* – un periódico de la época: A la tercera contradanza, «los bayladores habían dexado a un lado juicio y cordura» (*La música* 139). Nada como la música, la comida e incluso el lenguaje para desafiar los intentos de afirmación de una comunidad nacional prístinamente definida e inteligible. Carpentier comenta que «[p]rivado de la posibilidad de hallar una amante en el estrecho círculo de la sociedad burguesa de la época, el hijo de familia buscaba la satisfacción de sus deseos en el mundo de las hijas y nietas de los esclavos que habían cimentado su fortuna, olvidando, por unas horas, la 'inferioridad' de la gente de color quebrado.» Esto, nos dice el novelista cubano, «explica una fase del mestizaje de ciertas danzas salonescas por hábitos traídos de abajo arriba – de la casa de bailes a la residencia señorial.» Un ejemplo de esto, y bien divertido por demás, es el baile de 1856 que, según Carpentier, se dio en Santiago de Cuba en honor nada menos que al Capitán General Concha. En esa ocasión «la sociedad más aristocrática de la sociedad» se entregó «furiosamente,» y por un buen espacio de la noche, «a los ritmos de una contradanza titulada Tu madre es conga» (*La música* 141).

51 *La Habana Artística: Apuntes históricos* (1891), de Serafín Ramírez, constituye un verdadero tesoro de información sobre la cultura colonial prácticamente en todos sus aspectos, a lo que hay que añadir la perspectiva racista del autor. El hecho mismo de que Calcagno cite este libro como fuente revela no solo que él mismo se sirvió de él, sino también de la mirada racista que comparte con Ramírez. Precisamente, uno de los capítulos, titulado «¿Es Danza o Contradanza?» se revela como la fuente autorizada del comentario prejuiciado de Calcagno. Ramírez empieza citando – para luego objetarla – la definición de la contradanza criolla de Esteban Pichardo en su *Diccionario Provincial de Voces Cubanas*: «Danza. – N.S.F. – Baile favorito de toda esta Antilla, y generalmente usado en la función más solemne de la capital, como en el más indecente changüí del último rincón de la Isla». Por supuesto, la definición de Pichardo no es menos racista, además de que hay que advertir la geografía política de ese racismo: la *capital* – marcada por sus funciones más solemnes – es *blanca*, y *colonial* por añadidura, mientras que el resto de la Isla es lo otro – lo apartado, los rincones, el monte; en síntesis: lo *negro*. No obstante, Pichardo da cuenta de esa mescolanza o mestizaje de que nos habla Carpentier; y es a esta «contaminación» a la que se opone Ramírez: «contradanza es la que siempre se ha bailado preferentemente en Cuba; pero la verdad es que muy abochornados deberíamos estar si en realidad sirviera de modelo de nuestro sencillo, gracioso y elegante baile la contradanza del *changüí*, siendo tanta la diferencia que existe y se echa de ver en todas las cosas, cuando al salir del dominio de las personas cultas, van á caer en manos de la *gentualla* que, según las palabras del mismo Sr. Pichardo, son el alma del *changüí*. Entre las primeras todo es distinción y gracia, entre las segundas todo es impropio y grotesco» (Ramírez 151-52) (itálicas del autor). Los marcadores racistas son, si se quiere, enfatizados todavía más: «elegante baile,» «personas cultas» vs. «la *gentualla*,» el «*changüí*.»

daron de pie contemplando a la vivaz bailadora, que se estremcía de deleite triunfando en su salón. Tenía por compañero a un *curro del Manglar*, que ya había manglar y había curros,[52] y danzaba en competencia con otra pardita, menos zalamera, pero más desenvuelta y procaz, a quien llamaban Catuca Guanabacoa, por ser oriunda de esa villa; pero Panchita tenía fama en el arte, podría en danza y zungambelo ser aclamada la reina, como la Rigolboche fue reina del cancán.[53]

— ¡Bravo! ¡Bravo! – exclamó Belisario sin poder dominar su entusiasmo.

— ¡Viva la Tespsícore de bronce![54] – Añadió Alberto, aplaudiendo con frenesí.

La sirena, sabiéndose admirada, duplicaba sus reclamos y seguía encendiendo deseos; paseando sobre la concurrencia sus lúbricas pupilas, al compás de una música voluptuosa y sensual, subían y bajaban,

---

52   En términos inequivocadamente racistas, Fernando Ortiz expresa en *Hampa Afrocubana. Los negros brujos* (1906) lo siguiente: «La criminalidad de los negros fue aguda en el primer tercio del siglo XIX en la Habana, y los barrios extramuros, donde aglomeraban sus inmundas viviendas de madera (El Horcón, Manglar, Jesús María) eran diariamente teatro de asesinatos y robos que *denotaban en la forma y procedimiento de su comisión toda la primitividad de los africanos.* Baste decir que se hicieron famosos los *Curros del Manglar*, especie de matones ó perdonavidas, que aterraban con sus crímenes cometidos a *sangre fría.*» Hablaré de ellos extensamente en otro estudio ya anunciado» (*Hampa* 112-13) (itálicas del autor, excepto en la línea «denotaban....» con que hemos querido llamar la atención sobre el racismo de esa mirada). Por lo mismo, esa mirada resbala a la vigilancia y al expediente policial, tanto como al sistema legal encargado de castigar *toda la primitividad de los africanos.* No olvidemos que este libro se publicó con una «Carta-Prólogo (Juicio Crítico)» de Cesare Lombroso. Y a Ortiz no se le pasó agradecerle con palabras que expresaban su total adhesión a las ideas racistas del maestro. Así lo hizo constar en «Advertencias Preliminares» «Sean mis primeras palabras para testimoniar al Sr. Profesor César Lombroso mi cordialísimo agradecimiento por su benévolo juicio acerca del presente libro, honor éste inmerecido, que no puedo recordar sin emoción muy íntima. Solamente los que profesan con el fervor de los neófitos el credo de una escuela científica, joven, viril y noblemente audaz, pueden apreciar la intensidad del sentimiento de *mi gratitud hacia el genio creador de la antropología criminal, por el espaldarazo de iniciación con que ha querido distinguirme armándome caballero de esa triunfadora cohorte de investigadores que lo aclaman sobre el pavés como caudillo y lo veneran como gran maestro.* Lleguen pues hasta él mis pobres frases insuficientemente expresivas y *el sincero y profundo homenaje de mi admiración devota hacia su gloriosa figura, á la que los criminólogos de todo el mundo tributa rán en breve con ocasión de su jubileo profesoral, la merecida consagración de su inmortalidad»* (Ortiz xiii) (énfasis mío).

53   A Amelia Marguerite Badel (nombre escénico *Rigolboche*), danzarina francesa, se le atribuye la invención del cancán.

54   En la mitología griega Tersícore era la musa de la danza. Naturalmente, «de bronce» alude a su mulatez. La costumbre ya enraizada de llamar «el titán de bronce» al héroe de las guerra de independencia Antonio Maceo ha terminado por velar el racismo de ese epíteto. Nadie llama a José Martí «el apóstol blanco», porque ¿de qué otro color podía ser el apóstol que blanco? Llamarlo así habría constituido una redundancia. Pero los titanes ¿son negros? No, por lo mismo que en caso de Maceo hacía falta la etiqueta: *de bronce.* La histiografía cubana bien pudo llamarlo «el titán de Baraguá». Pero no; era preciso marcarlo como a una res, fijar la «execpción» racial.

con libidinosas contorsiones, sus brazos y piernas; ondulaban en las-
civos esguinces sus caderas; la lubricidad en sus labios entreabiertos,
el ansia del deleite en toda su persona; ya fingiendo caricia suave y
desmayo voluptuoso, con lánguidos enervamientos; ya simulando fe-
briles energías; ora el espasmo final en su más cínica manifestación.
Y sus ojos chispeaban en el paroxismo de intensa fiebre, y su cuerpo
ondulaba como descoyuntado, y su sonrisa de malicia y lujuria...[55]
Catuca estaba vencida; las miradas y aplausos eran todos para su rival.

   ¡Ah! la mulata, ese engendro de dos razas antagónicas, despreciada
por la una y despreciadora de la otra, condenada por la preocupación
a la vida ilícita, hija de un padre que se averguenza de serlo y de una
madre de quien ella se avergüenza, la mulata parece vengarse sembrando en una y otra semillas desorganizadoras de molicie y de
licencia. Una mulata que baila es un eftuvio de lascivia flotando en la
atmósfera; vértigo de lujuria que galvaniza todas las fibras del sensua-
lismo, para dejar lo que deja el desorden, hastío y desencanto.

   Ante miradas que abrasan, gestos provocativos, palabras licenciosas, ¡ay de la juventud incauta!... Concluyó y fue a sentarse, su-
dorosa, palpitante, no rendida,[56] y pidió un vaso de ponche, que varios
galanes corrieron a traerle.

   Los dos jóvenes se llegaron a ella; Alberto le echó su pañuelo de
fina batista al cuello; era uso; Belisario le colocó el suyo de seda en la
cabeza, y al bajar las manos tocó, sin intención...

   — Vamos, niño Belisario, déjese de relambimientos[57] y dispense[58]
el modo de señalar.

   La gente de color en esa época, aún siendo libre, decía niño a los

---

55   La descripción de la mulata bailando calza perfectamente con el ícono por excelencia del
     erotismo modernista y del art-nouveau: Salomé. Cabe notar que en ambos casos se trata
     de sujetos racializados. El peligro que ambas representan para el hombre blanco es de
     ser arrastrados por la abyección de lo otro; es decir, de aquello que significó la sexualidad
     desordenada, y en última instancia, el desafío a la racionalidad del orden masculino, y
     por tanto de la ley. También, como en Salomé, el hombre blanco/occidental, que supues-
     tamente experimenta repulsión ante los «avances» de la Salomé oriental, o de la mulata
     caribeña, y adopta una posición moralizante, no falla en reconocer, en su propia sensua-
     lidad reprimida, la posibilidad siempre presente de que ella pudiera ser *galvanizada* en
     cualquier momento.
56   Esta interesante observación puede ser clave para una major comprensión de por qué la
     mulata – y Salomé, hay que insistir – parece constituir una amenaza para la identidad
     masculina: la insatisfacción de la mulata en este caso, el hecho de que no esté exhausta
     en lo absoluto, es el espejo que refleja invertida la supuesta potencia masculina: su ven-
     cimiento en lo que el narrador llama «hastío y desencanto.»
57   no sea descarado (desvergonzado)
58   perdone

blancos y les daba el tratamiento de su merced, recibiendo el de tú; imposiciones con que patentizaba su preponderancia la raza dominadora. Entre blancos era muy común el uso del *vos* en la conversacion más familiar, tratamiento igualador que luego quedó para el teatro y para nuestra provincia de oriente, donde tambien comienza a ser reemplazado por el usted.

La mulata bebió, se enjugó el sudor con el pañuelo de la cabeza, que luego guardó en el bolsillo, pues ya quedaba entendido que era suyo.

Sabidora[59] y locuaz, como suelen las de su raza, era Panchita; para hacerla hablar bastaba darle cuerda[60] con cualquier pregunta, y en seguida se desbocaba[61] sobre lo que sabía y lo que ignoraba; sobre lo que era y lo que no era del caso; de aquí que fuera más bella cuando callaba, porque su charla, siempre picaresca, pronto pasaba a soez,[62] así como la de Catuca degeneraba en cínica.

Belisario, sin parar mientes[63] en la anterior prevención, preguntó:

— ¿Cuándo vas a ver a tu protectora?

— ¿A la condesa? ¡Ay! niño Belisario, si yo soy una malagradecida; no voy a verla sino cuando necesito de ella; pero la niña Ana Luisa es tan buena, que todo lo pasa, gracias al cariño que le tiene a mamita, que fue su guardaora[64] desde que nació la niña, a quien yo quiero como a la niña de mis ojos; así como no me gusta su suegra; la condesa viuda, porque es una ... suegra, ni me gusta su marido, el conde, porque es muy sangrepesado; por cierto que cuando estuvo aquí el marqués de Repesaria...

Los dos jóvenes cambiaron una mirada furtiva; se comprendía que de ese Represalias querían hablar, pero llegando a ello por camino indirecto.

— Repesaria, no, muchacha; Represalia – enmendó Belisario.

— Bueno, pues ese marqués Repesalia, tan caritativo y tan bueno, que me hace tantas preguntas sobre la niña, que si no fuera tan santo yo creería que estaba enamorado de ella.

— ¿Sobre la condesa? ¿qué te pregunta?

— Pues lo pregunta todo, y dale con la niña Ana Luisa, y dale con

---

59    Sabia
60    propiciar que hablara a su gusto
61    hablaba sin parar
62    vulgar
63    Sin pensar con cuidado
64    La que cuidó de ella

la condesa, y que si es muy buena, y que si es muy santa; hasta que yo
le dije: «Mire que el caballero va a perder su tiempo y su trabajo si se
figura que esa señora lo va a querer, porque la niña es muy honrá y
no quiere a nadie más que a su marido». Y entonces él me dijo:

— No, muchacha, si no me ocupo de ella más que para su bien; si
ella tal vez sea mi madrina: yo me caso con Matilde Contreras.

— Con una de las solteronas, ja, ja, – interrumpió Belisario.

— Es que las solteronas; niño, hay veces que valen...

— Lo que tienen – repuso Alberto.

— ¿Qué más te dijo el Marqués?

— Pues, nada más. Despues se puso a averiguar los pobres que la
niña socorría, y la iglesia en que rezaba, y luego me encargó que no
dijera nada de su visita y de sus preguntas, y luego sacó la bolsa,
porque eso sí, a bondosidad no hay quien le gane, como que él sacó de
la cárcel a Perico el Malagueño,[65] que es mi cuñado legítimo, porque
está casado por la iglesia con mi prima Malenita Valdés, y que es el
mejor cantador de décimas que se ha conocido en el universo mundo.

— ¿El Marqués?

— No, niño; Perico el Malagueño; ¡ay! niño, el Marqués de Repesaria, ese sí que hubiera sido un buen marido para la niña Ana
Luisa, que no ese estirado[66] San Marcos, que después que se divierte
con las muchachas pobres...

Si Alberto no la interrumpiera hablara ella una hora de la
Condesa, y de sí misma, y de su madre la nodriza, y del Marqués, y
de las hermanas Contreras, y de todos los misterios de la Habana.

— Pero, en resumen, ¿cuándo has de verla?

— Ahora tendré que hablar con ella, porque con estos gastos que
se le proporcionan a una, en estos tiempos de crisis... yo no quiero pedirle al Marqués de Represaria, porque después que sacó de la cárcel
a Perico el pescador, que es casado por la iglesia con Malenita...

— Sí, sí; ya lo sabemos – repuso Alberto.

— ¿Y no sería lo mejor – añadió Belisarlo, – que ella viniera a
verte? ¡Ella es tan bondadosa!

— ¿Cómo va a venir, niño, ella no viene más que por mamaíta,
que fue su guardaora, y eso solo cuando está enferma.

— Fíngela enferma y llama a la Condesa, o escríbele.

---

65    de Málaga (España)
66    Engreído en su trato con los demás.

— Yo no puedo escribirle por cien mil razones, primera que yo no sé escribir, y luego que no teŋgo ni...

— Bien; con esa razón basta; puedes suprimir las otras 99,999. Mira, aquí tienes papel y lápiz; le escribo a tu nombre y vendrá a ver a tu madre.

— Pero, caballerito; mire que yo no puedo...

— Tonta, te olvidas que la Condesa es muy bondadosa. Si puedes, ¿quién dijo miedo? Toma, guarda esto para ayuda de costas.[67]

— Yo no recibo dádivas de...

— Pues no la recibas, – dijo Belisario, echándosela en el seno.

— Servirá para avíos, – dijo la costurera, conformándose. Porque era costurera la mulatica, bien que, más que de costura, vivía de las dádivas de la Condesa.

Allá, en el estrecho cuarto contigno, sentada en su vieja butaca de cuero, se veía a la madre de Panchita, negra anciana, nodriza que había sido de la Condesa de San Marcos, siempre bendiciendo a su protectora Ana Luisa, siempre refunfuñando[68] contra los gastos que a despecho de[69] su indigencia, solía hacer aquella su hija de padre desconocido.

Entretanto la Codorniz picoteaba sin tregua, dando diez respuestas para una pregunta.

— ¿Qué donde conoció el Marqués a Ana Luisa?

A eso sí que yo no sé contestar; pero ... ¡bah! se presentaría como se presentó aquí; pues, para eso semos marqués; los marqueses y condeses son todos primos gemelos; y luego en la calle del Obispo[70],

---

67   costos
68   protestando entre dientes
69   a pesar de
70   En su artículo «La calle Obispo,» publicado en la versión electrónica de la revista *Opus Habana*, Arturo A. Pedroso Alés nos dice: «La calle Obispo tuvo su origen en el siglo XVI en una fecha próxima a la fundación de la Villa de San Cristóbal de La Habana, o sea, alrededor del año 1519. Si tenemos en cuenta el trazado en damero a partir de una plaza mayor —típico de las ciudades hispanoamericanas—, sabremos el porqué de la importancia que siempre ha tenido esta arteria. Ubicada al sur de la Plaza de Armas y a un costado del Palacio de los Capitanes Generales, corre desde las riberas de la bahía hasta la calle de Monserrate, donde hasta el derribo de las murallas, iniciado el 8 de agosto de 1863, existió una puerta de entrada a la ciudad desde los barrios de extramuros. Sus primeras edificaciones fueron bohíos de yaguas y guano, como todas las que formaron el primitivo núcleo urbano de la naciente villa, las cuales serían sustituidas con posterioridad por casas de rafas y tapias, cubiertas de tejas. A lo largo de su existencia varias han sido las denominaciones que ha tenido esta calle. Sus nombres, 47 al igual que el de otras importantes arterias habaneras, nacieron del ingenio popular. Se llamó calle de San Juan, porque conducía al Convento de San Juan de Letrán, de la Orden de Santo Domingo, erigido en el siglo XVI; del Consulado, por establecerse en ella en 1794 el edificio del Real Consulado de Agricultura y Comercio; de los Plateros, por unos artesanos afincados en ella... Afirma el historiador y arquitecto Manuel Fernández Santalices en su obra *Las*

cuando el quitrín[71] trompezó,[72] y se le cayó una rueda, y que la condesa
¡catapúm!, al suelo de cabeza; y el Marqués, que pasaba, corrió en su
auxilio, y la llevó a su casa; y que el Conde, que por cierto es muy san-
grepesao, le daría las gracias, y le diría: «Esta casa está a su disposición.»
Y que el Marqués contestaría: «Tendré a mucha honra de visitar a ustedes». Y luego se pondría su casaquín y su panza de burro, y...

---

calles de la Habana Intramuros. Arte, historia y tradiciones en las calles de la Habana Vieja:
«que en 1776 se le llamaba calle de su Señoría Ilustrísima, después del Obispado. En 1810
calle del señor Obispo y hasta hoy simplemente Obispo». La primera designación resulta
poco conocida por la historiografía, no así las siguientes, sobre las cuales existe un gran
consenso. Para varios historiadores se denominó calle del Obispo porque en ella vivió el
obispo Pedro Agustín Morell de Santa Cruz (1694-1768), quien hizo de su andar por esta
arteria toda una costumbre. Sin embargo, el doctor Manuel Pérez Beato parece no estar
muy de acuerdo en relacionarla con ese prelado, al plantear lo siguiente: «Es de notar
que mucho antes que ocupara la mitra el señor Morell, vivía en la calle que se trata el
obispo Fr. Jerónimo de Lara, que falleció en 22 de junio de 1644. En cabildo de 2 de diciembre de 1641, pidió Tomás de Armenteros, merced de una cuadra de solares en el
barrio de Cayaguayo, siguiendo las cuadras desde la esquina de la morada del Sr. Obispo
(Obispo y Compostela) y esquina y casa de Doña Juana Jaxinta (...)». Tal vez el juicio más
certero para desentrañar el origen de su designación como calle del Obispo o de los
Obispos, lo aporta el propio Fernández Santalices cuando expresa: «la razón más verosímil de estos últimos nombres es que en la esquina de Oficios estuvo la residencia de los
obispos, por su cercanía a la Parroquial Mayor. El que estableció la residencia episcopal
en esta casa fue el prelado Alfonso Enríquez de Almendariz (nombrado obispo de Cuba
en 1610), en parte del solar de los Cepero, familia de uno de los conquistadores y primeros
pobladores de la villa». A partir del siglo XIX, o quizás antes, los vecinos de la ciudad
habían acuñado el nombre de Obispo para esta importante calle de intramuros. A lo largo
de esa misma centuria, se convirtió en la más comercial de las calles citadinas, ganando
gran     popularidad     y     arraigo     entre     nacionales     y     extranjeros.     Ver:
http://www.opushabana.cu/index.php?option=com_content&view=article&id=1644&cati
d=34:articulos-costumbrismo&Itemid=48

71   Un quitrín es un tipo de carruaje ligero de un solo eje tirado por caballos. Es típico de
     ciertos países de la América Latina colonial, especialmente de Cuba y otros países del
     área caribeña durante el siglo XIX. El quitrín es un coche similar al cabriolé pero con ca-
     racterísticas adaptadas a las necesidades de Cuba, donde escaseaban las carreteras ade-
     cuadas para otro tipo de carruajes. El quitrín deriva de otro carruaje muy similar, el vo-
     lante o volanta. Este nombre proviene de la silla de manos que se utilizaba en América,
     llamada silla volanta. Era una caja transportada por dos sirvientes o esclavos que
     sostenían su peso con las manos, no sobre el hombro. Con el tiempo este vehículo aris-
     tocrático individual se sustituyó por un carruaje muy ligero al colocándo un eje en
     la parte posterior de las varas y un único caballo en la delantera. Posteriormente esta vo-
     lanta fue adoptando la forma definitiva y se le añadió la capota plegable típica de este
     carro para guarecer a los pasajeros tanto del sol como de la lluvia. Estos capotes se abrían
     con un mecanismo de muelle de baquetón. Este muelle solía ser de una marca llamada
     Catherine, que pronunciada en el español de la época vino a dar nombre al tipo de
     carruaje. El volante pasó a denominar a un carro casi igual pero con cubierta fija.

72   Nótese como la cita del lenguaje del negro marca su otredad – su origen africano – y por
     tanto su distancia de la autoridad letrada – y blanca, no lo olvidemos – del autor. Al
     mismo tiempo ese lenguaje significa al negro como inculto. No se trata solo de sugerida
     deformación del español – «semos marqués,» «condeses,» «trompezó» – sino también
     de la sintaxis atropellada, fuera de orden. De este modo, el habla del negro se desvía
     también de lo racional, y por tanto, implícitamente, de lo humano (definido, claro, por
     el patriarcado blanco, hegemónico).

Belisario hizo otra pregunta, solo por atajar[73] aquel desbordamiento de frases.[74]

— ¿Cuándo viene el Marqués por aquí?

— ¿Represalia? ¡pues... qué se yo! Él viene cuando se le antoja, regularmente toiticos[75] los sábados, después que da su paseo en el bote de Perico el Pescador, que...

— Que es cuñado tuyo porque se casó por la iglesia con tu prima Malenita, etc., etc. ¿De modo que mañana sábado...?

— Sí, señor; vendrá por aquí.

— Y mañana también vendrá la Condesa a ver a tu madre que está enferma. Vea usted que coincidencia. Y como no pienses ver al Marqués a solas...

— Vamos, niño; mire que yo, aunque soy mulata, me ruborizo.

En este momento se asemejaba a una de aquellas virgencitas a quienes Bocaccio, en la Quinta, hace oír los edificantes cuentos del Decamerón.[76]

Trajéronse licores, que no podían faltar en fiesta onomástica; ambos jóvenes tuvieron la bondad de apurar un par de copas de aquel veneno, fabricado por el catalán de la esquina y por él mismo bautizado con los nombres de cognac, marrasquino, anicete, etc., etc. Los dos jóvenes se levantaron; no se pusieron el sombrero porque no se lo habían quitado; era uso. Y más de uno se regocijó de verlos partir y dejar libre a la Codorniz, que cuando había blancos a ellos se inclinaba. Eso es propio de casi todas las mulatas; por razón estética tienden a mejorar la descendencia.[77]

Alberto Y Belisario se retiraron por el mismo camino que los trajo.

— Según veo – dijo Alberto, ya en la calle, – ¿piensas sorprender a la Condesa en esa cita?

— ¡Cá! hombre, no; ¿no ves que no me hace caso? Si es una Lucrecia.

— ¡Pues entonces...!

---

73    detener
74    Recuérdese lo que acabamos de decir en la penúltima nota.
75    todos
76    Irónicamente, en este punto colapsa la diferencia entre la blanca europea y la mulata caribeña.
77    El comentario racista se colorea de homoerotismo. Podría decirse que tanto el narrador como Calcagno coinciden con la preferencia de la Codorniz por los hombres blancos, pues obviamente ven esto la manifestación del gusto estético, de un reconocimiento de la belleza.

— ¡El Marqués es tan bueno! ¡Y ella es tan buena! Merecen que se les ayude en algo.

— Y luego, infame, avisarás al Conde, para que sorprenda...

— No, no; los dejaré tranquilos.

— Pero te propones ayudar...

— ¡A nadie, hombre! Lo hago por esa Panchita, que es cuñada de Perico el Malagueño, que se casó por la iglesia...

— Etcetera, etcetera.

# CAPÍTULO III

## LA ARISTOCRACIA CUBANA

La Habana, como capital de colonia esclavista, era en principios del siglo[78] ciudad eminentemente aristócrata; tenía más de europea que de americana. Quien quiera tener idea de la aristocracia habanera del año 12, no se entretenga en leer el insipiente y apasionado *Libro de la nobleza*, de Alberto Goylan; mucho más le valdría asistir a alguna de las recepciones extraoficiales del jefe colonial. Allí se reunía la flor y nata[79] de uno y otro sexo. Algunos títulos de regular, por no decir antiguo abolengo, muchos de reciente creación, y muchos aspirantes a efímeras distinciones, que caen bien a quien carece de méritos; pero una y otra, la de viejo y la de nuevo cuño, distinguíase por modales y cortesanas apariencias, a menudo también por cabellerosidad real y verdadera.

Dichas recepciones empezaron por 1763 con el teniente general D. Antonio Funes de Villalpando, Conde de Ricla[80], que al frente de 1200 hombres y un cuerpo de caballería vino, gracias al tratado de Versailles, a tomar posesión de la plaza que retenía desde el año anterior Sir Augusto Keppel, por derecho de conquista.[81]

---

78    El siglo XIX

79    Lo mejor de lo mejor

80    Ambrosio de Funes Villalpando Abarca de Bolea, conocido como el Conde de Ricla fue un militar español, virrey de Navarra, y capitán general de Cuba y Cataluña. En 1763 fue nombrado capitán general de la isla de Cuba y todas las tierras pertenecientes a esta capitanía, Puerto Rico, La Florida, Luisiana y Santo Domingo. Su administración comenzó después de ser recuperada La Habana de manos de los ingleses, que un año antes habían logrado hacer capitular la ciudad. Inmediatamente comenzó a aplicar las reformas de la nueva política colonial de Carlos III, priorizando las de carácter militar. Reformuló todo el sistema de fortificaciones de La Habana, seriamente dañado por los ingleses y bajo su mandato comenzó la construcción de la gran fortaleza de San Carlos de la Cabaña, la mayor de su tipo en América. También se encargó de que se construyeran obras de fortificación en Matanzas, Santiago de Cuba y otras regiones del país. Junto a la construcción de estas obras se encargó reorganizó las tropas regulares y las milicias locales. Para esto se apoyó en el mariscal Alejandro de O'Relly, que viajó por toda Cuba formando compañías y batallones de milicias.

81    Bajo el mando de George Keppel y sus hermanos William y Augustus Keppel, los británicos tomaron la ciudad de La Habana en 1762. En menos de un año que duró la ocupación británica, alrededor de 4000 esclavos africanos entraron en Cuba llegaron a la isla.

Brillantes (cuentan crónicas) fueron y sobre todo espléndidas de
cordialidad y franqueza, las de Don Luis de las Casas[82], aunque este

---

Ver: Matt D. Childs, *The 1812 Aponte Rebellion in...* (2006).

82    Otro de los Capitanes Generales de Cuba. Gonzalo de Quesada, íntimo amigo, el más
      cercano colaborador y albacea literario de Martí – quien lo nombró secretario de la De-
      legación del Partido Revolucionario Cubano – calificó al gobierno de De las Casas como
      «Brilliant Epoch in Cuba's History» y escribió que: «Don Luis de las Casas arribó como
      capitán-general en 1790, y el período de su administración es representado por todos los
      escritores españoles como una época brillante en la historia de la isla. A él se le debió la
      institución de la Sociedad Patriótica, que desde entonces ha hecho mucho por estimular
      la actividad y promover el mejoramiento de la educación, la agricultura y el comercio,
      tanto como la literatura, la ciencia y las bellas artes, combinado con una amplia visión li-
      beral de las políticas públicas. También a De las Casas se le debe el establecimiento de la
      Casa de Beneficencia, habiendo sido empezada por una suscripción voluntaria de un
      monto de $36,000.» De Las Casas, que según Quesada «indudablemente merecía un mo-
      numento,» fue también el fundador «de la primera biblioteca pública, del primer pe-
      riódico que había existido en la isla, y de la primera sociedad patriótica y económica»
      (Quesada 281-82). Por su parte, Vidal Morales Morales afirma lo siguiente: «Día feliz
      fué para Cuba el 9 de julio de 1790, en que se hizo cargo del Gobierno y Capitanía
      General de esta Isla, el Teniente General Don Luis de las Casas. Secundado por el Go-
      bernador de Santiago de Cuba, Don Juan Bautista Vaillant, por el Intendente de
      Hacienda Don José Pablo Valiente y por cubanos ilustres, como Don Francisco de
      Arango y Parreño, el Doctor Romay y otros, dio gran impulso a la agricultura, la
      industria y el comercio; atendió al ornato y mejoramiento de las poblaciones, creó esta-
      blecimientos de beneficencia y favoreció la instrucción y cultura del pueblo; por lo que
      bien puede considerarse aquella época como la *alborada de la civilizaciónn cubana*» (Mo-
      rales y Morales 124) (itálicas del autor). Esta es la visión del gobierno de Las Casas que
      ha prevalecido en la historiografía cubana. Sin embargo, para Manuel Moreno Fraginals
      Don Luis de las Casas fue uno de los [dos hombres] más rapaces que conociera la
      colonia.» Para sobornarlo, nos dice Moreno Fraginals, «la oligarquía habanera le regaló
      un ingenio...,» y «[c]omo un ingenio era poco Luis de las Casas construyó otro más...»
      Dice Moreno Fraginals que «[d]espojado de todo pudor gobernante los documentos de
      la época recogen su actividad como dueño de ingenios, comprando pailas, separando para
      sí los mejores negros de cada cargazón...» (Moreno Fraginals 55-56). ¿Cómo explicar,
      entonces, el embelesamiento de tantos historiadores e intelectuales cubanos con el
      Capitán General? Moreno Fraginals responde así está pregunta: «Con esta unidad de
      intereses se comprende ahora por qué los azucareros – que han sido los autores intelec-
      tuales de nuestra historia escrita – hablen de ellos como de gobernantes magníficos» (56).
      Fraginals, notémoslo, es bastante claro al respecto: «El entonces capitán general, Luis de
      las Casas, estaba parcialmente del lado de la oligarquía habanera, fundando ingenios e
      importando esclavos. Además, era tío del Conde de O'Reilly, quien a su vez estaba em-
      parentado cercanamente con la oligarquía habanera. Con su inclusión en el Real Con-
      sulado se cierra el círculo azucarero, productor y familiar» (126). No nos engañemos,
      pues. En esta época esclavista, de riquezas forjadas con la sangre y la vida de los esclavos,
      lo que Morales llama la *alborada de la civilización cubana*, y Quesada *brillante época en la
      historia de Cuba*. Por otra parte, respecto a esa Sociedad Patriótica que ambos exaltan (ex-
      plícitamente el uno; implícitamente el otro), Moreno Fraginals comenta que «también
      la Sociedad Patriótica fue gestada en vientre azucarero y dominada por productores y
      comerciantes» (129). El historiador cubano observa que «la Sociedad Patriótica [ha] sido
      pintada siempre como un centro cultural al margen de las luchas económicas. Como si
      organismo cultural, en cualquier época, no tuviese que reflejar forzosamente el cuerpo
      de doctrinas de la clase dominante» (130). Pero esto no le impide a Moreno Fraginals
      afirmar que lo dicho por él «no resta nada a la importancia que la Real Sociedad y el Real
      Consulado tuvieron en la *historia patria*» (131) (énfasis mío). Esto se explica porque a
      Moreno Fraginals podría aplicársele lo que él mismo había afirmado de los «intelectuales
      de nuestra historia escrita,» a saber, que ellos habían sido azucareros. Así se explica, para
      no poner sino un ejemplo paradigmático, su fascinación con José Antonio Saco, en el que

prócer se mantuvo por vida célibe incorregible; y mucha popularidad obtuvieron tambien las de Someruelos[83] que se celebraban los viernes primero y tercero de cada mes. La marquesa de Someruelos, alma de ellas, se había hecho amar de todos por su cortesanía y su espíritu deferente y conciliador y las damas más distinguidas ambicionaban su amistad.

Había fundado la marquesa y presidía, la Sociedad Patriótica de Fernando VII, cuyo objeto era recoger fondos para socorrer a los desnudos guerreros de la Península, en aquel que se llamó el año del hambre, por la penuria en que la invasión francesa envolvía a la madre patria[84]; y en beneficio de esa sociedad, había coordinado un

---

reconoce una negrofobia de un racismo militante, y a quien sin embargo llama «hombre superior»: «Sobre los hombros de Saco pesaba la responsabilidad de ser un hombre superior, y saberlo, y decirlo. Y la conciencia plena de poseer la verdad y la misión trascendente de enseñarla: su verdad absoluta, fuera de tiempo y espacio, producto del dominio absoluto de la razón» (Moreno Fraginals 1960, 14). Y esto, a pesar, insisto, de lo que el propio Moreno fraginals reconoce: «Es que para Saco la abolición de la esclavitud tenía un segundo contenido de *eliminación del negro de la vida cubana*» (1960 50) (énfasis mío).

83   Salvador de Muro y Salazar, Marqués de Someruelos. Capitán general y Gobernador de la Isla de Cuba, donde, añade *EcuRed*, «da prueba de un patriotismo heroico a favor de la causa nacional en la delicada situación de la Guerra de la Independencia.» El sitio cubano cae entonces en una notable contradicción: «Los esfuerzos de Cuba por conquistar su independencia de España duraron casi todo el siglo XIX. Cuando en 1809 la autoridad española quedó encarnada en la Suprema Junta Central, ésta solicitó la representación de Cuba. La crisis de disociación que ya había prosperado en el continente fue salvada por la habilidad del gobernador Salvador de Muro y Salazar, marqués de Someruelos, quien abordó *importantes reformas de gran sentido españolista, lo que evitó tomasen más importancia los movimientos de separación*. En 1812 se adoptó la Constitución de Cádiz y se produjo el primer intento de compra por parte de los Estados Unidos. Durante el primer período absolutista (1814-1820) se sucedieron una serie de leyes de estímulo al desarrollo en 1815, leyes que favorecieron la agricultura; en 1817, libertad de cultivo, venta y tráfico del tabaco y leyes que estimulaban la emigración; en 1818, autorización del comercio libre, etc.). Entre tanto, las primeras intentonas revolucionarias aplastadas por el gobierno y condenados sus respectivos cabecillas» (énfasis nuestro). En esta entrada sobre Someruelos, por cierto, no se menciona que lideró la represión de la rebelión de Aponte. Véase: http://www.ecured.cu/Salvador_de_Muro_y_Salazar

84   María Cantos Casenave, refiriéndose a España, expresa que «[a]unque algunas mujeres tuvieran ese deseo de intervenir en la vida pública de la nación, la opinión pública, la propaganda oficial y la realidad limitaban su participación a la heroicidad sentimental y cuasi pasiva de la renuncia a los hijos y esposos, o reducían en la práctica el marco de actuación a unas pocas, y casi siempre dentro del ámbito de la intendencia, la filantropía y la beneficencia.» Ella nos habla de un grupo de mujeres de Cádiz «que con mayor éxito que las de Sevilla lograron cooperar alrededor de una Junta de Damas y extender su labor en el espacio y en el tiempo, incluso después de que Fernando VII les reconociera su labor a la causa patriótica y favoreciera su disolución como grupo.» No debe pasarse por alto que el contexto de este asociacionismo fue la proclamación de la Constitución liberal de 1812 por las Cortes de Cádiz y ratificada por Fernando VII, si bien obligado por la circunstancia de la guerra que en ese tiempo libraba España contra las fuerzas napoleónicas. Cantos Casenave nos dice que el 9 de agosto de 1811 El Redactor General de Cádiz publicó un artículo «firmado por L. M. R, y titulado «A las damas de Cádiz, una gaditana»» que según ella «puede considerarse como el origen de las actuaciones de la futura «So-

baile y bazar en el Coliseo, que se decidió de máscaras para que todos
pudieran contribuir; allí, en la reunión de Palacio, se la veía animar
a los visitantes y encender la llama del entusiasmo en pro de su obra.
La reciente victoria de Chiclana, ganada sobre el general Victor por
los generales Lardizabal y Zayas, reanimaba el espíritu de los pesi-
mistas y duplicaba los efectos del patriotismo y de la piedad.[85]

Pertenecían a la Patriotica asociación las damas principales de la
gran familia cubana, porque no habiendo partidos ni enconos
políticos, toda la raza blanca formaba una familia. Ni aun en ciertos
círculos había frialdad hacia los O'Farrill y Calvos por los distinguidos
miembros de ambas familias, que en la Península se habían adherido
al partido afrancesado. El habanero Gonzalo O'Farrill, ministro de
guerra cuando la invasión, lo mismo que Asanza, Cabarrús, Maza-
rredo, Solano, Urquijo, y los cubanos Calvo de la Puerta y Calvo Peñalver se habían declarado por José Bonaparte[86]; pero salvo ligeras ex-

ciedad de Señoras de Fernando VII», cuyos estatutos fueron publicados en 1812.» Es de
notar que entre las mujeres que integraban dicha sociedad había aristócratas. Cantos Casenave añade: «El caso es que en el mes de enero de 1812 ya la Sociedad había logrado
reunir doce mil reales para vestuario de la tropa, pero como he indicado antes, las mo-
vilizaciones para ayudar al ejército, y la organización de las mujeres a este fin, se habían
iniciado ya, aunque no de forma institucional, en los primeros meses de la guerra, como
por otra parte había reconocido Engracia Coronel al recordar la contribución de la marquesa de Villafranca para costear la vestimenta de dos Regimientos, y la experiencia de
la Condesa de Casa Sarriá en gestiones similares.» Ella menciona más adelante «un
escrito firmado por la Secretaria de la Junta de Damas, María Loreto Figueroa de Montalvo, en un acto de publicidad de las acciones de su organización, donde informa que
las señoras de la Habana han constituido otra asociación a imitación de la gaditana, pre-
sididas por la marquesa de Someruelos, con el fin de recaudar fondos y enviarlos a Cádiz»
(Las mujeres en la prensa...). En efecto, J. de J. Márquez en su artículo «La conspiración
de Aponte» expresa lo siguiente: «La isla de Cuba aparecía desatenta o descuidada de lo
que pasaba en México y en otras localidades de la América, mostrándose aparentemente
adicta al gobierno de Fernando VII, lo que valió el título de Siempre fiel y Fidelísima; y
en prueba de esa fidelidad damos a conocer el siguiente aviso publicado en el «Diario de
la Habana,» 5 de Marzo de 1812.—«Sociedad Patriótica de Femando VII—Que debe
componerse de las señoras de la Habana, a imitación de la de Cádiz, aprobada por el
consejo de Regencia para socorrer a los desnudos guerreros de la península.» Era
necesario imitar en un todo a las señoras gaditanas, formando una sociedad, con el humanitario fin de una de las Obras de Misericordia, vertir aldemudo, ejerciendo a la vez
un acto de verdadero patriotismo, firmando la invitación (1 de marzo) las señoras Marquesa de Someruelos,—Marquesa de San Felipe y Santiago,— Catalina Manrique de
Lara y Aguilar y la Condesa viuda de Buena Vista» (Márquez 442)
85   La batalla de Chiclana, también llamada batalla de la Barrosa, librada el 5 de marzo de
     1811 cerca de Cádiz, fue una batalla de la Guerra de la Independencia Española. Una
     división anglo-portuguesa derrotó a dos divisiones francesas, aunque este hecho tuvo un
     efecto estratégico mínimo en el conjunto de la contienda.
86   Gonzalo O'Farrill y Herrera (La Habana, Cuba, 1754 - París, Francia, 1831) fue un militar
     y político español. Teniente general de los Reales Ejércitos, durante el reinado de Carlos
     IV desempeñó importantes cargos políticos: director del colegio militar de El Puerto de
     Santa María y del Real Cuerpo de Artillería, inspector general de infantería, comisario
     regio, ministro plenipotenciario en la corte de Berlín (Prusia), ministro de la Guerra... Al

cepciones, la política interna aun no envenenaba los ánimos, En las recepciones se trataba de política externa, de la crisis en la Península, y de la ambición desmedida con que el Coloso del Sena[87] preparaba su caída.

Es verdad que las colonias sudamericanas sordamente comenzaban ya a aprovecbar en pro de su independencia las dificultades con que luchaba la Metrópoli; pero la Isla permanecía adicta a España, y convencida de su impotencia o hallándose bien su condición de colonia, aguardaba indolente el día de la paz, sin más intervención que enviar recursos a los hermanos peninsulares, y sin inquietarse con las sordas convulsiones que ya comenzaban a agitar a las colonias.

Aponte, si inspiraba terror era por los campos; los esclavos asiduamente vigilados enmudecían, y en la confianza de la tranquilidad y la adhesión, al poder constituido, Someruelos, que aquí por sus servicios ascendió a general, celebraba sus saraos mientras y la Marquesa

---

abandonar España Carlos IV, O'Farrill colaboró con el nuevo monarca, José Bonaparte, hermano de Napoleón, por lo que fue tildado de afrancesado. Siguió ejerciendo de ministro de la Guerra. Con la derrota de Francia en la Guerra de la Independencia, se vio obligado a exiliarse. Incluso sus bienes en La Habana fueron vendidos por el Estado en virtud de secuestro temporal. Aunque el rey Fernando VII le rehabilitó en todos sus empleos y dignidades, y le devolvió su patrimonio, no regresó a España. Falleció en París el 19 de julio de 1831. Sus restos reposan en un panteón del cementerio del Père-Lachaise. Hay que tener en cuenta el clima anti-francés que se había desarrollado en Cuba, hasta el punto de que el propio Marqués de Someruelos, al enterarse de que su padre apoyaba al partido bonapartista, se sintió obligado a enviar un oficio a la Junta Central «haciendo manifestación de su adhesión a la causa de los defensores de los derechos de Fernando VII y poniendo a disposición de la Junta su cargo si había alguna duda de su lealtad» (Vázquez Cienfuegos 4). Por otra parte, ya en 1809 el ayuntamiento de La Habana apoyó la expulsión de los franceses por «su mala conducta, inmoralidad, depravadas costumbres, por su inveterado odio al hombre español, a nuestros usos, costumbres y religión» (citado por Vázquez Cienfuegos 5). Éste señala asimismo que entre los nacidos en Cuba hubo figuras que apoyaron a las autoridades que Napoleón había impuesto: «Los casos más destacados fueron los de Gonzalo O Farrill, que como hemos visto fue nombrado ministro de Guerra del mismo José I en 1808; pero también destacan las figuras del marqués de Casa-Calvo o la condesa viuda de Mopox, María Teresa Montalvo O Farrill, amante del propio rey, por su significación en la política peninsular.» Esto implicó la confiscación de bienes, siendo el caso de Ignacio Calvo, marqués de Casa-Calvo, uno de los más señalados: «El oidor comisionado para la confiscación de bienes dio cuenta con testimonio sobre la remesa a España de 60 cajas de azúcar y una libranza de 1.000 pesos por el apostadero de dicho marqués, considerando que no las habría percibido y que debían ser confiscadas. Sin embargo, la suma más significativa la que señalaba la real orden reservada de 12 de octubre de 1809, relativa a que el hijo del marqués de Casa-Calvo heredó de su abuelo, el marqués de Arcos, más de 170.000 pesos, cuya cantidad debía confiscarse inmediatamente como perteneciente 'a un enemigo de la patria y al servicio de los enemigos.' Someruelos procedió a su cumplimiento verificando la confiscación y remate de los bienes encontrados de la propiedad de Ignacio Calvo» (Vázquez Cienfuegos 7). Importante: el trabajo de Vázquez Cienfuegos está incluido en *El comienzo de la Guerra de la Independencia. Congreso Internacional del Bicentenario*. Diego, Emilio de (Dir.) Martínez Sanz, José Luis (Coord.) (E-Book sin paginación).

87   Francia

preparaba sus fiestas caritativas que la aristocracia apoyaba y el pueblo aplaudía. Durante la borrasca que rugía por fuera, agrupábanse los particulares junto al elemento oficial, como las ovejas junto al mastín a la presencia del lobo.

El edificio es de dos pisos; arriba, risas y felicidad; abajo, lamentos y maldiciones; la cárcel ocupaba los bajos, con entrada por O'Reilly[88]; el Ayuntamiento los entresuelos, con entrada por Obispo; la parte superior con entrada al frente, por [la] Plaza de Armas, la habitaba el Gobernador.[89] Eran las reuniones más democráticas que las regias de Madrid, y el salón resultaba mas extenso de lo necesario, a pesar de los muchos advenedizos que tenían entrada, porque eran pudientes y se deseaba halagarlos; pero no era por adornos y gusto ni la sombra del de hoy; escaseaba el mármol y abundaba la caoba; sillones, mesas, consolas, espejos, algunos cuadros del cubano Escobar[90], no aún la co-

---

88    En un artículo sobre la Calle O'Reilly (pdf bajado de internet) Pedroso Alés ofrece la siguiente información sobre esta importante calle habanera: «Los orígenes de esta antigua calle habanera se vinculan con el nacimiento de la Villa de San Cristóbal de La Habana, si tenemos en cuenta su derrotero, el cual se inicia por el Este, muy próximo al mar, acompañando a la más vieja fortaleza abaluartada de América, el Castillo de la Real Fuerza, y al Templete, construcción neoclásica que recuerda el sitio fundacional de la ciudad, y concluye en el Oeste, en la actual avenida de Monserrate, lugar donde en 1835 se abrió la última de las puertas de salida de la muralla hacia los barrios de extramuros. [...].Al igual que muchas otras calles del centro histórico O'Reilly se conoció por varias denominaciones. Así tenemos que se llamó: Calle Honda o del Sumidero, del Basurero y de la Aduana. La primera nos hace pensar la accidentada topografía de su terreno, en los tiempos que nuestras calles eran meros terraplenes, y las dos últimas resultan una clara referencia a los fines a que se destinó por los vecinos. En la República, durante un breve período tiempo, se le nombró Presidente Zayas, en honor al cuarto mandatario republicano, el doctor Alfredo Zayas Alfonso (1921-1925). Como era de esperar la nueva inscripción no tuvo arraigo, la tradición oral jamás hizo suya la nueva designación, más cuando de manera arbitraria e inconsulta el ayuntamiento habanero quiso borrar la memoria histórica» («La calle O Reilly»). Ahora bien, la explicación misma del nombre de la calle nos la ofrece José María de la Torre: «Porque el General D. Alejandro O'Reilly, que vino de sub inspector de las tropas cuando la restauracion de la Habana en 1763, hizo su entrada por esta calle, saliendo el con le de Albemarle por la del Obispo» (*Lo que fuimos... 53*).
89    Esta importante plaza habanera debe su nombre a que «en ella se hacían siempre siempre las revistas y ejercicios de tropas.» En ella estaba también el Palacio del Gobernador (Palacio de los Capitanes Generales, hoy Museo de la Ciudad). En esta plaza también encontramos el célebre Templete que conmemora la fundación de la ciudad.
90    Vicente Escobar y Flores (1762-1834). Pintor cubano, quien cultivó, sobre todo, el género retratístico y disfrutó de una sólida reputación en su época. Nació en La Habana, hijo de una familia negra acomodada, perteneciente a las cofradías de pardos y morenos libres. Aunque al nacer se inscribió como negro, se asegura que murió como blanco por haberse acogido a la Real Cédula de Gracias al Sacar (Aranjuez, 10 de febrero de 1795). Se inició como autodidacta, pero, a mediados de la década de 1780, viajó a España, donde cursó estudios en la Academia de San Fernando de Madrid y entró en contacto con la pintura de Goya, de quien parece haber sido un ferviente admirador. §Escobar no sólo fue el primer pintor cubano en realizar este tipo de viajes de estudio, sino que, al parecer, también fue pionero en tener un taller independiente que, para 1820, se encontraba localizado en la calle Compostela Núm. 62, en La Habana.

lección de retratos que comprende desde Felipe de Fonsdeviela y Ondeano, marqués de la Torre[91], hasta Mariano Ricafort[92], la que fue
comprada por Vives[93] el año 28 y continuada hasta el 33.

Allá en la sala contigua, mesas de tresillo, en que unos jugaban y
otros miraban.

De frac y pantalón negro ceñido a la rodilla vestían los caballeros,
con medias de seda y zapato bajo, con reluciente hebilla que por su
lujo revelaba el estado financiero del portador; ostentaban las señoras
profusión de cintillos, pendientes, collares, brazaletes de diamantes,
aderezos de pedrería, que se quebraban los haces luminosos de las
aralla de cristal: radiantes de luz los salones y perfumados con rami-
lletes de flores naturales.[94]

Veíase entre la concurencia las eminencias de la época en nobleza,
ciencias, riqueza y letras; los condes de Bayona, de la Reunión, de San
Marcos; de Gibacoa, de O'Reilly, de Casa-Montalvo; los marqueses
de Duquesne, de Represalias, de la Real Proclamación, de San Felipe
y Santiago y otros notables.[95]

Registremos algunos de esos títulos.

El Capitán General, marqués de Someruelos, tercero de este título,
creado por Carlos III en 1761 para premiar méritos de D. Pedro Salvador de Muro, ministro togado del Consejo de Hacienda.

El Marqués de San Felipe y Santiago, sin duda el primer mayo-

---

91   Don Felipe Fonsdeviela y Ondeano. Gobernador y capitán general de la isla de Cuba,
     de 1771 a 1777.
92   Mariano Ricafort Palacín y Abarca (Huesca, 20 de febrero de 1776 - Madrid, 16 de
     octubre de 1846) fue Capitán General de Cuba de 1832 a 1834.
93   Francisco Dionisio Vives y Blanes. Militar español. Fue gobernador de la Isla de Cuba
     desde el 2 de mayo de 1823 hasta el 12 de mayo de 1832. Con mano dura mantuvo la Isla
     pacificada pero toleró el juego y la delincuencia. §Gobernó durante nueve años en re-
     presentación del régimen absolutista de Fernando VII y en 1825 resultó investido de pre-
     rrogativas de plazas sitiadas mediante las llamadas Facultades omnímodas a los
     Capitanes Generales. Aunque la noticia del fin del régimen constitucional y la orden de
     regreso al absolutismo solo se conocieron en diciembre de 1823, ya Vives había tomado
     medidas para abortar las conspiraciones independentistas que se gestaron en la etapa.
     Aparentemente toleraba las sociedades secretas al tiempo que infiltró sus agentes en las
     mismas. Durante su gobierno enfrentó la aparición de asociaciones secretas que preten-
     dieron seguir el camino de las naciones hispanoamericanas que habían conquistado la
     independencia, como fueron la *Conspiración de Soles y Rayos de Bolívar* (1821-1824) y la
     *Conspiración de la Gran Legión del Águila Negra* (1823-1830).
94   Todavía no se ha proclamado la república cubana – falta un año cuando se publica esta
     novela – y resulta pasmosa la celebración del régimen colonial que hace Calcagno. No
     hay que sorprenderse, pues, de que la novela – conocida solo por un puñado de estudiosos
     – haya dormido hasta hoy el sueño eterno.
95   En ese pase de lista de la concurrencia de la aristocracia cubana, Calcagno introduce un
     título y un personaje ficticio: el marqués de Represalias.

razgo y señorío titular en la Isla, creado por Felipe V. Hay en la ciudad de aquel nombre las ruinas de un palacio que compulsa la antigüedad de esa familia. En él nació el Mariscal de Campo D. Juan Francisco Núñez del Castillo, cuarto de ese título, que lo llevaba el año 12.

Los condes de Bayona, de que fue el primero don José de Bayona y Chacón, en 1719, segundo señorío titulado, creado por el mismo soberano; los viejos de hoy alcanzamos en la niñez un castillo que levantaba su severo almenaje, alcón entre blancas palomas, en el caserío de Santa María del Rosario; ya semejaba una de esas ruinas de la vieja Europa cargada de recuerdos feudales. En 1754 pasó el título a D. Francisco Chacón, en cuya descendencia se perpetúa; siendo el que lo llevaba el año 12 de igual nombre y apellido.[96]

---

96　Jacobo de la Pezuela nos dice que la familia Chacón procedía de las montañas de Navarra. Juan Chacón fue «uno de los más notables capitanes del ejército de los Reyes Católicos» y contribuyó a la expulsión de los moros de Granada. Uno de sus hijos menores, porque el mayor heredó la grandeza de su padre, adquirió haciendas en Málaga, donde sus descendientes fundaron el mayorazgo y condado de Mollina. De esta rama colateral de los Chacones, procedió don Gonzalo Chacón, caballero del hábito de Santiago, y capitán de infantería en los tercios de Flandes, a quien, por uno de cros desafueros que suelen perjudicar al que los comete sin empañar el honor de su familia, se castigó destinándole al presidio de la Habana, que ese era el nombre que se daba durante el siglo XVII y aun después á las guarniciones más distantes de la Penínsnla.» Tuvo tres hijos, y uno de ellos, Don Fernando, «casado con una hlja del regidor don Luis Castellón, residió en la Habana casi siempre al cuidado de su familia y de sus intereses; desempeñó algunos oficios de república y dedicó sus 3 hijos varones, uno á la real armada, y 2 a los ejércitos.» Don Fernando, el mayor de los tres, «sirvió con notorio crédito en la marina.» De los otros dos, al uno, don Luis Chacón, le menclonamos separadamente porque fue capitán general interino de la isla en tres épocas distintas a principios del pasado siglo, y el otro, don Félix Chacón y Castellón, a pesar de sus vicisitudes militares, fue el continuador de la principal línea de los Chacones de la Habana.» Murió combatiendo en Lombardía. Se había casado mucho antes con doña Tomasa Torres y Castellón, hija del maestre de campo don Laureano, luego capitán general de la isla, y entre otros hijos había dejado a don Francisco, a don Laureano y a doña Teresa que casó después con su primo hermano don José Bayona y Chacón. Este en 1722 recibió el título de conde de Casa-Bayona con señorío sobre la ciudad de Santa María del Rosario y de su territorio, en el cual había fundado un vasto mayorazgo.» Don Francisco, fue por muchos años «capitán de las milicias antiguas y luego teniente coronel de las de infantería de la Habana.» Él «[e]staba en posesión del condado de Casa-Bayona desde que su tío don José Bayona y Chacón el primer conde, había muerto en 1737 sin descendencia. Murió también don Francisco el segundo conde muchos años después sin dejar hijos. Su hermano don Laureano, que desde su primera juventiid había servido en las milicias [...], ejerció siempre con crédito los principales oficios de república en la Habana, siendo regidor por juro de heredad, por haberle traspasado su cargo su hermano don Francisco.» Don Laureano, «casado con su parienta doña María Josefa Castellón, no dejó hijos tampoco, y murió en 1779.» A los dos años de la muerte de Laureano, «murió su hermano el segundo conde de Casa-Bayona, sin haber dejado tampoco como anteriormente hemos dicho, descendencia. Los heredó a ambos en sus bienes y al último en su título, su sobrino primogénito don José María Chacón y Herrera, capitán del regimiento de infantería de milicias de la Habana, en el cual sirvió la mayor parte de su vida, siendo su coronel durante, muchos años. Éste murió en 1837. De la Pezuela escribe que «[d]e su largo y único matrimonio con doña Catalina de O'Farrill, hermana del teniente general don Gonzalo, había tenido dos hijos: don Francisco y doña Teresa. Ésta última murió sin sucesión pocos años después de haberse casado con el marqués de Villalla; pero

El Marqués de Monte-Hermoso, título creado por Carlos III, en 30 de Octubre de 1764, en favor de don Agustín de Cardenas y para premiar sus servicios durante el sitio de la Habana; el del año de nuestra historia[97] Gabriel María, tercero del título, con señorío en San Antonio de los Baños, ganó lauros inmarcesibles protegiendo a los emigrados franceses contra el furor de las turbas.

El Conde de Macurijes, título creado por el mismo soberano en 18 de Julio de 1765, a favor de don Lorenzo Montalvo Avellaneda y Ruiz de Alarcón, por su acertado consejo y servicios durante la invasión inglesa. El año 12, su hijo Francisco, era un anciano general lleno de energía y patriotismo, que gobernador de Nueva-Granada, con otros servicios.

El Marqués de Duquesne «de noble estirpe y elevada alcurnia», según el verso de un adocenado cantor de natalicios, era descendiente del famoso Pedro Claudio, vencedor de Ruyter, a quien Luis XIV siempre llamaba el Gran Duquesne.

El Conde de San Marcos, título de creación más reciente; lo llevaba a la sazón un joven infatuado, incorregible calavera, que entre sus hechos gloriosos, solo contaba el bastonazo de que ya hemos hablado, descargado en la testa de Juan Pérez, a quien había soplado la novia.

Marqués de la Real Proclamación, título concedido por Carlos III, por servicios durante el sitio a don Gonzalo Recio de Oquendo.

El barón de X., comprometedor de damas casadas, opulento en otros días, de los linajes, que como dice Cervantes, acaban en punta como pirámide; dos desafíos que no se efectuaron, un regalo a Su Majestad, de aquí la baronía, un caudal derrochado, un cúmulo de deudas,

---

su hermano, que siendo aun muy joven se había casado en 1797 con doña Catalina Calvo y Peñalver, cuando murió veinte años antes que sus padres, en 1817, dejó vivos 9 hijos. El mayor de los varones, don José María, cuarto conde de Casa-Bayona, sirvió muchos años en las milicias de la Habana, desempeñando al mismo tiempo su plaza de regidor perpetuo en aquella ciudad, y su cargo de justicia mayor de Santa María del Rosario hasta la supresión de los señoríos en 1842. En 1844 se trasladó con su esposa doña María de la Concepción Herrera y con sus hijos a Francia, y luego a Madrid. Recibió la gran cruz de Isabel la católica, la llave de gentil-hombre, y el cargo de senador del reino; y murió de apoplegía en la misma corte en 30 de agosto de 1861. El actual y quinto conde es el mayor de sus 2 hijos varones don Francisco Chacón y Herrera, que ya llevaba algunos años de servicio en la carrera diplomática y en la legación de Londres cuando falleció su padre el cuarto conde» (De la Pezuela 2, 230-31). El título sobrevivió, y así nuestro José María Chacón y Calvo, Conde de Casa Bayona. Y por supuesto, nació en Santa María del Rosario. Jorge Ferrer, en el prólogo que escribió a la edición del Diario íntimo de la revolución española, de Chacón y Calvo, nos dice que éste solicitó en 1950, y consiguió, la rehabilitación de «la dignidad de conde de Casa Bayona,» y que, según Ferrer, «lo sitúa en la estela de una familia de la nobleza, cuya *hispanidad*, entendida como 'servicio a su *raza* y su *país*' reivindicó siempre» («José María Chacón y Calvo: su propia guerra») (énfasis mío)

97    1812

tales sus blasones. «Marranos de la piara de Epicuro» llamó Horacio a esa especie de... cerdos. Barongago lo llamaban porque era tartamudo.

El conde de Jaruco y de Mopox, ausente en la Península; pero estaba allí el condesito, es decir, el caballero de Santa Cruz, presunto conde de Jaruco, hermano de la que dos años antes había casado en Madrid, testigo José Bonaparte, con el general conde de Merlin.

Se declara condesito, marquesito, a los menores presuntos herederos.

El Marqués de la Represalia, forastero introducido en la sociedad habanera por el mismo general, mediante cartas de Madrid, y por el acaudalado don Rodrigo Olivar; el libro de Alberto nada revela de él; es, sin duda, título novel, tal vez palatino, es decir, romano revalidado; pero su modestia le impedía fundar orgullo en su no heredada ejecutoria, y por eso la corta edad de su título era olvidada.[98]

El conde de Gibacoa, en cuya familia, que hospedó al desterrado Luis Felipe de Orleáns, se conserva honorífico trofeo de ese suceso.

El conde O'Reilly, en quien «el abolengo de raza se mezcla a la sangre de la conquista», hijo del irlandés Alejandro; el de 1812, Manuel de O'Reilly y Calvo de la Puerta, tercero de ese título, cuarto de Buenavista y tercer marqués Justiz de Santa Ana, fue brigadier de infantería y ejerció muchos cargos públicos; presente estaba también su hermano Fernando, aficionado a las letras.

El señor don Jacobo Ortiz, presidente del club, que por su nombre, habían dado en llamar Jacobino; su principal mérito es sostener dos hombres en la guerra de independencia.

El señor don Rodrigo Olivar de la Fontanilla, advenedizo a quien la fortuna se empeñó en favorecer, tutor simulado del Represalias, y simple mayordomo que había sido de Juan Pérez el Apaleado. Sostenía de su peculio cuatro hombres armados en la guerra contra franceses; el conde O'Reilly sostenía varios; el marqués de San Marcos dos, la nobleza, casi toda contribuía para uno o unos hombres; era el patriotismo de la época.[99]

---

98    La habilidad narrativa de Calcagno; incluso su modernidad, podría decirse, no estriba solo en la inserción de la ficción en el corazón mismo de la historia, sino también en la manera en que procede. El marqués de Represalia no encabeza la lista de esos nobles, ni es tampoco el último de ellos. Calcago, por el contrario, lo coloca entre ellos, haciendo así que tanto el estatuto de la verdad como el de la ficción queden en entredicho.

99    Lo mismo que acabamos de decir respecto al marqués de Represalia, sucede con estos otros personajes, también integrados de la manera más natural a la galería de las figuras históricas. Son los casos de Jacobo Ortiz y Olivar de la Fontanilla. En este último caso, nótese que Calcagno deliberadamente lo empareja en el sentimiento francés al conde O'Reilly.

Además muchos segundones, y otros y otros que no necesitamos enumerar.

Entre las damas, distinguíanse: Luisa Gastón de Someruelos, la señora Manrique de Lara, la condesa de O'Reylli, Silvia Herrera, casi niña, M..., casi anciana. Ana Luisa de San Marcos, la condesa viuda, su suegra, que residía en Guanabacoa, no había asistido, por razón eminentemente catarral.

Se trataban poco madre y nuera, por diferencia de carácter; ambas eran, en su vida privada, modelo de corrección, siéndolo, además, Ana Luisa de reconocida bondad. No la envanecía una nobleza que debía a su marido; rehuía la vana ostentación, no pertenecía a sociedades filantrópicas, pero era notoria su benignidad para con los esclavos, su protección callada a desvalidos, los sordos sacrificios de que nunca hacía gala y de los que no esperaba más recompensa que su íntima satisfacción. De ahí procedía la adhesión del marqués de la Represalia; amistad cristiana, espiritual, desinteresada, comunión de dos almas que se elevan juntas a Dios en efluvio de misticismo, a la que se había entregado bonafide, sin pensar jamás que pudiera dar margen a los chismes, ni aun de adoradores desdeñados.

El marqués, por su parte, era un carácter totalmente congénere; ni aun en el goce de la caridad parecía tener egoismo, porque fácil proporcionaba a otros la ocasión y compartía con cualquiera ese divino deleite, especialmente con la bondadosa condesa.[100] Allá va un rasgo que lo prueba.

En extraviado callejón y en oscurísimo desván, del más miserable casucho, yacía postrada por la inanición, y rodeada solo de sus tres hambrientos hijos, la desgraciada viuda Catalina González. Su marido, un asesino, había muerto en cadalso. Abrumada de vergüenza, careciendo detodo, sin un solo amigo a quien volver sus ojos insomnes, forzada a trabajar mucho, y sin poder ya hacerlo... cuadro horrible de miseria y desolación, sobre el que derramó lágrimas el conmovido corazón de Represalias. Su mano pródiga hizo llover sobre la destituida familia el maná celestial de la limosna; pero no quiso disfrutar solo de la buena obra y escribió a Ana Luisa, pintándole aquel cuadro. La Condesa contestó:

---

100    Nótese que en este punto el narrador se distancia de los comentarios de los personajes Belisario y Alberto. Esto, sin embargo, permite que la figura del narrador se insinúe en la del autor Calcagno y viceversa. Razón de más para tomar en serio sus comentarios racistas a lo largo de la novela.

«Gracias, marqués, por la ocasión que me proporcionáis; acudiré al lugar que se me indica. – *Condesa de San Marcos*.»

Pudiera haber enviado a su mayordomo o cualquier criado; pero prefirió ir en persona a contemplar aquel infortunio, a fortificar su alma piadosa con el espectáculo del dolor.[101]

Allí la vio el marqués, y bendijo al ángel de la caridad, que abandonaba sus espléndidos salones para ir con su sierva Susana a respirar el aire infecto de la bohardilla.

Volvamos al palacio. Cálida era la noche; suave y deliciosa la brisa que por sobre las aguas del tranquilo puerto, venía a estremecer los árboles de la plaza, iluminada entonces por faroles de aceite que costeaban los particulares. El alumbrado público no empezó hasta la epoca de Tacón.[102] La banda militar, colocada en la plaza de Armas,

---

101  La piedad deja entrever su entraña sádica.
102  Sobre el alumbrado de la ciudad, describía Pezuela en 1863: «Como casi en todas las ciudades de Europa, en la Habana no se conoció ningún alumbrado regular hasta mediados del siglo [XVIII]. Antes de que el capitán general don José Ezpeleta, estableciese en 1787 las bases de un mezquino alumbrado, no existió nunca con el carácter de público, si bien en virtud de repelidos bandos de los gobernadores, desde principios del siglo XVII, todos los vecinos pudientes, dueños de casas de maniposteria, estaban obligados a tener farol o linterna en las entradas hasta media noche, obligación de que quedaban absueltos cuando alumbraba la luna a esas horas. El alumbrado de Ezpeleta se redujo a un farol de vidrio que se lijó en las esquinas de cada cuadra o manzana; y ni este pobre sistema se generalizó durante su mando, sino en el de su sucesor don Luis de Las Casas, desde 1790 a 1796. Este ramo tan importante en toda población crecida, se sostenía sin recibir ningún progreso por medio de una contribución o cuota que sobre las casas fijó el ayuntamiento, cobrándola por medio de un administrador con algunos subalternos.» En 1820, nos dice Pezuela, «el ayuntamiento se propuso introducir en este ramo las mejoras que la importancia de la Habana reclamaba, y bajo los auspicios del brigadier de marina don Honorato Bonyon y el maestro mayor del arsenal don Domingo Coûter, proyectó un nuevo alumbrado público con faroles traídos de Burdeaux, de los cuales se estrenaron en la noche del 25 de febrero de 1821, dos en los portales de la casa de gobierno, y otros cuatro en las entradas de las calles de Mercaderes y del Obispo. Aunque bien sencillos y probados ya en Europa, llamaron la atención del público habanero, porque sus luces por medio de reflectores de platina, alumbraban hasta a los centros de ambas calles. Satisfecho el municipio con la prueba, contrató con don Francisco Lemayre por 119 pesos la construcción y colocación de cada farol que se necesitase, manufacturándolos en el país, y por 85 si se le permitía traerlos de Francia. Lemayre se comprometió a colocar 25 faroles al mes, hasta completar el alumbrado general, y se le fue adelantando su valor bajo fianza; pero la escasez del fondo, y los apuros que ocasionaron al ayuntamiento varios gastos estraordinarios, hasta 1824 no permitieron terminar el proyecto de Lemayre, y una gran parte de la población continuó alumbrada con la mezquina forma que antes. Sería prolijo ir refiriendo año por año los progresos que recibió este ramo dentro del recinto y en los barrios extramurales hasta que en 1841 el capitán general don Gerónimo Valdés se esforzó en conseguir que el municipio extendiese el alumbrado con faroles sencillos a multitud de calles nuevas que se habían ido formando en los arrabales, y que aun estaban privadas de ese beneficio. El verdadero adelanto del alumbrado se obtuvo en 1846 a consecuencia de la concesión otorgada a las proposiciones de don Antonio Juan Parejo y un comerciante de Nueva Orleáns, que con el objeto de introducir en la Habana el alumbrado de gas, común ya entonces en las capitales europeas, habían formado en 1844 una sociedad anónima que se estableció bajo los auspicios más felices» (Pezuela 3, 122-23).

frente al edificio, pues tal era la costumbre en los días de sarao[103], tocaba un aire marcial, lo que hizo que algunos concurrentes se asomaran at balcón.

El caballero de Santa Cruz, llevaba del brazo a la señora de Duquesne; el de Duquesne dialogaba con la señora de Someruelos.

El marqués de la Represalia atravesó el salón conduciendo y galanteando a una de las señoritas Contreras, por quien parecía sentir inclinación; dama de muy distinguida cuna, un tanto entrada en edad, aunque todavía aceptable.

Se llamaba Matilde, como la hermana de Ricardo de Inglaterra, nombre puesto en boga por la novela de Mme. Cottin[104]; también había Malvinas, por la de Oscar[105]; y había Hersilias y Camilas, por las del *Numa Pompilio*, de Florián[106].

Represalias proporcionó asiento a su compañera y permaneció un momento de pie ante ella, como galán que espera la ocasión de servir a su dama; pero luego, al ver a la de San Marcos solitaria, se dirigió a ella, saludó con refinada cortesía y se sentó a su lado.

Matilde Contreras se mordió los labios con ira, y dirigió una mirada rencorosa a la de San Marcos. Desde que Represalias menudeaba sus visitas y fingía galantearla, aunque sin estrechar lance ni comprometer palabra, Matilde había dado en creer que Ana Luisa coqueteaba.

El salón estaba lleno; el murmullo de las conversaciones lo hacía

---

Miguel Tacón (1777-1855) fue Capitán General de Cuba de 1834 a 1838. Protegió abiertamente la trata de esclavos, de la que se benefició, y fue hostil a los criollos. Desterró a José Antonio Saco.

103   Reunión nocturna de personas de distinción para divertirse con baile o música.

104   Sophie Cottin (22 de marzo de 1770 – 25 de agosto de 1807) fue una escritora francesa, cuyas novelas gozaron de tal popularidad que se tradujeron a idiomas como el inglés y el español durante el siglo XIX.

105   En 1760 James Macpherson publicó en inglés *Fragments of ancient poetry, collected in the Highlands of Scotland, and translated from the Gaelic or Erse language*. Más tarde afirmó que había obtenido otros manuscritos, y en 1761 anunció que había descubierto una épica sobre el héroe Fingal, escrita por Osián. Macpherson publicó estas traducciones en los años siguientes, culminando en la recopilación *Las obras de Osián* (1765). Los poemas supuestamente originales fueron traducidos en prosa poética. Los personajes son el propio Osián que narra las historias cuando ya está viejo y ciego, su padre Fingal (basado muy libremente en el héroe irlandés Fionn mac Cumhaill), su hijo muerto Oscar (también con un contraparte irlandés), y Malvina, la amante de Oscar (como Fiona, un nombre inventado por Macpherson) que cuida a Osián en su vejez. Los personajes matan a sus amantes por error, y muriendo de dolor o de alegría. Osián fue traducido al español en 1800. La autenticidad de Osián fue cuestionada durante todo el siglo XIX, y el debate continuó en el XX.

106   Jean-Pierre Claris de Florian (Cévennes, 6 de marzo de 1755 - Sceaux, 12 de septiembre de 1794), escritor francés, sobrino de Voltaire. *Numa Pompilio* es una de sus novelas y fue publicada en 1786.

semejar a una colmena en labor; ¡cuántas frases sin dirección, cuántas palabras perdidas! Si las palabras que ningún oído recoge se quedaran flotando en el aire, no se respiraran allí más que palabras.

¿De qué se hablaba? Oigamos un grupo al acaso; los que hablan son dos jóvenes de distinción y vestidos a la última moda de la época; las hebillas de sus zapatos son de oro, con una piedra preciosa; casaca de talle alto y de inflexible cuello, chaleco de seda, abierto, para que permitiera lucir la bordada camisa, gruesa cadena de oro, que no leontina, en los que llevaban reloj, y pantalón de paño negro ajustado a la rodilla.

— ¿Vas al baile del Coliseo?

— Por supuesto; sera espléndido; la Marquesa lo dirige, porque se trata de recoger fondos para la guerra contra los franceses.

(Esta Marquesa era, por antonomasia, Luisa Gastón de Someruelos).

— ¿Qué traje piensas llevar?

— ¿Yo? De español antiguo, sin careta; ¿y tú?

— Bandido italiano con careta.

— Las Aillon van de Odaliscas[107]; estarán soberbias, chico.

— Silvia Herrera, hará una griega de primo cartelo[108].

— Sí; y las solteronas van, una de indio bravo y otra de Eva en el paraíso.

— ¡Ja, ja, ja! ¿Qué solteronas son esas?

— Esas hermanas Contreras, que viven frente a la de San Marcos y que hablan y murmuran más que siete.

En realidad, más que a la sesuda Inglaterra y a la Metrópoli, en nuestras costumbres siempre hemos seguido a la voltaria Francia,[109] aunque enemistados a la sazón con ella. Pero no se crea que todos los diálogos fueran tan ligeros. Allí también se hablaba de guerra, de Napoleón, del bandido que imperaba, y sobre todo de Aponte; allí de negocios, que no había bolsa ni bolsines, y se trataban do[110] quiera, no en la iglesia, porque abundaban menos los volterianos.[111]

---

107    Una odalisca era una esclava del serrallo en el Imperio otomano. Era una aprendiz o asistente de las concubinas y esposas del sultán, pudiendo más tarde llegar a obtener ese estado, es decir, ser concubina o, con mucha suerte, esposa. La mayoría de las odaliscas eran parte del harén imperial, es decir de la casa del sultán.

108    De primer orden, excelente.

109    La Francia de Voltaire

110    donde

111    Simpatizantes de las ideas del escritor y filósofo francés Voltaire, una de las figuras más

Oigamos otro grupo.

— Mira, chico, míralos; ¿no te decía yo que había moros en la costa?[112] El Marqués no se separa de ella; no le pierde pie ni pisada[113]; parece que quiere exhibir su amor.

— ¡Bah! le estará enseñando alguna nueva plegaria, tal vez de su composición, o invitándola a alguna obra piadosa. Si ese hombre erró la vocación; nació para cura de aldea. Ha compuesto una novena a la Virgen de la Caridad.

— ¡Con que fuego hablan! repara con qué gusto escucha sus protestas la Lucrecia Colatino; ¡qué juntitos! Casi se besan; mira, mira, me parece que ahora el Represalias le coge la mano; voy a ver qué dice de eso la Contreras.

— Belisario, tú estás viendo visiones; si tan santo y tan honesto es él como ella.

— Ya; por eso su coche está siempre a la puerta de la de San Marcos.

— Es que hace la corte a una de las Contreras que viven enfrente. Tan santo hombre solo de una beata[114] se podía enamorar.

— Y también de una dama que, como dijo el poeta, «es pródiga para todos, de sonrisas y favores».

— Menos para ti.

— Es que yo cedo generosamente mi lugar al Represalias, que boga con mejor viento.

Así el Judas desairado parecía gozarse en el triunfo de su rival, y dispuesto estaría a ayudarlo en su empeño, lo que prueba que en todas épocas hay miserables de esa especie.

Volvieron la espalda dirigiéndose hacia el asiento de Matilde Contreras.

Represalias se había levantado, y sin intención vino a pasar junto a ellos.

— Aunque trigueño y feote – continuó Belisario –, te digo que ese Marqués tiene más de seductor que de santo.

— Desengáñate, chico; sacará lo que sacaste tú.

— O lo que saqué de Magdalena Valdés.

---

importantes de la Ilustración. Voltaire atacó al catolicismo institutionalizado en la Iglesia, abogó por la libertad de credo religioso, la libertad de expresión, y la separación del Estado de la Iglesia.

112 La expresión coloquial «hay moros en la costa» se usa para recomendar precaución y cautela porque hay alguien que puede estar escuchando o mirando.

113 Estar todo el tiempo junto a alguien, no perder de vista a una persona.

114 Muy devota que frecuenta mucho los templos.

— ¿Pues, qué fue ello?

— Todo lo que deseaba; mira, Alberto, esa Ana Luisa, hija de un vecino honrado, es una mujer como todas, sobre todo, desde que es Condesa de San Marcos.

— ¡La Condesa de San Marcos! – exclamó tras él una voz que le hizo volver la cara y ver al Marqués de pie, fijándole una mirada provocativa. Creeríase que el Marqués, persiguiendo a la dama, deseaba habérselas con Belisario (o tal vez con otro cualquiera), y que al oír nombrar a la Condesa aprovechaba la ocasión.

— La Condesa de San Marcos – repitió –, caballerito, le prohibo a usted dudar del honor de esa señora.

— Esas prohibiciones, señor Marqués, no se hacen en la sala de palacio.

— Será, pues, en otro terreno –, replicó el Marqués, entregando su tarjeta y siguiendo su camino, después de un saludo displicente. Los jóvenes quedaron solos.

— Ahí tienes – dijo Alberto –, el compromiso que te trae la lengua.

— ¡Bah! Los santos no se baten.

— Pero cuando los santos desafían...

— Si es un pésimo tirador; si un principiante, Pepe Guión, lo bate.

— ¡Pero, cuando los pésimos tiradores se atreven...!

— Te digo que ese duelo no tendrá lugar... ¡pero sonará! procuremos que suene.

Y sonó en efecto, porque a la media hora, toda la concurrencia sabía (todos menos el Conde) que el Marqués de la Represalia se batía en defensa del inviolable honor de la Condesa de San Marcos. No se ocultaba a Belisario que el mejor modo de comprometer el honor de una mujer es batirse por ese honor.

No era llegada a su mitad la noche, cuando, como era de uso, comenzó a retirarse la concurrencia, dándose cita para el Coliseo. Nuestros dos jóvenes resolvieron ir a terminarla al jardín del Noy. Y solo cuando los primeros reflejos del alba asomaban por las lomas de Guanabacoa, decidieron separarse, el uno para ir a la cama y el otro para añadir en su *Libro de la Nobleza* algunas notas que había recogido referentes al Marqués de la Represalia.

# Capítulo IV

## La cuestión ardua

Mas no pudo dormir el pillastre de Belisario Cortés, sin embargo de hallarse trasnochado... como de costumbre.

Su duelo con el Marqués no le preocupaba, habiendo ideado ya el modo de eludirlo. ¡Pero tenía que pensar en tantas cosas profundas! Una de esas cosas profundas, acaso la más importante de todas, era el traje que debía llevar al baile del Coliseo.

Y otra cosa profunda era la triste historia de sus infortunados amores.

¡Ah!... la juventud se le iba, temprano, muy temprano; con ella las ilusiones, los goces, las probabilidades de éxito en aventuras romancescas; y con ella su felicidad, en que no había nada sólido, porque consistía en la satisfacción de contraproducentes apetitos. Los amargos renglones[115] que en su frente trazado había la vida licenciosa, los desengaños que venía recibiendo le anunciaban la hora de retirada, hora siempre terrible para quien aun no la desea. En vano con fingidas ansias ilícitas trataba de disimular el decaimiento prematuro que invadía la materia. En ciertas naturalezas morir para la vida de los placeres es peor que morir en lo absoluto; pero pertenecía al gremio de aquellos que, embriagados por el aparato mundanal, prefieren aparecer felices a serlo en realidad.

Por eso era el traje cuestión de interés capital; y por eso recorría de memoria el libro de un indumentariólogo[116] muy conocido. No quería ser deslucido por ningún marqués o conde, y sobre todo, quería un traje que lo rejuveneciera. He aquí su perpetuo afán: rejuvenocer, sujetar con frenesí aquella florescencia que se le escapaba.

Obligado, por inexorable decreto del tiempo, a abandonar el

---

115    arrugas
116    Especialista en indumentaria (modas)

mundo galante, se retiraba batiéndose, pero sin éxito. Esto exacerbaba su carácter, de suyo díscolo y avieso,[117] hasta convertirlo en imposible; porque es cosa que ataca los nervios tener sed de goces sin freno y hallarse impedido por sutilezas implacables como falta de pecunia[118] y sobra de años.

El tránsito del esplendor a la sombra, es la hora más triste en la vida del hombre, como en la vida de los pueblos y en la vida de los monumentos. O centro de luz o ruina venerable; uno u otro es preferible; el término medio es siempre triste, como el crepúsculo que no tiene el esplendor del día ni la solemnidad de la noche.

Por eso se consolaba exagerando sus triunfos o mintiéndolos. Después de haber tenido la audacia de hacer la corte a la virtuosa Ana Luisa, que le había contestado con el desprecio, fingió amor a Malenita, es decir, Magdalena Valdes, solo porque Ana Luisa la amaba y favorecía. Pero Magdalena, pobre y honrada, aunque caída, también desechó con desdén su dolosa[119] solicitud.

Contaremos a vuela pluma ese chasco[120] de nuestro héroe.

Magdalena Valdés, ya nos lo ha dicho la noticiera Codorniz, era la mujer legítima del pescador Perico el Malagueño, el incansable cantador de coplas callejeras.

Era una hija del pueblo, de bonísimas condiciones, pero había sido seducida y luego vilmente abandonada por un aristócrata, que envuelto en la vorágine de eslabonados placeres, no tenía tiempo para acordarse de ella, ni aun para socorrer en su indigeneia a la impotente madre; porque madre, madre de una niña, había quedado la víctima, de resultas de su devaneo.

Cuando a raíz de su matrimonio, tuvo la Condesa de San Marcos noticia de tan triste suceso, se propuso arrancar aquella alma al abismo y encaminarla al cielo. Buscó a la desemparada, se fue personalmente a Regla, donde con su madre vivía, o mejor dicho, vegetaba. Se horrorizó y condolió al oír su historia, y la detuvo al borde del precipicio fijándole una pensión.

Por entonces se presentó, candidato a su mano, el meritísimo[121] malagueño, pescador de la playa de San Lázaro, hombre que vivía

---

117   intratable y malvado
118   dinero
119   fraudulenta
120   fracaso
121   que tiene muchos méritos, cualidades

contento en su pobreza, porque su industria era productiva. No existiendo el monopolio que tanto tiempo la estancó en provecho de uno solo, se pescaba y vendía libremente, y las riberas de Casa Blanca, Regla y San Lázaro estaban llenas de casuchos de pescadores.[122]

Ana Luisa, de acuerdo con Magdalena, llamó al honrado pescador, le reveló con lealtad el desliz y desgracia de la no culpable, y le dijo:

— Después de todo, es una mujer buena que hará la felicidad del hombre que la ame. Si la amáis, casaos, perdonad y olvidad. Ella lo merece.

— Lo sé, mi señora – contestó el pescador, volteando nervioso el sombrero que tenia en la mano –; y si no fuera por vos que sois tan

---

122  Veamos como Humboldt describe la ciudad que visitó en 1800, aludiendo a algunas de las áreas que Calcagno menciona aquí: «La vista de la Habana, á la entrada del puerto, es una de las mas alegres y pintorescas de que puede gozarse en el litoral de la América equinoccial, al norte del ecuador. [...]. Al entrar en el puerto de la Habana, se pasa por entre el castillo del Morro (*castillo de los Santos Reyes*), y el fortin de *san Salvador de la Punta*: la abertura solo tiene de 170 á 200 toesas de ancho, y le conserva durante tres quintos de milla, saliendo de la boca despues de dejar al norte el hermoso castillo de *San Carlos de la Cabaña*, y la *Casa Blanca*, se entra en una concha en forma de trébol, cuyo grande eje dirigiéndose desde el SSO. al NNE., tiene dos millas y media de larga, y comunica con tres ensenadas, la de Regla, la de Guanavacoa y de Atarés, y en esta última hay algunas fuentes de agua dulce. La ciudad de la Habana, rodeada de murallas, forma un promontorio que tiene por límite, hacia el sur, el arsenal, y hacia el norte, el fortín de la Punta. [...]. Los grandes edificios de la Habana, a saber la catedral, la *Casa del Gobierno*, la del comandante, de la marina, el arsenal, la casa de correos y la fábrica de tabacos, son menos notables por su hermosura, que por lo sólido de su construcción. Las calles son estrechas en lo general, y las más aun no están empredradas. Como las piedras las llevan de Veracruz, y el trasportarlas es muy costoso, habían tenido, poco antes de mi viaje, la rara idea de suplir el empedrado por medio de la reunión de grandes troncos de árboles, como se hace en Alemania y en Rusia, cuando se construyen diques para atravesar parages pantanosos. Bien pronto abandonaron este proyecto, y los viageros que llegaban de nuevo, veían con sorpresa los más hermosos troncos de caoba sepultados en los barrancos de la Habana. Durante mi mansión en la América española, pocas ciudades de ella presentaban un aspecto más asqueroso que la Habana, por falta de una buena policía; porque se andaba en el barro hasta la rodilla; y la muchedumbre de calesas o *volantas* que son los carruajes característicos de la Habana; los carros cargados de cajas de azúcar, y los conductores que daban codazos a los transeuntes, hacían enfadosa y humillante la situacion de los de a pie. El olor de la carne salada o del tasajo apestaba muchas veces las casas y aun las calles poco ventiladas. Se asegura que la policía ha remediado estos inconvenientes y que ha hecho en estos últimos tiempos mejoras muy conocidas en la limpieza de las calles. Las casas estan más ventiladas y la calle de los mercaderes presenta una hermosa vista. Allí como en nuestras ciudades mas antiguas de Europa, un plan de calles mal hecho no puede enmendarse sino muy lentamente. [...].La civilizacion hace progresos, y se asegura que en la tierra más desnuda de vegetales, apenas se ven algunos restos de su abundancia silvestre. Desde la Punta hasta San Lázaro, desde la Cabaña a Regla, y desde aquí á Atarás, todo está lleno de casas, y las que rodean la bahía son de una construcción ligera y elegante. Se forma el plan de ellas y las piden a los Estados-Unidos, como se encarga un mueble cualquiera. Mientras que hay fiebre amarilla en la Habana se retiran los habitantes a dichas casas de campo y a las colinas, entre Regla y Guanabacoa donde se respira un aire más puro. Con la frescura de la noche, cuando los barcos atraviesan la bahía y dejan tras sí por la fosforescencia del agua rastros muy largos de luz, los habitantes que huyen de una ciudad populosa, encuentran en aquellos sitios agrestes un retiro encantador y pacífico» (Humboldt 9-13).

buena, le hubiera partido el corazón al infame.

— Es mejor olvidar – contestó la Condesa, con melancolía, – yo también he olvidado.

— ¿Ha perdonado usted al seductor, señora?

— Sí, he perdonado... a mi marido.

En efecto, su corazón magnánimo había sufrido, había llorado, y luego había tratado de olvidar aquella felonía; bondad tanto más loable cuanto que no sentía íntima adhesión hacia el Conde, ni era amada de su suegra, la Condesa viuda, que, orgullosa y tercamente adherida a viejas rutinas, hubiera que su hijo se uniera a una linajuda[123] heredera, y no a una joya, a un sol de hermosura... burguesa.

Ana Luisa, por su parte, con resignación sobrellevaba aquel desamor de su madre política,[124] que a regañadientes[125] la toleraba, y aquel despego por parte de su marido, a quien podía perdonar en razón del mismo alejamiento que ella también sentía respecto de él.

Perico el Malagueño se casó con la desheredada, prohijó[126] a la hija sin padre, se sintió feliz. Por eso cantaba siempre al compás de sus remos sus canciones que le traían dulcísimo recuerdo de su patria. Era hombre guapo y fornido; pero ignorante y crédulo, sencillo hasta rayar en bonazo. Creía en el fatalismo del número trece y decía: «sola vayas», cuando oía chirriar un ave nocturna.[127] A pesar de eso [tenía] una frente en que brillaba una inteligencia y lealtad dormidas.

Hubo un día en que no cantó ni remó, sino salió a la calle armado de un garrote, y esgrimiéndolo soberbio sobre una cabeza perfumada, gritó:

— Si sigue usted en su pretensión, si vuelve a hacer señas a mi mujer, si vuelve usted a pasar aquí, si vuelve usted...

La amenaza no concluyó, porque Belisario, con heroica prudencia volvió la espalda al garrote y renunció generosamente. Pero el Malagueño era un simple pescador, Belisario era todo un senorito, y resultado de esto fue que al otro día el pescador, sin saber por qué, gemía en la cárcel, y el señorito reía y bebía en el café-jardín del Noy, y

---

123    (despectivo) mujer de linaje noble
124    suegra
125    de mala gana
126    adoptó
127    ¡*sola vayas!* o ¡*solavaya!* es una típica expresión íntima y exclamación de rechazo a que la mala suerte o la desgracia venga a uno a hacerle compañía. Repulsión para con alguien o algo que se expresa sin que ese alguien la escuche. Muy usada en Cuba.

contaba el lance[128], alterándolo muy a su sabor y provecho, aunque sin citar nombres, por temor a complicaciones malsanas.

Ya sabemos, la Codorniz nos lo dijo, que la influencia del Marqués le volvió la libertad.

Tal fue el episodio que nunca supieron sino a medias y desfigurado, ni Alberto, ni Panchita la Calle, ni nadie, más que el autor del hecho y el de esta obra.

Después de meditar mucho la grave cuestión del traje, optó por el muy pintoresco de español a la antigua, sin duda, el más rejuvenescente que puede ofrecer la indumentaria universal. Y apuntó en su cartera o memoria: casaca a lo Luis XIV, con botones dorados y bolsillos laterales; chaleco grande bordado con botones metálicos y chorrera de encajes, asomando por la pechera y las bocamangas; calzón corto con brillante hebilla a las corvas[129]; medias carnicolores o negras; zapato bajo con fulgurante chapa de oro; espadín en tahalí[130], pendiente del chaleco; por sombrero, el vistoso tricornio horizontal con ondulante pluma blanca, flotando sobre el hombro izquierdo, y coronando todo un diamante, que esos son de todas las épocas, y Belisario conservaba una reliquia de tiempos más felices.

En todo eso meditó buen espacio, preocupado e insomne. Vínole luego a las mientes[131] el recuerdo de aquella maldita sota de bastos que en el club Jacobino se había empeñado en vaciarle los bolsillos; y después... blandamente se quedó dormido.

Al día siguiente, se levantó más temprano que de costumbre; esto es, a las diez y media, y se echó a la calle. ¿Para ir a buscar padrinos de duelo? No; para ir a casa del Marqués; ya el duelo había cumplido su objeto haciéndose público; y ¿cómo pensar en batirse con un amigo a quien admiraba y a quien pedía dinero... ya que no podía clavarle un puñal?

Así se lo declaró con la más *ingenua lealtad*.

— Desengáñese, querido Marqués, no se podían batir Hipólito y Therameno,[132] ni Pílades con Orestes.

El Marqués hizo un saludo seco, regocijándose interiormente de aquel desenlace.

---

128  suceso
129  Parte de la pierna opuesta a la rodilla por donde esta se dobla
130  tahalí, talabarte, o tiracuello se llama a la correa, correaje o banda de cuero, cruzada al pecho y utilizada para sujetar y llevar armas blancas, normalmente la espada
131  A la mente.
132  Personajes de la tragedia *Fedra*, de Racine. Al igual que Pílades y Orestes, se trata también de personajes masculinos estrechamente ligados entre sí.

— Además – continuó Belisario –, dicen que soy mal tirador.

— Yo lo soy peor; me hubiera usted matado.

— Mire usted que a mí, Pepe Guión me bate, y es un principiante.

— A mí también... Excúseme usted un momento – contestó el Marqués, dirigiéndose a la pieza contigua y dejándolo solo.

Belisario no necesitó de su presencia, ni de su permiso, para tomar de una riquísima caja un riquísimo vueltabajo[133] y encender y echar humo, como si estuviera en su casa. Examinó al desgaire[134] el cuarto y la mesa con papeles que tenía delante. Allí, un pañuelo marcado con las iniciales A. L., y con corona condal; allí, una carta abierta... Belisario la tomó, vio el sello, también condal, leyó velozmente la firma, y se la guardó en el bolsillo.

Esto, sin pensar que, por la rendija de la puerta, un ojo lo miraba furtivamente.

Entretanto, Alberto escribía en su *Libro de la Nobleza* estas frases: «El Marqués de la Represalia, título ya de moda, aunque de reciente creación; hombre puro, generoso, compasivo; carácter más propio para la iglesia que para los salones. No es un buen predicador, porque practica lo que enseña. [Es] tan flojo tirador, que Pepe Guión lo bate; peor bailador y regular ginete. Usa lentes de oro, y brilla más en los salones de la Habana que en los de Madrid, de donde es oriundo. ¿Enamora a la de San Marcos? Alguno lo cree, pero yo lo dudo. Se dice que se casará con Matilde Contreras; también lo pongo en duda.

Su escudo de armas... no he visto aun su escudo».

---

133  Tabaco de Vueltabajo. Vuelta Abajo (o Vueltabajo) es una región de la provincia de Pinar del Río, Cuba. Comprende la parte más occidental de la isla, bordeada al norte por la Sierra de los Órganos. Es una de las cinco regiones tabaqueras de Cuba. Una gran cantidad de tabaco se cultiva en la región, por lo que «Vuelta Abajo» también puede hacer referencia al tipo de cigarro de alta calidad originario de la provincia de Pinar del Río.

134  desaire en el manejo del cuerpo y en las acciones, que regularmente suele ser afectado

# Capítulo V

## Quién era Represalia

¿Era exacto o siquiera verosímil lo que Alberto apuntaba en su códice? Jamás, a despecho de apariencias, había el Marqués de la Represalia dicho una palabra de amor a Matilde Contreras, ni mucho menos a la Condesa. Visitaba a la primera con asiduidad, es cierto, le dirigía toda clase de atenciones y lisonjas banales. Tal vez le daba derecho a esperar y le permitía creer que había quien estuviera rendidamente enamorado de ella.

¿Con qué idea? El lo sabría; pero como no lo sabían los demás, cada cual formaba comentarios a su antojo, y no [es] mucho [de extrañar] que al ver su coche a la puerta de las dos hermanas, pensaran que visitaba a los de San Marcos que vivían en frente. Buen mozo y elegante era él, noble y adinerado parecía ser. ¿No tenía derecho a aspirar a dama de más atractivos que [a] aquella solterona, sin duda de buena estirpe, de buen nombre, todavía de buen aspecto, pero ya tocando a la edad en que se declina?

Lo mismo le pasaba con respecto a la Condesa, con la diferencia que a ésta ni aún lisonjas vanas le dirigía. La había visto en su morada, en el paseo, en casa de Catalina, de la Codorniz, en palacio, y siempre le había dejado la impresión que pudiera [dejar] el más rígido, inofensivo asceta.

En realidad, el Marqués era un mito. Llegado hacía poco de la Península, y presentado en la sociedad habanera por el Capitán General, mediante la recomendación del bien conocido don Rodrigo del Olivar, y mediante algunas cartas de Madrid, había sido aceptado con la distinción a que sus méritos le daban incontestable derecho. Su conducta, tanto en la Península como en Cuba, se sabía intachable; sus modales y cortesanía eran de la más rigurosa corrección; su respeto a las damas rayaba en cosa ya fuera de uso; jamás palabra ofensiva para hombres; jamás frase irrespetuosa ante señoras. Censuraba acremente esas admitidas o toleradas libertades que parecen llevar la perversa intención de abrir los ojos a las inocentes. Era hombre que no hablaba, por temor de ofender.

Había jurado, y con cándida franqueza lo declaraba, no casar con mujer joven y bonita, porque está más expuesta a las acechanzas. Quería mujer *de peso*; por eso galanteaba a las hermanas Contreras, y por eso, a diario se veía allí ese coche frente a la puerta.

En la exquisita sanidad de sus íntimas sensaciones, nada veía en el amor de esos intereses más o menos mezquinos a que siempre aspiran los amores humanos. El amor no era admisible sino cuando honesto y bien intencionado.

— Es demasiado casto para hombre – solía decir la maliciosa Panchita Calle a su competidora Catuca Guanabacoa.

— No tiene nada de peligroso – decía la Matilde Contreras a su hermana Malvina –, será un marido a pedir de boca.[135]

— Se con... con... confiesa –, tartamudeaba con asombro el baron de X.

— ¡Sí, señores – exclamaba Belisario *escandalizado* –; en esta época de negación y de impiedad, se confiesa con el padre Urquizaeta, el director a la moda, el confesor de nuestra aristocracia pecadora y contrita!

— Es un hombre excepcional – decían los presbíteros Urquizaeta y Caballero –; el ruido mundanal le repugna, y parece que a empujones asiste a paseos y tertulias. Nacido para encaminar a la sociedad, lee en pleno siglo XIX los salmos de David[136], y habla de las virtudes de San Vicente de Paul[137], de la vida ascética de los cenobitas, de la vida eterna

---

135     ideal
136     Los salmos (en hebreo Tehilim, «Alabanzas») son un conjunto de cinco libros de poesía religiosa hebrea que forma parte del Tanaj judío y del Antiguo Testamento cristiano. Está incluido entre los llamados Libros Sapienciales. También se le conoce como Alabanzas o Salterio. Suele encontrarse entre los libros de Job y Proverbios. La cultura cananea influyó sobre los salmos y probablemente también sobre el resto de la literatura hebrea. El rey David, quien según la *Biblia* era poeta (no se cuenta con ninguna otra biografía suya), perfeccionó la organización litúrgica y aplicó un poderoso impulso a la poesía salmódica hasta alcanzar la gran variedad y calidad de los poemas reunidos en este libro.
137     San Vicente de Paúl (Landas, 24 de abril de 1581 ó Tamarite de Litera Huesca, 24 de abril de 1576 - París, 27 de septiembre de 1660) fue un sacerdote francés. Es una de las figuras más representativas del catolicismo en la Francia del siglo XVII. Fue fundador de la Congregación de la Misión, también llamada de Misioneros Paúles, Lazaristas o Vicentinos (1625) y, junto a Luisa de Marillac, de las Hijas de la Caridad (1633). Fue nombrado Limosnero Real por Luis XIII, función en la cual abogó por mejoras en las condiciones de los campesinos y aldeanos. Realizó una labor caritativa notable, sobre todo durante la guerra de la Fronda, una de cuyas consecuencias fue el incremento de menesterosos en su país.

y la salvación, alcanzable solo por la humildad, la devoción y la caridad.

Sin embargo, en ocasiones, aunque raras, solía el Marqués tener sus momentos de romanticismo mundano, en que parecía olvidar su carácter y corresponder a la accidentada época en que había nacido, tercer tercio del siglo pasado. Cuando entre jóvenes del mundo alegre y ocioso, no se esforzaba en edificar, reía y burlaba; era, en suma, hombre de mundo, decidor y comunicativo. Entre damas siempre serio, rígido, grave, como quien fuera ya presa de algún voto o de algún amor inviolable, y de aquí su fama de santo y de intachable. Con ellas, comedido siempre, hasta ser el Quijote de la honestidad como se decía en el Club Jacobino, de que era poco asiduo visitador.

Era observantísimo[138] en ayunar y confesar, asistía con su libro a la iglesia, justamente la que frecuentaba Ana Luisa, y se le veía como austero cenobita, rezar y darse golpes de pecho, cosa ya, al menos entre hombres, caída en desuso.[139] Gozaba del aprecio ilimitado de las gentes de sotana,[140] que se hacían lenguas[141] para enaltecer su insigne piedad y acrisolada conducta. Parecía preferir la iglesia y sus rigores al mundo y sus halagos,[142] y no ocurría suscripción pública o privada, sobre todo si piadosa o patriótica, a la que él no acudiera con rica ofrenda. Daba prudente consejo a los libertinos extraviados: «dejad esa vida de disipación y de ocio», decía a Belisario: «abandonad el juego», aconsejaba al Barón de X; a los cuales había prestado dinero que se presabían incontrables.[143]

Cosa muy rara en su época, compadecía a los africanos y era indiscretísimo abolicionista, lo que constituía entonces la mayor de las excentricidades. Al hablar con un negro libre, empezaba por mandar o suplicar que *se cubriera*, pues era de ley que los de color, aun libres, hablaran al blanco más humilde con el sombrero en la mano.

Levantar al caído, apoyar al débil era su insesante afán: hacía limosnas a las que, para ser santas, solo faltaba que fueran superiores

---

138    observaba con rigor los mandatos de la Iglesia

139    Resulta casi imposible, a pesar de los esfuerzos del narrador-autor por convencernos de la conducta intachable de este aristócrata, no percibir un trasunto del famoso Tartufo, de Moliere. Como este impostor, el marqués resulta ser un devoto extremo, y cuya devoción – verdadero performance – necesita de una audiencia. Pero el lector no debe adelantarse a presuponer nada al respecto, pues la revelación de la historia de este personaje será cualquier cosa menos quizá lo que espera.

140    sacerdotes

141    se complacían en hablar

142    *alhagos* en el original.

143    Imposible de recuperar

a su posición; pero era rico, y esto amenguaba el mérito de ellas.

No hubiera sido un anacoreta[144], porque necesitaba ante todo ser útil a sus semejantes. Vivía para el prójimo, y llevaba el altruismo hasta el grado de rechazar el principio que nos dice: «la caridad bien ordenada comienza por sí mismo.» La máxima le parecía ególatra y anticristiana.

«No salió de la boca de Jesucristo», pensaba, «sino del vulgo necio y egoísta».

En su concepto, privarse de lo superfluo para abastecer de lo necesario al necesitado no es virtud, ni es mérito; es deber. El altruismo, la filantropía, la abnegación, es sacrificar su bienestar al bienestar de los otros, como Cristo cedió su libertad y su vida por la redención de la humanidad.

Con tales creencias, más que aristócrata, parecía un filósofo que estudiaba las costumbres. En los paseos, en las diversiones, diríase que no asistía para gozar, sino para observar y analizar. No jugaba ni bebía; no tenía deudas ni queridas. ¿En qué era noble? Tiraba el florete, pero muy mal: el aprendiz Pepe Guión lo batía. Su lujo era sencillo, mientras deslumbraba su caridad con los pobres, y parecía ignorar que poseía todos los requisitos para lucir y triunfar.

A tal modestia, unía candorosa simplicidad en sus gustos. A veces se le veía llegar a la playa de San Lázaro, cuajada de casuchos de pescadores. Allí entraba en el bote de Perico el Malagueño, y se iba a dar un paseo por las afueras del puerto. Desde que a la intervención oficiosa del Marqués debió su excarcelación, el alegre Malagueño le juró un cariño fraternal, y le cantaba las más bellas coplas de su repertorio andaluz. El Marqués reía, aplaudía y pagaba.

No era vasta su instrucción, en eso sí era noble. Hablaba con más gracia que profundidad, pareciendo resentirse de educación descuidada o tardía. Como hombre de ideas vagas en artes y ciencias, una discusión razonada, un artículo de la *Gaceta*[145], bastaban a hacerle

---

144 La palabra *anacoreta* procede del latín medieval *anachorēta*, y éste del término griego Aνα-χωρέω, que significa 'retirarse'. La definición del término puede tener varios matices, si bien interrelacionados: el de aquél que vive aislado de la comunidad o también para referirse a quienes rehúsan los bienes materiales, y el de alguien que se retira a un lugar solitario para entregarse a la oración y a la penitencia.

145 Juan José Sánchez Baena nos dice que en 1809 «apareció el *Mensajero Político, Económico-Literario de la Habana* [...], de la imprenta de Pálmer, con una periodicidad bisemanal, cuyo director era José Antonio de la Casa.» Él añade que «[s]egún Trelles, en diciembre de 1811 se convirtió en *La Gaceta diaria y Mensajero político literario de la Habana*[»] (Sánchez Baena 94). Es, pues, probable que sea a ésta última a la que se menciona aquí.

cambiar de opinión. Si se lanzaba a terciar[146] en asuntos fuera de su
alcance era sofístico[147] a veces, lógico pocas, sin credo prefijo como, si
estudiante imberbe, se inspirara en el último libro leído. De francés
sabía lo suficiente para pedantear, y a menudo citas de segunda mano
y estudiadas frases de relumbrón[148] ornaban cual joyas de similor[149]
sus breves discursos. Era de notarse que, ajeno a nuestros provincia-
lismos, pronunciaba la C y la Z como en Madrid y Toledo, pero
parecía novel y afectado en ello, tanto que muy a menudo se le esca-
paban un *sapato* y un *corazón cubanos*. Libros pocos y mal escogidos,
eran los que se veían en su cuarto: allí, sobre su mesa, siempre a su
vista, un pañuelo de fina batista[150], con las letras A. L., bajo corona
condal, y aunque era pañuelo de mujer, ninguna malicia revelaba,
cuando con tal negligencia se dejaba a la vista. Allí también, junto al
lugar antes ocupado por aquella carta que Belisario había sustraído,
se veía un papel escrito en signos convencionales, logógrifo inteligible
solo para el que lo escribe, o para aquel a quien se escribe.

Tal era el extraño forastero que fijaba la atención en la Habana,
por los primeros meses del año 12. Sin ser modelo para escultores, su
apariencia personal era agradable, y la realzaban sus correctos modales; ni un ápice de barba, el pelo siempre al ras, su andar pausado,
su vestir modesto. Sus labios gruesos, cejas pobladas, pupilas negras
y expresivas, lo revelaran capaz de pasiones vehementes, si su boca y
su proceder no las rechazaran.

En suma, valía más su moral que su físico, como que se le veía
sereno ante los fuertes, dulce ante los humildes, rígido con los pusi-

---

146   intervenir
147   De *sofista*. El término sofista, del griego *sophía* (σοφία), «sabiduría» y *sophós* (σοφός),
      «sabio», es el nombre dado en la Grecia clásica al que hacía profesión de enseñar la sa-
      biduría. *Sophós* y *Sophía* en sus orígenes denotaban una especial capacidad para realizar
      determinadas tareas como se refleja en la *Ilíada* (XV, 412). Más tarde se atribuiría a quien
      dispusiera de «inteligencia práctica» y era un experto y sabio en un sentido genérico.
      Sería Eurípides quien le añadiría un significado más preciso como «el arte práctico del
      buen gobierno» (Eur. I.Á.749) y que fue usado para señalar las cualidades de los Siete
      Sabios de Grecia. Sin embargo, al transcurrir el tiempo hubo diferencias en cuanto al sig-
      nificado de *sophós*: por una parte, Esquilo denomina así a los que dan utilidad a lo sabido,
      mientras que para otros es al contrario, siéndolo quien conoce por naturaleza. A partir
      de este momento se creará una corriente, que se aprecia ya en Píndaro, que da un cariz
      despectivo al término sophós asimilándolo a «charlatán». Es con este último significado
      que el autor califica de *sofístico* al marqués.
148   para impresionar
149   Aleación que se hace fundiendo cinc con tres, cuatro o más partes de cobre, y que tiene
      el color y el brillo del oro. Esto nos lleva a la idea de la joya que para por auténtica, de
      oro puro, y no lo es.
150   Tela muy fina de lino o algodón

lánimes. Oyendo contar el sitio de la Habana por los ingleses, condenaba al inepto Juan de Prado[151], y sin embargo aplaudía al bondadoso Carlos III[152], que de su peculio privado pagaba una pensión
secreta al caído. El heroismo de Guzmán el Bueno[153] fue para él acto
de barbarismo no excusable ni en su época; la quema de las naves por
Cortés,[154] si cierta, un acto de bandido.

---

151    Juan de Prado Portocarrero. Gobernador de La Habana al producirse la invasión de los
ingleses. Oscar Zanetti comenta que «[l]os desaciertos y la flaqueza del gobernador Portocarrero [...] y de los principales jefes hispanos que condujeron a la capitulación de la
plaza, contrastaban con la combatividad demostrada por las milicias criollas y, en particular, las fuerzas locales al mando del regidor José Antonio Gómez, quien murió poco
después de haber sido destituido por el mando español.» Ver: «Ataque y ocupación
inglesa de La Habana» en: Oscar Zanetti. *Historia mínima de Cuba* (2013). Como ocurre
con frecuencia en la historiografía cubana, Zanetti contrapone el valor de «las fuerzas
locales» – léase *criollas* – a la ineptitud y la cobardía de los «hispanos» - en realidad *españoles*, o *peninsulares* – con lo que se sugiere, claro, la emergencia, aun si solo en ciernes,
de una identidad que va hacia lo cubano. Esta narrativa no toma en cuenta que en todo
caso los españoles no fueron capaces de defender los intereses de la corona, del poder colonial, mientras los criollos sí. Porque esas *fuerzas locales* defendían, en última instancia,
el poder colonial que representaban.

152    Carlos III de España (Madrid, 20 de enero de 1716-ibídem, 14 de diciembre de 1788). En
política interior, intentó modernizar la sociedad utilizando el poder absoluto del Monarca
bajo un programa ilustrado. Al finalizar la ocupación inglesa en 1763, España volvió a
gobernar en toda la isla de Cuba, pero de una forma diferente a como lo había hecho
antes. En la segunda mitad del siglo XVIII surgió el Despotismo Ilustrado y el rey Carlos
III de España, bajo la influencia de ese movimiento, inició una serie de reformas económicas, políticas y sociales en su país y en las colonias. Debido a esos cambios, España envió
a Cuba capitanes generales y altos funcionarios que se destacaban por su cultura e inteligencia, entre ellos el Conde de Ricla que gobernó en Cuba de 1763 a 1765, el Marqués
de la Torre que gobernó de 1771 a 1776 y Don Luis de las Casas que ocupó el gobierno
de 1790 a 1796 y fue uno de los representantes más destacados del Despotismo Ilustrado
en Cuba. Todas estas obras, como de costumbre, fueron costeadas con fondos procedentes
de México, lo que hizo que circularan grandes cantidades de dinero en La Habana. El
trabajo de construcción de estas inmensas moles de cantería recayó sobre los hombros de
esclavos y presidiarios. Los amos alquilaban al gobierno, algunos de sus esclavos, para
que trabajaran en las construcciones, y de otras colonias españolas se trajeron unos mil
presidiarios para esas labores. Más de 4000 hombres fueron empleados en estas obras. Se
comprenderá, pues, para quiénes fue *bondadoso* Carlos III.

153    Guzmán el Bueno (sobrenombre de Alfonso Pérez de Guzmán, León, 24 de enero de
1256 – Gaucín, 19 de septiembre de 1309), señor de Sanlúcar de Barrameda, fue un
militar y noble leonés, fundador de la casa de Medina Sidonia, formada por su descendencia por vía masculina.

154    Hernán Cortés fue un conquistador español que lideró la expedición que causó el final
del Imperio azteca y la conquista de México también puso bajo gobierno de la Corona
de Castilla el territorio del actual México a principios del siglo XVI. Por sus éxitos, Cortés
fue nombrado primer marqués del Valle de Oaxaca, gobernador y capitán general de la
Nueva España. Lo de la «quema de las naves» no es cierto. Ver la nota «Hernán Cortés
no quemó sus naves» en *ABC.es*: «Una leyenda urbana histórica que ha terminado convirtiéndose en tópico literario. Los dos cronistas contemporáneos de la conquista de
México (Francisco López de Gómara y Bernal Díaz del Castillo) son claros al respecto:
Cortés barrenó (abrió agujeros para que entrase el agua) en los buques con el fin de hun-
dirlos y expresar a sus soldados que no había vuelta atrás. Las llamas parece que fueron
un invento del historiador del s. XVI Juan Suárez Peralta, con el evidente objetivo de
embellecer el episodio.»

Empero, como en otras ocasiones, entre hombres de determinado círculo, enaltecía el amor de cualquier género como alma de la humanidad, nada extraño que divergieran las opiniones ante el inexplicable dualismo, y que muchos, la generalidad, lo juzgaran la honradez personificada; otros, muy pocos, la hipocresía en persona. El corrompido Belisario, su deudo, solía decir para sí: «Bajo esa capa se abriga un bebedor: no es un Francisco de Paula[155] sino un Tartufo». Lo que prueba que había leído a Moliere[156] o de oídas conocía ese tipo.[157]

Conforme al parecer de Alberto, su nobleza no podía ser antigua, por lo que lo creía palatino revalidado; es decir, uno de aquellos títulos de breve pontificio, fáciles en Italia. Es que de su sanidad de costumbres respondía, pero su origen ignoraba, el don Rodrigo Olivar que lo conoció, decía, en los salones de Madrid, y fue su introductor en Cuba. Don Rodrigo, ya lo digimos, había sido en otra época mayordomo del opulento Juan Pérez, y entonces se le llamaba Rodrigo el Curro, lo que prueba su origen gaditano.[158] A la sombra de aquel allegó[159] caudal y se llamó entonces D. Rodrigo Olivar. Siempre bajo la protección del bueno de Juan Pérez, casó con rica heredera, tuvo cafetal, potrero, casa propia en la Habana y carruaje ídem; y aquí tenemos ya al Señor D. Rodrigo del Olivar y de la Fontanilla, caballero de la ínclita[160] orden de San Juan de Jerusalén[161], español rancio[162],

---

155  San Francisco de Paula (Paola, Provincia de Cosenza, región de Calabria, Italia; en español Paula), 27 de marzo de 1416 — Tours, 2 de abril de 1507) fue un eremita, fundador de la Orden de los Mínimos y santo de la Iglesia Católica de la región sureña de Calabria en Italia. Respecto a la comparación con Tartufo, el lector recordará lo que ya habíamos comentado al respecto.

156  Jean-Baptiste Poquelin, llamado Molière (París, 15 de enero de 1622 - ibídem, 17 de febrero de 1673), fue un dramaturgo, humorista y comediógrafo francés. Considerado el padre de la Comédie Française, sigue siendo el autor más interpretado. Despiadado con la pedantería de los falsos sabios, la mentira de los médicos ignorantes, la pretenciosidad de los burgueses enriquecidos, Molière exalta la juventud, a la que quiere liberar de restricciones absurdas. Muy alejado de la devoción o del ascetismo, su papel de moralista termina en el mismo lugar en el que él lo definió: «No sé si no es mejor trabajar en rectificar y suavizar las pasiones humanas que pretender eliminarlas por completo», y su principal objetivo fue el de «hacer reír a la gente honrada». Puede decirse, por tanto, que hizo suya la divisa que aparecía sobre los teatritos ambulantes italianos a partir de los años 1620 en Francia, con respecto a la comedia: *Castigat ridendo mores*, «Corrige las costumbres riendo».

157  ¿De quién proviene la expresión despectiva hacia Moliere? ¿Del narrador? ¿Acaso del propio autor? ¿O de los dos? Como ya vimos, el autor explícitamente se identifica con el narrador, de modo que narrar y escribir (como autor) vienen a ser casi lo mismo.

158  de Cádiz

159  acumuló

160  ilustre, afamada

odiador de Napoleón y los afrancesados, introductor y admirador del Marqués de la Represalia, a quien algunos creían que explotaba, porque el vulgo no fácil perdona al que fue vulgo y dejó de serlo.

Olivar de la Fontanilla era hombre agradecido. Recordaba, y con espontánea ingenuidad declaraba los inmensos favores que debía a Juan Pérez, y hasta miraba con frialdad al Conde de San Marcos, solo por aquella historia del garrotazo, acaecida hacía sobre tres años, y que ya el mismo Juan Pérez parecía haber dado al olvido.

Hemos nombrado repetidas veces a ese Juan Pérez, y es hora de presentarlo a nuestros lectores. Hay que ir a buscarlo a su cafetal, porque ya no visita como en otros tiempos la sociedad elegante.

---

161  La Soberana Orden militar y hospitalaria de San Juan de Jerusalén, de Rodas y de Malta, más conocida como la Orden de Malta, es una orden religiosa católica fundada en Jerusalén en el siglo XI por comerciantes amalfitanos. Nació dentro del marco de las cruzadas y desde un principio, junto a su actividad hospitalaria, desarrolló acciones militares contra los ejércitos musulmanes (inicialmente árabes, y más tarde también turcos). Para organizar y canalizar los fondos donados, desde el siglo XIII se fundaron Prioratos o Grandes Prioratos, bailiajes y Encomiendas. Desde un principio el poderío de la Orden vino de las propiedades administradas por estos en Europa. Su doble vocación (militar y religiosa) le ha permitido tener más simpatizantes que las organizaciones puramente eclesiásticas. En 1301 la Orden instauró un elaborado sistema de sus posesiones basado en las «Lenguas», que eran grupos geográficos de Prioratos. Desde 1492 existen ocho Lenguas: Provenza; Auvernia; Francia; Italia; Aragón-Navarra; Inglaterra; Alemania; y Castilla-León-Portugal.

162  «español rancio» puede indicar español antiguo, con limpieza de sangre, y también conservador, militante guardián de la tradición

# Capítulo VI

## En el cafetal

amino de Alquízar[163] a la Habana, sobre el lado izquierdo, interrumpiendo la verde cerca de piñones, se ve una gran portada de hierro figurando un frontis de iglesia, y a la parte superior un letrero en caracteres góticos que dice: *Cafetal la Concordia.*[164]

---

163    Alquízar es un municipio y ciudad localizado en la provincia cubana de Artemisa. Hasta finales de 2010 perteneció a la Provincia de La Habana. El poblado de Alquizar fue fundado en 1616, y es la población más antigua de la actual provincia de Artemisa. En la entrada sobre Alquízar de su Diccionario, escribe Pezuela: «Partido de 2.ª clase de la jurisdicción de San Antonio de los Baños, cuya superficie mide una extensión de 1,081 caballerías de tierra cuadradas, que limitan por el N. con los partidos de Vereda Nueva y Ceiba del Agua; por el O. con la jurisdicción de Guanajay, por el S. con el mar de la costa meridional, y por el E. con el partido de Güira de Melena, que, como aquellos, pertenece a la misma jurisdicción de San Antonio de los Baños. Recibe su nombre este partido del pueblo de Alquizar que le sirve de cabeza [...] y además de esa población, contiene su territorio los caseríos del Palenque y Guanimar [...]. Los terrenos de este partido de excelentes condiciones para toda clase de cultivos son llanos y están casi enteramente desmontados. En las inmediaciones de la capital, fueron los que a principios de este siglo [XIX] obtuvieron la preferencia para el cultivo del café, al cual vinieron a dar impulso por ese tiempo los emigrados franceses de Santo Domingo. Las llanuras, de Alquízar, ligeramente accidentadas y casi cubiertas de aquellos arbustos, perennemente verdes conservan aun un gran número de fábricas, de las que se alzaron en aquella época» (Pezuela 1, 12)

164    En el tomo 2 de sus *Memorias sobre la historia natural de la isla de Cuba,* Felipe Poey menciona una cueva de agua dulce del cafetal La Concordia, «a dos leguas de Alquízar» (*Memorias* 100). Fredrika Bremer visitó y se hospedó en este cafetal. En la carta XXXVI, fechada a 23 de Abril en Santiago de los Baños, Bremer escribe que le había enviado una carta de presentación a Don Idelpfonso «que vive no lejos de aquí, 'en su cafetal en Alquízar'» (*Homes of the New World* 192). Bremer continúa la carta, ya en La Concordia, el 27 de abril (193). En efecto, luego de su visita a Miranda, este le facilitó su propia volanta en la que Bremer al cafetal La Concordia, de Madame C., la cual no se encontraba en ese momento en su casa en la plantación. Don Félix, un «caballero cortés,» la recibió con «cortesía española» y le habó de Madame C. «con expresión de adoración.» Brener recuerda a Madame C. hablándole de sus esclavos de esta manera. Vale la pena citar en extenso: «A estas pobres criaturas cuya suerte es tan dura, que trabajan para nosotros, y que tienen tan pocas posibilidades de libertad y felicidad, ¿no deberíamos aliviarles su suerte y endulzarles la vida por todos los medios en nuestro poder? No soporto ver sufrir ninguna cosa – ni siquiera a un animal. Me consuela saber que mis negros me tienen cariño. Yo les tengo cariño, y siempre los he hallado leales, y ansiosos de hacer todo lo que les pido. No son difíciles de manejar en modo alguno, una vez que ven que la gente realmente desea su bien, and desea ser razonable y justa con ellos. Nunca permito los azotes en esta plantación sin mi expreso permiso. Los mayorales son hombres rudos, sin educación, y a menudo golpearán a un negro en un arranque de pasión, o por estar de

Tras ella se dilata la avenida de entrada, formada por dos paralelas de palmas, interpoladas de naranjos, mientras bordaban las orillas, entre los redondos fustes de las palmeras, dos líneas de piñas cuyo dorado fruto nunca dignamente alabado, ni aún por nuestro Zequeira, parece creado para bocas más delicadas que la del hombre.

A uno y otro lado, los cuadros de cafe sombreados por árboles frutales de toda especie. El café, a diferencia de la caña, pide poco sol, y el terreno se utiliza doblemente para plátanos y frutas. Cuando aquellos naranjos se cubrían de azahares y cuando los cafetos se engalanaban con sus florecillas blancas, tan menudas que parecía haber nevado sobre ellas, la finca era un paraíso más bello que el ideado por Mahoma.[165]

El partido de Alquízar era entonces uno de nuestros grandes centros de producción en el ramo. El poblado fundado en 1616, bajo el gobierno del Maestre de Campo que le dio su nombre, ocupa el centro de un cuartón fertilísimo, pero su prosperidad no empezó hasta fines del siglo pasado, cuando los cafetales igualaban en producción y valor a los ingenios, y aun eran preferidos por requerir menos brazos; prosperidad que duró hasta el ano 37, en que el Brasil empezó a dar cafe casi de balde.[166]

Ya se conocía la aromática semilla en Cuba desde que en 1748 la trajo un don José Gelabert, de Santo Domingo, y la cultivó en el Ubajay para extraer aguardiente, pero no tomó incremento sino cuando la revolución de Santo Domingo envió numerosos emigrados franceses a enriquecer y mejorar nuestra agricultura. La catástrofe dominicana fue la exaltación de nuestra industria agrícola.[167]

---

mal humor. Esto no debiera permitirse. Cuando un negro es culpable de alguna ofensa que merece castigo, se me informa, y determino el castigo. Si hay que usar el látigo, tiene que usarse sin pasión, y solo cuando la amonestación y la reprimenda han demostrado ser ineficaces. Mis negros están unidos a mí porque saben que no permitiré nunca que sean maltratados» (203)

165    La evocación sugiere una nostalgia no solo del cafetal, sino también de la colonia asociada a esa *concordia*.

166    en abundancia

167    Por su parte Antonio de Gordon, en 1895, en una ponencia leída en una de las sesiones de la Academia de ciencias médicas, físicas y naturales de La Habana expresó lo siguiente: «En 1748 se introdujo el café en Cuba por don José Antonio Gelabert, Contador Mayor de Cuentas, que lo importó de Santo Domingo, fundándose el primer plantío ó cafetal en Wajay, con el objeto de destinar la semilla que se obtuviese á la infusión y la pulpa y corteza del fruto á fabricar aguardientes. En virtud de la inmigración de los colonos franceses que vinieron en 1780 de la Isla Española, se fomentó de modo notable el cultivo de la planta. En 1796 apenas había ocho ó diez cafetales en la Isla; en 1800 existían ochenta en Occidente, siendo así que en 1846 se contaban en esta parte 1670,—580 en Oriente y 78 en el departamento Central. Exportó Cuba la mayor cautidad de café el año 1840, la

¡Qué fincas las de aquellos tiempos!, suelen todavía decir nuestros viejos de hoy. El mal estado de los caminos en muchos casos obligaba a los dueños a residir en sus propiedades, y ser sus propios administradores, y como era natural, porque la producción respondía, se rodeaban de todos los elementos para una vida sibarítica, cuya base principal era la comodidad doméstica y privados goces materiales.

El dueño de la Concordia era don Juan Pérez Labastida, que apellidaban el *Apaleado*. A tan vulgar apodo el lector espera tosco personaje, algún sórdido traficante de esclavos, algún facineroso disfrazado de caballero, como pululaban en la época. Pues, nada de eso; Juan Perez era el hombre más sencillo, más recto y más longánimo[168] que se ha conocido.

Su posición le permitía favorecer a sus empleados, y más de uno enriqueció a su amparo. Dígalo Rodrigo Olivar que le debía toda su fortuna.

Había estudiado en el Seminario[169] con Varela y bajo Vélez,[170]

---

que ascendió á dos millones ciento cuarenta y tres mil quinientas setenta y cuatro arrobas; ya en 1861 sólo fué de seiscientos setenta y dos mil ochocientos ochenta, que produjo una entrada de dos millones veinte y tres mil trescientos pesos, bajando luego considerablemente. Es de sentir la disminución del cultivo, pues según los trabajos estadísticos de los señores Mulhall y Antou Hirstendahl, como excepción de lo que ha pasado cou otros productos, ha subido notablemente el precio del café, si se le compara con lo que era hace 50 años» (De Gordon 305). Como puede verse, contra lo que afirma Calcagno de que la prosperidad del cultivo del café había caído hacia 1837, Antonio de Gordon señala 1840 como el año de mayor exportación del café cubano.

168    benigno, generoso
169    Seminario de San Carlos y San Ambrosio, de La Habana. El Colegio de San Ambrosio fue fundado en 1689 por el obispo Diego Evelio de Compostela, en una casa contigua a la suya, en la calle llamada Compostela en honor al obispo, y en la que estudiarían como matrícula inicial doce niños varones, pobres, entre los cuales se despertó la vocación religiosa, a fin de promover luego la carrera sacerdotal. En tiempos del obispado de Gerónimo Valdés, al colegio de San Ambrosio se le adicionarían las Cátedras de Moral, Filosofía y Cánones y poco después se denominaría Colegio Seminario de San Carlos y San Ambrosio, en honor al Rey Carlos III de España, quien en 1777 le concedió el título de Conciliar, igualándolo a los seminarios españoles. El edificio no era entonces el que es hoy, sino una construcción similar, comenzada a componer en 1700 por los miembros de la Compañía de Jesús y concluida definitivamente en 1767, poco antes ser expulsados del imperio. El obispo siguiente, el famoso Juan José Díaz de Espada, además de agregarle al seminario ciertas reformas constructivas, instruyó la formación de las cátedras de Química y Botánica, y un gabinete de Física. Durante el obispado de Díaz de Espada, el colegio alcanzó tal renombre científico, que ni la universidad podía competir en cuanto al saber avanzado de la época. En opinión de Emilio Roig de Leuchsenring, sería este el período de más brillantez del Seminario.
170    Félix Varela y Justo Vélez. Félix Varela y Morales (La Habana, Cuba, 20 de noviembre de 1788 - San Agustín, Florida, Estados Unidos, 25 de febrero de 1853) también conocido como el Padre Varela, fue un sacerdote, maestro, escritor, filósofo y político cubano que tuvo un importante desempeño en la vida intelectual, política y religiosa en la Cuba de la primera mitad del siglo XIX. El padre Varela es considerado uno de los forjadores de

aunque sin seguir carrera literaria, y había viajado por mar hasta
Regla y por tierra hasta Villaclara y Puerto-Príncipe; como que su
padre había sido en sus mocedades tratante de ganado.

Excepción en su época, sus esclavos lo amaban, y con tierna solicitud, con el gorro de lana burda en la mano, y vestidos con el tosco
traje que llamamos esquifación,[171] venían a saludarlo cuando llegaba
de la Habana. Él oía sus quejas con imparcial afabilidad, recom-
pensaba, cosa no común, a los más diestros y fieles, limitaba las atri-
buciones del mayoral, requería al contramayoral si demasiado rígido;
al mayordomo, si demasiado económico. Jamás un caso de sevicia; por

---

la nación cubana. Estudió en el Real y Conciliar Colegio Seminario San Carlos y San
Ambrosio de La Habana destacándose por sus estudios y su vocación seminarista. Al
mismo tiempo Varela comienza a estudiar en la Universidad de La Habana y a los 19
años, debido a su empeño, recibe cátedras de sus propios profesores. A los veinticuatro
años es nombrado profesor de Filosofía, Física y Ética en el seminario habanero. Allí
prepara el primer laboratorio de Física y Química del país. El Padre Varela da una importancia capital a los métodos de aprendizaje y utiliza sistemas innovadores para su
época. El padre Varela formó a los más destacados hombres de su época tales como José
Antonio Saco, Domingo del Monte, José de la Luz y Caballero, sin embargo su extensa
labor no se limitó a la enseñanza, también fundó la primera Sociedad Filarmónica de La
Habana, formó parte y trabajó para la Sociedad Económica de Amigos del País, y escribió
obras de teatro y de filosofía. En cuanto a Justo Vélez, también enseñó una de las cátedras
del Seminario. En 1816 la Sociedad Patriótica propició la creación de la cátedra de economía en el Seminario de San Carlos, para la que Vélez fue designado. Éste «la orientó
de tal manera que fuera útil en el desarrollo agrícola y comercial de Cuba y le permitiera
salir del aislamiento an que la tenía reducida la metrópoli. Vélez enseñaba en sus clases
las teorías de Adam Smith y su libro *La riqueza de las naciones...*» (Aguilera Manzano
85).

171   Ropa de los esclavos, como puede verse en este pasaje de la autobiografía del esclavo Juan
Francisco Manzano: «Al quinto día me sacaron fuera, me vistieron mi esquifación, y
trájose la cuerda nueva» (Manzano 100). En el Reglamento de esclavos de 1842, el artículo
7 especifica: «Deberán darles también dos esquifaciones al año en los meses de diciembre
y mayo, compuestas cada una de una camisa y calzón de coleta o Rusia, un gorro o sombrero o pañuelo; y en la de diciembre se les añadirá alternando, un año una camisa o cha-
queta de bayeta, y otro año una frazada para abrigarse durante el invierno» (Pichardo
I, 319). Al igual que ocurriría luego en los campos de concentración, la vestimenta marca
jerarquías, y sobre todo las intensifica. Resulta, pues, significativo, que veamos reaparecer
el esquifamiento del esclavo en el presidiario cuando se publica la *Memoria del Presidio
de la Isla de Cuba en 1899*, es decir, cuando el país estaba bajo la ocupación estadounidense:
«Para la vida común de los penados rigen varias disposiciones reglamentarias que tienden
á su mejor bienestar y más saludable condición individual. Desde el momento que el
Estado atiende sin restricción al vestuario de los reclusos no se les permite que usen otras
prendas que las señaladas para su uniforme, pues de otra manera, cada uno iría vestido
y calzado á su antojo, desapareciendo el buen efecto que resulta al presentarse con
simetría toda colectividad, *aparte del conocimiento que la igualdad en el traje patentiza para
hacer resaltar la condición del penado*» (*Memoria del Presidio* 24) (énfasis mío). El Estado
ha asumido el lugar que dejó vacante el dueño de la plantación. Al igual que en la plantación, en el presidio la vestimenta, la esquifación (19) no responde a un mero deseo de
uniformidad, sino más bien al poder racista que se auto-significa y afirma al hacer resaltar
para el esclavo-presidiario su total sujeción a la voluntad de un poder intrínsecamente
racista. La vestimenta debía ser, pues, como un espejo en que el sujeto solo pudiera verse
*resaltado* en su anulación.

eso ni uno solo de los suyos pensó unirse al famoso Antonio Aponte, que ya había escapado de la Habana, y hacía sonar su nombre y sus fechorías por lejanos contornos.[172]

Si acaso de alguno se recelaba era de la mulata Anacleta o Mama Creta, antigua esclava ante quien enmudecía el mismo amo como si se reconociera injusto con aquella cuyo primer hijo había sido su hermano de leche.

La Anacleta o Mama Creta que era por sí clara como hija de mulata y blanco, había tenido otro hijo con un vizcaíno[173] empleado de la finca, cuyo hijo, que llamaban Hipólito Marañón, era casi blanco, pues bien se sabe que los hijos de vascongado[174] y mulata sacan más del padre que de la madre y se acercan más a Europa que a África. Ese hijo, por servicios de la madre,[175] se había criado con cierta tolerancia y amplitud no concedida a esclavos, y hasta considerada inconveniente donde hay otros esclavos que envidien.

Era el Hipólito Marañón inteligente y travieso; de muchacho gran jinete y diestro trepador, y tanto que debía su apodo Marañón a una caída con descalabro de cabeza, un día que se encaramó en una mata de marañón. Y de este era de quien sordamente se murmuraba que se había incorporado a las hordas de Aponte, y de quien se temía que

---

172   La descripción de la relación del dueño del cafetal La Concordia con sus esclavos le recordará al lector puntualmente la que a su vez Madame C – dueña también del cafetal La Concordia – le había hecho a su vez a Bremer. ¿Se tratará de una mera coincidencia? ¿O habrá Calcagno usado la correspondencia de Bremer como fuente para su novela? Esto último me parece bastante probable por otra no menos extraña coincidencia. Regresemos, pues, a la misma carta de Bremer que citamos antes. Maravillada por la idílica relación con sus esclavos que le había hecho Madame C. – por supuesto, ahí mismo el horror no podía estar más a la vista; que Bremer no lo viese nos permite entrever ese pozo de infamia sin fondo que es nuestra humanidad – la viajera sueca, impresionada, exclama: «Entonces no es verdad,» dije yo, triunfamente, «lo que me han dicho de la ingratitud de los negros; y que en las revueltas de esclavos de 1846, los amos más nobles fueron los que primero asesinaron sus esclavos.» «¡Ah, no!,» respondió Madame C., «una conducta tal no está de acuerdo con la naturaleza humana! Sucedió que en ese mismo momento en que yo estaba bastante sola con mis negros, y fueron ellos los que vigilaron mi seguridad» (Bremer 203-04). Desde luego, la rebelión de Aponte (1812) ocurrió cronológicamente antes que la llamada conspiración de La Escalera (1844), que es a lo que se refiere Bremer. Por otra parte, Calcagno escribe medio siglo después de la publicación de las cartas de la sueca. Ella, pues, no podía aprovecharse de la novela para ficcionalizar su estadía en La Habana, pero Calcagno sí pudo usar el recuento de Bremer y ficcionalizarlo en la novela. No obstante, al final poco importa si algo o nada de esto ocurrió, o sí o no fue todo una mera coincidencia. Lo que importa es el motor de esa narrativa encaminada a adormecer los miedos de los dueños de esclavos. En ese *miedo* que, mientras más exorcizado, más saca la cabeza quizá debamos reconocer al esclavo que nada puede sujetar definitivamente.
173   de Vizcaya
174   Vascongado, porque era de Vizcaya, uno de los territorios del país vasco.
175   Es decir, en pago a los servicios de la madre

tratara de inficionar la dotación de la Concordia.

Hipólito, destinado al servicio doméstico, había cumplido veinte años sin salir de las fincas, y sin separarse de Mama Creta, quien por haber sido ama de leche de su amo gozaba, como su hijo, privilegios de liberta.

Pero de pronto adustecióse[176] el carácter de Juan Pérez: llegó un día de la Habana, de mal genio, dio audiencia a sus esclavos, no se ocupó en perdonar faltas, y dos días después, contra lo que acostumbraba y sin permiso de la pobre madre, envió al Marañón para la ciudad, con el pretexto de que lo necesitaba para su servicio particular. En vano suplicó Mama Creta; ¡era cosa tan común y tan admitida separar los hijos de las madres! El poeta esclavo Juan Francisco Manzano (él lo cuenta en su autobiografía) a los ocho años de servicio en la Habana vuelve a Matanzas a ver a su madre y a conocer a sus hermanos nacidos después de su ausencia.[177]

---

176   se volvió severo
177   Ya citamos la autobiografía de Manzano. Juan Francisco Manzano nació en La Habana en 1797. Era esclavo negro de la marquesa de Jústiz de Santa Ana, por lo que recibió el apellido del esposo de ésta, Juan Manzano, si bien fue hijo de María del Pilar, una de las esclavas predilectas de la Marquesa, y de un mulato esclavo de la casa, Toribio Castro, famoso por sus habilidades con el arpa. De niño recitaba de memoria sermones, el Catecismo, loas y entremeses aprendidos en las misas y representaciones de ópera a las que asistía acompañando a sus amos, que se portaban benévolamente con él y le permitían corretear por la casa. Su suerte cambió al morir la dueña y pasar al servicio de su pariente, la marquesa de Prado Ameno, quien eliminó todas sus prerrogativas y lo trató con crueldad.
      En 1818, Nicolás de Cárdenas y Manzano, segundo hijo de la marquesa, lo acogió. Fue entonces cuando el esclavo aprendió a leer y escribir. En los libros de su nuevo amo también estudió Retórica. Con un permiso – necesario debido a su condición social - pronto publicó sus versos en el volumen lírico *Cantos a Lesbia* (1821), hoy perdido, al igual que sus nanas y décimas, divulgadas en Matanzas anónimamente. Igual fortuna corrió el poemario *Flores pasajeras*, compuesto hacia 1830, y también buena parte de la producción que apareció de forma esporádica en periódicos de la época, si bien se salvaron algunas. Entre los años 1837 y 1838 colaboró en las revistas *El Aguinaldo Habanero* y *El Álbum*. Otra obra de Manzano extraviada es la segunda parte de su autobiografía, Apuntes autobiográficos que escribió con su propia y rudimentaria otrografía, ya que se negaba la más elemental instrucción a los esclavos; esta segunda parte fue sospechosamente pérdida en manos de Ramón de Palma. La primera fue escrita en 1839 por iniciativa del activo animador cultural Domingo del Monte (1804-1853), quien se la había pedido para que formara parte de una serie de alegatos antiesclavistas entregados al comisionado inglés, el abolicionista Richard Madden. En 1849, traducida por el mismo Madden, la *Autobiografía* se publicó junto a algunas de sus poesías con el título *Poems by a slave in the Island of Cuba, recently liberated...* En ese mismo año, se tradujeron al francés algunos fragmentos de estas memorias y varios sonetos. «El esclavo es un hombre muerto», escribe en dicha obra. La relación de Manzano con Del Monte fue crucial. Al escuchar en su tertulia matancera el soneto «Mis treinta años,» escrito por el esclavo, inició, secundado por Ignacio Valdés Machuca, una colecta para comprar su libertad, que obtuvo en 1837 por la cifra de quinientos pesos. Pero esta relación le costó a Manzano la implicación en la Conspiración de la Escalera, en la cual murió ajusticiado otro esclavo negro más implicado que él y también mejor poeta, Gabriel de la Concepción Valdés,

Juan Pérez no hacía en ello más que usar de su derecho señorial. Luego se le vio vender varios negros que no ansiaban salir de aquel amo, ni habían dado lugar a ser vendidos. Luego enajenó terrenos, cosechas, frutos, bueyes; de todo, codicioso, hacía dinero. Algunos creían que la vorágine del juego mermaba su caudal; otros que acumulaba en el extranjero, porque con la conspiración de Aponte temía el hundimiento de la Isla.

Si la humilde esclava preguntaba por su hijo, él contestaba:

— Justamente para que pueda gozar consideraciones lo llevé de aquí, porque donde hay otros esclavos no convienen esos privilegios. ¡Y habían pasado más de dos años, casi tres, ofreciendo a la madre traer al hijo sin que este apareciera.

No sabían los negros a que atribuir aquel cambio tan radical en el carácter del amo, antes franco, expansivo, generoso y tolerante; ahora arbitrario, déspota e inconsiderado. El lector sí sospecha la causa: se debía a aquel desengaño horrible que había experimentado cuando alternaba con la nobleza.

Él amaba a una mujer, como él de la clase media, a quien prometía la felicidad haciéndola su compañera: se atravesó un título, un conde de S. Marcos, y la pérfida no pudo resistir al brillo de una corona condal.

Aun más; él había insultado al Conde, éste levantó el bastón y ultrajó su dignidad y las hablillas se multiplicaron. Fue risa de la ciudad, blanco de epigramas, y le quedó por último resultado un apodo gnominioso.

Eso había sacado de su trato con la nobleza.

más conocido como «Plácido»; él fue absuelto en 1845, tras pasar un año en prisión. No publicó más, se consagró a su trabajo de pastelero y vivió de otros oficios humildes, muriendo prácticamente en la miseria. Manzano también escribió cuentos, en los que mezcló leyendas africanas, canciones de cuna y apariciones milagrosas, y en 1842 salió de una imprenta habanera su tragedia en cinco actos *Zafira*. Varias publicaciones de la época publicaron sus poemas, entre ellas, *Diario de La Habana*, *La Moda* y *El Pasatiempo*. Murió en La Habana en 1854.

# CAPÍTULO VII

## EL APALEADO

Y los copleros del día también se despacharon a su gusto escribiendo cuartetas maliciosas y chascarrillos ramplones que corrieron de boca en boca. Lo que prueba que en toda época ha habido ociosos y malévolos.

Nuestro Boloña,[178] hacinador de vulgaridades no recogió, que sepamos, ninguna de *las décimas del Apaleado*; porque décimas se llamaban aunque fueran dísticos. Pero he aquí un rasgo que por casualidad llegó a nuestro alcance y que por curiosidad hemos guardado como si valiera algo:

> A Juan Pérez Labastida
> le dieron un garrotazo
> él alzó, valiente, el brazo
> y... lo llevó a la parte adolorida.

Los hubo todavía peores, cuyos autores permanecían anónimos, y que no por malos dejaban de exasperar al bueno de Juan Pérez cuando los oía cantar por algún desconocido chico callejero. He aquí otro que no recomienda el oído poético ni la habilidad del poetastro Belisario, que lo compuso. El primer verso es cojo, y al cuarto le sobran sílabas.

> ¿Que se quedó sin novia
> y cabecirroto dices?
> Eso se llama quedar
> tras de cornudo... con un palmo de narices.

---

178 Se trata, con toda probabilidad, del impresor Esteban José Boloña, quien adquirió un establecimiento en 1787, y que «seis años más tarde, obtuvo el título de impresor de la Real Marina, y en 1792 el de familiar de la Inquisición. En 1806 dirigía también la «Imprenta Episcopal» o de la «Curia Eclesiástica», como se la llamó generalmente.» (Medina xviii).

No copiaremos ninguna otra de aquellas majaderías con que la implacable risa del pueblo escarnecía la respetabilidad de un ciudadano pacífico y honrado.

Y sin embargo, muchos sabían que el apaleado Pérez se había portado como hombre de honor y había tratado de vengar la afrenta. Él, al día siguiente del lance acaecido en el paseo público, había enviado sus padrinos a demandar reparación, y el orgulloso conde se había negado a batirse con quien no poseía como él un título nobiliario.

¡Batirse con un Juan Pérez![179] ¡Tan vil prosapia contra tan preclara alcurnia! Un señor conde que llevaba tres veces DE en sus apellidos, no empañaría sus blasones y la dignidad de la nobleza, batiéndose con un plebeyo que a despecho de su caudal no pasaba de ser un vecino honrado.

¡Un Juan Pérez! Ningún Juan Pérez peleó en las Cruzadas, ni vino con Velázquez[180] a las playas de Baracoa, ni con Cortés a las del Anahuac.[181]

Y he aquí como se quedó Juan Pérez con su garrotazo y con un denigrante apodo.

Los amigos le decían:

— Pero ennoblécete; compra un título, ¡eso es tan fácil! Acude a Roma. Todos los siervos del Papa son condes. Los títulos palatinos son escalón de titulófilos; luego lo revalidas en Castilla, y ese señor Conde no podrá negarse al duelo o quedará por cobarde.

— ¡Fácil fuera! – decía encogiéndose de hombros Juan Pérez.

— Sí, muy fácil! – replicaba Olivar. – Ahí tienes a Fulano, ayer traficante en negros, hoy Marqués de la Perseverancia, y Zutano ayer vista[182] de aduana, hoy Conde de Corrientes Turbias. ¿Quién era el Marqués de Hache? Su padre vendía esquifaciones en la Plaza Vieja ¿Y el Barón de Jota? Usurero, luego refaccionista de ingenios de la nobleza, hasta que se quedó con un par de ellos. ¿Y aquel Tal, que es

---

179   La elección del nombre retrata cómicamente a su poseedor. Juan y Pérez son respectivamente nombre y apellido harto comunes en Cuba. Por esto, cuando muchas veces se alude a alguien sin relevancia, a una persona común, suele decirse que *es un Juan Pérez*.

180   Diego de Velázquez (Cuéllar, 1465 – Santiago de Cuba, 1524), Adelantado, conquistador español y primer gobernador de Cuba, cargo que ocupó desde 1511 hasta su muerte en 1524. A él se debe la fundación de las siete primeras ciudades españolas de Cuba.

181   Nombre dado por la civilización mexica al mundo conocido por ésta hasta antes de la invasión y conquista de México a manos de Hernán Cortés y la llegada de los europeos a América.

182   inspector

mestizo, y probó limpieza y título? Y aquel otro, que fue cuatrero, y se hizo conde y aun es-conde?[183]

Cosa fácil fuera, en efecto, sobre todo acudiendo a Italia, donde los títulos se dan cuasi gratis, como grande prueba de la sagacidad italiana. En otros países se han escrito folletos y libros para ridiculizar esa estúpida manía de las distinciones. Los italianos han hecho algo mejor: se los dan a todo el mundo, y ya se comprende que una nación en que por treinta pesos se es conde, por cincuenta se es marqués, por cien se es duque y hasta príncipe, es porque aprecian esas vanidades en lo que ellas realmente valen.

Pero al espíritu recto y sencillo de Juan Pérez le repugnaba hacer lo que había censurado en otros. Era demócrata de corazón, se había adelantado a su época y cuasi vivía en la nuestra. Los títulos, hasta los antiguos y heredados, le parecían rezagos de la vieja Europa, ridículos en esta tierra del porvenir, en este templo de la igualdad y la democracia. Ya por entonces en los Estados Unidos, en México, y otros de la joven América, las categorías, distinciones venales y privilegios de raza caían desmoronados por la igualitaria piqueta republicana. Demolían lo que la revolución francesa había dejado en pie en ese mundo de la ignorancia y la vanidad.

¿Qué título podía ser más noble que el título de americano? Nacer en América, tener la dicha de ser americano y estar ligado a las viejas rutinas y preocupaciones, por el amor a instituciones jerárquicas ya en desuso, le parecía el colmo de la inconsecuencia, era no merecer el ser americano.

— Un título – añadía Olivar – puede servir a lo menos para obtener reparación de agravios.

— ¡Jamás! – replicaba Juan Pérez – en esta época de igualdad y progreso, en que no hay más estirpe que la del mérito, no quiero imitar la estulticia de los linajudos y titulófilos. La nobleza, hoy reducida a nombres y pergaminos apolillados y carcomidos por el tiempo y la democracia, pudo ser útil allá en otras épocas, cuando obligaba; hoy han cambiado las cosas. El título de hombre honrado es el único apreciable y a que debe aspirar el hombre de bien. Vale más

---

183   Nótese la ridiculización de la nueva nobleza que emprende Calcagno aquí. No es un ataque contra los nobles, sino contra la nobleza que está al alcance de prácticamente de cualquier bolsillo. La crítica, por esto, puede tener su origen en un escozor aristocrático: la nobleza comprada al barato desluce y abarata la heredada o ganada con los servicios a la Corona, o a la «patria».

ser señor excelente que Excelentísimo Señor; como vale más ser hombre ilustrado que Ilustrísimo Señor.

— Es que sin ello te quedarás con tu garrotazo.

— El tiempo me vengará; esa mujer que ha sido infiel al amante lo será también al marido.

Pero los días se convirtieron en semanas, pasaron meses, se cumplió el año y Pérez no tituló, y las cosas siguieron lo mismo. Sin duda esperaba su desquite del tiempo y la casualidad. Así que cuando oyó decir que un recién llegado Marqués de la Represalia, joven, rico, con atractivos, hacía la corte asiduamente a la Condesa de San Marcos; porque así se creyó desde aquel sonado desafío de Belisario, sintió un gozo indisimulable, y tenía sobre ello largas conversaciones con su antiguo protegido Olivar de la Fontanilla, que era quien le repetía aquellos rumores calumniosos, sembrados por los despechados pretendientes; rumores que se dilatan como mancha en papel de estraza y que siempre es el marido el último en saber.

Longánimo[184] y pacífico era de suyo el Juan Pérez; pero no llevaba su grandeza de ánimo hasta desear la felicidad de su ingrata, como suele verse en las novelas del tiempo viejo más que en el mundo real.

¡Ah!, un solo acto de debilidad de aquella mujer y bendeciría a quien lo vengaba. Pero, ¿podría esperarse tal cosa de virtud tan excelsa? Era notorio que, hasta entonces, jamás la maledicencia había empañado con su hálito ponzoñoso aquella reputación ya puesta a prueba por más de un pisaverde[185] que adivinaba el escaso afecto que profesaba a su marido. ¿Por qué había de ceder a la seducción de un forastero, tal vez un advenedizo, y seguramente ave de paso en el país?

Sin duda Olivar de la Fontanilla exageraba las cosas en su deseo de halagar el ofendido amor propio de su protector y amigo.

Ya hemos dicho que Juan Pérez, desde aquel disgusto con el Conde, y desde aquella oleada de burla y sarcasmo desencadenada contra él, se había retraído de la sociedad viviendo más en su finca que en la Habana; y se había hecho déspota, arbitrario irascible en perjuicio de sus esclavos.

Demócrata por convicción, nunca había amado la aristocracia; y ahora, después de sus desengaños, los aristócratas le parecían todos o

---

184　Magnánimo y constante en las adversidades.
185　Hombre presumido y ocioso.

traidores o ridículos. En cada conde creía ver un conde Don Julián; en todo marqués, un marqués Mascarille, de Moliere.

Ya no se le ve reír; ya no da prudentes consejos a sus esclavos; ya no se pasea por aquellas guardarrayas que tantas veces, en días pasados, había recorrido en brioso alazán, o tirado por su pareja de tordillos, para ir lleno de amor y de ilusiones, a la finca no distante, donde residía aquella mujer, su amante, a quien creía la más bella y sensata de las mujeres. Ya no saluda gozoso aquellos árboles, frondas, brisas que habían oído sus protestas y acaso también recogido suspiros de la pérfida, que a ser amante fiel, prefirió ser hija obediente de padres egoistas.

Ensimismado, meditabundo, parece un hombre en expectativa de algun suceso capital. Se había retirado a su finca, no como creía Belisario, por temor a aquel su esclavo Hipólito escapado, sino por odio a la nobleza y al mundo.

Sus negros, sin embargo, lo aman. Mama Creta es la única, y eso solo a los ojos del receloso mayoral Orihuela, que se hace sospechosa. Su descontento procede de la ausencia de su hijo, y cuidadosamente se la vigila, por temor que acoja a alguno de los emisarios de Aponte. He aquí por qué el mayoral pedía con insistencia al amo que devolviera a la finca al Hipólito Marañón, para satisfacer a la madre, y se llevara cualquier otro esclavo para su servicio en la ciudad. A lo que se añadía, pensaba Orihuela, que el Hipólito era el que menos convenía en la Habana, porque era demasiado inteligente, y podría, despertando al mundo, no servir ya para el campo. Era de aquellos que convenía sostener en abyecta ignorancia para anular los efectos de su natural perspicacia.

Al fin, un día el amo, cansado de sus continuados reproches, le dijo:

— Hipólito Marañón se ha escapado; y no se sabe de él.

— Se habrá incorporado ese bribón a la banda de Aponte.

— Tal vez, pero... aun lo dudo.

El mayoral esperaba ya esa noticia. Muchos de la Habana, ya libres, ya esclavos, se habían marchado a las filas, y sordos rumores en la dotación le hacían sospechar algo. Se sabía que el Hipólito era audaz, tan audaz como inleligente.

— Dios nos libre de que así sea – dijo con acento de íntima convicción – porque ese renegado tratará de inficionar a toda la dotación.

Yo respondo de mi gente, (la gente se entiende los esclavos) mientras estemos libres de acechanzas; pero...

— Es preciso guardar el secreto – añadió Juan Pérez –, que no lo sepa Mama Creta, ni nadie en la finca.

— Se guardará señor don Juan, se guardará; pero yo le aseguro a usted que si ese perrazo de Hipólito llega a caer en mis manos, lo descuartizo con el cuero... después de todo es verdad que él no tiene la culpa.

— Tampoco la tiene su madre, porque Anacleta nunca ha salido de la finca, ni Aponte ha venido jamas por estos barrios.

— No, no señor; tampoco la tiene Mama Creta; la culpa yo bien sé quien la tiene.

— ¿Quién...?

— Usted mismo, señor don Juan; usted, que es demasiado bueno con los negros: ahí tiene usted el resultado de las consideraciones con esa canalla. Palo, palo, señor don Juan; los negros no entienden de otro modo. ¿Se ha escapado alguno del ingenio «Sta Ana», en que el mayoral, que es mi hermano Antonio Orihuela, mete cuero como nadie?[186] ¿Se ha ido alguno del ingenio «Arrogante», del Marqués de San Marcos? Palo, señor don Juan; palo, palo.

No pareció don Juan quedar muy convencido. Sonrió, bajó los ojos y no contestó una palabra.

Por la tarde salió para la Habana. Como se le sabía rico y dadivoso, se le había enviado papeleta para el baile de trajes en el Coliseo, y había prometido asistir.

Nosotros también asistiremos.

---

186    La mención del ingenio Santa Ana como ejemplo de la exitosa subyugación de los esclavos resulta iluminadora. El mayoral Orihuela obviamente atribuye ese éxito al terror sembrado por la violencia: «palo, palo.» Pezuela, al referir la conspiración de Aponte, menciona «sobre todo la fidelidad de la dotación del Ingenio Santa Ana,» como un factor crucial que ayudó a contener la «furia» y los «excesos» de los esclavos rebeldes. Pezuela añade: «De los directores de la trama casi todos fueron presos y denunciados por los mismos negros» (*Ensayo histórico* 441). La novela de Calcagno, entonces, señala el terror en que sostenía – siempre precariamente, como es de suponer – la supuesta *fidelidad* de que habla Pezuela.

# Capítulo VIII

## El cabecilla

Pero antes la lógica exige un preámbulo aclaratorio.

Si bien se mira, no faltaba al cauto mayoral su tanto de razón en sus recelos y lúgubres pronósticos. Podría ser que se engañara respecto de Anacleta. Acaso esta humilde y resignada sierva no hubiera jamás soñado con la idea de prestar oídos a ninguna especie de agentes solapados. Pero era verdad que el nombre del Cabecilla no se pronunciaba sino con terror... por los blancos; con amor por los esclavos; caudillo ilustre para los unos, bandido desalmado, monstruo para los otros. Aquéllos veían en él el Mesías negro, el rayo de esperanza que venía a iluminar la lóbrega noche de abyección y miseria en que vegetaba y gemía la raza; para éstos era el enemigo malo, abortado por el infierno; para algunos era... la expiación.

Sostenía el mayoral Orihuela que los negros mejor tratados suelen ser los peores, que tanto más aspiraban cuánto más se les concedía, y que solo conservándolos en la noche de la ignorancia, podía sostenérseles en esclavitud. ¡Desgraciado pensaba, el negro inteligente, y desgraciado el amo cuyos negros llegan a ver claro!

No mucho, pues, que aquel Hipólito, hijo de cuarterona[187] y con solo un octavo de sangre negra, aquel favorito, cuya inteligencia desde niño se había hecho notoria, se hiciera indomeñable desde que nuevos horizontes y avanzadas ideas[188] iluminaran su dormido cerebro. Y en esta preocupación, siempre le había parecido cosa estúpida llevar a la

---

187   Nacido en América de mestizo y española, o de español y mestiza (*cuarterón* es solo una de las innumerables gradaciones raciales elaboradas por el pensamiento racista de la época).

188   Probablemente una alusión a la influencia de la época de las revoluciones (la de las 13 colonias, la de la revolución francesa y, desde luego, la revolución haitiana). Esto ha sido abordado por varios historiadores. Para un excelente análisis de esta influencia, particularmente en lo que respecta a la rebelión de Aponte, véase: Childs, *The 1812 Aponte Rebellion in...*(25-27).

ciudad y dar privilegios a quien para ser blanco solo le faltaba ser libre. Unido ahora, según declaraba el amo, a las descarriadas hordas de Aponte, ¿no trataría el engreído mulato de sembrar en la «Concordia» los perniciosos gérmenes de rebeldía y anarquismo que fermentaban ya en toda la isla? ¡Ay de él, si caía en manos del prudente Orihuela! No esperaría el permiso del amo para suprimir el contagio, como se suprime la rabia del perro. Y entretanto, concibiendo el atrevido plan de atrapar al mismo Aponte, por medio del Hipólito, envió dos esclavos de toda su confianza, ofreciéndoles su libertad porque[189] prepararan una celada. Mas de los dichos esclavos, uno se quedó con Aponte. El otro volvió; pero declarando que Hipólito no estaba entre los rebeldes.

El hipocritón Aponte, el roe-altares el antiguo sicario, a falta de otras virtudes, poseía la de una actividad febril e incansable perseverancia, y tenía secuaces y ayudantes que se infiltraban por todos lados como insidiosas serpientes. Él sabía los ingenios con cuya dotación no se podía contar, porque estaban (por desgracia) bien tratados y contentos los esclavos; él sabía que el negro Tal andaba cimarrón, por efecto de un severo castigo; él sabía que Creta, de la «Concordia», estaba disgustada con su amo, porque este le había separado su hijo, y que este hijo no se sabía dónde estaba, y hasta había, él, Aponte, enviado sin éxito su emisario a indagar el espíritu de aquellos compañeros de infortunio.

Ya había recorrido, escapando milagrosamente a la persecución judicial, las jurisdicciones de Puerto-Príncipe, Bayamo, Baracoa, Santiago de Cuba y alguna parte de los departamentos Central y Occidental, arrastrando innúmeros incautos a su desatentada[190] causa, y dejando por todas partes huellas indelebles y dolorosas de su paso.

Como Rómulo, echando los cimientos de Roma, suministraba medios a los esclavos, para rebelarse, y aceptaba toda clase de bandidos.[191] Así

---

189    para

190    fuera de razón y sin tino ni concierto

191    Según la tradición romana, los hermanos gemelos Rómulo (771-717 a. C.) y Remo (771-753 a. C.) fueron los encargados de fundar Roma. Finalmente sería solo Rómulo quien la fundaría, convirtiéndose en su primer rey. La historiografía actual considera falsa esta tradición, fijando el origen de la ciudad a finales del siglo VII a. C. Cuenta la leyenda antiquísima de los helenos que Eneas, príncipe de Dardania, escapó de la destrucción de Troya cargando a su padre, Anquises, sobre sus hombros y a su hijo Ascanio, aunque perdió en la fuga a su esposa, Creúsa, hija del rey Príamo. Esto sucedió en torno a 1184 a. C. según el erudito antiguo Eratóstenes (276-194 a. C.), tras diez años de conflicto. Tres décadas después de periplos, Ascanio fundó la urbe de Alba Longa de la que fue su primer rey. Cuatro siglos después vendría el tiempo del rey Numitor. Numitor fue destituido entonces por su hermano Amulio, que acabó con todos los hijos varones de éste y convirtió a su única hija, Rea Silvia, en una virgen vestal para que así, al tener un voto de castidad, no tuviera descendientes, pero el dios de la guerra, Marte, se enamoró de la

Aponte aceptaba prosélitos negros y mulatos, con tanta más solicitud cuanto aparecían ser más feroces y criminales.

En Santiago de Cuba aumentó copiosamente el número de sus adeptos; aquellos negros oriundos de Haití que huyeron por sí o con sus amos de la conflagración de su tierra, aunque desgraciados en su patria, la recordaban con la adhesión y lástima con que se recuerda una madre criminal, y jamás quisieron ser sino franceses. Todavía hoy a los que restan, o a sus hijos, si se les pregunta su nacionalidad, contestan en su lenguaje franco-hispano-bárbaro:

— Moé, francé guiné, (Yo francés de Guinea). Los que se adherían a Aponte, lo hacían con la idea de reproducir en Cuba los horrores que todavía en ese año se perpetraban en su primitivo país. Y la insurgencia se dilataba con desalmados de toda especie, entre los cuales, muchos libres de las ciudades. No formaban bandos por naciones africanas, mezclábanse indistintamente lucumíes con macuaés, congos con araraes y otras tribus tal vez enemigas en su tierra, [pero] aquí

---

bella muchacha y la sedujo; de su unión se engendraron dos gemelos, Rómulo y Remo. Varrón llegó incluso a calcular las fechas exactas de cuando fueron concebidos (24 de junio de 772 a. C.) y de su nacimiento (24 de marzo de 771 a. C.). Amulio, temeroso de tener en el futuro dos posibles rivales, ordenó su asesinato pero el hombre encargado del infanticidio no pudo y los abandonó a su suerte en el río Tíber. La corriente llevó la cesta donde estaban a un pantano llamado Velabrum, en un lugar entre las colinas Palatino y Capitolio llamado Cermalus. Ahí fueron cuidados y alimentados por una loba llamada Luperca y un pájaro carpintero, los animales sagrados de Marte. Poco después los encontró el pastor Faustolo, que era porquerizo de Amulio, y decidió criar en secreto a los niños con su esposa Acca Larenzia. Sólo una vez que crecieron se les reveló su verdadera identidad y éstos decidieron tomar justicia. Mataron a Amulio y liberaron de su encierro a su abuelo que fue repuesto en su trono. Rómulo y Remo partieron de Alba Longa, pues querían gobernar, pero no derrocar a su abuelo. Marcharon al lugar donde el pastor los había encontrado y ahí discutieron dónde fundar su ciudad: Rómulo quería construir Roma en el Monte Palatino y Remo Remoria en el Aventino, además la ley de la primogenitura no podía aplicarse en este caso por lo que los nuevos habitantes debían elegir el rey de otra manera. Se decidió que el que viera más buitres ganaría el mando. Remo vio seis pero Rómulo el doble y triunfó. Rómulo trazó los límites de la ciudad y ordenó que nadie los traspasara durante las ceremonias pero Remo le desafió y los traspasó, por lo que tuvieron una discusión que rápidamente pasó a los golpes, siendo éste herido y muriendo poco después a causa de sus heridas. Rómulo enterró a su hermano en el lugar donde quería fundar Remoria. Roma fue fundada oficialmente entonces el 21 de abril de 753 a.C. La nueva ciudad se fue llenando de refugiados y prófugos – de ciudades vecinas y tierras aún más lejanas-, tanto hombres libres como esclavos – probablemente también campesinos y pastores de las cercanías. Debido a la diversidad de su gente, Rómulo decidió organizarlos en un solo cuerpo político y originar leyes y costumbres comunes y nombró a los primeros cien patres, que el rey nombró senadores y cuyos descendientes serán los patricios. La referencia es significativa en un doble sentido. Por un lado, identifica a Aponte con uno de los fundadores, aun si mitológico, de Roma – considerada junto a Grecia, cuna de la cultura occidental – y por tanto con la historia de Occidente, con el libro de la cultura de los blancos. Por el otro, en efecto, evoca el impacto de los esclavos, además de los hombres libres, en la formación de la ciudad. Irónicamente, pues, Aponte es, desde luego, presentado como un bárbaro, pero uno que, al mismo tiempo representa un nuevo comienzo.

unidas por el interés común, que fue siempre primer efecto de la opresión, unir entre sí a los oprimidos.[192] La banda de los carabalíes, que se llamaban así mismos quemacueros, capitaneada par un negro feroz, contribuía a la obra común, pero no obedecía a Aponte ni a nadie, era una horda de vándalos que asesinaba y quemaba por su cuenta y riesgo, y si asistieron a la acción de Peñas-Altas, que describiremos más tarde, fue sin duda porque temían hallarse aislados o por que creían que con una sola batalla quedaría la isla africana. La ignorancia los hacía atrevidos.

— «¡Era de esperarse!» Esta frase fue pronunciada par más de un blanco y por algunos que eran tenedores. Porque si la codicia y la inconsideración eran base de la conducta de los amos, el exterminio y la venganza debían ser el estandarte de los oprimidos; *in hoc signo vinces*[193] podía estar escrito en su bandera de sangre y muerte. Los re-

---

192   En su excelente estudio sobre la rebelión de Aponte, Childs comenta y ofrece evidencias de la movilidad de esclavos y de negros libres entre la ciudad y el campo, lo cual jugó un papel importante en la organización de la rebelión. Un ejemplo de esto es el del negro libre Juan Bautista Lisundia – uno de los conspiradores ejectudados – quien, «había sido reconocido junto al francés Juan Barbier en La Habana y en plantaciones fuera de la ciudad durante las insurrecciones.» Childs añade que Lisundia «también se había encontrado con el esclavo Tiburcio Peñalver en La Habana y en los distritos de la plantación con el propósito de planear la rebelión.» Él nos dice que Lisundia «sirvió como un importante enlace entre los grupos de negros libres y de esclavos involucrados en la insurrección.» De esta manera, los rebeldes conectaron a su vez las zonas urbanas con las rurales (Childs 62). Asimismo, el comentario de Calcagno de que los negros olvidaban sus diferencias étnicas en virtud de un interés común – la lucha contra la opresión – lo confirma a su vez Childs: «Por los testimonios en el juicio [sabemos que] los esclavos y la gente libre de color también indicaron que ellos se referían unos a otros más allá de las categorías raciales. El esclavo congo Benito [...] informó a las autoridades que cenaba y bebía vino con su *compañero* el esclavo negro Pablo. Igualmente, Francisco González – esclavo nacido en África – y también de la región del Congo, saludó en la plantación a un extraño de ascendencia africana con *camarada*» (56-7) (itálicas del autor). Por eso resulta revelador la información de Calcagno, en referencia a los esclavos de las plantaciones, de que Aponte había querido «indagar el espíritu de aquellos *compañeros* de infortunio.» Es de notar igualmente, el doble rasero moral de Calcagno que, mientras admite tácitamente que la rebelión de Aponte y sus compañeros había sido el resultado del estado de opresión de los negros (libres o esclavos), todavía los presenta como bárbaros sanguinarios. La explicación de esto habría que buscarlo entonces en la imagen del negro que ya el discurso racista había fijado. Esa imagen, todavía entre nosotros, explica que la supervivencia del esclavismo y del racismo en formas y políticas de discriminación, que si no exhiben el látigo amenazador, tampoco lo han abandonado. Conste que no hablo, por supuesto, solo de Cuba, sino también de ahora prácticamente todo el mundo.

193   Es una frase latina que significa «Con este signo conquistarás.» El obispo historiador Eusebius de Caesaria afirma que Constantino estaba marchando con su ejército (Eusebius no especifica el lugar específico del suceso, pero está claro que no fue en el campamento en Roma) cuando miró al sol y vio una cruz de luz sobre él, con ella escrito en griego. «Con esta, conquistarás»), una frase a menudo traducida al latín como *in hoc signo vinces* («con este signo conquistarás»). Al principio, Constantino no sabía el significado de la aparición, pero a la noche siguiente tuvo un sueño en el que Cristo le explicó que debía usar el signo de la cruz contra sus enemigos.

petidos incendios de cafetales y otras fincas, los frecuentes asesinatos
de amos y mayorales; todo contribuía a sembrar la consternación que
aumentó cuando se supo que secundaban el movimiento los ingenios
de Trinidad y Peñas-Altas, asiento principal este último del Cabecilla,
y lugar donde corto tiempo campeó la bandera de sangre y
exterminio.

Desde que el Cabecilla comenzó a infestar la isla, y sobre todo la
jurisdicción de Jaruco, con el hálito ponzoñoso de su malignidad, poca
confianza podía haber en la fidelidad de los oprimidos y privados de
todo derecho. No hay cosa que aterrorice más que la falta de razón y
justicia. Se vigilaba a todas las fincas, aunque se sospechaba más de
algunas por la excesiva rigidez con que se trataba a los siervos.

Los dueños, no arrepentidos pero temerosos, huían y se refugiaban
en los poblados abandonando sus intereses. Jamás motín de negros
causó más terror. Los apalencados de las sierras de todas épocas, nunca
trataron más que de escapar al trabajo y a los crueles castigos; nunca
soñaron una Cuba africana, bien que el hambre los obligara a robar
y hasta a matar. Mientras que en la conjuración de Aponte se trataba
de un Antonio I emperador de Cuba «formidable conspiración que
tuvo en peligro isla» dice con razón Zaragoza en sus *Insurrecciones de
Cuba*.[194]

Pero si los vándalos de Aponte sembraban ruina y desolación
como medio de consternar, no es lícito comparar lo que no pasó de
motín a aquella revolución de Santo Domingo, en que a lo menos en
sus primeros tiempos se reñía la batalla social, la lucha de principios,

---

En otro giro irónico, la leyenda de la promesa de Dios al emperador romano Constantino,
es reinscrita como promesa a los esclavos que se aprestan a entrar en batalla. Y Aponte,
podríamos decir, es re-inscrito a su vez como Constantino mismo, y por tanto visitado
por Jesús. ¿Será acaso, todavía, la cabeza de Aponte el «in hoc signo vinces» de todos los
sujetos víctimas de la discriminación racial?

194 En efecto, Calcagno cita *Las insurrecciones en Cuba*, 1872 (vol. 1) de Justo Zaragoza, p.
255. En el apéndice de esta edición reproducimos el texto de Zaragoza. No será difícil
para los lectores percibir en la visión racista y prejuiciada de Calcagno la reproducción,
casi al calco, de la de Zaragoza – a quien le da la razón - y por tanto de la mirada colonial.
Puesto que Zaragoza fue un integrista militante, opuesto a la independencia de Cuba,
resulta tanto más iluminadora esta componenda racista entre un españolizante y un escritor nacional. En *EcuRed* se nos dice que Calcagno «defendió con pasión la necesaria
emancipación de los esclavos, y les dio la libertad a los suyos cuando los recibió en
herencia, así como mantuvo preocupación por los que eran manumitidos, y planteó que
había que perfeccionarlos mediante la educación y que recibieran preparación para la
vida de hombres libres.» El sitio cubano no tiene en cuenta que el abolicionismo y el an-
tiracismo solo excepcionalmente marcharon juntos. Además, la idea misma de la necesidad de educar al negro, de perfeccionarlo – entiéndase, *civilizarlo* – es esencialmente
racista. Ver: http://www.ecured.cu/Juan_Francisco_Calcagno_Monz%C3%B3n

que luego pasó a ser sangriento choque de capas sociales: la una pretendiendo nivelar lo que para ella era subir; la otra queriendo tener inveterados derechos que se derrumbaban minados por el tiempo.

No sabemos quién dijo que la filantrópica Inglaterra fomentaba la rebelión en las colonias, sin embargo de tener aun esclavos en las suyas. Esto no pasó de mal fundadas conjeturas. La rebelión no tuvo más apoyo externo que algunos refugiados Santo Domingo, nuestro inconveniente vecino. Y si tomó cuerpo y si en algo se descuidó el gobierno, fue por las continuas peripecias que en la metrópoli una parte, y por otras en las colonias de Sud-américa, que ya empezaban a rebelarse,[195] distraían la atención y recursos de los poderes públicos.

---

195   Es decir, que el narrador *culpa* en parte al movimiento emancipador de las colonias americanas como responsables de la magnitud de la revuelta de los esclavos.

# Capítulo IX

## En el Coliseo

El baile era de máscaras, mejor diríamos de trajes, porque éstos se hacían en casa, de lujo; preparando cada cual el suyo, en competencia, como que aun el carnaval no había degenerado en saturnal, ni por tanto había llegado a esa decadencia que lo relega a muchachos y gente soez. Diríase que quien se disfrazaba con traje histórico o de capricho, temía que se atribuyera su excepción a carencia de medios para hacerlo, y en el mundo elegante a nadie le gusta aparecer en penuria.

Como en la Roma y en la Venecia de otros días, no había dama distinguida que se negara a tal divertimento, y más cuando se trataba de un baile de tono, como los que se daban en Palacio y en el Coliseo, y que además, tenía el aliciente de su objeto patriótico.

Eran los trajes más en uso, los característicos de provincias españolas; la payesa catalana alternaba con la pastora pirenaica,[196] o con la campesina vascongada. Los de pierrot, pierrette, caperucita, Pompadour, María Antonieta, etc., estaban excluidos por entonces. No se quería nada que oliera a francés en aquellos días en que Napoleón pisoteaba la dignidad nacional. Los de gitana malagueña, bandera española, jardinera, mora, odalisca, camelia, dama húngara, griega, tirolesa[197]; [los] trajes alegóricos de la música, la escultura, la astronomía, la alborada, la noche, céfiro[198], sílfide[199], locura, primavera, estaban representados por vírgenes que pudieran engalanar el edén que se le antojó a Mahoma. Para varones, se usaban los de

---

196   De los Pirineos

197   Como adjetivo, tirolés y tirolesa aluden a aquel o aquello que es originario del Tirol, una región de los Alpes que se encuentra repartida entre Italia y Austria. Innsbruck y Trento son las ciudades tirolesas más pobladas.

198   En la mitología griega, Céfiro era el dios del viento del oeste, hijo de Astreo y de Eos. Céfiro era el más suave de todos y se le conocía como el viento fructificador, mensajero de la primavera. Se creía que vivía en una cueva de Tracia.

199   La sílfide es un espíritu femenino del aire según la tradición hermética europea. Están relacionados etimológicamente con los elfos pero, a diferencia de éstos, no existen mitos explícitos sobre ellos. Su forma masculina es el silfo.

mosquetero, astrólogo, marinero, Ivanhoe, por la reciente novela de
Scott,[200] y muchos históricos.

Adornábase y se iluminaba la alameda de Paula[201], que en tales
fiestas venía a ser un apéndice del Coliseo. No era ese paseo lo que
hoy; hijo único, se le mimaba, y era centro principal de nuestros antiguos carnavales y numerosas máscaras. En tarde y noche circulaban,
ya con careta, ya sin ella, ya con simples antifaces que cubrían solo la
mitad de la cara.

El salón, suprimido el escenario, era inmenso, y en él, con cepas
de plátano y arbustos al natural se había figurado un jardín. Con
razón, dice el cronista Ferrer,[202] que el Coliseo, restaurado por Someruelos en 1802, era uno de los más grandes y bellos edificios de
América.[203] Allí, nuestras primeras óperas; allí, en este año 12, la

---

200  Walter Scott, primer Baronet (Edimburgo, 15 de agosto de 1771 – Abbotsford House,
     Melrose, Escocia, 21 de septiembre de 1832), fue un prolífico escritor del Romanticismo
     británico, especializado en novelas históricas, género que creó tal como lo conocemos
     hoy, además de poeta y editor escocés. Sus novelas históricas y, en menor medida, su
     poesía, aún se leen, pero hoy es menos popular de lo que fue en la cumbre de su éxito. A
     pesar de ello, muchas de sus obras siguen siendo clásicos en la literatura inglesa y espe-
     cíficamente escocesa. Algunos de sus títulos más famosos son *Ivanhoe*, *Rob Roy*, *The Lady
     of the Lake*, *Waverley* y *The Heart of Midlothian*.

201  La Alameda de Paula es un paseo marítimo, el primero creado en La Habana, fue cons-
     truida en 1777 por el arquitecto Antonio Fernández de Trebejos, por orden del Capitán
     General Felipe de Fondesviela, Marqués de la Torre, procedente de la corte de Carlos
     III, influenciada por la Ilustración francesa. En su etapa inicial la Alameda era una
     especie de terraplén con dos hileras de álamos y bancos. El nombre de Paula proviene de
     la iglesia cercana con ese nombre. Este paseo se ubicó en lo que era el basurero de la
     ciudad llamado el Rincón, frente a la Bahía de La Habana. Entre 1803 y 1805 se
     realizaron algunas modificaciones, las que incluyeron una fuente, pavimento y asientos.
     En el año 1841 se ampliaron las escaleras de acceso y se colocaron varias farolas para la
     iluminación nocturna. En 1847 se levantó una fuente con una columna de mármol
     blanco, esculpida en el norte de Italia y en cada una de sus cuatro caras están
     representadas cabezas de león de cuyas bocas descienden chorros de agua. También se
     erigió el Teatro Principal «El Coliseo» destruido por un incendio tiempo.

202  Buenaventura Pascual Ferrer (Ventura Pascual Ferrer, 1772-1851). Periodista cubano,
     forma parte de las voces fundadoras del articulismo de costumbres en la Isla. Nació en
     La Habana, el 14 de marzo de 1772. Estudió Filosofía y Latín con Tomás Romay. Se
     graduó de Bachiller en Leyes. En 1794, se trasladó a España, donde escribió su *Carta de
     un havanero...* (1797) para aclarar los errores sobre Cuba en que había incurrido D. Pedro
     Estala en *El viajero universal* (Madrid), y ello lo llevó a escribir, para el tomo vigésimo de
     esta misma obra, su *Viaje a la isla de Cuba* (1798), considerado el primer libro de viajes
     publicado por un cubano. De regreso a La Habana, colaboró en el *Papel Periódico de la
     Havana*; ingresó en la Sociedad Patriótica y fundó el periódico satírico *El Regañón*.
     Pascual Ferrer, como parte del intenso movimiento de prosa histórica que animó su mo-
     mento vital, redactó también una muy curiosa *Historia de la Isla de Cuba y en especial de
     la Habana* (1813).

203  En efecto, Serafín Ramírez afirma que el Coliseo fue restaurado «completamente» por
     el marqués de Someruelos, y añade: «Era de arquitectura majestuosa, dice un interesante
     trabajo del Sr. D. Buenaventura Ferrer publicado por el Dr. D. Eusebio V. Domínguez
     en la Revista de Cuba, y aunque de madera interior, estaba bien pintado y tenía buenas
     decoraciones»» (Ramírez 23). En su ensayo sobre el teatro Coliseo, Manuel Hernández

Gamborino, celebridad europea, y Mariana Galino[204], entretenían a los habaneros con la *Isabela*, con *Quien quiere no puede*, con *El amor finjido*, *El monstruo de la naturaleza* y *Lavandera de Nápoles*, y otras ya caídas en desuso.

A las ocho, dos horas antes de lo que hoy exige la moda, comenzó el baile, y media hora después los salones estaban llenos, porque no había la costumbre de llamar la atención entrando el último.

La condesa de San Marcos, en pintoresco traje de pastora de los Alpes, ríe y bromea con el marqués de Represalia, cuya juventud resplandece bajo el grave disfraz de puritano escocés del siglo XVI. El lenguaraz Belisario, de español antiguo, busca o finge aventura novelesca con una maga de ojos de cielo. Alberto, de caballero cruzado, baila con una gitana andaluza, y la noble marquesa de Someruelos, vestida de cielo, (traje azul obscuro con estrellas doradas y luna en cuarto), solicita al brillo de su fiesta, a todos sonríe, a todos atiende y agasaja.

Acompáñanla varias distinguidas habaneras, y entre ellas la señora Catalina Manrique de Lara y Aguilar, señora Bodega de Monzón, la marquesa de San Felipe y Santiago, condesa viuda de Buenavista, marquesa Juztiz de Santa Ana; secretaria la primera, miembros todas de la Sociedad patriótica de Fernando VII.[205]

Todos charlan, todos ríen... no, no todos. Allí, recatándose bajo las anchas hojas de un bananero como ave nocturna a quien estorba la luz, está un hombre sombrío y silencioso, traje todo negro, que si algo representa, será la noche. ¿Para qué ha venido? ¿Qué hace allí Juan Pérez? ¿Qué busca en el mundo de la alegría un hombre que no se divierte? No separa la vista de un punto fijo, y al ver a Represalia junto a la condesa Ana Luisa, unas veces chanceándose, otras hablando con interés, como si discutieran un punto filosófico, sus ojos chispean. Y se comprende que alguna idea dolorosa revive en su cerebro. Ya había habido sordos rumores... ¡ah!, ¡si fuera infiel al marido, como lo fue al amante! Esta es su obcecación, esta idea si-

---

González afirma que «[l]a mano de obra utilizada en su construcción era la de presidiarios negros artilleros.» Agrega que «[a]parecen registradas en las cuentas las deserciones y capturas de algunos de ellos como la de Juan de la Cruz o Bonifacio Vázquez en septiembre o las de Miguel Guzmán y Francisco Martínez en octubre. Cada aprehensión representaba un costo de cuatro reales» (Hernández González 36-7). Ya sabemos, pues, sobre qué cimientos se construyó la majestuosidad de ese teatro: el sudor de negros en los que ya se habían fundido la figura del esclavo y la del presidiario.

204    Carpentier la menciona como integrante de la compañía española que actuó en Cuba por casi veintidós años. Ver *La música* 160.

205    Véase la nota sobre la Sociedad Patriótica Fernando VII.

niestra persiste en obscurecer su intelecto, adherida a él como el molusco a su roca.

Represalia ofreció el brazo a la Condesa para acompañarla al refectorio o salón de refrescos. La palabra exótica *buffet*, aun no se había introducido. Con menos pedantería que hoy, se hablaba mejor el español, y se llamaba pucha a lo que hoy *bouquet*; eran retretes los *boudoirs*; no había *soirees* sino saraos, ni otras muchas innovaciones inútiles en nuestro riquísimo idioma.

El marqués parecía esforzarse por hacerse el tímido. Saliendo del salón de refrescar, llevó a su compañera por las sinuosidades de aquel jardín artificial, que parecía hecho exprofeso para intriguillas amorosas; pero estas eran muy ajenas al carácter de Represalia. La Condesa se había puesto el antifaz y fue la primera que habló:

— Se que se ha batido usted con Belisario Cortés.

— No, señora: no aceptó el duelo, y vino a casa a presentar excusas. Hubiera querido dar una lección a ese rapaz que manchaba la reputación de una dama de alto rango.

— ¡De una dama! – exclamó la Condesa. Y no se atrevió a decir: ¿sería de mí?

— Sí; de una dama que me honra con su aprecio y cuyo nombre reservo.

— Es un desgraciado; a mí me persiguió con su amor, y hoy, despreciado, se venga tratando de arrojarme lodo.

—Perderá su tiempo, porque se os conoce; se sabe que sois la perfección, y no faltarían paladines...

— ¡Ah, marqués! Esos paladines defendiendo la honra de una mujer, pueden comprometerla más. El silencio y el desprecio son los mejores antídotos contra el veneno de la calumnia; nuestra religión prescribe el olvido...

— Señora, nuestra religión en ese punto es demasiado cómoda; nos permite pecar, en la confianza de ser absueltos por un cuarto de hora de arrepentimiento. Nadie acata las leyes, y nadie más respetuoso que yo de los dogmas; pero ¿cómo puede contenerse un hombre de honor cuando en su presencia se ofende el buen nombre de una mujer que él sabe intachable? Hay miserables que no galantean porque amen, sino porque se vea que aspiran alto. No pretenden ser felices; les basta con que los otros lo crean; y para eso, a falta de triunfo, apelan a la calumnia infame, que todo lo mancha, que todo lo escarnece.

— Bien dicho, marqués, el seductor solo es perdonable cuando una pasión indomable, una pasión como la de Hércules por Ónfale...[206]

— Señora, Hércules fue un necio... un hombre débil.

— Para el amor.

— El hombre fuerte lo es para todo. Es verdad que él vino al mundo a representar la fuerza bruta y no la inteligencia; pero ¡cuántos que en la historia y en la novela y el teatro han pretendido representar el amor ideal, no han sido más que viciosos e ignorantes! Porque toda pasión ilegal es hija de la ignorancia o de la perversión. Yo no admito, señora, sino el amor santificado por su pureza y sanidad de intenciones. ¡Ah!, es que la Francia ha inficionado al mundo con sus costumbres licenciosas y sus novelas inverosímiles. Bienaventurados los pueblos que no la siguen; dichosos los atrasados.

La condesa guardaba el silencio de la admiración.

— Yo odio a los seductores, señora – continuó él –; de ser posible, establecería una sociedad de seguros contra la seducción de mujeres casadas y para garantía de maridos.

Esto fue dicho con tal aplomo[207] y tal aire puritano, que la pastora de Suiza se quedó un momento mirándolo con expresión de duda.

— Esa sociedad sería inútil – replicó –; la escuela, el buen ejemplo, la difusión de saludables principios la suplirían.

— Aunque malamente, sí, la suplen; por eso en mi corto círculo los difundo. Estoy concluyendo, señora, una obra de moral que imprimiré y distribuiré gratis para edificación de las masas, sobre todo de la mujer, porque nuestra fuerza no es más que un efecto de su debilidad. No debe decirse, en lo general, que un hombre pierde a una mujer, sino que encuentra a una mujer dispuesta a perderse.

— Marqués, no es usted hombre de esta época; lo felicito.

— He adelantado mi edad y nada más, señora. Hay una época de

---

206    En la mitología griega, Ónfale era hija de Iardano o Yardano y esposa de Tmolo, rey de Lidia. Ónfale heredó el trono a la muerte de su marido. Durante su reinado tuvo como esclavo a Heracles. A este semidiós, que había enfermado después de haber asesinado a Ífito, se le había dado el oráculo de que debía servir como criado durante tres años y pagar una indemnización para librarse de su enfermedad, así que Hermes lo puso en venta como esclavo y Ónfale lo compró. Mientras estuvo como esclavo de Ónfale, Heracles encadenó a los Cércopes y mató a Sileo y a su hija Jenódoce. La alegoría de Heracles junto a la rueca de Ónfale ha sido utilizada frecuentemente en el arte. En las obras en que se desarrolla este tema se presenta al héroe vestido de mujer y sujetando una cesta mientras las doncellas de la reina hilan, al tiempo que ella viste la piel del León de Nemea y porta la maza de olivo de Heracles. Posteriormente, Ónfale y Heracles se casaron. Un hijo de ellos, llamado Lamo en unas fuentes, y, en otras, Agelao, fue antepasado de Creso.

207    Con absoluta serenidad y firmeza

la vida en que todo lo malicioso deleita, y he procurado no pasar por ella. Hay otra en que los Amadises[208] y los Lovelaces[209] quedan para los neuróticos, quienes, mañana, pasado el neurosismo de la pasión que los cegaba, reirán de esos mismos morbos a que su estulticia[210] los entregó. Yo me alimenté desde mi niñez con el buen ejemplo y la máxima[211] saludable que me inculcaron mis venerados padres, y por eso a mis principios repugna todo lo que esté contra la moral y contra el orden. No soy un santo, pero deseo serlo. El mundo me hará pecar; [pero] la pureza de mis intenciones absolverá mi conciencia.

Era indecible[212] el acento de unción[213] y convicción con que pronunciaba el Marqués esa expresión: *mis venerados padres*, que parecía brotar de lo íntimo del alma.

Ana Luisa lo contemplaba extasiada. El Marqués continuó diciendo:

— Esto, lo comprendo; podrá ser estrambótico, hasta ridículo. La sociedad de hoy, egoísta y escéptica, no comprende esos sentimientos, y ríe de ellos como ríe de cuanto no se aviene a[214] la corriente extraviada de sus ideas. Pero yo prefiero ser el burlado antes que el burlador, la paciente oveja antes que el lobo devorador. No estoy por la moda de los amores ocultos y criminales. Estaré siempre por las antiguas costumbres de *mis venerados padres*; pisotear la honra ajena, hacer befa[215] de la religión y escarnio de la moral, eso no conduce más que a abismos de perdición. Por ese camino se pierden las sociedades y se hunden los pueblos.

— ¡Qué pocos hombres, Marqués, existen hoy que piensen de ese modo.

— La sociedad se pierde, señora, porque existen pocas mujeres como usted.

— ¡Oh!, no me lisonjee[216] en más de lo que valgo.

---

208   Referencia a Amadís, protagonista de *Amadís de Gaula*, obra maestra de la literatura medieval en castellano y el más famoso de los llamados libros de caballerías, que tuvieron una enorme aceptación durante el siglo XVI en la península ibérica.
209   Alusión al villano Robert Lovelace que secuestra a Clarisa en la novela epistolar de ese mismo título – *Clarissa, or, the History of a Young Lady* (1748) – del escritor británico Samuel Richardson.
210   ignorancia
211   educación moral
212   imposible de describir
213   devoción
214   no se aviene a: no está de acuerdo con
215   burla
216   halague

— Usted señora, será siempre, fiel esposa, excelente amiga, modelo de madres. Sus hijos serán honor de su familia y de su patria. Sus amigos se envanecerán de ser solo amigos.

En verdad, para cambiar frases tan edificantes y tan santas no necesitaban recatarse de nadie; pero sin pensar se habían extraviado en el laberinto de verdes y floridas callejuelas del jardín: ella escuchando entusiasmada; él, prodigando frases hechidas de religiosa solemnidad.

Por pequeñeces tales el ocioso mundo suele murmurar, predecir y sobreponer. Se sospechaba de qué hablaban, pero se empezaba a notar que era mucho el ahínco con que aquel hombre, no de mundo, la buscaba para cambiar impresiones moralizadoras.

San Marcos vagaba en compañía del insustancial Barón de X, que le tartamudeaba necedades, y cuando indiferente y desapercibido se dirigía a un asiento desocupado, le interceptó el paso un grupo de alegres mascaritas que charlaban como cotorras y reían de sus inocentes travesuras. Una representaba la Locura, otra vestía de pescadora napolitana. Había una vivandera,[217] una maga española y una aldeana escocesa.

La pescadora traviesa se dirigió al Conde:

— ¿Dónde esta tu Condesa?

— La busco.

— ¿Con la antorcha de Diógenes?

— Ven a ayudarme; tus ojos alumbran más que el candil del hijo de Sínope.[218]

— Sí –, repitió, el tartamudo Barón – más que el ca... ca... can.

— ¡Sí; ca... ca... ca... caca! – repitieron desmortecidas[219] de risa, la Locura y la cantinera; y todas, huyendo del Conde, que pretendía seguir la broma, se internaron y perdieron en la flotante oleada de gasa, seda y encajes que llenaba el salón.

---

217 Mujer que vende víveres en el mercado

218 Diógenes de Sínope, también llamado Diógenes el Cínico, fue un filósofo griego perteneciente a la escuela cínica. Nació en Sínope, una colonia jonia del mar Negro, hacia el 412 a. C. y murió en Corinto en el 323 a. C. No legó a la posteridad ningún escrito; la fuente más completa de la que se dispone acerca de su vida es la extensa sección que su homónimo Diógenes Laercio le dedicó en su *Vidas, opiniones y sentencias de los filósofos más ilustres*. Diógenes fue exiliado de su ciudad natal y se fue a Atenas, donde se convirtió en un discípulo de Antístenes, el más antiguo pupilo de Sócrates. Vivió como un vagabundo en las calles de Atenas, convirtiendo la pobreza extrema en una virtud. Se dice que vivía en una tinaja, en lugar de una casa, y que de día caminaba por las calles con una lámpara encendida diciendo que «buscaba hombres» (honestos).

219 muertas

El Conde no trató de seguirlas en aquella barahunda[220] y se fue a sentar, justamente en los momentos en que se le antojaba a Alberto solicitar a la Condesa para citarla a una danza.

Belisario le dijo:

— Pregunta por ella al Conde. Creo que ella anda por ahí con Represalias, como Pablo y Virginia en el bosque de los Lataneros.[221]

Y Alberto, sin echar de ver que casi obedecía a un mandato se dirigió al Conde, que en aquel momento cambiaba frases ociosas con un su adlátere.[222]

La concurrencia se había aumentado y eran estrechos los vastos salones. Asistir a una fiesta oficial era hacer mérito de patriotismo. Muchos había que eran dadivosos por ostentación; no pocos, por miedo o servilismo: la vida de la colonia no era más que una dependencia secundaria de la vida de la metrópoli.

— ¡Dónde está Ana Luisa! – La Condesa no está en la sala. – ¡La Condesa se ha escapado con el Marqués de Represalia. – Yo los vi que se iban para allá afuera. – ¡Que se han eclipsado! ¡Que se han escondido!

Así rodaba, rodaba, engrosando la bola de nieve, en rápido crescendo, implacable y fría como el cierzo de la adversidad.

— ¡Qué escándalo! – exclamaron las hermanas Contreras –; esa mujer no tiene perdón de Dios.

— Matilde, yo no me trataré más con esa mujer.

— Ni yo tampoco, Malvina.

---

220    confusión

221    *Pablo y Virginia* es una novela de Jacques-Henri Bernardin de Saint-Pierre publicada en 1787. Los protagonistas son dos amigos de la infancia que se enamoran inocentemente pero terminan muriendo de forma trágica cuando naufraga el barco Le Saint-Geran, en el que viajan (un hecho real que sucedió en el año 1744). La historia está ambientada en la isla Mauricio durante el gobierno colonial francés. El lugar se llamaba entonces Isla de Francia, y el autor lo había visitado. Saint-Pierre atacaba la división de clases presente en la sociedad francesa del siglo XVIII. En Pablo y Virginia describe la igualdad social de isla Mauricio, donde sus habitantes compartían las mismas posesiones, tenían los mismos terrenos y todos trabajaban para sobrevivir, conviviendo en armonía, sin violencia o inquietud. Estas creencias de Saint-Pierre son similares a las de filósofos ilustrados como Jean-Jacques Rousseau. Además, Saint-Pierre apoya la abolición de la esclavitud; en la vida real era amigo de Mahe de Labourdonnais, el gobernador de Mauricio que proporcionó educación y apoyo económico a los nativos de la isla. Aunque Pablo y Virginia poseen esclavos, aprecian su trabajo y no los tratan mal. Cuando otros esclavos de la novela son maltratados, los protagonistas del libro se enfrentan a sus crueles amos. La referencia a la novela resulta significativa dado el tratamiento ambiguo de la esclavitud, y el racismo subyacente a esto que ilumina las contradicciones del abolicionismo ilustrado.

222    Persona subordinada a otra y de la que es inseparable. Se usa en sentido despectivo.

Y tranquila, serena, alta la frente, como aquél a la conciencia nada reprocha, apreció la calumniada Condesa, del brazo de Represalias, y sonriente, ignorante de los infames murmullos, fue a sentarse junto a su marido.

Miradas sarcásticas y traidoras cayeron sobre ella y su marido, pero su cándida inocencia no las leyó ni las comprendió.

Represalias se separó un momento al ver a Olivar que se le acercaba como queriendo hablarle. En efecto, don Rodrigo se llegó a él, y le dijo:

— ¿Conoces al *Apaleado*?

— No tengo ese honor.

— ¿Ves aquel hombre, allí sentado, solo, adusto, que parece haber venido a llorar?

— Sí... ¡ah, señor! Lo conozco; ese es...

— Ven y te presentaré.

Y como en aquel momento Juan Pérez se levantó y por casualidad pasó junto a ellos, don Rodrigo, con sencillez, le dijo:

— Señor don Juan, mi amigo el marqués de Represalias.

Ni un músculo de su rostro se contrajo. Con frialdad casi chocante Juan Pérez saludó, tendió la mano y, tras de esos ofrecimientos comunes, caminó hacia el jardín. Aquel hombre parecía no querer aumentar el número de sus amigos. Al pasar junto al de San Marcos, una chispa de odio fulguró terrible y siniestra en sus pupilas, y le cruzó, puede decirse, la cara con una de esas miradas que hieren como un látigo. Y es que recordaba siempre, siempre, aquel antiguo ultraje, que por quedar inulto[223], refluía tenaz a su frente como la remembranza de un delito[224] que roe la conciencia.

Represalias lo miró con fijeza, y luego volvió el rostro a Olivar.

— ¿Cuándo vuelve usted a su residencia de campo?

— Pues... lo ignoro.

— Día feliz el que pasé allí; mucho me gustaría repetirlo.

Olivar de la Fontanilla, le dirigió una mirada pregunta, como quien no comprende y espera.

---

223   Debe ser un error tipográfico, porque esta palabra no aparece en el diccionario. Probablemente es *indulto*, pero esto — *perdón* — no tiene sentido en este contexto, puesto que lo más lógico era decir que el insulto había quedado sin *castigo*.

224   La alusión aquí a un *delito*, en obvia referencia a *indulto*, confirma el error que mencionamos antes. Error porque, como se recordará, Juan Pérez recibió el bastonazo como resultado de haberse burlado él del Marqués.

— Según he oído – continuó el Marqués – los Condes de San Marcos irán mañana a pasar algunos días a su finca.

— ¡Ah!, eso es diferente. Nosotros también iremos *a nuestros dominios*.

# Capítulo X

## Belisario

Después de este diálogo, Represalia se despidió de la Condesa, saludó ceremoniosamente al Conde y desapareció.

No acostumbraba demorar mucho en los bailes, y a aquél había asistido solo para que se le viera allí, porque no asistir a una fiesta caritativa fuera desaire a la promotora.

Ana Luisa lo siguió un momento con los ojos, en esa actitud especial de la persona que trata de resolver un problema. Sus ojos parecían buscar algo en la oscuridad, su boca parecía decir:

— ¡Qué hombre tan singular!

Y singular era, en efecto, un hombre que en aquella época de negación y escepticismo, respetaba los preceptos de la más rígida moral, y se sometía a los dogmas del más severo ascetismo.

El conde se volvió a ella, y con una contracción de labios, que no se podría definir si era sonrisa o mueca, dijo:

— Estoy por creer que ese mentecato te galantea.

— ¿En qué lo notas? ¿Acaso se ha dicho...?

— No sé que se diga nada; pero lo creo yo.

— Ese hombre es incapaz de ningún mal pensamiento. Es la pureza y la timidez de una niña. Su generosidad no tiene límites, y su...

— ¡Con qué fuego lo elogia mi señora!

— ¡Ah!, es preciso que oigas las conversaciones que tiene conmigo; jamás para la niña más inocente pudieron ser peligrosas sus palabras.

— Sí... muy puras las creo; pero, ¿para eso procura ocultarse?

— No lo procura; la casualidad...

— Buena es la cautela, señora, porque hay lenguas en todas partes, y el mundo no está obligado a conocerte y responder de tu sensatez.

Ingenua y desapercibida, entregada a la confianza de su propio proceder intachable, jamás ocurrió a la Condesa que pudiera ser motivo de censura su amistad pura y la desinteresada admiración que aquel forastero le tributaba. ¿Qué derecho tenía el mundo a motejar[225] nada, cuando su conciencia nada le echaba en cara? Quede para las intenciones aviesas, para las conciencias maleables, el disimulo y la ocultación.

La plena confianza que en ella tenía su marido y sobre todo la que ella tenía en sí misma, la hacía ajena a toda idea de hipocresía, y podía ser causa de alguna cándida y comprometedora indiscreción.

Es verdad que el Marqués parecía preferir su conversación y su compañía a la de toda otra persona; que lo encontraba en todas partes; que socorría los mismos pobres que ella, pero esto ¿podía pasar de mera casualidad?

Su quitrín en la calle del Obispo había chocado con otro perdiendo una rueda, y al saltar ella espantada a tierra había caído en brazos del Marqués que corrió a su amparo..., debido todo a la casualidad.

Al visitar a Panchita la Codorniz, gracias a una esquela al lápiz que le noticiaba la enfermedad de la vieja nodriza, se encontró allí al Marqués que había venido con el mismo piadoso objeto... casualidad, pura casualidad.

Ella ignoraba y el Conde tampoco sabía aun que ambos, el puritano del siglo XVI y la pastora suiza acababan de dar inocentemente un escándalo en el baile, y que se hubieran desatado algunas de esas nulidades de lengua viperina, cuyo espíritu parece nutrirse de murmuración, haya o no fundamento para ello.

No sospechaba la candorosa Ana Luisa hasta dónde llegaba la inquina[226] de despechados amigos; ni de lo que era capaz, en la rabia de los celos, aquella Matilde Contreras que veía postergado su amor puro y honesto ante el ilícito y criminal que a la Condesa atribuía.

La pescadorcita napolitana, con su grupo mariposil, acompañadas esta vez de Belisario, pasó de nuevo ante él, juguetona, vivaz, maliciosa, y sin embargo de ver allí a Ana Luisa, repitió su frase:

— ¿Dónde esta tu Condesa?

¡Implacable pregunta! Realmente la pregunta esta vez le parecía implacable.

---

225    censurar con etiquetas las acciones de otra persona
226    mala voluntad

— ¡Escucha!...

La bandada de mariposas desapareció bulliciosamente, dejándolo preocupado y pensativo.

Bien sabido es que cuando el ánimo se siente proclive a una idea enojosa, todos los cabos que atamos, todos los incidentes que antes parecían inadvertidos, son ahora, en la mente ofuscada, pruebas que fomentan el errado concepto que en ella germina. Pero si presintió algo avieso, la indolencia de su carácter y su confianza en su condesa, no le permitieron el análisis.

En este momento se acercó Belisario y saludó mirando a Ana Luisa con rostro plácido-burlón, con ojos medio cerrados como si guiñara.

La condesa contestó el saludo con solo un movimiento de cabeza displicente. Le inspiraba desprecio aquel tipo que había tenido la audacia de brindarle un amor adúltero. Sin embargo, diera la mitad de su vida por no ver el sarcasmo de aquellos labios, la ironía despiadada de aquellos ojos.

Belisario, después de algunas chanzas y observaciones mundanales, tan escasas de oportunidad como de gracia, preguntó con sorna:

— ¿La bella condesita no quiere dar *otro* paseo por las sinuosidades del jardín?

La bella condesita le clavó una mirada, como le hubiera clavado un arpón, y tras breve pausa, contestó secamente:

— Gracias.

Volvió en seguida la cara simulando hablar en privado y con interés a su marido, lo que equivalía a decir a Belisario que estaba de más allí.

Él se separó, en efecto, diciendo con los ojos:

— Tú la pagarás.

Y se eclipsó sonriendo, como hubiera sonreído Rabelais o el mismo Mefistófeles.

---

# Fin del Tomo I

# Tomo II

## Capítulo Primero

### Silvia

Escocía[227] de acerbo modo al de San Marcos aquella, en su concepto[228] pérfida frase: *¿dónde está tu condesa?*, que con picaresca sonrisa le había repetido la vivaracha pescadorcita napolitana, y se propuso ir a su casa para inquirir del caso. Mas, no sabiendo como había de proceder en sus averiguaciones, empezó por dirigir preguntas a su propia conciencia.

¿Por qué había de suponer maliciosas e intencionadas aquellas sencillas palabras de una locuela en noche de bromas? Habría pasado alguna de esas... pequeñeces que la murmuración agiganta y hace llegar a oídos de todo el mundo menos a los del marido?

¡Quién sabe!

Ilimitada era su fe en Ana Luisa. En ese punto no podía caber la sombra de una duda, y la misma firmísima confianza abrigaba respecto del caballeroso marqués, cuya santidad de principios era conocida.

Sabía que era uno de esos corifeos de la amistad, rarísimas excepciones, cuya conciencia no puede abrigar la idea de inferir agravio al prójimo, y menos a uno cuya mano como amigo leal había estrechado.

Pero... ¡quién sabe!

De lo íntimo de su conciencia comenzaba a brotar una duda que no alteraba su confianza ni infligía el menor agravio al buen nombre de la condesa, sino solo mortificaba su amor propio. Él no dudaba; pero ¿no podría estar la duda en los otros? ¿No podría ser que la candorosa ingenuidad de Ana Luisa diera margen a las hablillas de los

---

227   Tenía una sensación molesta o dolorosa de picazón y quemadura
228   opinión

ociosos? Veleta que se mueve a todos los vientos, tal es la opinión pública; frágil barquilla que zozobra al más leve soplo de la maledicencia, tal es la reputación de la mujer.

Nada de esto ignoraba el orgulloso conde, y cuando en ello pensaba, le parecía oír una voz infantil y maliciosa que le repetía: *¿dónde está tu condesa?*

Frase casual, sin duda; frase sin idea, sin doble sentido. Empero, en el momento en que tal pregunta se le hacía ¿sabía él donde estaba su condesa?

No es posible negar que los celos más horribles son los de la vanidad. No basta que sea honrada la mujer del César; es preciso que todos lo crean. ¡Cuántos Otelos que no matan por amor sino por amor propio; uxoricidas[229] por vanidad, por temor de aparecer ridículos, o en venganza de haberlo sido.

Tal era el caso del conde, y tales ideas le perseguían cuando se encaminaba a la mansión de Silvia con el objeto de penetrar más las intenciones de la joven.

La antigua casa señorial de los condes de Jibacoa estaba en la calle de los Mercaderes[230], entonces la más concurrida de aquella Habana amurallada que aún no poseía sus florecientes afueras, pues esas afueras comenzaban bajo la forma de desvencijados suburbios.

Ricos, quinientos brazos africanos fabricaban azúcar en sus ingenios, generosos, ilustrados, como que la mayoría de sus miembros se había educado en el extranjero, eran los de Jibacoa modelo de cortesanía y caballerosidad, y era su residencia una de las que daban la nota en punto a elegancia y buen tono.[231]

---

229  Los que matan a una mujer

230  Mercaderes. Calle de la capital de Cuba en La Habana Vieja, la zona más antigua de la ciudad. Es una calle estrecha que conserva el aire del periodo colonial español. Nace en el litoral del Malecón habanero y termina en la calle Tacón. Según escribió el historiador Arrate en 1761, la calle debe su nombre a la cantidad de tiendas de mercadería, en las que se hallaba lo más precioso de los tejidos de lana, lino, seda, plata y oro entre otras mercancías. Cruzaba esta importante vía colonial por un costado de nuestra primera universidad, en el convento de San Juan de Letrán o de Santo Domingo, el fondo del Palacio de los Capitanes Generales, el Liceo Artístico y Literario de La Habana, la Casa de la Obra Pía y el primer café de la capital.

231  El lector habrá notado los problemas de redacción que tiene este párrafo. Pero ante la disyuntiva de reescribirlo completamente o no, preferimos dejarlo como lo escribió el autor. Para facilitar su comprensión, proponemos la siguiente versión del mismo: «Los condes de Jibacoa eran ricos – quinientos brazos africanos fabricaban azúcar en sus ingenios –, además de generosos e ilustrados; como que la mayoría de sus miembros se había educado en el extranjero. También eran un modelo de cortesanía y caballerosidad, y su residencia estaba entre las que daban la nota en punto a elegancia y buen tono.» Corregido el párrafo, note de paso el lector que lo que sostiene toda esa «generosidad,» ilus-

Era un edificio a la sazón de estilo moderno con todas las mejoras y adelantos arquitectónicos hasta entonces logrados. Dos pisos y entresuelo, cuando aun no abundaban las casas de tanto ser; en los bajos, cochera para mas de un quitrín, caballeriza para más de una pareja, habitaciones de criados y extensos corredores para depósito de cajas de azúcar que habían de embarcarse, pues aun era ciénaga insalubre el punto donde hoy se extienden los almacenes de Regla.

Arriba, espacioso salón de recibo, galerías que no envidiaran a las más lujosas de la metrópoli; muebles que el país entonces estaba muy lejos de poder fabricar. De locetas criollas era *todavía* el piso, de cedro sin cielo raso era *todavía* el techo; pero dorados eran los candelabros que sostenían las bujías, de plata era el anafe[232] que brindaba fuego, y de oro era la salvilla que ofrecía a los fumadores riquísimos vueltabajeros; inalfombrado el pavimento, pero sobre él cinceladas escupideras de bruñido metal; sin tapiz las paredes, pero colgando de ellas en costosos cuadros copias de Rembrant, Murillo y Salvator Rosa.[233] En suma, solo faltaba lo que la época aun no había logrado.

Cuando llegaron los de San Marcos ya poblaban el regio salón copiosos[234] visitantes: los de O'Reylli, Vallellano, Represalia, la familia Avilés de Lara, la de Peñalver de Cárdenas, las hermanas Contreras,

---

tración y el buen tono de la elegante residencia de los condes de Jibacoa no era otra cosa que la sangre y el sudor de los esclavos. Desde luego, toda esa *violencia* coexistía en perfecta armonía con la *generosidad*.

232   Un anafre o anafe era un hornillo fabricado en barro o en metal, pensado para contener las brasas o ascuas que calentaban la olla, cazuela o sartén que contuviese los alimentos, conservándolos calientes. Una de sus propiedades era la de ser móvil y transportable. El DRAE propone su procedencia del árabe hispánico *annáfiḫ*, a su vez del árabe clásico *náfiḫ* (soplador). Otros manuales dan como raíz posible *anaphus*, bajo latín, y éste del antiguo alto alemán *hnap* (vaso).

233   Pintores. Rembrandt Harmenszoon van Rijn (Leiden, 15 de julio de 1606-Ámsterdam, 4 de octubre de 1669) fue un pintor y grabador holandés. La historia del arte le considera uno de los mayores maestros barrocos de la pintura y el grabado, siendo con seguridad el artista más importante de la historia de Holanda. Su aportación a la pintura coincide con lo que los historiadores han dado en llamar la edad de oro holandesa, el considerado momento cumbre de su cultura, ciencia, comercio, poderío e influencia política. Bartolomé Esteban Murillo (Sevilla, 1617 – ibíd., 3 de abril de 1682) fue un pintor barroco español. Formado en el naturalismo tardío, evolucionó hacia fórmulas propias del barroco pleno con una sensibilidad que a veces anticipa el Rococó en algunas de sus más peculiares e imitadas creaciones iconográficas como la Inmaculada Concepción o el Buen Pastor en figura infantil. Personalidad central de la escuela sevillana, con un elevado número de discípulos y seguidores que llevaron su influencia hasta bien entrado el siglo XVIII, fue también el pintor español mejor conocido y más apreciado fuera de España. Condicionado por la clientela, en su mayoría formada por eclesiásticos, el grueso de su producción está formado por obras de carácter religioso. Salvator (o Salvatore) Rosa (Nápoles, 22 de julio de 1615 – Roma, 15 de marzo de 1673) fue un pintor, poeta y grabador italiano, uno de los más destacados del siglo XVII.

234   muchos

[el] contador don Jorge Monzón, el poeta Zequeira, el poetastro Rey Aguirre, y otros íntimos de la casa; todo de lo más distinguido de la alta sociedad habanera, entre los cuales el inútil, estragado, tartamudo, bueno para nada, baron de X.

Silvia Herrera, la pastorcita de Nápoles, sobrina prohijada de los condes de Jibacoa[235], sonrió maliciosa al ver entrar a San Marcos y señora. Parecía presentir que tuvieran alguna cuenta que arreglar con ella. Ana Luisa vestía un precioso traje color rosa pálido que hacía resaltar su aspecto fresco y juvenil. En su rostro resplandeciía esa flor de resignación que solo se advierte en mujeres no felices pero de conciencia pura.

Pronto se animó la conversación – porque sobraban asuntos en aquellos días de eslabonadas peripecias –, girando, entre las damas, sobre el baile, la ópera, el tenor Pau y la Gamborino que acababa de dar la trilogía *La muerte de Abel*, y anunciaba su beneficio con *La feliz casualidad*, a lo que se unía algo de chismes de vecindad, comentarios de crónica privada, o sobre los últimos versos, epigramas y chascarrillos de *El Lince* o *El Regañón*[236]. Entre los hombres, [la conversación] versó[237] sobre Aponte, las convulsiones que sordamente se iniciaban en las colonias, los últimos sucesos de la Península, que en la Habana tenían más de un mes de atraso; y sobre la reciente victoria que por las inmediaciones de Málaga había ganado el general Balles-

---

235  El poblado de San Lorenzo de Jibacoa del Norte fue fundado por Don Gonzalo de Herrera y Berrio, marqués de Villalta en 1756, mucho antes de que uno de sus descendientes, Don Jerónimo Espinosa de Contreras, solicitara y obtuviera un título condal sobre esas tierras. En la época en que se introdujo el mango en Cuba, las personas acaudaladas, ya fueran comerciantes o hacendados, luchaban por adquirir un título de nobleza, vinculando sus propiedades al mismo. Para obtener un título nobiliario era necesario mover relaciones e influencias, además de invertir fuertes sumas de dinero tanto en contribuciones a la corona como en gestiones y trámites para adquirirlo. El afán de ser conde, duque, o marqués obedecía a una mezcla de vanidad e interés económico, ya que, además de elevar la categoría social de quien lo poseía, representaba indiscutibles ventajas financieras. Don Jerónimo Espinosa de Contreras, propietario de la mayor parte de las tierras de la zona de Jibacoa, no era ajeno al interés de poseer un título nobiliario, y en efecto, durante mucho tiempo gestionó convertir sus propiedades en un condado, cosa que logró el 21 de septiembre de 1764 por resolución especial de la corona española.
236  Sánchez Baena nos dice que *El Regañón de la Havana* «salía todos los martes de la imprenta de Esteban Boloña, y que Buenaventura Pascual y Ferrer su fundador y redactor hasta marzo de 1801, «que fue sustituido al pasar a México por José Antonio de la Ossa, denominándose entonces la publicación *El Substituto del Regañón de la Havana*. Meses después, con la vuelta de Ferrer a La Habana, volvió a encargarse de él con su nombre, desapareciendo definitivamente en abril de 1802 por su pase a la Península» (Sánchez Baena 92-93).
237  trató

teros[238]. Suscitóse una discusion que promovió el Pro Caballero con discretísimos razonamientos, y en que terció Represalia emitiendo algunas ideas prestadas y sosas[239] de puro conocidas. Y eso que, aunque deficiente y al parecer tardía su educación, se había esmerado en lo que toca a la diplomacia, solo porque solía ser tema favorecido y casi imprescindible para brillar en los salones. En días de guerra nacional hasta las verduleras[240] picotean[241], aunque sea solo para decir lindezas del enemigo.

Con furor antigalo[242], y hasta cierto punto innecesario, porque no había de ser contradicho, sostuvo que en las turbulencias del día era deber de todo español estar al lado de la patria ensangrentada y llorosa, y denostó a los Usurpadores, que no de otro modo llamaba siempre al intruso rey José y a su imperial hermano.[243]

— Áspero y desabrido – añadió – soplará mañana el viento de la reacción, para los que deslumbrados por el esplendor de los triunfos napoleónicos abandonaron a la patria en su desgracia.

— ¿Pensás, pues, que el coloso caerá?

— Sin tardanza, porque los usurpadores solo temporalmente triunfan. Muy pronto se disipará el velo de entusiasmo que ciega a tantos, y dejará de ser un semidiós el que no es más que un ambicioso afortunado, y entonces los afrancesados y traidores irán a morir en playas extranjeras, a no ser que los salve el olvido y generoso perdón de la agraviada patria. Ya las batallas de Bailén, Arapiles, Villafranca y otras, anuncian el despertar del león y hundimiento del águila. ¡Desventurados los que no sepan leer en el porvenir!

Aunque había en la Península cubanos y aun parientes adheridos al partido afrancesado, nadie contradijo tan patrióticas aserciones.

Hubo allí aplausos para los valientes hijos de Cuba que secundaban los titánicos esfuerzos, y combatían las penas de sus hermanos peninsulares. Pero era de notarse que a todo héroe insular

---

238   Francisco Ballesteros, (Zaragoza, 1770 - París, 29 de junio de 1832) fue un general español. El General Ballesteros luchó contra los franceses en 1793. En 1804 fue destituido de sus cargos por faltas en el servicio, pero Godoy lo rehabilitó haciéndole jefe de aduanas en Asturias. Tras la invasión francesa de 1808, obtuvo de la Junta de Asturias una División que unió a las Blake y Castaños. Luchó varios años con éxito en el sur de España. Liberó Málaga de las tropas francesas en agosto de 1812.

239   desabridas

240   las mujeres vulgares y ordinarias

241   hablan

242   anti-francés

243   José y Napoleón Bonaparte, respectivamente

oponía el marqués sistemáticamente otro peninsular y, siempre que
se hablaba de los Zayas, Zarco del Valle, Arango, Quesada, Marqués
de Moncayo, y otros hijos del país, sin negarles su admiración, hablaba
él con mayor entusiasmo de Castaños, Lacy, el Emancipado, Ballesteros, Jovellanos, Espoz y Mina, Palafox y otros beneméritos[244], más
admirables a los ojos de un madrileño convencido. Parecía tener particular empeño en hacer resaltar su cualidad de español de corazón.

La discusión no había terminado, cuando San Marcos se levantó
y se dirigió al grupo de damas que al otro extremo del salón charlaban
de baile y modas, y poco después Represalia, de un modo ostensible
y sin pretensión de disimulo, se fue a sentar junto a la Condesa Ana
Luisa, a la cual con estudiado misterio, con innecesario recato, como
quien no quiere ser oído de otros, habló... de cosas indiferentes, del
tiempo, del baile, de la moda; mucho de religión, mucho de caridad,
y mucha más de Matilde.

Simulaba deleitarse en hablar de ella. Apenas se la nombraba, su
entusiasmo denunciaba su vivísimo interés, y la bondadosa Ana Luisa,
que así lo comprendía, endulzaba sus oídos haciendo un desinteresado
elogio de la solterona. Ignoraba que ambas, las dos solteronas sordamente agraviadas, comenzaban a hablar de ella en muy diferente
sentido.

—Son de muy noble familia; buenas, caritativas, honradas, y ricas,
sobre todo Matilde.

— La riqueza me importa muy poco, señora. Yo en la mujer
nunca busqué la belleza ni la edad, ni menos el dinero; busco un corazón noble y generoso, como creo lo es el de Matilde. Por eso estudio
a esa mujer y me insinúo, sin que hasta hoy exista entre nosotros un
verdadero compromiso.

— Es pariente lejana de mi marido. Yo estoy segura que hallará
usted lo que busca. Matilde hará la felicidad de su marido.

Esto añadió Ana Luisa con el más sincero acento de convicción.

La de Jibacoa, una Celimena[245] sin coquetería, mirando aquella
pareja que hablaba tan íntimamente de cosas que al parecer solo ellos
podían oír, hizo un gesto de disgusto y buscó con mirada de lástima
y burla al Conde, que no estaba a la vista, porque en aquel momento

244    que merecen honores
245    Celimena, personaje de la obra *El misántropo*, de Moliere. Celimena es una hermosa
       joven, siempre rodeada de pretendientes y amantes, aunque asegura que solo ama a Al-
       cestes.

se ocupaba en solicitar y pronto logró la ocasión de hablar a solas con el diablillo Silvia, que ya en uno ya en otro grupo daba *que hacer a todos*.

Pero se llevó un soberano chasco en sus inquisiciones, porque a su pregunta, hecha con simulada indiferencia, [de]:

— ¿Por qué buscabas a mi condesa en el Coliseo?

Ella solo contestó:

— Porque no la veía en el salón.

Y riendo y dando una vuelta que parecía pirueta, se alejó con ligereza de ardilla.

Si algo había oculto en aquel virgen corazón, oculto se quedaba. Pero el conde sagazmente resolvió reírse de sus recelos, y sin ocuparse más del asunto, se deslizó a la sala de tresillo[246] que ya lo esperaba.

Tresillo y licores, saludos, presentaciones, cerveza, a veces dulces, no aun helados; muy poco todavía de música, constituían por el año doce los entretenimientos y sainetes de las reuniones familiares. En algunas casas se daba de cenar, porque se comía a las tres; cena siempre precedida del infalible *benedicite*, que pronunciaba el papá o la matrona en ausencia del clérigo de la familia.

Terminaban a las once, hora en que se tocaba la queda que obligaba al silencio y al retiro. Después de esa hora los carruajes de alquiler se recogían, los centinelas de las puertas de la muralla y cuarteles daban el *quién vive*, y las patrullas formadas o costeadas a turno por los vecinos, era la única policía y amparo de las desiertas calles; pero el cronista Ferrer[247], que escribe de estas cosas, olvidó decir que esa ronda vecinal siempre estaba en el otro barrio cuando se le necesitaba en este, y prueba de ello que quedaban impunes y por tanto se reproducían con abrumadora frecuencia los atentados más escandalosos.

Al salir del teatro y bailes los jóvenes que habían de ir en la misma dirección, solían reunirse para acompañarse, a lo menos por ciertas calles de mala fama que ofrecían peligro cuando se iba solo.

La Habana y Nueva Orleáns gozaban en este sentido funesta ce-

---

246 La sala de baile. El tresillo es una forma más básica de la figura rítmica conocida como la habanera. Es la célula rítmica fundamental no solo de la música cubana, sino también de la latinoamericana. El tresillo fue introducido en el Nuevo Mundo con la trata de esclavos.

247 Buenaventura Pascual Ferrer

lebridad. Logreros[248], traficantes de esclavos, piratas, blancos opresores, mulatos libres que odiaban a los blancos, negros libres que odiaban a los mulatos, eso componía la abigarrada plebe, a lo que se añadía deficiente policía, carencia casi absoluta de alumbrado, de serenos, de garantías personales.

El marqués continuaba fingiendo hablar con animación, aunque solo hablaba vaciedades. Cuando, a insinuación de los jefes de la casa, la concurrencia se dirigió al refectorio, el marqués y Ana Luisa, distraídos en su diálogo, permanecieron rezagados en el salón; como que Represalia había comenzado una historia que ella oía con más cortesía que interés, una de esas anécdotas no nada picantes y de uso común, en que solo el respeto obliga a la atención.

El barón de X., llevando del brazo a Malvina Contreras, se acercó a saludar a Ana Luisa, y fue justamente en el momento en que el marqués, como terminando una frase, dijo:

— Tú siempre tienes razón, Ana Luisa.

Jamás el marqués había tuteado ni llamado por su nombre a la señora condesa, ni podía tener el más mínimo derecho. Estupefactos se quedaron los que oían, y mayor estupefacción fue la de Ana Luisa, que dirigió a Represalia una severa mirada de inquisitiva sorpresa, mirada igual a la que separándose de su lado dejaron caer sobre ambos el barón y Malvina.

Pero el marqués, como despertando de una distracción, añadió:

— ¡Ah!, perdonad, señora Condesa, fue un lapsus linguae; la comunidad de sentimientos engendra la patria. Me sucede que fácil e inadvertidamente tuteo a las personas por quienes siento una verdadera amistad.

Convencida o no, la condesa nada tuvo que replicar, ni tampoco creyó que el caso requiriera observación de ninguna especie, y más, cuando acto continuo reanudó el marqués su historia, que fue [por] segunda vez interrumpida por Silvia, quien por orden de su tía la condesa de Jibacoa, venía a invitar a la de San Marcos. Silvia, que siempre acometía a Luisa con un arsenal de *comos*, de *por qués*, y de infantiles confidencias, esta vez se presentó con ademán tan respetuoso y tan inusitado en ella, que toda su actitud denunciaba un reproche. Su cara parecía decir: «Señora, eso no está bien».

Pero Ana Luisa sin reparar en nada, se excusó con el marqués de

---

248   Personas que lucran por cualquier medio, y sin escrúpulos

no poder seguir oyendo la larga historia, se levantó, enlazó con un brazo el cuello de la niña, y sonriendo la una, la otra cómicamente seria, pasaron al refectorio.

Represalia, que pudo y aun debió ofrecerles el brazo, permaneció sentado. Siguió a la condesa un momento con los ojos, y luego clavando la mirada en el suelo, meditabundo, siniestro, pavoroso, murmuró sordamente:

— El alma de un niño en el cuerpo de un angel... ¡pobre mujer!

# Capítulo II

## El Gran Galeoto

## I

Se dice

¡Se dice!... he ahí la palabra-proteo, la frase camaleón, elástica, acomodaticia, multiforme, arma traidora de la chismografía. ¿Quién alcanza a medir todo el veneno que puede encerrar un *se dice*, en boca de un chismoso? El *se dice* de los maledicentes es un talismán, un salvoconducto, un introito[249] salvador, que antepuesto a sus maledicencias los pone a cubierto de toda responsabilidad; cobardes que en la impunidad confían, porque la ley castiga al que clava un puñal, pero no a los que a mansalva aniquilan una honra o una vida, con una palabra dicha al oído, con un anónimo o con un *se dice*.

Se dice, se cuenta, corren voces... Planta indígena de casi todos los climas donde haya lenguas, la murmuración, si exótica, se aclimata fácilmente, sobre todo en ciudades y aldeas poco dadas a la industria, porque es engendro de la desocupación.

Como de la podredumbre brota el hongo venenoso, así donde reina la ociosidad surge la malediciencia, y, sierpe insidiosa, funciona sordamente el *se dice* traidor.

Se dice... ¿Quien lo dice? Nadie. No hay sujeto, porque *se* no es un sujeto; es un pronombre indeterminado; forma oración impersonal.

¡Cuántas veces arrojó un pérfido *se dice* la manzana de la discordia entre amigos y deudos! ¡Cuántas reputaciones arruinó! ¡De cuántos odios inextinguibles ha sido causa! Temblad el día que un chismoso tome vuestro nombre en boca, y le anteponga un *se dice*. Tras un *se*

---

249 prólogo

*dice* no queda hombre honrado que no sea un hipócrita, ni casta doncella que no sea chispoleta[250].

Si este *se dice* es de color subido o de asunto grave; si ataca a un invulnerable, irá hipócritamente seguido de un «pero no lo creo»; porque el profanador no avanza por cuenta propia. Con un se dice, hace que otros digan.

Delincuencia impunible, la calumnia, fuego que, como dice Masillón[251], carboniza cuanto toca y cambia en ceniza lo que nos pareció brillante, no prefiere a los que tienen tejado de vidrio, sino a los inmaculados. La envidia la promueve, un nada le da origen, engrosa, pondera, abulta, inventa, añade; la credulidad social la nutre. Si no hubiera oyentes crédulos se aniquilarían los murmuradores, como los gusanos faltos del lodo en que viven.

Informado Isócrates, famoso orador griego,[252] de las injurias que vomitaban contra el sus contrarios, contestó:

— No dijeran tanto si los escuchárais menos.

# 2

## Tú[253]

No era más que un monosílabo, no era más que un *tú*. Pero aquel *tú*, escapado por inadvertencia, y al parecer, sin ninguna intención de la boca del Marqués de la Represalla, había sido recogido por oídos extraños.

Un *tú*, puede hacer la dicha del enamorado galán que por primera vez lo oye de labios de su amada, y puede ser desesperación del marido que lo oye aplicado a un extraño.

Al día siguiente la honrada Malvina, con el misterioso recato del pudor escandalizado, murmuraba a los oídos de la virtuosa Matilde:

---

250　lista, vivaracha
251　Jean Baptiste Massillon (Hyères en Provence, 24 de junio de 1663 - Beauregard-l'Évêque, 28 de septiembre de 1742), obispo y predicador francés.
252　Isócrates (Atenas, 436 a. C. - ibíd. 338 a. C.) orador, logógrafo, político y educador griego, creador del concepto de panhelenismo.
253　Calcago no acentúa este *tú*, ni ninguno de los que aparece en esta sección. Sin embargo, considerando que se trata del pronombre personal, y no del posesivo, los hemos acentuado.

— ¡Se tutean cuando están a solas!

Y los labios de Matilde, y de Cortés, y de Goylan, y del barón de X, y otros, y otros, con pudicísimo sobresalto, repitieron:

— ¡Cuándo a solas se tutean!

A esa observación, a ese descubrimiento, a ese tuteo, tenía que seguir al traidor *se dice*. Y siguió con toda la cáfila[254] de invenciones y comentarios que son su imprescindible secuela.

Se dice... que hay moros en la costa.

Se dice que guarda pañuelos con la marca A. L., bajo corona condal.

Se dice... que se escriben cartas para darse citas.

Se dice... que cuando ausente el conde, se le ve rondar la casa y entrar a deshoras, y no por la criada.

Se dice... que son ciertos los toros.[255]

Se dice...

Y seguía, seguía engrosando la bola de nieve feroz como la adversidad, incontrastable como torrente de lava.

---

254 Conjunto de gentes, animales o cosas en movimiento, unos tras otros.
255 Probablemente una alusión a los cuernos. La frase *ponerle los cuernos* a un hombre significa que la esposa le es infiel.

# Capítulo III

## Los quemacueros

—¡Filosofemos! – exclamó Belisario, levantando los pies sobre el respaldar de *otra* silla, de modo que le quedaron tan altos como la cabeza.

— Sobre ella, seguramente – anadió Alberto, recostando su sillón sobre la pared, de manera que yacía más acostada que sentada su personalidad.

Sacó el primero su vejiga rellena de cigarros y perfumada al uso de la época, con la mexicana vainilla. Sacó Alberto su pedernal y eslabón, honorables precedentes que fueron de las cerillas y fosforillos. Aquél brindó; éste batió fuego, y encendidos ambos puros, comenzaron a hablar entre bocanadas de humo y juveniles risotadas.

— No –; repuso Belisario, – dejemos en paz a la condesa, que por cierto está llamada a una nueva dignidad en el nuevo orden de cosas: será princesa de Quemacueros.

Con burlona sonrisa en ojos y labios se quedó Alberto, mirando inquisitivamente a su interlocutor.

Con igual sonrisa burlona en labios y ojos, Belisario conunuó diciendo:

— ¿Pues, no sabes los planes del Cabecilla?

— ¿Quién los ignora?

— Por decreto imperial de S. M. Negrísima, los blancos machos se suprimen; las blancas hembras se reservan. Las de más distinción serán forzadas a vivir y servir en la Corte de don Antonio I.

La sonrisa desapareció de la boca de Alberto quedándose boquiabierto de asombro porque lo que Belisario decía de burla no era sino lo cierto. Se hablaba públicamente de los descabellados planes del Cabecilla, y fuera realidad o fuera invención de ociosos, ello es que se designaban varias damas habaneras, las más notables por belleza o categoría, de las cuales se decía que habían sido elegidas para esposas o siervas de determinados jefes de las filas rebeldes. Igual idea se atribuyó a los conspiradores del año 44[256].

Allá por las cerranías de la Sierra Morena, los cimarrones acababan de celebrar una ceremonia grotesca y salvaje, que moviera a risa, si no indignara por su vandálica intención: la fiesta de quema-cueros. En una gran fogata quemaron los cueros (látigos) quitados a los mayorales que habían asesinado, y con ellos algunos de los brazos que los habían esgrimido. Alrededor de la hoguera bailaban en rueda, después de emborracharse hasta perder el juicio; mostraban sus miembros marcados por el látigo de los mayorales, y juraban el exter-minio de blancos sin distinción de edades, aunque sí de sexos. La fiesta de quemacueros, que dejó este nombre a una de las bandas rebeldes, debía ser de carabalíes, que se dicen antropófagos en su tierra, a juzgar por lo feroz y sanguinario de sus adeptos; aunque no consta que tos-taran allí ningún niño blanco, como se dijo de una secta de la especie en Haití.

Allí, en tal fiesta, el Cabecilla había distribuido títulos y distin-ciones, escudos, libreas, blasones, para el porvenir o para el día del triunfo; y había nombrado muchas de las damas asignadas o sorteables entre ellos.

En ese punto se despachaban a su gusto, y en vano reclamaban su derecho de primacía las marimachos; que así se llamaba a las pocas hembras adheridas a la banda, las cuales eran, por cierto, más feas y más feroces que los hombres.

La bella y distinguida habanera, Serafina Monteverde y Chávez, esposa de D. Jose Barnuevo, era la elegida por el mulato asesino Tri-nitario, para su compañera o concubina.

La Srta. María Luisa Vélez y Campomoro, era la designada por el jefe negro Lisundia, para ser Marquesa de Casa-Lisundia.

---

256    Alusión a la llamada Conspiración de la Escalera de 1844. El nombre de la nunca probada conspiración se debió a las escaleras donde los esclavos, reos por convicción, eran atados para ser azotados hasta arrancarles la confesión o la vida. Entre las más conspicuas víc-timas de este desenfrenado baño de sangre figuraron el poeta matancero Gabriel de la Concepción Valdés, (Plácido); el dentista Andrés José Dodge; Santiago Pimienta, pro-pietario; José M. Román, músico; el pintor y teniente de milicias Jorge López, todos mes-tizos y, salvo el poeta, de reconocida solvencia económica. El saldo de la represión fue te-rrible: la milicia de color fue desarmada, todo hombre de color libre nacido extranjero recibió 15 días para abandonar el país; la sección de la Comisión Militar Ejecutiva y Per-manente de Matanzas encausó a 3 076 personas, el 97% de las cuales eran libres o esclavos de color, pero solo el 10% de ellas pertenecían a las plantaciones. Las bestiales torturas elevaron a más de 300 la cifra de negros y mulatos muertos durante la sustentación de los procesos.

— Las dos Contreras – dijo Belisario –, serán damas de honor y ayas de los principillos que elabore el Cabecilla.

— Sí, sí; ¡Oh...!, ya lo sabía, aunque no por la *Gaceta*. Y además, la linda Silvia Gómez Cominer, será adherida al harem, con el título de baronesa de Africa-Cuba.

— Item más: Panchita la Codorniz, con diploma de bailadora real, será dama de honor y archiduquesa, pero a condición que los hijos varones que tuviere serán hechos eunucos del serrallo de S. M. Camaleón I.

— Y a ti, como poeta astro, te guardarán para que cantes las grandezas y esplendores de la nueva corte.

— Y a ti, como blasónfilo, para que limpies los zapatos de S. M.

Y ambos soltaron una sonora carcajada en celebración de su ingenio, y como si realmente hubieran dicho una gracia.

— Escucha – dijo Belisario, tomando un grueso manuscrito, de mala letra y pésima ortografía (bien que, según decía, buenos escritores siempre malos escribientes) –, escucha el poema épico que estoy componiendo sobre el caso. No lo harían mejor ni Rubalcava[257], ni Zequeira, ni el Nicodemo del *Diario de la Habana*, ni ese anónimo que escribe en *El Lince*.

— ¡Bien! Ya no necesito celebrarlo, puesto que tú lo haces.

— *Al oso negro de las selvas*:

«Atila ultraferoz, monstruo de muerte,
Parricida Nerón, Marat rabioso,
Serpiente vil de cascabel que vierte
Veneno de Caín, mordidas de oso»;

— ¡Qué calor hace! – interrumpió Alberto tratando de cambiar la conversación.

---

257   Manuel Justo de Rubalcava (1769-1805) fue un poeta cubano nacido el 9 de agosto de 1769 en Santiago de Cuba. Además de las letras, también cultivó otras expresiones artísticas como la pintura y la escultura. Siendo militar, participó en la Toma de Bayajá (en la actualidad, Fuerte Libertad) formando parte del Regimiento Cantabria. Tras abandonar la carrera militar, viaja por Santo Domingo y Puerto Rico, donde permanece durante un año. Ya afincado en La Habana, hace amistad con el poeta habanero Manuel de Zequeira y Arango. Ambos, junto al también poeta y militar santiaguero Manuel María Pérez y Ramírez, conforman el coloquialmente llamado grupo de los tres Manueles. Manuel Justo de Rubalcava falleció en Santiago de Cuba el 4 de noviembre de 1805. Sus obras fueron recopiladas y editadas póstumamente por el venezolano Luis Alejandro Baralt en 1848 bajo el título de *Poesías de Manuel Justo de Rubalcava*.

— Escucha, hombre, escucha:

«Dragon que vomitó...»

— Después de todo, chico, yo creo que no merece el *Oso negro de las selvas*, tanto epíteto virulento, ni merecen los negros versos tan piramidales. Yo creo que tienen razón. Si está su raza en el último escalón social, ¿cómo no ha de aspirar a su enaltecimiento?

— ¡*Asinus auritulus*!

— ¿Qué dices hombre?

— Digo, *asinus auritulus*, como dijo Fedro; *asinus, asini*, masculino de la segunda; por *dominus, domini*, ¿estás? *auritulus*, adjetivo de tres, por *bonus, bona, bonum*; de donde *asinus auritulus*, significa que piensas como un asno orejudo.

— Gracias, por la lisonja.

— No es lisonja ni favor, es *veritas, veritatis*, femenino de la tercera; por *sermo, sermonis*, la verdad.

— Pero, chico, si están ellos bajo todas las capas sociales, natural es que procuren ascender y brotar como semilla en subsuelo, o como procura respirar el animal a quien tapan boca y narices.

— *Stultorum infinitus*...

— No; deja los latinajos para el Seminario o para los púlpitos, y hablemos en castellano castizo. Esos desheredados del destino...

— Tú, tú, tú... sensiblerías inoportunas. *Væ victis*! – dijo Brenno[258].

— *Væ victoribus*! pudo contestar Manlio[259].

— Te digo que discurres como un asno orejudo.

---

258  Breno fue un jefe de la tribu de los senones, un galo de la costa adriática de Italia, que en el año 387 a. C. (390 a. C. según la cronología de Varrón), en la batalla de Alia, dirigió un ejército de galos de la Galia Cisalpina en un ataque contra Roma. Los senones lograron tomar la ciudad entera de Roma salvo la colina Capitolina, que resistió sus ataques. En cualquier caso, y al ver su ciudad devastada, los romanos trataron de comprar la paz a Breno pagando mil libras de oro. Según la leyenda, durante una disputa sobre la exactitud de los pesos usados para calcular la cuantía a pagar, Breno desenvainó su espada y la puso encima de las escalas, diciendo la famosa frase Vae Victis! («¡Ay de los vencidos!»), que ha quedado como frase hecha para indicar que los vencedores no se apiadan de los vencidos.

259  Tito Manlio Capitolino Imperioso Torcuato (en latín Titus Manlius Capitolinus Imperiosus) hijo de Lucio Manlio Capitolino Imperioso, el dictador del año 363 a. C., héroe favorito de la historia romana. Poseía, de acuerdo a los relatos, las virtudes características de los antiguos romanos, siendo un hombre valiente, un hijo obediente, y un padre severo, y nunca permitió que los sentimientos o la amistad interfirieran con lo que él consideraba su deber para con su país.

— ¿La razón, el motivo, el por qué?

— ¿Por qué? Porque son negros, y no pueden ser blancos. ¿Para que nacieron los bueyes? para trabajar; ¿para qué el caballo? para ser montado; ¿para qué el negro? para servir al blanco. La maldicion de Noé a Cham[260], se cumple.

— Sofismas acomodaticios para nos, pero no para ellos.

— Pero, señor defensor de don Antonio I, o don Demonio I, ¿no comprende usted que inundarán la isla de sangre sin lograr nada y sin provecho para nadie? Sin armas, sin táctica, sin recursos, ¿qué esperan de una guerra de exterminio, de desesperación, contra lo imposible? Perder los dos ojos por sacar uno a su adversario. ¡Donosa lógica!

— Pero, pero, pero...

— No hay pero, ni pera, ni manzano. Ellos son más, pero lo ignoran; y además, cada blanco vale por diez negros, y si ese blanco es como yo, vale por veinte. Que los esclavos aguarden, por mal que se hallen, y ganarán más con la lenta evolución, que con la desesperación. Que esperen el día de la luz, que no tardará en iluminar la mente de los blancos. Los libres, que se ilustren; no se les niega escuela. Si se alzaran solo por su libertad y derechos, si aspiraran a la igualdad excusables serían, pero esa ansia feroz de sangre blanca los condenará siempre.

— Nos abominan, es verdad; pero ¿acaso nos hemos hecho amables?

— No importa; con la manumsión, impuesta o voluntaria, el país se arruinaría hasta el punto que ellos mismos se morirían de hambre. Ellos debieran oponerse a esa manumisión.

---

260  Referencia a la maldición de Cam. Después del Diluvio, el «Génesis» dice que Noé comenzó a labrar la tierra y nos lo muestra plantando una viña, de cuyo vino se embriaga. Cam ve «la desnudez» de su padre y se ríe de Él (algunos sabios del Talmud piensan que no solo se rió de él, también abusó de él), el cual al saberlo pronuncia una maldición en contra del hijo de éste, Canaán, del cual profetiza que llegará a ser esclavo de Sem y Jafet, maldición que, según algunos traductores, se cumple cuando Israel (de origen semítico) somete a los Cananeos, si bien permite que algunos, como los habitantes de Gabaón, continúen con vida a cambio de ser siervos. Posteriormente, el propio Israel, incluyendo a los descendientes de los cananeos supervivientes, llegan a ser siervos de pueblos que nacieron de Jafet, cumpliendo así la profecía de Noé. Después de esto, se nos informa que Noé murió trescientos cincuenta años después del diluvio, a la edad de novecientos cincuenta años. No se informa ni del lugar ni de su tumba. Por generaciones intérpretes racistas han sostenido que esta maldición sobre los cananeos implicaba una maldición sobre los africanos de piel oscura. Los clérigos Roberto Jamieson, A. R. Fausset y David Brown dicen en su comentario de la *Biblia*: «Maldito sea Canaán [Génesis 9:25] - Esta maldición se ha cumplido en la destrucción de los cananeos, la degradación de Egipto, y la esclavitud de los africanos, todos descendientes de Cam». (*Comentario exegético y explicativo de la Biblia. Tomo I: El Antiguo Testamento*).

— ¡Hombre!, ¡hombre! ¡Pedir el apaleado que le sigan dando palos! Todavía hoy esos esos sofismas pueden oírse; llegará día en que horroricen.

— Cuando llegue, que se horroricen los venideros. Hoy no es tiempo, y cada cual con su época. Es ley histórica que la raza potente oprima y absorba a la más débil. Crueles fueron los europeos con los aborígenes. Si no lo hubieran sido, ¿crees tú que existiría la raza? ¡Ca! ¡no! hubieran durado un poco más, pero hoy no habría ni uno. La civilización los hubiera envenenado.

— Te encuentro tan filósofo como el rucio de Sancho Panza cuando no comía.

— Cada cual tiene derecho a formar hipótesis, allí donde poetas y letrados guardan silencio.

En efecto, nadie escribió del asunto palpitante, ni prosa ni verso. Zequeira, el poeta; y Romay[261], el prosista, callaban. El elemento gu-

---

261    El médico Tomás Romay es una de las figuras más importantes de la colonia. *EcuRed* lo presenta como médico, «humanista y sabio.» En el sitio cubano leemos que Romay es recordado, «sobre todo, por haber difundido la vacunación antivariólica en Cuba. Por sus acciones de prevención de enfermedades y de promoción de la salud se considera el primer higienista cubano. Considerado como el iniciador del Movimiento Científico en Cuba. Se le acredita un aporte considerable al progreso, especialmente en Medicina, Química, Botánica, Agricultura, Higiene, Educación y Cultura en general.» Pero Moreno Fraginals, que afirma que la etapa 1808-1820 fue «una de las más trágicas del negocio» de la trata de esclavos, nos recuerda el Informe que Romay elevó al Real Consulado «sobre la conservación de los negros durante la travesía.» Entre los ejemplos mencionados por Romay en ese informe estaba el de la fragata española «Amistad», que habiendo salido de África con 733 negros, y que al final del viaje había *perdido* 545 de ellos. Esto, nos dice Moreno Fraginals, «provocó la ira del doctor Tomás Romay, encargado de vacunar los negros arribados al puerto» (*El Ingenio* I, 325. Sin embargo, el doble rasero de la política oficial, así el racismo institucionalizado que transpira en la celebración acrítica de figuras racistas de la cultura nacional como en el caso de Romay, queda al descubierto en la introducción de José López Sánchez a las *Obras* del médico cubano: «El hecho de que Romay fuese el Secretario Permanente de la Junta de Población Blanca ofrece la oportunidad de estudiar su conducta ante la esclavitud,» escribe Sánchez. Como él mismo afirma «la burguesía rica apoyó esta institución por miedo a que el excesivo crecimiento numérico de los negros y la actitud inglesa contra la trata pudiese dar lugar en Cuba a una revolución como la de Haití.» Justamente por esta razón resulta imposible negar el contubernio de intereses racistas que ligaba a Romay a esa burguesía. Continúa Sánchez: «En la Junta de Población Blanca Romay representa la ideología de los agricultores medios. De *médico sin propiedades* ha pasado a ser *propietario de tierras* con una *pequeña dotación de esclavos*. En la Sociedad Económica abogará siempre por el fomento de la agricultura, la diversificación agrícola y la extensión de cultivos como el trigo, el maní y el ajonjolí; estos últimos con un propósito industrial: la extracción de aceites» (énfasis mío). Por supuesto, nadie nos dice cómo se las arregló Romay para hacerse de esas tierras. Por otra parte, ¿acaso porque solo tenía una «pequeña dotación de esclavos» era menos esclavista que los que tenían 200 o más esclavos? Resulta difícil dilucidar si Romay – esclavista y racista – es más deleznable que el mezquino argumento con que se trata de esconder lo que estaba bien a la vista: «Su doble condición de médico y de agricultor medio le permite, no obstante, convertirse en una de las primeras voces condenatorias de la trata, *al menos teóricamente*» (Sánchez 10) (énfasis mío). El autor, desde luego, no

bernativo se esforzaba en desvirtuar y ocultar la enfermedad. Extractemos unas frases del manifiesto que el general Flores de Apodaca, sucesor de Someruelos, publicó la víspera de la ejecución:

> «Tal es el fruto que cogen de su ambición los reos libres indicados, y tal es también el de haberse prestado los esclavos a un criminal proyecto, seducidos por falsas y halagüeñas noticias reducidas a que las supremas actuales Cortes extraordinarias de la nación habían decretado su libertad, y que el gobierno de esta Isla les ocultaba tan importante gracia. Esta fue la principal especie con que se trastornó la sumisión de los siervos, y que arrastraron efectivamente a algunos ingenios, sin otro antecedente que el fatuo y acalorado cerebro del negro José Antonio Aponte y otros, que embaucados por sus torpes cálculos, aspiraban a saciar su estúpida ambición con honores y empleos, a la sombra de aquel fantástico rey.»

Y basta, para probar cuanto se desvelaba el elemento oficial en atenuar la importancia del movimiento insurreccional. Advertiremos que el Cabecilla no aspiraba al título de Rey, sino al de Emperador. Con Napoleón en el Viejo Mundo y Dessalines en el Nuevo, estaba de moda ese título. Antonio I, Emperador de Cuba. Ya los suyos lo adornaban con ese pomposo título.

Belisario tomó de nuevo el grueso manuscrito de su poema y amenazó leer:

> «Dragón que vomitó la mala suerte
> sobre la virgen Cuba...»

— A propósito – dijo Alberto –, se acerca el día en que tienes que pagarme un almuerzo en el jardín del Noy.

— Todavía... ¡quién sabe!

---

se da cuenta de lo que él mismo dice, de la contradicción en que incurre: «Romay es utópico y sincero defensor de un trato justo y humano para los esclavos. En una exposición que dirige a la Real Junta del Consulado, proclama airado: 'La conservación de la agricultura de esta Isla, la prosperidad de algunos particulares, ¿es acaso preferible a la vida de un solo hombre?'» (11). En efecto, como afirma Sánchez, Romay quiere «un trato justo y humano para los esclavos,» lo cual no incluía darles la libertad. El hecho de Sánchez crea él mismo que es posible tratar *humanamente* a un *esclavo* revela los entresijos del racismo cubano. Así, en el artículo en que Romay da cuenta de la introducción de la vacuna, nos dice con absoluta naturalidad: «vacuné a mis dos hijos más pequeños y dos negritos del doctor don Rafael González» (Romay 170). La distinción *mis dos hijos/los dos negritos de...* revela la raíz racista de su humanismo. Menciona la propiedad esclava e infantil como si esto fuera de hecho expresión del orden natural de las cosas.

— Es que va a cumplir el mes de la apuesta.

— Y lo que no pasa en un mes puede pasar en una hora. Mira –añadió con sarcástica infernal sonrisa –, todo se puede esperar de la mujer que ha escrito este papel. Y le entregó el que había sustraído de la mesa del marqués.

Alberto, con asombro leyó aquellas inocentes comprometedoras palabras: *Gracias, marqués, por la ocasión que me proporcionáis; acudiré al lugar que se me indica.* Meditó un momento, y añadió con frialdad:

Eso no es autógrafo; y si lo es, no pasa de ligera indiscreción.

— Esa indiscreción en manos del conde...

— ¡Pero tú no eres tan perverso para hacer tal iniquidad! – dijo, haciendo pedazos la carta.

— ¡Qué haces!

— Nada; te libro de una tentación indigna de ti.

— No la necesito; llegará mi cuarto de hora.[262]

— Los San Marcos están en su ingenio.

— Vienen mañana. Todavía me queda el beneficio de la Gamborino y otros encuentros.

— En los cuales no conseguirás nada.

— ¿Por qué? ¿Cuál es la razón, la causa, el motivo, el pretexto?

— Que estará allí el *Repesaria*, el cual, como de costumbre, monopolizará la compañía y atención de la inflexible condesa.

— Mira, ya tengo al Represalia hasta aquí (señalando al occipucio) –; si mañana ese hombre se me interpone y me estorba, me parece que me levanto, y me voy a él, y...

— Y te vuelves a sentar.

— Lo veremos mañana.

— Mañana lo veremos.

---

262   mi cuarto de hora: mi oportunidad

# Capítulo IV

## En la Artemisa

Volvamos a la Artermisa.[263] El lector nos agradece que lo invitemos; ¡es tan deliciosa esa comarca! Hay tal exhuberancia de vida y movimiento y porvenir en la flora y la fauna de ese recinto; brota tanta poesía de aquellas palmas y aquellas ceibas, cuando bañadas en la purpurina luz del sol naciente, que el ánimo se extasía, el corazón se dilata en ondas de expansión, y los labios bendicen a la Providencia creadora de tanta magnificencia.

El ingenio *Arrogante* está camino de San Marcos[264] a la Artemisa, más cerca de la segunda población y colindando con la posesión de don Rodrigo Olivar. Una guardarraya de palmas conduce, por rojo y desenyerbado piso, desde el camino real al núcleo central de la finca, con mares de caña que se extienden a uno y otro lado hasta perderse de vista.

Mucho verde, mucho azul, mucha brisa arrulladora. La casa de vivienda es suntuosa, rodeada de portal que suaviza el ambiente antes que penetre en las salas y aposentos, ya perfumado por los jazmines y madreselvas que se entrelazan en los intercolumpios del ancho colgadizo. Al frente, el batey[265] limitado por las casas de ingenio y de

---

263  El *Cuadro Estadístico* de 1827 describe así a Artemisa: «Población naciente a una legua p[o]r [el] N[orte] del anterior partido [Puerta de Güira], y auxiliar del curato de Guanajay, situada casi en el centro de hermosos cafetales, y en donde brillan la naturaleza y el arte, ofreciendo una de las vistas más deliciosas y sorprendentes que puede imaginarse: tiene iglesia de buena construccion y capacidad, 61 casas entre las que se cuentan 33 de mampostería de regular comodidad, una eseuela de primeras letras, 2 tiendas de ropa, una carpintería, una cerrajería, 2 fondas, 6 tiendas mixtas, 2 panaderías, una sastrería, una barbería y 2 tabaquerías. Poblacion 326 almas, las 216 blancas, 62 libres de color y 48 esclavos.» — Este pueblo es de figura regular, y a su fomento contribuye eficazmente la numerosa concurrencia de los dueños de las fincas que lo rodean, los de las comarcanas, y vecinos de la capital, que en los meses de diciembre y enero abandonan sus ocupaciones, y tareas diarias de la ciudad, para retirarse a disfrutar de la deliciosa temperatura, y reposo que les ofrece tan halagüeña mansión» (51).

264  San Marcos era uno de los pueblos de Guanajay, en el Departamento Occidental de la isla. Guanajay estaba a 11 leguas de La Habana, y San Marcos a 14 (Poey 1857, 19).

265  Del «Glosario» en *El Ingenio*, de Moreno Fraginals: «Área industrial del *ingenio*. Incluye las edificaciones de carácter productivo y social» (*El Ingenio* III, 111).

purga²⁶⁶; al fondo, jardín y frutales, únicos de la finca, porque la caña requiere sol, y el hacha demoledora derriba cuanto pueda hacerle sombra. Brisas que susurran, aves que trinan, arrollos bullidores que parecen cantar su propia alabanza; cada flor silvestre brindando una inspiración, cada rayo de sol al declinar la tarde dictando un poema de luz, de amor, de vida y de felicidad. ¿Podía ofrecer algo más el paraíso que ideó Moisés?

La castellana de aquel espléndido señorío, Ana Luisa, condesa de San Marcos, es digna de inspirar las exageraciones de los trovadores medievales. Y jamás hubo quien, con igual derecho, reclamara el título de Providencia de los pobres; feliz título para quien no era feliz en la vida conyugal. Alegrábase la finca con su presencia, porque mientras duraba, no se oía resonar el látigo; y bendecían los menesterosos las dádivas de aquélla que aspiraba a ser grande y noble solo por los beneficios. Cuando allí [estaba] ella, los negros dejaban de envidiar el gobierno patriarcal de la Concordia, o cafetal de Juan Pérez. A veces en la hora del conticinio²⁶⁷, ella *llevaba* el rezo, que los negros en fila repetían al toque de la oración.

Rodeada de sus esclavos que la adoraban, y de sus pobres que la bendecían, se halla Ana Luisa mejor y más a gusto que en los aristocráticos salones de la Habana que le daban entrada, más que a su belleza, a la encumbrada alcurnia de su marido. ¡Qué mezquinos y despreciables le parecían esos goces del lujo y de la vanidad al lado de la íntima satisfacción de la conciencia después de una buena obra!

Era su costumbre, vestida con encantadora sencillez y seguida de Susana, ir a visitar los miserables sitios que rodeaban la fastuosa finca, siempre para recoger fruto de amor y bendición. Allí imponía que se la recibiera como amiga y no como rica hembra. Ana Luisa, solo Ana Luisa; no la condesa. Buscaba consuelo a sus tristezas conyugales aliviando las del prójimo, y, ¡coincidencia singular!, allí también encontraba al Represalia. Allí oía el nombre de aquel hombre extraordinario cuya vida, por un encadenamiento de ideas puras y ac-

---

266    Según Moreno Fraginals, casa era «[n]ombre genérico aplicado a ciertas edificaciones del ingenio. El ingenio típico de los siglos XVII al XIX constaba – aparte de las edificaciones sociales – de tres o más casas de carácter productivo: una para moler la caña, otra para los procesos de evaporación y una tercera para la purga. Por esta razón se mantiene en la actualidad la costumbre de llamar *casas* a ciertos sectores del ingenio aunque estén bajo el mismo techo que el resto del flujo tecnológico: v. g., *casa de máquinas*, o *casa de purga*.» La casa de purga era donde se realizaba la separación de la azúcar cristalizada de las mieles (*El Ingenio* III, 122-23).
267    Hora de la noche cuando todo está en silencio

ciones generosas se iba ligando de un modo tan extraño a la suya. Allí estaba el marqués. La había precedido; se le adelantaba como en la Habana, en descubrir infortunios, en aliviar miserias, y al igual del suyo oía bendecir el nombre de aquel transeúnte que solo de paseo, y en raras ocasiones, venía a la posesión vecina de don Rodrigo.

Era una espléndida tarde de un domingo de Mayo. El sol purpurea sobre la copa de las altísimas palmeras, riela en las aguas del tranquilo lago en que retozan los ánades[268], y a medida que se hunde, va dilatándose la sombra de los coposos árboles que rodean la casa: una puesta de sol grandiosa como solo se ve en los veranos de Cuba. Suavísimo céfiro agitaba la cabellera esmeralda de las palmas. Los tomeguines[269] jugueteaban en la copa de los naranjos, cubiertos a la sazón de blanquísimos azahares. La molienda[270] había terminado. A lo lejos se oye el sonoro tambor de los negros que se entregan a su placer favorito y único, el baile, concedido ahora con más latitud porque han concluido los apremiantes trabajos de la zafra. Allá, al extremo de la avenida de palmas que parte en dos el arbolado, se levantan los humildes bohíos[271], y allí en un espacio limpio de yerba se celebra dominicalmente el tango[272] de los negros.

---

268   patos
269   Cuba. Tomeguín. Pájaro pequeño, de pico corto cónico, plumaje de color verdoso por encima, ceniciento por el pecho y las patas y con una gola amarilla.
270   «Período de zafra o trabajo industrial del ingenio» (*El Ingenio* III, 147).
271   Como dice Moreno Fraginals, «[p]or antonomasia la casa de los negros esclavos. // Por extensión, cada una de las habitaciones del *barracón*» (ob. cit., 113). En cuanto al barracón, siguiendo a Moreno Faginals, aparece en un documento de 1798 «para indicar el conjunto de bohíos donde vivían los esclavos de ingenios y cafetales. Con este sentido de vivienda de esclavos y más tarde de trabajadores azucareos en general, llega a nuestros días.» El barracón típico, añade, «fue una gran construcción de piedra, de planta cuadrada, que a veces tuvo más de 100 m de lado.» Era, en síntesis, «un edificio diseñado para el régimen carcelario en la época de máxime barbarie esclavista» (110). Si pensamos que el *bohío*, además de llegar a ser la vivienda más persistentemente asociada con el campo y con el campesino – y que por ello llegó también ocupar un lugar central en el imaginario del paisaje cubano, y con éste de la cubanía – resulta entonces imposible no ver en el bohío típico otra de las muchas trazas de la esclavitud que nunca desapareció completamente. Ese extraño e inquietante vínculo esclavitud-cubanía tal vez coaguló de manera total en el anillo de hierro que Martí recibió de manos de su madre, y que había sido hecho con el hierro del grillete que había llevado en el presidio.
272   Dicen que la palabra tango es anterior al baile y que por el año 1803 figuraba en el diccionario de la Real Academia Española como una variante del tángano, un hueso o piedra que se utilizaba para el juego de ese nombre. Pero ya en 1889 la institución normativa de la lengua incluía una segunda acepción del tango como «fiesta y baile de negros y de gente de pueblo en América». Sin embargo, debieron pasar casi 100 años para que el diccionario definiera al tango como «baile argentino de pareja enlazada, forma musical binaria y compás de dos por cuatro, difundido internacionalmente». Es muy probable que tango sea una voz de origen portugués introducida en el nuevo continente a través del dialecto criollo afro-portugués. Al comparar tango y tambo, Blas Matamoro afirma que

Ana Luisa pidió su manta y sombrilla, y al punto los criollitos[273] se dispusieron a ir con ella, como acostumbraban, sin pedir licencia. Seguida de un enjambre de rapazuelos, y acompañada de Susana, la condesa tomó el camino que llevaba al tango. Palpitaban los roncos atabales, heridos por tremulentas manos, y los bailadores, al verla, duplicaban las contorsiones de ese vértigo que constituye su baile, y en cuyas figuras y pasajes parecen imitar los actos comunes de su vida salvaje: trepar, correr, nadar , pelear y otros.

Pero... ¿quién es aquel hombre blanco que allí, de pie junto al grupo, parece premiar con aplauso y monedas la destreza de las bailadoras?

¡El marqués!... .

Ana Luisa se quedó admirada, y continuó adelantando con visible turbación. Él también pareció admirarse, como si sorprendido, y se saludaron sin ocultar la condesa su asombro. ¿Se debían al *acaso*, esto no pudo menos de ocurrirle, tantos incidentes casuales, o los procuraba y provocaba aquel hombre que jamás le había dicho una palabra de amor, y que hasta le hablaba de sus proyectos con Matilde Contreras? Esto la hizo meditar un momento, aunque sabía que Represalia solía venir a la vecina posesión de don Rodrigo. A pocos pasos, enjaezado y atado a un árbol, estaba el caballo de que se acababa de apear el marqués.

— Venía a visitaros, señora, Y me atrajo y demoró un momento la alegría de estos infelices que no sé cómo tienen ánimo para bailar.

Había, sin duda, inocencia, buena intención y hasta santidad; pero había también imprudencia, por parte del marqués. Ya su virtuosa edificante solicitud había dado lugar entre ella y su marido a observaciones amargas, que casi rayaban en recriminaciones. Ella, sin embargo, estaba segura de haber procedido siempre con recato y cordura. Su discreción, nunca exagerada hasta la gazmoñería[274] ridícula, era indiscutible. Jamás creía haber dejado escapar prenda que la comprometiera. Sabía que la menor aquiescencia[275] podía traerle compromisos que se eslabonarían implacables, como se adhieren las nubes

ambas son onomatopeyas del *tam-tam* o *candombe* utilizado en los bailes negros. Más aún, en dialecto bozal la expresión era «tocá tango» o «tocá tambó» (toca el tambor) para iniciar el baile. El lugar de reunión de los esclavos, tanto en África como en América, era llamado *tango*. Ver: http://www.welcomeargentina.com/tango/historia.html

273    Los negros nacidos en la isla.
274    Afectación de modestia, devoción o escrúpulos.
275    consentimiento

para cubrir la luz del sol, y ni Belisario que la galanteaba con fingido
amor, ni Represalia que la rodeaba de una solicitud incalificable, la
harían jamás descender una sola grada del pedestal de su pureza. Pero
de Belisario reía; ante Represalia empezaba a temblar como si adi-
vinara remotos peligros envueltos en densas tinieblas. Aquellas ex-
trañas conmociones que la generosidad, honradez y grandeza de alma
de aquel hombre suscitaban en ella, ¿eran efecto único de estimación
y amistad?

Él se acercó con cortesía y modestia que no parecía tener nada de
fingida.

— Tendré, si usted lo permite, el honor de acompañarla...

— Gracias, marqués; pero dirijámonos a la casa.

— ¿No prefiere usted disfrutar el ambiente de esta deliciosa
tarde?

— Deliciosa, en efecto, pero...

— Pero... Ya sé lo que usted va a decir: que es preciso guardar las
apariencias en esta sociedad maleada, que busca malicia en todo. El
mundo estúpido y estragado no es capaz de comprender una amistad
santa y desinteresada entre jóvenes de diferente sexo. Es una triste
verdad; el materialismo grosero que impera en nuestras costumbres,
y es esencia de la sociedad de hoy, todo lo malea, todo lo impregna con
su hálito ponzoñoso. Pero, felizmente permanece siempre tan bajo y
despreciable, que solo puede perjudicar a las reputaciones dudosas.
Las almas grandes que tienen conciencia de su propia excelsitud, se
sobreponen.

Se habían adelantado impensadamente hacia uno de los
cenadores, cuyo techo era de emparrado, y cuyas paredes eran de
cujes[276] vestidos de cundiamor y dulcamara[277], con sus flores violetas
y sus racimos de granos rojos.

— Señora, si yo pensara que mi amistad y mi admiración hacia
vos, hubieran de traerle jamás la sombra de un pesar, causado por las
apariencias, o la malicia de los calumniadores, créame usted, abando-

---

276    Vara horizontal que se coloca sobre otras dos verticales.
277    Cundiamor: planta trepadora, de la familia de las cucurbitáceas, de flores en forma de
       jazmines y frutos amarillos, que contienen semillas muy rojas. Dulcamara: Planta sar-
       mentosa, de la familia de las solanáceas, con tallos ramosos que crecen hasta dos o tres
       metros, hojas pecioladas, enteras, acorazonadas, agudas, flores pequeñas, violadas, en ra-
       milletes, sobre pecíolos axilares, y por frutos bayas rojas del tamaño del guisante. Es
       común en los sitios frondosos, y el cocimiento de sus tallos, que es aromático, se usó en
       medicina como depurativo.

naría esta tierra de Cuba que me ha inspirado simpatía, y jamás se me volvería a ver en ella. A nosotros nos ha unido un lazo místico, inviolable, el amor al bien de nuestros semejantes, el imán de la piedad que es el vínculo más sagrado que puede cimentar una amistad verdadera. Por eso hemos merecido a la par las bendiciones que constituyen el galardón más grande de un alma grande. ¿Qué son ante ellas, las raquíticas apreciaciones de esos espíritus vulgares a quienes ofusca y ciega el brillo de los méritos ajenos? Sobreponéos, señora, a esas pequeñeces, a lo menos, cuando venís a ejercer la mejor y más santa de las virtudes cristianas. ¿Qué importa el juicio de la sociedad falible, para almas superiores como la vuestra? Si tiene el temple de los santos, que tenga la energía de los héroes.

— No, Marqués, no me llevará usted hasta la mártir. Esa plenitud de sensaciones celestiales que describe, no me da fuerzas para tanto. Usted me juzga más de lo que realmente valgo. Yo temo... ¿por qué temo?... No sé... pero tal vez la calumnia sorda y traidora se ensaña ya contra mí.

— Yo dudo, señora, que la lengua más viperina pueda empañar espejo tan pulido. La Providencia, que hasta ahora ha recompensado vuestras virtudes, dándoos el modo de aliviar infortunios y uniéndoos a un hombre [que] aunque inferior a vos, hará enmudecer la calumnia con solo hacer brillar el sol de vuestra benevolencia. Mujer que tiene su corazón tan en Dios, pertenece más al cielo que al mundo, y no puede amar sino a la manera de Dios, amando el bien y la humanidad. Se os aprecia mucho, señora, y se os debe mucho para que se trate de perjudicaros. Yo mismo os amo con un amor cuasidivino, que nada tiene de terrenal, engendrado por la admiración, y que solo aspira a vuestra estimación. Nuestras almas desposadas ante Dios en las regiones celestiales del idealismo, nada pueden admitir de cuanto atañe a la grosera materia. Os amo como se ama a un muerto, a un recuerdo, con el amor de Dante a Beatriz[278]. A mis ojos es usted una santa, y los

---

278    Beatriz Portinari (it: Beatrice, 20 de junio de 1266 - 8 de junio de 1290), llamada también Bice, dama florentina, que fue idealizada por Dante en su *Vida nueva* y sobre todo en la *Divina Comedia*. Dante la conoció cuando era una niña de nueve años y no volvió a verla hasta nueve años después. Existe una versión en la que el poeta sólo la habría visto una vez, y ni tan siquiera habría hablado con ella. Otra versión de la historia refiere que la inventó por completo. Sin embargo, nunca Dante proporciona en sus escritos indicaciones respecto a la identidad «civil» de este personaje, que es sobre todo simbólico. De hecho se ha querido proporcionar, en una labor de exégesis romántica, un apellido para esta dama para hacer de este Amor divino que une a Dante y a Beatriz uno parangonable a los amores adolescentes y fútiles modernos.

santos carecen de sexo. Si fuera usted capaz de amarme o de amar a otro hombre con amor mundano, ese aprecio cesaría, porque dejaría usted de ser el ídolo inmaculado, para convertirse en una mujer como cualquiera otra.

Internáronse inconscientemente en el cenador y se sentó ella en un banco de césped. Susana se detuvo a la entrada. Ana Luisa miraba con fijeza a su interlocutor, alucinada con la solemnidad de su acento. ¿Podía pensar que tales razonamientos fueran artimañas de una negra perfidia? No; debía sentir lo que decía. El cómico más hábil no hablara con tal convencimiento y verdad.

— Yo, señora – continuó el marqués –, busco el ideal en la persona que amo; el respeto nacido de mi veneración a lo perfecto. Cesando esa perfección, cesaría también mi estimación, porque no puedo amar los corazones maleados con las impurezas del mundo que antepone los deseos impuros a los inefables deleites del corazón y de la inteligencia. Seré extravagante, lo comprendo. Seré la befa[279] de la putrefacta sociedad de hoy. Pero prefiero todo a derribar por antojos y vulgaridades mundanas el pedestal en coloco a mi ídolo. La amistad sincera y desinteresada es infinitamente superior al amor. Ante esa comunión casta y divina de dos almas inmaculadas, unidas en el cielo de la pureza, ¿qué son los groseros apetitos de la materia y las ansias impuras de las pasiones humanas?

Atardecía; los criollitos retozaban por las guardarrayas y se escondieron al ver que de la casa salía en dirección a ellos un hombre.

Susana entró en el cenador y dijo:

— Ahí viene el amo.

Ese amo ya se entiende que era San Marcos. Ana Luisa dirigió a la criada una severa mirada de reconvención. ¿Por qué aquella noticia dada de aquel modo? ¿Acaso se ocultaban ellos del conde ni de nadie? Pero aquella alma no se podía admitir la hipótesis de una falta; tenía el valor de la verdad.

Se levantó con tranquila serenidad, invitando al marqués a seguirla. Y acompañada de él y de la criada, salió al encuentro de su marido.

---

279   La burla, el escarnio

# Capítulo V

## De viaje

El sol acababa de ocultarse en medio de un deslumbramiento de oro y escarlata, ropaje inmenso en que parecía envolverse para su sueño la inmensa naturaleza. El silencio solemne y melancólico de la noche en el campo imperaba en el batey y en toda la extensión de la finca. Brillaban en el cielo las estrellas; sordos rumores flotaban en la atmósfera. El estridente chillar de los grillos en los cañaverales, el ladrido de algún perro lejano o el mugir de algún cansado buey; acaso el grito desapacible del pavo real posado sobre el caballete de la casa de purga, son los únicos ruidos que interrumpen la calma y monotonía general.

Cuando el marqués (comprendiendo que había desazón entre los cónyuges, y que por lo tanto él estaba de sobra) se despidió y se marchó, el conde, volviéndose a Ana Luisa, y con no disimulado mal humor, exclamó:

— ¡Ya esto es insoportable! ¿También vino a hablar de limosnas y caridades?

La condesa fijó un momento en él su mirada limpia, serena, celestial, que parecía derramar efluvios de inocencia y candor; y dijo:

— ¿Acaso mi marido me hace el honor de tener celos?

— De ningún modo, Ana Luisa, porque te conozco. Pero es preciso poner término a estas impertinencias comprometedoras. Tu misma candidez, tu soberbia confianza en ti hará que la opinión te condene contra toda razón. ¿Quién sabe lo que ya se habla de cierta pastora de los Alpes que inocentemente se paseaba con un puritano de Walter Scott por los jardines del Coliseo? La murmuración es tanto más ceñuda cuanto es más impecable la persona a quien muerde. De una arista la calumnia hace una viga; con una palabra construye un volumen.

— ¿Quién puede tener empeño en calumniarme, si jamás he hecho daño a nadie?

— La calumnia es despiadada, y para morder no necesita más que un pretexto. Muy santas creo yo las intenciones de ese hombre. Basta que tú lo digas, y basta su reputación. Pero si no se te ocurre un modo de evitar esto, tendré yo que hacerlo. Porque no quiero que ese individuo continúe edificando tu moralidad.

Ana Luisa meditó un momento, y comprendió que no le faltaba razón a su marido.

— Partamos al extranjero – dijo –, demos un paseo por la Península. Yo... no sé... me alegraría ir...

— Te sentarán los aires del mar. Yo también lo deseo, e iría aun sin la presencia del marqués. Pero no basta eso. Ese hombre, ese modelo de virtud, ya me carga; y no volverá a molestarnos. ¿Quieres escribirle los inconvenientes de su amistad y de su piedad y de todas sus virtudes?

Ana Luisa guardó silencio y fijó en él sus ojos, en cuyo límpido cristal brillaba el cielo clarísimo de su alma.

— Pues bien; lo haré yo. Y hoy mismo – concluyó el conde.

Su acento se había alterado y era áspero y desabrido, como jamás había sonado ante aquella mujer, cuya conducta ejemplar admiraba, y a cuya mística influencia se sentía purificarse. Él sabía y no podía olvidar la heroica silenciosa abnegación con que la condesa, sin una queja, sin un reproche, había acogido a Magdalena y salvado a aquella niña, su hija, que él cínicamente había abandonado. Comprendía que no era acreedor a la estimación de aquella santa inmensamente superior a él; si no por las despreciables condiciones de la cuna, sí por las cualidades muy más valiosas del corazón. Por lo mismo debía abominar al hombre, que aun procediendo de buena fe, venía a sentar la negación o la duda en las apariencias, hasta allí indiscutibles, de su felicidad conyugal.

Aquellos rabiosos celos... de otra especie, que a despecho de su plena confianza comenzaba a sentir. Aquellos celos de su buen nombre comprometido, ¿eran acaso menos tormentosos porque se debieran a inadvertidas ingenuidades, sin culpa de ninguno de los dos cónyuges?

La carta fue, pues, escrita: seca, disciplente, casi ofensiva. Y al día siguiente, vueltos a la Habana, los condes de San Marcos participaron a sus amistades que se embarcaban para Europa por el primer correo.

Ese correo salía para y llegaba de la Península una vez al mes, siempre esperado con ansia, porque, principal lazo con el exterior, venía a dar vida a los negocios administrativos, y hasta a las conversaciones que languidecían faltas de pábulo[280].

Pero al dia siguiente[281], casualidad sin duda, el marqués también anunciaba su próxima partida en el mismo buque. Nadie le podía negar ese derecho, y las dos noticias corrieron juntas por la ciudad.

El demonio de la maledicencia sonrió satisfecho y gozoso.

— Se dice... ¡cuántas cosas se dijeron!

— ¡Se va en seguimiento de ella! – murmuraban las Contreras; – ¡O tal vez ella en pos de él! ¡Pobre conde de San Marcos!

— ¡Siempre probo y consecuente! – murmuró la condesa; – se va por evitarme compromisos.

Pero cuando supo Ana Luisa que su evangélico perseguidor elegía el mismo buque, arrugó las cejas y se quedó abismada, meditando este dilema: «O desistir del viaje o escoger otra vía.»

Lo primero era lo más aceptable desde que ese viaje no cumplía su objeto principal. La condesa, en realidad, no gustaba del mar ni de los viajes, y éstos estaban muy lejos de ser lo que son hoy. A medida que el progreso, han disminuido el tiempo y los peligros, [y] han ido también aumentando las comodidades y satisfacciones. Entre los viajes del año doce y los viajes de hoy hay una diferencia de 73 años.[282] Fulton no había aun atravesado el Atlántico con su caldera de vapor[283], y empujados al capricho del viento, aquellos poéticos pero incómodos buques de vela, empleaban doce o quince días para Bal-

---

280 Aquello que sirve para mantener la existencia de algunas cosas o acciones.

281 En el original, *subsecuente*.

282 La observación del narrador implica que vive en 1885. Puesto que Calcagno publicó la novela en 1901 cabe preguntarse *por qué* eligió específicamente ese año para situar temporalmente a aquél. Por otra parte, un año más tarde, es decir, en 1886, se decretó la abolición oficial de la esclavitud en Cuba. La novela, que no menciona en lo absoluto ningún evento histórico en Cuba – ni siquiera la llamada Guerra de los Diez Años (1868-1878) – con excepción, por supuesto, de la rebelión de Aponte, y la conspiración de La Escalera, parece mirar por tanto, como especie de Janos narrativo, y sobre todo político y racista, tanto al pasado inmediato – los fines del siglo XIX y la guerra de independencia de 1895, aunque insisto, sin aludir a ella – como al presente de Calcagno al escribir la novela: el inminente advenimiento de la República cubana (1902). Finalmente, si como parece, o pudiera haber sido el caso, Calcagno se valió del artículo de Márquez sobre la rebelión de Aponte, no debemos olvidar que dicho artículo se había publicado en la *Revista Cubana* en 1894, casi a las puertas de la guerra. Si bien no es posible explicar el motivo de la elección de Calcagno, tampoco puede subestimarse el hecho que su narrador narre los hechos desde 1884, justo dos años antes de la abolición oficial de la esclavitud.

283 Robert Fulton (Pensilvania, 14 de noviembre de 1765 - Nueva York, 24 de febrero de 1815) fue un ingeniero e inventor estadounidense, conocido por desarrollar el primer barco de vapor que se convirtió en un éxito comercial.

timore, que era nuestro Nueva-York de entonces,[284] y treinta o cuarenta para Cádiz o Marsella. ¡Y luego!, los camarotes estrechos, y los
corredores nulos; el balanceo, el mareo, el olor a brea, la carencia de
salones, de libros, de periódicos, y de numerosos pasajeros con quienes
departir en amable sociedad. Todo contribuía a hacer que las travesías
por mar fueran[285] un negro paréntesis en la vida, y no una variante
agradable como hoy.

Pronto supo el mundo habanero que los de San Marcos partían:
ella se había despedido de muchas amigas, y aquella tarde en el paseo
se despidiría de otras.

Como el conde anunció que iría a pie, Ana Luisa, que no podía
contar con su áspera suegra, invitó a su carruaje a sus amigas las Garrido, que no aceptaron por hallarse anteconvidadas[286]. Invitó
entonces a las Carlier, que se excusaron cortésmente; a las Contreras,
que lo tomaron a ultraje y apelaron a un dolor de muelas. Tampoco
aceptaron las García.

Don Rodrigo, que era de Cádiz, dio al conde cartas para eminencias gaditanas y al entregarlas dejó escapar la frase: «Llegó la
hora.»

— ¡Llegó la hora! – exclamaba después el conde –; ¿qué querrá
decir ese imbécil?

Desde que el acérrimo torcedor de la sospecha comenzó a atormentar su intelecto, todo le parecía alusión, todo sarcasmo. Ya había
habido, no lo había revelado a la condesa, pero había habido una de
esas traidoras cartas anónimas que, escritas en la sombra, no secan, no
paralizan, no matan la mano que las escribe y el cerebro que las dicta.

Esa misma frase repitió Olivar de la Fontanilla, al oído de Represalia.

Había ido a verlo, y con semblante grave le había dicho:

— ¿Y bien?

El marqués, sin contestar, le entregó aquella carta del conde en que
le cerraba, en términos no muy corteses, las puertas de su casa; y ponía
[en] entredicho[287] su amistad santa, piadosa, evangélica, con su señora.

---

284   El comentario «aquellos poéticos pero incómodos buques de vela, empleaban doce o
      quince días para Baltimore, que era *nuestro* Nueva-York de entonces» (énfasis mío) su-
      giere una ambigüedad en el origen nacional de Calcagno, quien al menos aquí, si no
      puede afirmarse rotundamente que habla como *estadounidense*, tampoco puede negarse.
285   En el original, *fueron*.
286   Probablemente, la idea es que ya ellas habían aceptado antes una invitación.
287   Eliminamos la preposición *a* que antecedía a *su*.

Don Rodrigo la recorrió, y devolviéndola con una mirada significativa, repitió aquella frase que debía tener alguna significación misteriosa y terrible.

— Llegó la hora.

Y por su parte, el marqués, palideciendo y apretando con rabia los
dientes, murmuró:

— ¡Llegó la hora!

# Capitulo VI

## Llegó la hora

E ra domingo único día en que se visitaba nuestros paseos. El de más tono era la Alameda de Paula, que mucho tiempo fue único, y que por antonomasia, y no con sobra de razón se llamaba la Alameda. Extendíase, orillando el puerto, desde el teatro Coliseo hasta el hospicio de Paula. Pero no respondía ya a las crecientes necesidades de la población, como que apenas se dilataba cinco cuadras, con piso de hormigón, sin más adornos que asientos de piedra y una línea de árboles al costado que daba a la ciudad; al frente de esa línea, la bahía, limitada allá lejos por los insipientes caseríos de Regla y Casablanca.

Sentado sobre una una playa medio hundida, sostenía el terraplén un pétreo muro de contensión que besaba un mar somero, en cuya fangosa orilla se veían sobresalir mangles y uveros; y al pie de éstos, a menudo crustáceos corrompidos impregnaban de fétido olor la atmósfera.

El de Extramuros, iniciado por el general Las Casas, empezaba a monopolizar la atención, sobre todo de los paseantes en carruaje, que aun no eran muchos. Corría paralelamente a la muralla entre las puertas de Tierra y de Ricla; al centro, ancha avenida de toda clase de árboles frutales, más tarde reemplazados por álamos, y luego por laureles; callejuelas a uno y otro lado, para pedestres; a la izquierda flores y murallones negros; a derecha broza y casuchos informes; tal era el paseo que hoy modernizado lleva el histórico nombre de Isabel la Católica[288].

---

288   Actualmente, el Paseo del Prado. Note el lector que la expresión «hoy modernizado» nos recuerda que la ubicación temporal del narrador es la de 1885, cuando todavía el Paseo llevaba el nombre de Isabel, y la estatua de la Reina estaba frente al hotel Inglaterra, exactamente en el mismo lugar que ocupa hoy la de José Martí. El Paseo del Prado es una avenida en La Habana. En su trayecto norte-sur se localiza en la concurrida zona de La Habana Vieja y a solo una cuadra de la Calle Industria, que marca el límite con Centro Habana, se extiende desde la Fuente de la India y la Plaza de la Fraternidad hasta Malecón. Fue construido en 1772 bajo el gobierno colonial del Marqués de la Torre, Capitán General de la isla, que en aquellos momentos era una de las colonias españolas más

Solo se visitaba los domingos. Por la avenida central circuían los carruajes, quitrines y volantas de dos ruedas, pues no había más que dos coches de cuatro: el del Capitán General y el del Obispo.

Allí están nuestros principales conocidos: la condesa de San Marcos se inclina, y con gracioso agitar del abanico, saluda a la de Bayona, cuyo quitrín recamado de plata, arrastran dos briosas mulas de Tierradentro; allí, las de O'Reilly, las de O'Farrill, de la Real Proclamación[289], etc. Los carruajes, por lo general, no llevan sino damas dos o tres veces en cada uno; raras veces un matrimonio; pues los hombres cabalgan, o van a pie por las callejuelas laterales.

Represalia, marquésmente sentado en los cojines de un elegante cabriolé, vehículo nuevo en la ciudad[290], dirige con maestría su fogosa pareja de tordillos, antes propiedad del acaudalado Juan Pérez, y al saludar a Ana Luisa, nota que esta le responde con indisimulable timidez, casi con miedo.

La condesa no se sentía feliz. Había notado que no estaban allí las Garrido que, anteconvidadas por otra amiga, no habían podido aceptar su invitación. Pero sí vio a las Carlier que la saludaron con frialdad, y estaban las López, que omitieron saludarla, y las Contreras, a despecho de su dolor de muelas.

Esto la apenó mucho, y cuando recordó que la marquesa de H.

---

florecientes de América. Su primer nombre fue el de Alameda de Extramuros o de Isabel II, por hallarse afuera de las grandes murallas que cercaban la ciudad. En 1928 el Arquitecto paisajista francés Jean-Claude Nicolas Forestier rediseñó el la avenida para convertirla en uno de los paseos más importantes de La Habana y de América Latina. Fue sembrado con árboles y se colocaron bancos de mármol. Se colocaron ocho estatuas con figuras de leones, hechas de bronce que parecen custodiar el paseo. Está dividido en cuatro secciones fundamentales bien delimitadas: el Paseo, el Parque Central, la Explanada del Capitolio y la Plaza o Parque de la Fraternidad.

289    Marquesado de Real-Proclamación. Es un título nobiliario español creado por el monarca Carlos III de España en 1763 a favor de don Gonzalo Recio de Oquendo y Hóces, natural de La Habana, VII poseedor del mayorazgo de su Casa, Regidor perpetuo del Ayuntamiento, Alcalde ordinario y IV Regidor Alférez Mayor por juro de heredad de la Habana; Teniente Gobernador Político de la isla de Cuba durante la dominación inglesa. El fundador de esta familia en Cuba fué don Antón Recio y Castaños, natural de España; que ya aparece como vecino de la Habana y uno de los treinta y cuatro supervivientes que quedaron en esta villa después del saqueo que hizo el pirata Jaques de Sores, según una relación de vecinos que hizo el 10 de julio de 1555 don Francisco Pérez-Borroto, Escribano de Cabildo y enviada a la Corte. Don Antón desempeñó los siguientes cargos de República: Procurador general, Diputado. Regidor perpetuo, Regidor Tesorero de Cruzada y primer Depositario general que tuvo el Ayuntamiento de La Habana, y fundador del primer mayorazgo que se fundó en Cuba.

290    El cabriolé es un carruaje de dos ruedas con capota muy similar al tílburi con puerta. Es decir, lleva puerta en la parte delantera que se cierra en dos hojas hasta la altura de las rodillas. Se monta por dos muelles fijos a la caja que por delante encajan por dos gemelas en la limonera. La limonera por su parte va suspendida por correas de dos muelles en forma de C fijos en las varas.

había omitido convidarla a su fiesta onomástica, y que la señora de B.
había aprovechado su ausencia para una fiesta bautismal, se llevó la
mano a la frente y murmuró:

— ¡Dios mío! ¿Será desaire...? Pero ¿por qué?

¿Por qué?... no, no había un por qué. Su sentido íntimo no le revelaba ni un pretexto. Estaba segura que el ángel de su guarda no la
había abandonado un momento. Pero allá, en su interior, condenando
los frecuentes extravíos de las opiniones mundanales, juró renunciar
franca y ostensiblemente a una amistad que, por mucho que pudiera
ser noble y desinteresada, la comprometía. ¡Cuán despreciables son
ante un espíritu recto los raquíticos prejuicios de la sociedad; pero
cuánto es forzoso precaverse contra ellos!

Por las avenidas laterales, la elegante juventud masculina,
discurre, charla, ríe, critica, calcula la situación financiera de cada pa-
seante por el lujo de su tren, y charla de amores, de política y de todo.

Un grupo, parte sentados en los bancos, no de mármol ni de
hierro, sino de piedra tosca, comenta, entre risas y epigramas, las últimas ocurrencias de la crónica habanera. Es claro que allí están Alberto y su inseparable compañero Belisario Cortés; allí el conde de
San Marcos, indolentemente sentado; y allí el arruinado y extragado
barón de X, que ya he nombrado en no recuerdo cuál capítulo; allí
don Francisco Senmanat[291], don Matías Armona[292], estrellas juveniles

---

[291] Posiblemente se trate del Francisco Senmanat que había sido implicado en la
conspiración de la Legión del Águila Negra y condenado a muerte. Antonio Pirala
afirma que el Capitán General Vives inspirado «en elevados sentimientos y pensando
bien, que, atajado el mal, era de mejor efecto político la clemencia que el rigor, solicitó
del rey el indulto para todos los sentenciados que fueron comprendidos en el decreto de
amnistía por el natalicio de la princesa Isabel» (Pirala 20). La Conspiración de la gran
legión del Águila Negra fue una conspiración separatista fomentada por México, bajo la
forma de logias masónicas, orientadas a culminar la liberación de América y preservar
la independencia de las jóvenes repúblicas. Se constituyó en 1823. En sus planes figuró
provocar un levantamiento armado en coordinación con diferentes expediciones procedentes del exterior, como la que tuvo lista, cuando era gobernador del estado libre de Yucatán, el general mexicano Santa Anna quien pretendía asaltar sorpresivamente el castillo
de la Cabaña, para dar inicio a una revolución separatista que abriera la posibilidad de
fundar en Cuba una república independiente o anexada a México, ninguna de cuyas op-
ciones convenía al gobierno de los Estados Unidos. En Diciembre de 1829, el ministro
español en Washington informó a Dionisio Vives la participación en el movimiento del
carpintero nativo de Nueva Orleans y radicado en La Habana, José Julián Solís, quien
al ser arrestado, confesó todo lo que sabía, inculpando así a sus iniciadores y a numerosos
complotados de La Habana, Matanzas, Puerto Príncipe y Santiago de Cuba. En
sentencias del 7 de junio, 5 de agosto y 14 de diciembre de 1830, se condenó a seis de los
encartados – incluido Solís – a la horca, sanción que fue conmutada por la de prisión per-
petua, y a un centenar más a distintas penas.

[292] En 1793 el coronel Matías Armona embarcó al frente de su batallón con destino a Santo
Domingo para apoyar a los españoles en la guerra contra las tropas francesas (*Historia or-*

de la época; y allí varios ociosos, algunos de los cuales acaso ignoran de que vivirán mañana, aunque sospechan que vivirán bien.

¿Dónde no se encuentran algunos de esos tipos que pasan desapercibidos por el mundo, por más que procuran ponerse en evidencia; que ríen, gozan, visten bien y se divierten; que nada siembran, que nada construyen, nada fundan, ni aun familia; y sin saber ni para qué nacieron, se creen dignos de todo lo bueno?

Represalia que pasaba, al ver aquella reunión de amigos, y sobre todo al divisar al de San Marços, detuvo su cabriolé, arrojó las bridas al paje o caballerizo; que aun no se había importado la palabra *groom*,[293] y se dirigió al alegre grupo al que saludó con desenvoltura.

---

*gánica* 432). Ada Ferrer nos dice: «Los regimientos cubanos empezaron a llegar a Santo Domingo durante el verano de 1793, aproximadamente dos meses después de que el gobernador español de la colonia pactara para recibir los servicios de esclavos franceses armados que llegaron a conocerse como los negros auxiliares. Los primeros oficiales cubanos que llegaron parecían perplejos y extrañados por esta relación entre el gobierno español y esclavos armados. Primero, parecían incómodos al referirse o admitirlos como sus auxiliares, prefiriendo referirse a ellos como palenques, o comunidades de esclavos fugitivos, un término que les negaba su estatus militar. Gradualmente empezaron a ver la completa y problemática confianza de España en estas fuerzas. Para abril de 1794 España tenía una amplia parte del territorio que le pertenecía antes a Francia [...]. Pero los comandantes de los regimientos cubanos insistieron repetidamente que este control era ilusorio. Para retener estos pueblos, éstos confiaban completamente en las fuerzas negras auxiliares, cuya lealtad era, en el mejor de los casos, dolorosa, y en el peor, transitoria. Oficiales procedentes de Cuba tales como Juan Lleonart y Matías de Armona escribían del desagrado y repugnancia que tales alianzas les provocaban personalmente.» Ferrer añade que éstos «a menudo expresaban también la predicción de que cuando los auxiliares negros dejaran de tener enemigos franceses que matar y a los que robarles, las fuerzas se volverían contra sus aliados españoles. Todo parecía haber cambiado de orden. Los españoles dependían de ex–esclavos para sus victorias militares y confiaban en su magnanimidad para sobrevivir. Armona se quejaba de que las fuerzas negras los veían como tributarios, teniendo que proveerles de comida, bebida, dinero y otras comodidades para preservar el mínimo sentido de seguridad. Tales condiciones, decían Lleonard y Armona, llevaban a los ex – esclavos negros a verse como superiores a los blancos» (González-Ripoll Navarro 190). La mención de Armona en la novela es importante en el sentido de añadir, aún si solo oblicuamente, otra narrativa relacionada, para no variar, con el *miedo al negro*. Por otra parte, lo que refiere Ferrer permite entrever que ese mismo miedo creaba una solidaridad – admitiendo, claro, que esto era inconsciente – entre las fuerzas enemigas blancas. Esto y no otra cosa sugiere el miedo de que los negros que combatían a los franceses se volvieran luego contra los españoles. En este punto cobra forma el miedo a la guerra racial, pero como siempre fue el caso, entendida solo desde una dirección: de los negros contra los blancos. Esto justificaba que los últimos usaran la violencia y el terror para disuadir a los blancos de cualquier intento de revuelta. Para decirlo en pocas palabras, el miedo a la violencia negra y a la «guerra de razas» se usó para justificar la violencia blanca y la guerra de razas de los blancos contra los negros. Finalmente, como lo demuestran los temores de Lleonard y Armona, la balanza del poder estaba inexorablemente sujeta a cambios imprevistos que podían ocurrir súbitamente.

293   Nótense las constantes alusiones a la influencia norteamericana en la sociedad cubana como marcador de una distintiva diferencia entre el *pasado* en que transcurre la novela (1812) y el *presente* del narrador (1885). Aunque esto podría igualmente extense al año mismo de publicación de la novela, cuando Cuba estaba todavía bajo la ocupación norteamericana.

Todos se volvieron a él, eunque no con igual expresión en el semblante.

— ¡Albricias! – exclamó el locuaz Alberto –; aquí está el que nos faltaba, el hombre a la moda.

— El Lovelace habanero – añadió Cortés, respondiendo al saludo del recién llegado.

— El favorito de nuestras damas de tono.

— El conquistador, el irresistible.

— Señores, me honráis demasiado, si es que son elogios y no burla. No me alcéis tanto, porque será más dolorosa la caída.

Esto dijo el marqués, sonriendo con el aire de un conquistador que se cree a sí mismo digno de todo elogio. Una de esas sonrisas solapadas y traidoras que no dicen que sí, pero que todo lo afirman. No era en aquel momento el jesuita, sino el hombre de mundo. El conde, que apenas lo había saludado, se quedó mirándolo de hito en hito[294].

— Eso es efecto de falsa modestia, Marqués; bien sabemos que hay quien solo para vos tiene amabilidades y debilidades.

— Amabilidades sin malicia, señores; al menos para quien como yo cree que se puede amar siempre, y que no se debe odiar jamás. El odio es creación del infierno; el amor es sentimiento bajado del cielo.

— Distingo – dijo una voz.

— Niego – añadió otra.

— No hay distinciones ni negaciones posibles, porque el amor verdadero no puede ser impuro; es siempre divino, a despecho de nuestros raquíticos convencionalismos y apreciaciones. En mi concepto, no hay circunstancias en que no se deba amar y aun pretender. ¿Qué una mujer es casada? ¿Qué pertenece a la iglesia? ¿Qué ha hecho voto de castidad?... ¡bah!, instituciones humanas, absurdas como todo lo humano en punto a dogmas morales. El amor todo lo justifica y todo lo santifica.

Aquellas teorías tan nuevas en boca del marqués, a todos dejaron absortos.

— ¡Bravo! ¡Y decían que este era el Quijote de la honestidad! Nos habíamos equivocado: ¡si es todo un hombre!

— Y yo que creí que había nacido para cura de aldea. Bien, marqués, lo felicito; esa es la filosofía de la época.

— Pero esas máximas son acomodaticias – dijo Alberto.

---

294   Fijando la vista sin distraerla a otra parte.

— Yo las creo originales y bellas – añadió Belisario.

— Sí, repuso otro – tan bellas como la pastora de los Alpes que lo acompañaba la noche del Coliseo por las sinuosidades del jardín artificial.

Un hombre que hasta allí parecía indiferente al diálogo, se puso de pie y se acercó redoblando su atención. Era San Marcos, que instintivamente vió algo provocativo en la actitud del marqués. En sus oídos sonaba la misteriosa frase de Olivar: «llegó la hora», y la pérfida pregunta de Silvia: ¿Dónde esta condesa?

— Ya, ya – dijo otro con acento burlón – la estaría catequizando para alguna de sus obras de caridad.

— Lo cual nos revela que la dama era catequizable.

— Nada de indiscreciones, señores – repuso el marqués, dirigiendo una mirada al conde que se ha acercado; mirada que se hacía aparecer intencionalmente furtiva; mirada traidora que parecía decir a los otros: «me callo por ese hombre».

— Yo detesto las indiscreciones, continuó – y más cuando no se trata de una mujer del pueblo, de una cualquiera, sino de una señora de alto rango, cuyo buen nombre he *jurado* respetar.

— ¡Una señora de alto rango! Ja, ja, ja; era una pastora suiza.

— Era una señora condesa.

— ¡Imposible! – dijo, sin poder contenerse, el conde de San Marcos.

— Acaso – replicó implacable el marqués, – tenga usted más motivo que otro para negarlo.

— ¡Yo!... ¡Impostura!

— ¡Caballero! – duplicó el marqués, – yo, a quien me desmiente, le contesto de un modo muy sencillo.

Y el modo muy sencillo, fue una solemne bofetadada en pleno rostro del conde de San Marcos. Ante aquella agresión brutal e injustificada, el estupor de los circunstantes no tuvo límites.

Represalia, señalando al conde de O'Reilly y al barón de X., dijo:

— He aquí mis padrinos, señores; el duelo tiene que ser a muerte. Ese hombre tiene derecho a matarme, porque la dama que me acompañaba por las soledades del jardín, era la condesa de San Marcos.

La indignación llegó a su colmo. Jamás, ni en las novelas de Scott, entonces en boga, ni en los dramas más sangrientos, ni en las crónicas más escandalosas se había visto cosa semejante. ¡Comprometer innecesariamente la honra de una mujer, después de pisotear la dignidad del marido! ¡Y eso lo hacía el sesudo, el longánimo, el moralizador marqués de Represalia! .

Todos comprendieron que aquello no podía ser efecto de un acto primo[295], de un pasajero rapto de furor, sino resultado de una muy detenida premeditación; desenlace de algún plan urdido en las sombras. Se comprendió que aquello se debía a algún antecedente ignorado; que había, en fin, llegado una hora que se aguardaba.

O'Reilly y Senmanat, sin ocultar su indignación, se negaron a ser padrinos de un hombre que en su concepto merecía ser castigado como un bandido y no como caballero. Pero, Represalia, sin inmutarse, prometió elegir otros testigos para el duelo que tendría lugar al día siguiente.[296]

Porque no podía pensarse que el conde esta vez dejara de batirse. Antes se había negado a cruzar su espada con un hombre ofendido, porque no le igualaba en alcurnia, porque carecía de un título. Pero ahora se trataba de un señor marqués, y de una afrenta doblemente infamante.

Retiróse este, tanto más rabioso, en cuanto sabía que el marqués había mentido infamemente, atribuyendo malicia a aquella inintencionada e insignificante escapada en el baile del Coliseo, o a alguna otra inadvertencia de la ingenua Ana Luisa. Pero confiado en su pureza inmaculada, y a despecho de la indiscreción inocente que pudiera haber dado agarre a los comentarios de la maledicencia, la condesa le parecía más bella y más pura y más adorable ahora que el mundo de la envidia le arrojaba su inmunda baba.

Era preciso matar a aquel hombre, aplastar la víbora ponzoñosa, pero ¡ay!, ni aun así quedaría lavada la honra y destruída la calumnia, ese tizón que mancha cuanto toca.

¡Es tan frágil ese cristal que constituye la honra de la mujer!

---

295  Impensado, sin meditar
296  En el original, *subsecuente*.

# Capítulo VII

## Sobresaltos

Al conocer, aunque a medias, la noticia de tan inusitado escándalo, la condesa por un momento se quedó absorta y confundida, sin saber a qué atribuir el hecho, sin poder ponderar las consecuencias a que daría margen en un público tan proclive a formular desfavorables comentarios y despiadada censura.

Por primera vez comenzó a concebir vagarosas sospechas sobre las intenciones y virtudes del marqués, admirándose de que antes no se le ocurriera pensar en ello.

Y de nuevo, y con más insistencia, se preguntó: ¿quién es y que nos quiere ese hombre?

Pero dudó un momento. Sabía que su marido había residido en Madrid, y allí tenido sus trapicheos[297] amorosos; y concibiendo la posibilidad de algún misterio insondable, tal vez de algún secreto criminoso en la ignorada vida del conde, juró arrancarlo del corazón y labios de Represalia. Menguada confianza en la moralidad de su marido le hacía tener la triste historia de Magdalena Valdés, no tanto por el hecho en sí, que eran de tono aventuras tales en la acomodaticia aristocracia de la época, sino por el inicuo desamparo en que había dejado a la que había hecho madre.

No podía pensar que aquella inexplicable violencia por parte de un hombre, hasta entonces tan respetuoso y comedido, fuera efecto de la carta del conde, displicente, pero no vejaminosa; ni menos se le ocurrió que el caso pudiera obedecer al deseo por parte de Represalias de quitar un obstáculo que le impedía llegar a ella. Pues, ¿acaso era, ni había ansiado nunca ser su amante? Existía, sin duda, algún ignorado motivo de odio y venganza, que en vano se esforzaba en descubrir; y los sentimientos más encontrados[298] luchaban en las celestes

---

297 aventuras
298 contradictorios

claridades de su conciencia sin resolver ninguna de sus dudas. ¿Podrá ser todo un rapto de celos del conde? No era inverosímil. Ya había habido serias reconvenciones por causa de su amistad mística pero comprometedora, y empezó a recelar si ella que tan bien sabía guardar su honra no habría sabido guardar las apariencias, y si era posible que los amigos, la opinión pública, el mismo marqués, se valieran de sus imprudentes inadvertencias para perjudicarla en su buen nombre.

Eso sería inicuo, pensó, pero posible en el perverso mundo de la envidia.

Ella no había sabido toda la iniquidad del ultraje. No se le había dicho que el marqués, procaz y deslealmente había llevado su felonía hasta nombrarla en público, envolviendo su honra en una oleada de fango. Solo se le había hablado de una acalorada disputa que podía atribuirse a pasajero arrebato. Lo demás lo sabía toda la ciudad, menos ella. Pero había habido una bofetada, y comprendió que debía seguir un duelo. Aunque su marido nunca la había privado de quimerista[299], juzgó imposible que rehusara en tales circunstancias. ¿Dónde y cuándo sería? ¿Sonaría en ello su nombre? ¡Ah!, la maledicencia, como lo había dicho el conde, de una arista hace una viga, con un átomo de causa levanta montañas de calumnias. Por momentos le parecía imposible haber sido tan injusta y cínicamente burlada. Aquel misterioso forastero, aquel enigma vivo, el intachable, el generoso, el moralizador, que parecía adorarla con un platonismo ya tan fuera del mundo; que amaba su alma con amor evangélico y no ansiaba su cuerpo; que la buscaba para edificarla en las más severas virtudes y para inducirla a la caridad; que reducía sus pretensiones a la posesión de la solterona Contreras; aquel modelo, en fin, aquel impecable... ¿podría ser un Tartufo?

El caso bien conocido del cardenal Peretti vino entonces espontáneamente a su memoria para mentar sus dudas y congojas. La historia cuenta que Félix Peretti era un pobre hombre, sumiso, humilde, encorvado, mirando siempre al suelo como quien busca algo. Encontró al fin lo que buscaba: las llaves de San Pedro. Irguió entonces altivo la cabeza, se impuso a la atónita Europa, y fue sucesor de Gregorio, pacificador de Italia, rival de Rodolfo, y el más grande de los pontífices que han ocupado la silla de San Pedro. ¡Cuánto debió reír el guardador de puercos alzado a Sixto V. de los que dieron fe a su

---

299    Persona que busca peleas, riñas

fingida insuficiencia![300]

Así, por un piélago[301] de conjeturas vagaba sin timón ni guía Ana Luisa, no pudiendo medir ni comprender aquel abismo que se abría entre el santo y el jesuita[302]; el Represalia de ayer y el de hoy. Y no confiando ya para su justificación en lo intachable de su reputación y en la sensatez del círculo que la conocía, comprendía que allí, en charco de cieno, naufragaba una honra, y que esa honra era suya, y no veía camino de salvación: por todos lados el oprobio, la vergüenza, la infamia... a despecho de su inocencia.

Ya ni su inadvertencia le hacía creer que todos, a pesar de las apariencias, le harían justicia. Ella no se reconocía una santa. Ella, en su vida social, no había podido prescindir de ciertas frivolidades mundanas que constituyen la esencia de la condición femenil: vestir de lujo, parecer bien, competir, ser admirada. ¿Qué corazón de mujer resiste a esos atractivos hasta cierto punto excusables? Verdad podría ser también que no amara a su marido, y que eso lo supiera el mundo. Sus padres, ante el frío interés de un título nobiliario la habían, no sa-

---

300   Nacido como Srečko Perić, de origen serbio, su familia era de refugiados que huyeron desde Kruševice, Ragusa, producto de la invasión otomana, cruzando en una arriesgada travesía el mar Adriático, para radicarse en Montalvo, cerca de Ancona y luego trasladarse a Grottammare, siendo su nombre traducido al italiano Felice Peretti, tanto Srečko como Felice significan en español *Feliz*, traducidos del dálmata y del italiano respectivamente, siendo Peretti la traducción del apellido dálmata Perić. Su familia fue de humildes campesinos, por lo que años después sus enemigos le enrostraron el haber sido porcero de niño; ingresó con tan sólo nueve años en el monasterio franciscano de Montalto donde inició sus estudios de primeras letras que completaría en las universidades de Ferrara y Bolonia, obteniendo el grado de Doctor en Teología en 1548. Fue ordenado sacerdote en 1547. Hacia 1552 tras ganar reputación como hábil dialéctico y predicador, llamó la atención de dos futuros papas, los cardenales Ghislieri (Pío V) y Caraffa (Paulo IV) lo que le supuso iniciar su carrera eclesiástica siendo enviado, en 1557 a Venecia como consejero de la Inquisición destacándose por su severidad hasta tal punto que los venecianos reclamaron su deposición en 1560. El cardenal Peretti fue designado Papa el día 24 de abril de 1585, y tomó el nombre de Sixto V. El nuevo papa, hombre curtido en los tribunales de la inquisición, era el indicado para enfrentarse al bandidaje instituido en el que había quedado sumida Italia a la muerte de su predecesor Gregorio XIII. cuando la temible policía vaticana no pudo seguir recabando botín por falta de asaltantes lo bastante osados como para enfrentarse a los brutales métodos del papa, se dedicó a hostigar a prostitutas, ladrones y otros grupos socialmente marginados de Roma. Sixto V se creó una merecida imagen de amo cruel y concitó sobre sí el odio de sus súbditos. Consciente el propio pontífice de que el pueblo romano no habría de erigir una estatua en su memoria una vez fallecido, se la dedicó él mismo en vida en la cima del Capitolio; no debió contar con que los oprimidos ciudadanos de Roma ni pensaban ofrendársela ni estaban dispuestos a tolerar un acto de egolatría de aquella naturaleza. Una vez muerto la estatua fue retirada.

301   mar

302   Se dice del religioso de la Compañía de Jesús, fundada por San Ignacio de Loyola. Sin embargo, en algunos lugares de América, como en Cuba, *jesuita* se usa con el significado de *hipócrita* y *taimado* (que es naturalmente el uso que le da la condesa.

crificado, pero sí inducido a abandonar sus primeros amores con un honrado burgués que la amaba de corazón, para casarla con un envanecido linajudo que solo había mirado a su belleza personal, y que hoy tal vez estaba arrepentido de su tontería, como ella deploraba no haber sido fiel a su primer amante, el bueno de Juan Pérez. De aquí podrían nacer la frialdad, la indiferencia en el hogar, pero su espíritu, estando fundido en sentimientos de más acrisolada pureza, su alma siendo honrada naturaleza y por convicción, jamás hubieran podido sus acciones inspirar la sombra de una duda, a lo menos ante su propia conciencia.

¿Ni cuál de sus actos podía ser vituperable? Los recorría con afán sin detenerse en ninguno. ¿Procedería la duda de un hecho aislado, por ejemplo, el inocente caso del Coliseo, o surgía del conjunto? El marqués, ahora lo recordaba con abrumadora suspicacia, la seguía y perseguía; no daba paso sin que apareciera él... *casualmente*, siempre indiferente y frío al amor vulgar, siempre para hablarle de Matilde Contreras. Pero aquella persistente sucesión de accidentes en apariencia fortuitos, y sin embargo, sistematicamente eslabonados; aquel encontrarla en todas partes, aquel afán de socorrer sus mismos pobres, frecuentar su misma iglesia, sus mismos amigos, aquel... una luz siniestra y horrible, una idea que rayaba en los límites de lo monstruoso, comenzó a asomar primero débil e indecisa, luego fatalmente luminosa en su agitado intelecto.

Empezó entonces a atar cabos, como dice el vulgo, y echó de ver multitud de pequeñeces que antes no había advertido, y aquellas mismas cosas casuales que antes le parecieron naturales y sencillas, ahora se le presentaban malignamente intencionadas. Hasta ese título de *Represalia* le pareció intencional. Recordó que algunas veces, hablándole el marqués de sus vulgaridades moralizadoras, parecía querer fascinarla con el hilo eléctrico de sus pupilas de fuego. Sus miradas parecían estampar un beso abrasador en sus labios; aberración insólita, contradicción patente entre sus palabras y su rostro. Su boca hablaba moral; sus ojos decían amor lúbrico, fogoso, indomable, ansia cínica de vencer. Recordó lo que Panchita la Codorniz le había contado de como el marqués se presentó espontáneo a ofrecer su protección, ganando su afecto mediante multiplicados favores, y como al saber que ella era incorruptible, había inquirido todos los particulares de su vida.

Luego, pensó, aquello podría haber sido un nuevo plan, un cambio de táctica. Convencido de su inflexibilidad, adoptaría el medio de la hipócrita santidad para inspirar confianza al conde y a ella, y llegar, serpiente insidiosa, a la meta infame que se había propuesto. El amor, o a lo menos, la similitud del triunfo obtenido por el esplendor de una pérfida traidora benevolencia. ¿No fue siempre la perfidia la fuerza de los débiles? Todo aquel ostentoso afán de caridad ¿no podía ser sino un sistema? Toda su santidad ¿no podía ser un lazo? ¿No podía retozar en su corazón la más mefistofélica de las carcajadas, mientras en su rostro se ostentaba la gravedad de un faquir? Tal vez no pretendía ser amado; le bastaba que lo creyeran los otros. ¡Vencer a la invencible! ¡Honroso lauro, envidiable triunfo ante el mundo habanero!

Todo le parecía posible a medida que iba leyendo una página ominosa de hipocresía, de bajeza, de perfidia, en la historia hasta allí inmaculada del marqués. Hacía tiempo que a despecho de la santidad intachable del misterioso personaje, una voz interior le gritaba: «guárdate». Y ahora sentía con arrepentimiento y vergüenza que el pedestal de admiración en que lo había colocado su candorosa credulidad se desmoronaba de repente, y la estatua, cayendo derribada a sus pies, se hundía en un lodazal de ignommia.

Su ofuscación y sus temores la inducían a creer como si fueran axiomas estos áridos sofismas.

Que no basta ser impecable para sí mismo, si no se es para los demás.

Que la inocencia puede ser culpable... por inocente.

Que cuando una mujer envidiada titubea, todos la ayudan a que caiga, aunque no haya uno que pueda arrojarle la primera piedra.

En este momento entró Panchita la Codorniz. Había sabido «que su señora estaba enferma», y venía a verla por sí y de parte de su madre la nodriza.

— ¡Enferma yo! – exclamó Ana Luisa asombrada –; ¿quién te ha dicho tal cosa?

— El señor Marqués de Repersaria.

— ¡Cómo! ¿Lo has visto? ¿Después del escándalo?

— Sí, señora. Vino a despedirse de mí, haciéndome un nuevo donativo. Sé que se baten mañana, a las ocho, en Carraguao[303].

---

303  Barrio habanero.

— ¡Mañana...! – exclamó la condesa, reflexionando y como si hablara consigo misma. Y acaso – añadió –¿ te reveló eso para que me lo comunicaras a mí?

La Codorniz guardó un momento de silencio, y es que se le ocurrió la misma idea que había ocurrido a la condesa; pues ¿a qué venía, en efecto, que Represalia le diera aquella noticia que solo a él importaba? ¿Con que objeto inducirla a visitar a la condesa, con el fingido pretexto de una enfermedad supuesta?

— Pero dime, repítemelo otra vez, ¿que te ha hablado ese hombre de mí?

— Pues nada, niña Ana Luisa; preguntas y más preguntas. Que cuál era su iglesia, que si la niña había tenido enamoraos, que si iba aquí, o si iba allá. Y yo le contestaba a todo como podía, porque como el señor marqués es tan bueno y tan caritativo que siempre me da algo; y como sacó de la cárcel a Perico el Malagueño, que es mi cuñado, porque es casado por la iglesia con mi prima Malenita, y como le paga doble cuando Perico lo lleva en su bote, y como...

— ¿Y qué contestabas a sus preguntas? – interrumpió la condesa cada vez más nerviosa.

— Yo le hice ver que perdería su tiempo si esperaba ser amado de su merced. Le dije que su merced era la misma virtud y la misma bondad; y entonces fue que averiguó los favorecidos por su merced, en cuya casa se iba para duplicar sus limosnas y hacer favor a nombre de su merced.

— ¡Cómo! ¿Qué dices? ¿Sus caridades las hacía en mi nombre?

La Codorniz nada pudo contestar. Se quedó contemplando con pavor el aspecto sombrío que acababa de invadir el rostro de la condesa. Esta procuró dominar su emoción, y simulando una tranquilidad que no sentía, preguntó:

— ¿Y luego?

— Y luego... siempre venía a casa, a veces con un amigo, cuando el diablo le soplaba que su merced podía venir, y ese amigo se quedaba en la calle.

— ¡En la calle! Repitió la condesa en el colmo del asombro.

— Y luego dale que dale en preguntar, y en seguir a su merced por todas partes, que al fin se empezó a hablar...

— ¿Qué es lo que se ha hablado?

— Pues, nada, niña Ana Luisa, tonterías, embustes.

— ¿Pero cuáles son esos embustes? ¿Qué se ha dicho?

— Se dice que su merced...

— ¡Habla, habla!, gritaba la condesa en el summum de la exaltación. ¿Qué es lo que se dice? ¿Quién lo dice? ¿Por qué lo dice? ¡Habla!

— Pues se dice que mi casa era... y que su merced venía para... y que el señor marqués... y que su merced... ¡oh, niña!, por Dios, si yo no puedo hablar. Tengo miedo que voy a decir una barbaridad.

— ¡Está bien! – concluyó Ana Luisa, levantándose nerviosa y agitada. – Ahora mismo vas a buscar al marqués. Quiero verlo inmediatamente, ¿entiendes? Dile que lo espero aquí...; no, aquí no vendrá. En tu casa, en donde quiera. Dile que le doy una cita ¿entiendes?

— Niña...; mire que es un disparate lo que la niña va a hacer.

— No importa: corre.

Partió la Codorniz, y en seguida la condesa se dispuso a salir, acompañada de una amiga, o de Susana, pues bien sabido es que nuestras damas nunca salen solas.

¡Ya no podía dudar! No comprendía con qué intención, pero sin duda llevado de la más negra perfidia, aquel hombre, con lazo de seda y flores, la había arrastrado a un abismo de deshonor y de vergüenza. La luz se hizo, se disipó la niebla, y vio el antro que su propia candidez le había ocultado.

¡Sí!... la seducción, la infamia, la deshonra, lograda por el intermedio de una fingida, traidora santidad; el frío cálculo de la más cobarde perfidia, vestido con las galas de la más noble entre las virtudes cristianas. Todo en aquel monstruo era hipocresía y bajeza: su amor fingido a Matilde Contreras, ardid para desatar las lenguas de aquellas solteronas despechadas; su carruaje, siempre a la puerta de ellas, artificio para que se creyera que estaba en su propia casa; su desafío con Belisario Cortés, artimaña infame para hacer rodar su nombre en la crónica del escándalo; su entrevista en el Coliseo, sus encuentros en la calle del Obispo, en casa de la Codorniz, en el ingenio, farsa; sus golpes de pecho, sus limosnas a pobres, su protección a Perico el Malagueño; aquel su afán de elevarla a las serenas regiones de la villa espiritual haciéndola partícipe de su obra evangélica; y aquel *tú*, aquel infame *tú* que ante testigos al parecer inconsciente había salido de su boca en la recepción de los de Jibacoa, farsa sistematica, comprometedora; plan maquiavélico, celadas intencionales siempre presenciadas por un testigo que hablara, porque parecía que un genio maléfico, perseguidor de la inocente, se complacía, obediente a la voluntad del marqués, en crearle falsas apariencias y rodearla de dificultades.

Se sintió como quien despierta tras angustiosa pesadilla, y entonces fue cuando pudo leer su propia historla y la de aquella[304] esfinge que se había fingido zorra para triunfar león; angel de luz para sembrar tinieblas. ¡Y ella había admirado, concedido toda su confianza a aquel hombre con cara de Cristo y corazón de Judas! ¡Había bendecido al angel sin adivinar al demonio! Ella, si no *in facto*, le había pertenecido en alma, por el lazo místico de una simpatía irresistible, y así, llevada de una fascinación en nada vituperable, ella, inconsciente y desapercibida, había permitido que sombras de duda flotaran sobre su reputación, hasta entonces imnarcesible.

¡Y la duda en puntos de honra vale tanto como la realidad! Nada aparece inverosímil cuando se quiere derribar una reputación que inadvertida dio un punto de agarro a la murmuración de inferiores o de envidiosos.

¡Vencer a la invencible! No había, pues, venido a ella arrastrado por una pasión indomable, frenética, excusable por su vehemencia, de esas que llevan hasta el crimen. No; él había con fría premeditación a sembrar la deshonra y el infortunio en personas que no recordaban haberle ofendido. Si acaso, lo habría hecho su marido; y ella, pura de corazón y de alma, ella, admiradora sincera de todo lo que juzgó grande y noble, venía a ser la víctima expiatoria de faltas, tal vez de crímenes cuya existencia ignoraba.

En todo esto meditaba Ana Luisa, y se preguntaba a sí misma cómo pudo ser tan cándida y tan incauta. ¿Qué encanto fatal cubría sus ojos que no apercibieron aquel abismo con borde de flores y fondo de cieno? ¿Cómo pudo olvidar la insensata, que más que otra alguna debía respetar las conveniencias sociales y temer las engañosas apariencias, en tanto que había desairados que por despecho ansiaban su caída, y ayudarían, si fuese necesario, los planes perversos de quien la solicitara?

Y entre tanto la desgraciada que así discurría en aquel maremágnum de encontradas ideas, ignoraba hasta donde había subido ya la marea creciente de la maledicencia. Porque no llegaban a ella ni a su marido las maliciosas hablillas de los ociosos, y las apreciaciones de

---

304    En el original, *aquel*.

buena fe, pero desfavorables, de la gente honrada.

Apresurémonos a advertir que en aquella época en que aun la novela y las costumbres europeas no habían inficionado esta sociedad sencilla y honrada, se miraba con menos longanimidad[305] que hoy cuanto se refería a la honra femenil. Tan atrasados estábamos en punto a las tolerancias sociológicas que se rechazaba a la culpable y se rehuía su amistad. El privilegio de ciertos desmanes se reservaba para los hombres. La mujer había de ser señora, o se la excluía de entre las señoras. De aquí que abundaran menos que en otras comunidades las mujeres ligeras y los maridos fáciles. Las aventuras de cierto género que trascendían al público eran cuchicheadas con estupor por las irreprochables a quienes escandalizaba ver en público, todo comedimiento, reserva y timidez, a la hipócrita que escarnecía a la sociedad en secreto.

Ese sentido moral de la conciencia pública de entonces, ese código social, no escrito pero aceptado, tan despiadado para la mujer como indulgente para el hombre, gravitaba con peso de plomo sobre la inocente Ana Luisa. Damas de respeto y consideración, celosas del buen nombre de sus hijas, dando atenta excusa, habían suspendido el pie de su casa. Con desdén y disimuladas sonrisas la saludaban sus amigas de la infancia. Descocados[306] requiebros, que a veces no comprendía, escuchaba de labios jóvenes, que antes respetuosos, no se hubieran propasado hasta hacerle arrugar el ceño. Ya ni aquel diablillo Silvia le dirigía sus inocentes bromas, antes bien parecía ganosa[307] de retraerse y evitar su compañía, como si obedeciera a insinuaciones ulteriores.

Jamás se vió la enconada mordacidad popular hincar un diente más viperino ni con mas fútil pretexto. Las apariencias engañaron a unos; a otros movió el deseo.

Los que creían proceder de buena fe, acaso con sinceridad deploraban y con prudencia enmudecían, pero ¿qué decir de los que procedían llevados de la malicia y de su espíritu maldiciente? Hay en toda comunidad social un núcleo canceroso que parece nutrirse de los girones de honra que arranca al prójimo, nulidades a quienes ofusca el esplendor del mérito ajeno y arrojan su baba inmunda sobre los más

---

305   generosidad
306   Sin recato
307   deseosa

puros, ansiosos de empañar en otros las virtudes de que carecen. Al decir de muchos, ya no cabía dudar: la virtuosa, la intachable, la modelo, había cedido a la seducción de un desconocido, un forastero, tal vez un advenedizo. Belisario y el barón de X., y otros de su jaez[308], la creían o la declaraban la querida de Represalia. Solo uno la defendía, y aun éste, Alberto Goylan, empezaba a dudar después del lance acaecido en el paseo.

Tal era el abismo que la tranquila conciencia de la condesa no había podido ver hasta aquel momento, pero que ahora comenzaba a patentizarse, espamoso e inevitable ante sus ojos. Enloquecida de pavor y de enojo, ansiaba contemplar aquella cara infame que tanto tiempo la había engañado, aquel corazón nutrido de veneno y de odio, aquel Proteo[309] que así se disfrazaba de jesuita como de matachín. Quería... no sabía lo que quería, ni lo que iba a hacer. Sin embargo mandó poner el carruaje, y se dirigió a casa de su protegida, ansiosa de verse con el marqués, temerosa sin embargo de que el marqués se presentara.

Pero en vano aguardó. La Codorniz no lo encontró en su casa. Se dirigió al Club Jacobino, donde tam poco estaba. Se fue a San Lázaro, a casa de Perico el Malagueño, pero ausente se hallaba de todos los puntos donde se le solía ver.

La condesa, al volver a su casa, entró en la de enfrente, se sentó en la sala, y pasó recado a las dos hermanas a quienes oía hablar en la pieza contigua.

Las hermanas Contreras, que se creían personalmente agraviadas, se negaron a recibirla, y con ostensible desprecio, en alta voz, como ansiosas de ser oídas, contestaron que «no estaban para ella».

Ana Luisa, absorta, sin comprender la causa de aquel inesperado ultraje, empujó decidida la puerta del gabinete y entró. Las dos hermanas se pusieron nerviosamente de pie.

— ¡Señora! Es demasiada osadía...! – gritó iracunda Matilde.

---

308   su clase
309   En la mitología griega, Proteo o Proteus es un antiguo dios del mar, una de las varias deidades llamadas por Homero en la *Odisea* 'anciano hombre del mar', cuyo nombre sugiere el «primero», el «primordial» o «primogénito». Se convirtió en hijo de Poseidón en la teogonía olímpica, o de Nereo y Doris, o de Océano y una náyade, y fue hecho pastor de las manadas de focas de Poseidón, el gran macho en el centro del harén. Podía predecir el futuro, aunque, en un mitema familiar a diversas culturas, cambiaba de forma para evitar tener que hacerlo, contestando sólo a quien era capaz de capturarlo. De aquí proceden el sustantivo «proteo» y el adjetivo «proteico», que aluden a quien cambia frecuentemente de opiniones y afectos.

— ¿Por qué amiga mía?, dijo con angelical dulzura Ana Luisa —
¿Qué significa este recibimiento? ¿Qué agravio...?

— ¿Qué busca usted aquí, señora?

La condesa se quedó un momento sin poder hablar. Luego, domi-
nándose, y dulcificando todo lo posible la voz, dijo:

— Venía a saber si estaba aquí el señor de Represalia.

— No es aquí, señora mía, sino en vuestra casa, donde se suele encontrar a ese marqués.

Y volvió la espalda con grosería, y se retiraron ambas al aposento
inmediato, cerrando la puerta con violencia.

La condesa permaneció un momento anonadada, indecisa. Sacó
el pañuelo para enjugarse las lágrimas, lanzó un sollozo, y se dirigió
lentamente a la sala, exclamando:

— ¡Dios mío, estoy perdida!

Pero luego, al salir a la calle, alzó los ojos al cielo, y con tranquila
entereza añadió:

— Pero, estoy inocente.

# Capítulo VIII

## Don Rodrigo

El marqués, en efecto, no podía ser hallado, porque estaba en la suntuosa morada de don Rodrigo Olivar de la Fontanilla, su simulado tutor, su fingido padre, que parecía serlo, que jamás lo había llamado hijo, pero le permitía creer que lo era.

Suntuoso hemos dicho, y suntuoso era, en efecto, el edificio situado en uno de los barrios centrales, con grandes ventanas y extenso jardín al costado que daba a la calle, brindando una salida privada al edificio.

Esa especie de casas señoriales con jardín al lado y a la línea del frente, situados en el corazón de la ciudad, como la de Rodschild en París[310], hace mucho tiempo que ha desaparecido entre nosotros. Por la época de Vives, década del 20 al 30, solo quedaban algunas en el barrio de Campeche[311], hoy San Isidro[312], y muchas en las afueras,

---

310 La familia Rothschild, conocida como la Casa Rothschild, o simplemente «los Rothschild», es una dinastía europea de origen judeoalemán algunos de cuyos integrantes fundaron bancos e instituciones financieras a finales del siglo XVIII, y que acabó convirtiéndose, a partir del siglo XIX, en uno de los más influyentes linajes de banqueros y financieros del mundo.

311 Desde 1509 existía una Real Cédula que autorizaba la importación a Cuba de indios de las islas cercanas a La Española. En 1526, Francisco de Montejo quedó al frente de la conquista de Yucatán y se le confirió el derecho a esclavizar a los indios que no estuvieran a favor del Rey y de la iglesia y también a aquellos que resultaban prisioneros de otras tribus. Transcurridos los años y ya en el período de 1846 a 1860, ante la carencia de mano de obra que venía cada vez más desde África, los hacendados cubanos volvieron a proveerse de individuos procedentes de Yucatán. Fue el Benemérito Benito Juárez, en 1861, quien defendió a los indios y prohibió ese mercado humano. Aunque se conoce que los yucatecos llegaron a diversos puntos de la geografía cubana, fue en San Cristóbal de La Habana donde se estableció, en la parte amurallada al sur de la ciudad, un barrio que se denominó Campeche. Tomado de: http://www.dcubanos.com/sabiasque/evidencias-arqueologicas-unen-a-cuba-y-yucatan

312 Dedicado a San Isidro Labrador, protector de los hurtos sembrados, comunidad que conserva sus tradiciones y guarda la memoria de sus hechos sobresalientes sobre los baluartes de la Muralla. El barrio adquiere singular importancia por las numerosas edificaciones que datan del siglo XVII y XVIII, tales como la Iglesia del Espíritu Santo, Iglesia de la Merced e Iglesia de San Francisco de Paula y Hospital San Francisco de Paula. En el barrio de San Isidro fue asesinado uno de los personajes de la mitología popular habanera: el proxeneta Alberto Yarini. Nacido en La Habana el 5 de febrero de 1882, fue

bautizado en la iglesia parroquial de Nuestra Señora de Monserrate, como Alberto Manuel Francisco Yarini Ponce de León. Se crió en el seno de la acaudalada, y no realmente aristocrática, familia Yarini Ponce de León, hijo de Cirilo, cirujano dentista, miembro fundador de la Sociedad de Odontología y catedrático titular de la Escuela de Cirugía Dental de la Universidad de La Habana, y de la muy respetable dama Juana Emilia, tan virtuosa del piano que llegó a tocar para Napoleón III en Las Tullerías.

Alberto fue el último de tres hermanos y el mimado de su señora madre. Cursó estudios en el colegio habanero San Melitón y después fue enviado a proseguir su educación en los Estados Unidos, de donde regresó a los 19 años para convertirse de inmediato en el clásico representante de la juventud burguesa de su época: es decir, un habitué de la Acera del Louvre, donde él y sus amigos distinguidos -ninguno de los cuales trabajaba- acudían cada tarde a colocar sillas en la acera para «ver pasar a la gente», beberse unos tragos, pavonearse luciendo trajes cortados a la medida, hechos con las mejores telas y adornados con yugos, leontinas, botonaduras y pasadores de corbata que valían fortunas, y entregarse a francachelas nocturnas entre gente de baja estofa. Yarini, además, era de gran belleza física, y aunque su estatura distaba bastante de ser elevada (la altura no era común en los varones cubanos blancos de la época) —pues solo medía cinco pies seis pulgadas y su peso corporal era de unos sesenta kilogramos—, poseía gran porte natural, incrementado por su dandysmo: «Bien rasurado y mejor peinado; de hablar pausado, en voz baja y bien modulada; con un refinamiento que le venía desde la cuna, hablaba el español y el inglés con la perfección de quien no posee gran cultura, pero ha estudiado en escuelas de ambos idiomas; era educado, sabía escuchar a los mayores en edad y jerarquía; cruzaba los cubiertos cuando le hablaban; era todo sonrisas y gestos refinados con las damas cuando se encontraba en el mundo social, político y familiar», mientras que en San Isidro, rodeado de la hez moral de la ciudad, «era el guapo al que había que hablarle bajito y rendirle pleitesías y respeto». En cierta ocasión, cuando almorzaba en el restaurante El Cosmopolita con amigos y correligionarios del partido Conservador, al cual pertenecía, y entre quienes se encontraba aquel día un valiente general negro de la Guerra de Independencia, advirtió que en una mesa vecina dos norteamericanos parecían burlarse del hombre de oscura piel. Tras pedir a sus amigos que se trasladaran a otro local, Yarini se dirigió solo hasta la mesa de los americanos y la emprendió a puñetazos con el más hablador, fracturándole la mandíbula y rompiéndole varios dientes a quien luego resultó ser el mismísimo representante de la Legación norteamericana en Cuba. Simpático, generoso, distribuía por igual monedas y palmadas entre los habitantes del barrio de San Isidro, el peor afamado de la ciudad y célebre en el extranjero, donde al pasar por un café al aire libre, de esos tan comunes en las capitales europeas, se podía escuchar entre la concurrencia la entusiasta pregunta: «Cuando estuviste en La Habana, ¿no fuiste a San Isidro?» Yarini era el amigo de pobres y ricos, de negros y blancos, el protector afable y accesible a quien siempre se podía recurrir con la certeza de no ser defraudado. A pesar de su elegancia y de que nunca renegó de su clase ni abandonó su casa paterna ni el círculo social al que pertenecía, no discriminaba ni al más humilde habitante de su crapuloso reino. Pagaba con su propio dinero los alquileres de unas cuantas negras viejas retiradas ya de la prostitución, quienes lo adoraban y halagaban cocinándole con primor toda clase de dulces tradicionales criollos, y no tenía reparo en irse a tomar un refresco en un cuchitril de mala muerte, entre el resudor de los portuarios y la mezcla de aromas baratos de las prostitutas. De él se decía en San Isidro que era «hombre a todo», esa frase de tan rara densidad en su simple construcción, que ha sobrevivido a cuatro siglos de uso inveterado por todas las clases sociales de la isla de Cuba. Este hombre extraño que se movía como un pez entre dos aguas bien distintas, que hacía el recorrido por las accesorias de sus putas para recaudar ganancias, que mantenía en su domicilio de Paula 96 entre tres y siete hembras que trabajaban para mantenerlo con el sudor de sus muslos, que brabuconeaba hacia los cuatro puntos cardinales y se liaba a puños y balazos con lo peor de las alcantarillas con el mismo entusiasmo con que se iba a bailar a los peores salones de La Habana, tenía otra vida de hábitos muy regulares, que incluían desayunar cada día en la casa de sus padres, reunirse con los correligionarios de su partido, ir en las noches a la Ópera y otros centros de cultura de élites y cortejar, o ser amante, de distinguidas damas de la aristocracia y la alta burguesía habanera. Yarini no hacía un secreto de su ambición de postularse para concejal y, en un futuro no muy lejano, llegar hasta la

donde tampoco existen ya. Las exigencias modernas, es decir, el aumento de valor de los terrenos, las hacen poco menos que imposibles.

La casa, antes siempre abierta y sonriente, tiene este día un aspecto sombrío. Parece uno de esos edificios en cuya atmósfera se cierne inevitable y tiránico el recuerdo de un reciente duelo de familia. En un pabellón que caía al jardín, con salida al mismo, se hallan Represalia y don Rodrigo Olivar, no como amigos, sino como adversarios que acaban de tener una acalorada discusión. Nada de paternal en el rostro del uno, ni el menor síntoma de respeto filial en el del otro. ¡Cuán diferentes de aquellos dos hombres que en sociedad, máscara en rostro y farsa en el alma, se acataban como protector y protegido!

En actitud sombría, feroz, el marqués parecía resuelto a castigarse a sí mismo por su inaudito atentado; haber burlado y escarnecido a aquella mujer modelo, aquella excelsa y confiada virtud, tan excelsa que él no podía alcanzarla, porque se cernía en regiones inaccesibles a las almas vulgares, le parecía el colmo de las monstruosidades.

Estaba de pie, apoyada la [mano] derecha en un bufete, amoratado

---

silla presidencial. Los apaches, como llamaban los cubanos a las pandillas de chulos franceses de San Isidro capitaneadas por el parisino Luis Letot, eran tan levantiscos como sus homólogos del patio, pero Letot, de temperamento tal vez no demasiado violento y que se anotaba al savoir vivre, al par que extrañamente filosófico, acostumbraba decir que había que «vivir de las mujeres, y no morir de ellas», y podía mostrarse en ocasiones tan exquisito como un cortesano de Versalles. Así se comportó con Yarini cuando este le robó escandalosamente la joya más valiosa de su último cargamento de prostitutas desembarcado en La Habana, la pequeña Berthe, hermana de su concubina Jeanne Fontaine, y por tanto su propia cuñada. Berthe, de 21 años, rubia y de ojos azules, era una absoluta lindura, según juicios de quienes la conocieron, y se la tenía como la mujer más bella que paseó zapatos por las estrechas calles del barrio. Yarini en persona anunció a Letot su relación con Berthe, y el francés se encogió de hombros, y lo mismo volvió a hacer cuando Yarini, días después, llamó a su puerta acompañado por dos de sus más vulgares seguidores y le exigió que le entregara toda la ropa de Petit Berthe. Y no contento con eso, poco después, completamente solo y paseando a sus perros, pasó frente a la casa de Letot y al verlo parado en la puerta, le gritó burlón a voz en cuello que guardara muy bien a sus putas, porque la Petit Berthe no bastaba para calmarle la calentura que tenía en aquellos días. Letot, sin perder la calma, le respondió: «Yo me voy a morir una sola vez», y esa simple frase actuó como el conjuro que decretó la extraña tragedia donde fueron protagonistas dos antihéroes. Días después los dos capos caían abatidos a balazos en una embestida que nunca ha sido del todo aclarada para la Historia, y en la que participaron, de un lado, Letot revólver en mano disparando contra Yarini a quemarropa en plena calle y sus compinches armados tirando desde las azoteas, y del otro un Yarini que supuestamente no alcanzó a disparar su revolver, seguido de un Pepe Basterrechea que, de un solo tiro en medio de la frente, tendió difunto a Letot sobre las sucias piedras de la calle.

Diez mil personas asistieron al entierro del Rey de San Isidro un 22 de noviembre de 1902, en un país de poco más de dos millones de habitantes; inmediata vendetta de los guayabitos que esperan el regreso de los coches, puñaladas, apaches muertos y heridos y una guerra que tres años después terminaría con el cierre del barrio por decreto gubernamental. Así fue el desenlace.

su moreno rostro, contraído el ceño, mirando con irascible dureza a don Rodrigo, que está sentado.

— ¿Por qué –, preguntaba con sorda rabia el marqués –, por qué se me ha condenado a ese infame via crucis? Quiero saber a quién estoy sirviendo; quiero saber quién es el responsable de ese atentado, o quién es el que me tiene cogido en sus garras de tigre.

— Para eso – contesta friamente don Rodrigo – no ha llegado la hora.

— ¡Es que no puedo, no puedo más: esto es horrible; yo venero a esa mujer!

— ¡Tu juramento! – es la única contestación don Rodrigo.

— Pero, ¿no comprende usted que esto es infame? No sé a dónde se me lleva, no sé ni quién soy, por qué perpetro este crimen, soy instrumento inicuo de...

— Todo lo sabrás cuando hayas cumplido tu juramento – repite don Rodrigo.

— Sí, ¡cuando sea irremediable el mal! ¿Y si nos arrepentimos mañana?

— No llegará ese mañana.

— Una mujer inocente, porque juro que lo es; un hombre que podrá ser un perverso, pero que a mí no me ha ofendido; rodear a esa mártir de apariencias condenatorias, hacer de su misma santidad un escalón; de su ingenuidad, un instrumento para arrastrarla al abismo, para cubrirla de deshonor y vergüenza, en esa sociedad de la que era modelo, que la admiraba y hoy la desprecia. Eso es inocuo, es infame.

— Está escrito – replicó impasible don Rodrigo –; los hijos vengarán a los padres o serán hijos de maldición.

Al oír la palabra *hijos* el marqués alzó la vista inquisitivamente; pero don Rodrigo se apresuró a añadir:

— Los hijos, quiero decir, los deudos, que son hijos por la gratitud, también pagarán las culpas de sus padres o protectores.

Represalia se había dejado caer en un sillón, convulso, anonadado, impotente para todo, menos para patentizar la sombría desesperación que torturaba su alma. Esa se leía en todas sus facciones; en la palidez de su rostro, en el temblar de sus labios, en el brillar siniestro de sus pupilas.

— Dejadme partir lejos, muy lejos – exclamó, juntando sus trémulas manos –; quiero huir de mí mismo, quiero huir del hipócrita, del falsario, del asesino que perpetra un crimen sin saber a quién aprovecha... Dios mío, antes que perder a esa mujer que me admira, que tal vez me ama con el amor de la inocencia, yo me dejaré matar en ese duelo.

—Y habrás faltado a tu juramento, sin provecho para ella; y la fatalidad que había de caer sobre él, caerá sobre ella y sobre ti. Ese hombre merece su suerte; no te ha ofendido a ti, pero ha ofendido a la humanidad.

Y se detuvo un momento, como buscando un delito. De pronto añadió:

— ¿Ignoras la lamentable historia de Magdalena Valdés? ¿Ignoras...?

— ¡Sí! Magdalena, recogida y amparada por ella! ¿No debiera perdonarse al marido en gracia de esa santa?

— ¿Y si ella también...?

— ¡Ella! ¿Qué dice usted?

Represalia se puso de pie como si movido por una descarga eléctrica, altanero, terrible, conminador. Parecía el angel tutelar de Ana Luisa, que se erguía en su defensa.

— ¡Caballero! Os prohíbo manchar el nombre de esa mujer.

Don Rodrigo palideció un segundo, y sostuvo aquella mirada sobre su rostro, como Muscio Scévola[313] su mano sobre el brasero.

---

313  Cayo Mucio Escévola fue un joven patricio de la República romana, héroe de la guerra de Roma contra el rey etrusco Lars Porsena. La historia de Mucio Escévola está contada por numerosos autores antiguos, principalmente por Tito Livio, Plutarco, Dionisio de Halicarnaso, Lucio Aneo Floro, y Aurelio Víctor. Apenas instaurada la República romana, Roma se encuentra de nuevo bajo la amenaza etrusca de Lars Porsena, rey de Clusium, que marcha sobre la ciudad para restablecer en el trono a los Tarquinios, recientemente expulsados. Después de haber rechazado el primer ataque, los romanos se refugiaron en el interior del recinto de Roma, Porsena comienza el asedio de la ciudad, e instala su campamento en la llanura al borde del Tíber. Luego que el asedio se prolonga, y el hambre comienza a atormentar a la población romana, Mucio decide introducirse en el campo enemigo, y asesinar a su rey. Para evitar ser tomado por desertor, presenta su decisión al senado romano, y obtiene su consentimiento. Bajo disfraz, penetra en el campo enemigo, y se acerca entre la multitud que se apiñaba ante el tribunal de Porsena, pero no habiéndole visto antes, se equivoca, y mata a un hombre distinto. Pronto es arrestado y conducido ante el rey, que le interroga. Lejos de intimidarse, Mucio responde y se presenta como ciudadano romano dispuesto a matarle. Para apoyar su propósito y castigar su error en la ejecución de su víctima, pone su mano derecha sobre el fuego de un brasero encendido para un sacrificio, y mirando a Porsena, dice: «Mira, mira qué poca cosa es el cuerpo para los que no aspiran más que a la gloria». Sorprendido e impresionado por esta escena, el rey ordena que se retire a Mucio del fuego y le pone en libertad. Como reconocimiento, Mucio le confiesa que trescientos jóvenes romanos han jurado, como él, estar prestos a sacrificarse para matar a Porsena. Aterrado por esta revelación, Porsena depone las armas y envía a sus embajadores a Roma. Después de este éxito, y como su mano derecha estaba completamente inválida, Cayo Mucio recibió el

Luego, sonrió feroz, se acercó lento y majestuoso a su interlocutor, y con un acento en que se confundían la amenaza y el desprecio, dejando caer lentas las palabras, exclamó:

— Señor Marqués de la Re-pre-sa-lia!...

Esa palabra *Represalia* fue pronunciada con una ironía tan mordaz, con un sarcasmo tan feroz y significativo, que el marqués humilló la frente y quedó en silencio.

Hubo un momento de pausa, indefinible, espantosa; ese silencio que precede o sigue a la muerte cuando los dolientes en redor del agonizante se preguntan a sí mismos, si acabó ya o si queda algún resto de vida en el amado moribundo. Algo misterioso y solemne parecía flotar en la atmósfera.

Represalia se dirigió a la puerta. Se vio entonces a su interlocutor acercársele con aire imponente, se le ve señalar a un crucifijo, como para recordar un juramento hecho ante él, y luego, se le ve llegarse al oído de Represalia y murmurar frases misteriosas, palabras incoherentes, que solo podría comprender quien se hallara en antecedentes. Y sin embargo[314] de ser incomprensibles, las pronuncia con miedo, mirando a las puertas, como temeroso de que algún oído indiscreto pudiera recogerlas.

Y también se ve al confundido marqués, que apretando en nerviosa crispadura los puños y crugiendo los dientes sordamente, murmura: ¡Cumpliré!

Y se juró a sí mismo *cumplir* y llevar la horrible maquinación hasta su desenlace; porque sospechaba que aquel hombre era su padre, y porque sabía que aun no siéndolo, podía pulverizarlo con una sola palabra.

Se encontraba indefenso en las garras del tigre; su razón comenzaba a desvariar.

Porque la situación era realmente inaudita. ¡Caminar hacia el crimen por una ley fatal, ineludible, y contra todos los dictados de su conciencia, hacer la corte por orden superior a una mujer indefensa, modelo de castidad. Caer sobre ella como el buitre sobre su presa; perseguirla con hipócrita adoración; conseguir a fuerza de dolo y ficción

---

nombre de Escévola, que en latín significa «zurdo». Este sobrenombre será conservado por sus descendientes. Para recompensarle se le dieron unos prados situados más allá del Tíber, que fueron llamados prados mucios, en su honor. También obtuvo el honor de una estatua consagrada a su memoria.

314   Y a pesar

ser estimado por un angel de bondad; y lo que es más, admirar y amar a esa mujer con amor puro, desinteresado, casi divino, sin buscar más que su aprecio; y ahora, obtenido eso, verse ligado por un juramento inviolable, a deshonrarse ante ella, a pasar por un desalmado; obligarla, en fin, a derribar el ídolo, y a reconocer que había amado al más indigno de los hombres!

Así se veía el desgraciado, envuelto en sus propias redes; mordido por la misma serpiente que había preparado para otro.

Era ciertamente horrible; pero había un misterio, un juramento.

# Capítulo IX

## En la villa

L legando a su casa, la condesa se encontró sola. Pero no le fue posible reconcentrarse un momento en sí misma, ni lograr descanso a su imaginación calenturienta. La inacción le era imposible; necesitaba moverse, hacer algo, funcionar en cualquier sentido. Cada minuto que pasaba le parecía un girón de honra que le arrancaba la despiadada maledicencia mundanal. Comprendía que la condenaban las apariencias, y eso era lo que se había buscado en aquel dédalo[315] de dolo y perfidia que la envolvía. ¡Y el conde no se presentaba! ¡Y el marqués parecía esconderse! Y se llevaría a efecto aquel funesto desafío que había de redundar en su deshonor, porque, según sinceramente creía, no llevaba más objeto que el de desatar lenguas contra ella. Hay veces que la ansiedad de la incertidumbre y los fantasmas, engendros de un cerebro acalenturado, atormentan más que la realidad de la catástrofe. ¿Descansar? ¡Imposible! La ola implacable de la maledicencia subía, subía en su obra de vergüenza y perdición, y en cada instante que pasaba se sentía más y más envuelta en la oleada de hiel y de odio cuyo origen desconocía, y cuya realidad palpaba... ¡Ay de la sin-ventura que dejó agarrar una punta de su traje por la rueda inexorable de la opinión pública!

Se le ocurrió entonces que su marido podría hallarse en casa de su madre, en Guanabacoa. Recordó que la condesa, viuda, no había podido asistir al baile del Coliseo, y fuera o no por alguna dolencia, pensó que ella también debía estar a su lado; al menos era excusable que estuviera. ¡Con cuanto gusto acogió esta idea o este pretexto que, como frágil tabla en el naufragio, le pareció salvador!

Madrastra para ella había sido siempre su madre política, y en aquella circunstancia, estaba casi segura de no ser bien recibida. La egoista matrona la miraba con frialdad desde el día del matrimonio impuesto; pero no podía detenerse en esa insignificante consideración.

---

315   laberinto

Ella le contaría todo, sí, ¿por qué no, si nada tenía que ocultar? Le diría el peligro a que iba a exponerse su hijo... su propio interés la movería, y ¿no hallarían entre las dos el modo de conjurar el escándalo?

Difícil y molesto era el viaje a Guanabacoa, sin embargo que ese antiguo pueblo de indios situado en terreno pedregoso y estéril, y sin más atractivo que sus paisajes suizos y sus dudosas aguas, apenas dista media legua del puerto. El salutífero pueblo de Madruga[316] parecía ignorado, y en tanto, la vieja villa malamente suplía la falta de balneario. Ya el interés de algunos terratenientes y propietarios urbanos había consagrado a Santa Rita, abogada de los imposibles, las pseudomilagrosas aguas a que acudían los matrimonios estériles o tardíos en reproducirse. Ya tenía la villa algunas calles y carruajes, y como carecía de hoteles, los ricos armaban casa propia y huían de la Habana figurándose hallar allí más fresco, porque el aspecto era más campestre. Desde las cumbres de las lomas, en efecto, el panorama era helvético[317]: campos de esmeralda, muchas plantas fructíferas, pocas floríferas, multitud de aves canoras hoy alejadas por el progreso y el vapor; y un poco más allá la extensa bahía cuyas tranquilas aguas parecían besar el pie de las lomas.

Se atravesaba ésta por botes que vogaban al remo desde el muelle de Luz[318] hasta el pie del santuario de Regla; y desde este pueblo hasta

---

316   Los principales núcleos poblaciones de este término surgen a partir de la expansión hacia el este de la economía de plantación orientada primero, a partir de los caminos reales que surcaban el territorio, dando lugar al surgimiento del poblado de Pipían en 1796 y Aguacate 1798. Una vez colonizados los sitios próximos a estas vías se produce la colonización del interior del territorio dando lugar al surgimiento de Madruga en 1803. En su condición de pueblo de temporadas o de balneario, unido a la existencia de ricas tierras para el desarrollo de la industria azucarera (consideradas las de mayor aporte de azúcar en la caña de todo el país), Madruga se convirtió en el más importante núcleo poblacional de la región.

317   Suizo

318   Eduardo Robreño, en su crónica «El muelle de Luz» escribe: «El muelle y la plazoleta situada en su frente toman el mismo nombre. Esta última está encerrada dentro de un polígono irregular, donde la calle San Pedro le sirve de base, terminando en una especie de embudo que continúa en la calle que se denomina Luz y es atravesada por la 'de los Oficios', una de las más antiguas de la ciudad. Esta repetición de tan 'luminoso' nombre, débese a que desde mediados del siglo XVIII ocupó una gran casa situada a todo lo largo de un costado de la plazoleta, la familia Luz, distinguida y adinerada, siendo don Anselmo su figura más representativa. Más tarde la familia fue ampliada, al casar una hermana del presbítero José Agustín Caballero con uno de los miembros de esta. En esta casa (que hoy es amplio solar yermo) nació, durante el primer año del siglo XIX, José de la Luz y Caballero, destacada figura de las letras cubanas y educador de nombradía. Conoció esa plazoleta de la infancia don Pepe, donde acostumbraba a celebrar sus juegos infantiles, y su adolescencia lo vio camino del Seminario San Carlos, próximo al lugar, a recibir las sabias enseñanzas de su tío y las del padre Varela. El amplio caserón albergaba cerca de un centenar de personas, incluyendo servidumbre y esclavos, y era conocido por sus vecinos por el nombre de 'la colonia'. La casa perteneció a la familia de La Luz hasta

la Villa, un mal construido camino que corría parte entre ciénagas y manglares, era tormento de los escasos temporadistas y peligroso de noche por los ladrones que allí buscaban ganancia y más segura impunidad. Un desvencijado ómnibus que partía de la llamada *Casa de la diligencia*, situada frente al tinglado de los botes, era el principal vehículo, a que se unían dos o tres volantas de las ya escuchadas en la Habana.

La condesa se decidió, y con su sierva Susana se dirigió al muelle, entrando a las cinco de la tarde en el primer bote que se presentó. Despacio, muy despacio, cruzaron el puerto. Aquel viejo botero que las llevaba no parecía tener prisa, o acaso era la ansiedad y la inquietud lo que alargaba los minutos.

Al tocar en Regla la diligencia había partido, y con gran demora lograron un carruaje. Anochecía cuando llegaron a la Villa, donde un nuevo chasco las esperaba, porque San Marcos no estando allí, y la condesa madre habiendo salido a visitas, tuvieron que aguardar más de una hora, que fue eterna y tormentosa para la impaciencia de Ana Luisa.

Como sospechaba, la condesa viuda la recibió con frialdad y le contestó con acrimonia[319]; quejas, recriminaciones, acibaradas[320] censuras, mordaces epigramas; ni un solo consejo amistoso, ni una sola palabra de consuelo para aquel espíritu atribulado.

— Ese duelo es ineludible; pero hace usted bien en tratar de evitarlo. La causa que lo promueve es deshonor de la familia.

— Lo comprendo, señora, pero yo...

— Bastante castigo nos manda Dios con que se sepa el verdadero motivo.

— Pero yo no me siento culpable, señora; si acaso alguna inadvertencia...

---

el año 1845 y sus nuevos propietarios la dedicaron al productivo negocio de hotel, al cual le pusieron por nombre Mascotte. Más tarde, otros propietarios le pusieron el de la familia que la había habitado, y fue el Hotel Luz uno de los más conocidos y de más intenso movimiento, debido a su situación privilegiada. Por esa época los trenes no entraban en la capital y el viajero que venía a ella o aquel que se dirigía al interior de la Isla, tenía que pasar forzosamente por aquel lugar para tomar el transporte marítimo que lo llevase hasta Regla, donde tenía lugar el jubileo de pasajeros.» Ver: Eduardo Robreño, «El Muelle de Luz» en http://www.lajiribilla.co.cu/2002/n77_octubre/lacronica.html Se trata, sin dudas, de una emblemática zona de la ciudad en cuya historia afluyen y confluyen – en admirable síntesis de cubanía – el patriotismo, la religión, la riqueza y la esclavitud.

319  Aspereza
320  Amargas

— Más obligada que nadie estaba usted a ser advertida y a ser discreta.

— ¿Por qué, señora?

— Porque debía respetar la excelsitud de la familia en que tuvo el honor de entrar.

— Adios señora – contestó Ana Luisa, levantándose con dignidad.

La orgullosa viuda no la invitó a pasar allí la noche como debía, dado lo avanzado de la hora. Diríase que la ególatra enconada aplaudía la caída de una nuera impuesta por su hijo contra su deseo.

La condesa hizo llamar un carruaje de alquiler, y abatida y desolada, dejó aquella casa en que esperó hallar alivio a tantos sinsabores, y donde halló solo acritud y desamor. Hubiera querido, porque tanto temía a los botes como a los boteros, rodear la bahía y venir por el camino de Luyanó[321] y Jesús del Monte[322], donde los guardias rurales, que sin interrupción se sucedían, acompañarían el carruaje. Pero el calesero se negó a ello, porque su caballo no llegaba a tanto, y porque no tenía matrícula de la Habana.

---

321 En la sección «Respuestas» de *El curioso americano*, editado por Manuel Pérez Beato, leemos: «Los historiadores de Cuba concuerdan en que hasta el año de 1591. la ciudad de la Habana se surtió de agua del río Jigüey o Luyanó. Desde 1565 se había empezado á construirla zanja que debía de traer la del también escaso Casiguaguas. En las actas capitulares de la ciudad de la Habana y sobre todo en las *Memorias de la Real Sociedad Económica* del año de 1840, se encontrarán mayores detalles sobre el río que nos ocupa. Vivía el que estas líneas escribe, en 1860, en una ñuca que en el Luyanó venía poseyendo su familia desde tiempos muy lejanos y recuerda que en aquella y en cierta ocasión oyó decir al erudito José María de la Torre, que el caserío del Luyanó tomó su nombre de uno de sus primitivos pobladores: Luis Llano. Suprimir dos letras y acentuar otra, no parece faena de romanos para presentar, de una manera verosímil, los tenebrosos orígenes de un vocablo. ¿Será cierta la versión de la Torre? Lo ignoro...» (*El Curioso americano* 162).

322 En el *Cuadro Estadístico* de 1827 encontramos esta descripción de Jesús del Monte: «Jesús del Monte.—Tenencia de cura auxiliar de la Habana. Este pueblo puede considerarse como un suburbio de ella, de la que solo dista una legua al S., y está sobre el camino real que conduce a Batabanó. Se reduce a una calle de mucha longitud, y que a su extremo se divide en dos. Tiene iglesia de bastante capacidad, administración de Reales rentas, 315 casas, de ellas 57 de mampostería, regularmente vistosas y capaces, 6 médicos y cirujanos, 2 escuelas de primeras letras, 2 boticas, 3 barberías, 3 almacenes de víveres, 3 tiendas de ropa, 19 mixtas, 29 fondas, posadas y bodegones, una farolería, una herrería, una carpintería, 2 sastrerías, 7 talabarterías, 6 zapaterías, 4 panaderías, 12 tabaquerías, un blanqueo de cera, y una platería. Habitantes 1.960, de los cuales 1.224 son blancos, 250 de color libres y 486 esclavos. Esta población se halla situada sobre varias colinas en forma de anfiteatro, que hacen su vista muy agradable y pintoresca. Su hermosa temperatura contribuye eficazmente a la mayor concurrencia de vecinos que constante, o estacionariamente ocupan sus edificios para gozar de la salubridad que brinda una localidad tan deliciosa, y que la constituyen de recreo. Se encuentra rodeada de quintas y huertas que proveen a los mercados de la capital. Sus aguas son de pozos y aljibes, pues aunque le cruzan los arroyos *Maboa* y *Agua-dulce*, sobre los cuales hay dos puentes de sillería y madera, no se hace uso de ellos y van a derramar al fondo de la bahía de la Habana» (*Cuadro estadístico...* 49).

— Llévame entonces a Regla –, dijo resueltamente.

Y el auriga[323], en su medio español, que traduciremos en obsequio del lector, contestó:

— Eso, sí, puedo, pagándome su merced dos pesos adelantados.

La condesa pagó sin replicar, y el carruaje las condujo a Regla y las dejó en la puerta del Tinglado, retirándose inmediatamente. Pero al entrar al muelle ama y criada, las diez y media daban en el Santuario y en el lejano reloj del arsenal, y conforme a la ordenanza, ningún bote podía ya atravesar ni vogar. Después de esa hora, que se llamaba de *la queda*, el puerto se cerraba, los guardias daban el *quién vive*, y la ronda nocturna era la única policía de las desiertas calles.

Entonces comprendió la precaución del grosero auriga de pedir su dinero adelantado y de partir con tal violencia. Gentes había que porque llegaban tarde se negaban a pagar lo estipulado, y el calesero callaba, porque los caleseros eran todos negros, y éstos en esa época nunca tenían la razón.

No se ocultaba a la condesa lo grave de su situación. Cruzar la bahía, era ya imposible; volver a Guanabacoa, era ya difícil. Y la idea de no pasar la noche en su casa, la acongojaba. ¡Harto inconveniente era hallarse fuera en aquella hora!

La población dormía; ni un alma en la calle; la playa desierta, con excepción de algún botero que, salido poco antes de *la queda*, llegaba retrasado.

Ni había allí quien tuviera carruaje, la mayoría siendo pescadores pobres. Susana propuso acudir a la *Casa de la diligencia* que acababan de cerrar, y en efecto, allí tocaron. Y en el establo se abrió un ventanillo y asomó una cabeza que gritó:

— ¡Qué se busca!

— Un carruaje para volver a Guanabacoa[324]; se pagará...

---

323  cochero
324  Jacobo de la Pezuela escribe sobre Guanabacoa: Esta villa cabecera de su tenencia de go-
     bierno se halla situada sobre la parte más elevada de un grupo de colinas de una altura re-
     lativa de 60 metros. Su planta es irregular y la componen 29 calles de N. á S. y 20 de E. á
     O. con cuatro plazas. Aparece rodeada de frondosas arboledas, ostentándose con profusion
     en sus alrededores, regados por numerosos arroyuelos de aguas claras y saludables, la
     variada flora de Cuba. En las horas medias del día es mayor el calor que se siente en esta
     población que en la Habana, por la reverberacion del sol que produce la calidad de sus te-
     rrenos, pero las noches son sumamente frescas y agradables. Lo saludable de su tempera-
     mento, la virtud medicinal de sus aguas, sus pintorescas cercanías, y la facilidad de sus co-
     municaciones con la Habana, atraen muchas familias de esta ciudad a Guanabacoa. La
     primera mención de esta localidad remonta al año de 1555. Sorprendida la Habana por el
     pirata francés Jaques de Sores, se refugiaron la mayor parte de las familias que la habitaban

— Hasta las cinco no hay carruaje. Y el postigo se cerró.

La condesa se quedó indecisa, anonadada. ¡Cuán enorme le pareció la inocente imprudencia que había cometido! Lo que se juzgó más sensato en aquella zozobra fue dirigirse a la sacristía y pedir au-

---

en este punto, en cuyo actual asiento, o muy próximamente, existía un antiguo pueblo de indios llamado como el de hoy Guanabacoa, voz que en el dialecto indígena significaba *sitio de aguas*. Desde 1556, el gobernador Diego de Mazariegos cuidó de ir reuniendo en este sitio a todos los indios que vagaban y hacian vida salvaje por los campos. Alzóse allí en 1576 una pobre iglesia servida por un misionero franciscano, que con algunos sacerdotes se dedicaron a sacar de la idolatría a aquellos infelices, que en 1574 eran unos 300, y fueron desapareciendo o se amalgamaron con los demás habitantes a las dos o tres generaciones, existiendo solo una familia a principios de este siglo con el carácter de la raza primitiva. En 1607 la antigua iglesia e elevó a parroquia, y el vecindario había crecido con naturales de Canarias y emancipados de la Habana lo bastante para que en 1684 se le concediese una jurisdicción de cuatro leguas cuadradas. Por la buena voluntad con que contribuyó su vecindario a las obras de fortificacion de la capital y acudió en todos los casos de alarma a su defensa, fue en 14 de agosto de 1743 este antiguo pueblo erigido en villa, dándole escudo de armas, y más adelante el privilegio de una feria en los 10 primeros días de febrero de cada año. El 7 de junio de 1762 fue incendiada y saqueada por el ejército inglés que puso sitio a la Habana; pero sus vecinos, capitaneados por su valeroso alcalde D. José Gomez, llamado vulgarmente Pepe Antonio, que fue acaso el héroe de aquella campaña de tres meses, vengaron aquel desastre, peleando con denuedo y ocasionándole muchas pérdidas al enemigo. Los cargos de justicia y gobierno los desempeñaron los alcaldes y el Ayuntamiento, hasta que en octubre de 1841 fue elevada Guanabacoa a cabecera de una tenencia de gobierno. Los edificios mas notables de esta villa son: su iglesia mayor, fundada en 1814 bajo la advocacion de Nuestra Señora de la Anunciacion, patronímica también del pueblo, y terminada en 1821 sobre los mismos solares que ocupaba la primitiva iglesia de la Candelaria en el centro de la población y junto a la plaza principal, siendo todas sus obras, lo mismo que las mejoras que posteriormente ha ido recibiendo, costeadas con limosnas del vecindario y de la mitra; el convento é iglesia de Santo Domingo, que es el mejor de sus templos y se alza en la calle de la Candelaria; el espacioso de San Francisco, que era la antigua iglesia de San Antonio con su entrada por la calle de la Concepción; la capilla de San José; la de Jesús Nazareno, fabricada en 1644 en el paraje llamado Potosí, donde en 1810 se estableció el cementerio nuevo de la población y al cual le sirve de capilla; el Ayuntamiento, que tiene su fachada en el centro de la plaza de Armas; la cárcel, contigua al Ayuntamiento; el hospital de caridad, que se fabricó en 1856; la estación del ferro-carril, que se levanta hacia la extremidad NE. de la villa, y la casa de baños, construida en el manantial llamado Santa Rita. El teatro, y la glorieta que para bailes se alza en uno de los ángulos de la plaza de Armas, no merecen mencionarse ni por su capacidad ni por su fábrica. Además de los edificios públicos citados, más por su objeto que por su mérito, hay otros cuatro que sirven de cuartel de infantería, caballería, y a los cuadros veteranos de las milicias disciplinadas de ambas armas. Los particulares, entre los que se distinguen los de Goiri, Crespo y Armentero, son 1,014 casas de mampostería, 1,839 de tabla y teja y 66 de embarrado, y están repartidos en 29 calles de N. á S. y 20 de E. á O., siendo las de más sólida y regular construcción las que aparecen en la calle Real, que sirve de continuacion a la calzada de la Habana y divide a la villa en dos mitades hasta llegar a la plaza de Armas. Cuenta Guanabacoa, además de algunos espacios descubiertos que no merecen este nombre, con otras cuatro más, llamadas del Mercado, Santana, Cuartel Nuevo y del Recreo. En el censo de población que se hizo en toda la isla en junio de 1862, aparece esta villa con un aumento notable sobre los guarismos de los censos anteriores. Había en aquel año 8,817 blancos, 3,593 libres de color y 3,992 esclavos. Residen en ella el teniente-gobernador político militar de su jurisdicción, un juzgado o alcaldía mayor de ingreso, un Ayuntamiento, una administración de rentas, otra de correos, una junta de caridad, una escuela normal para enseñanza de los que desean dedicarse al profesorado, y dos elementales para varones y otras dos para hembras, gratuitas, costeadas por el municipio. Hay organizadas dos secciones de bomberos, una de blancos y otra de negros» (*Crónica* 178-79).

xilio al cura que probablemente conocería a la señora.[325] Pero ni en eso tuvieron suerte, porque el cura no vivía en la iglesia, y así lo dijo al verlas tocar a la puerta un hombre que pasaba, que las seguía desde el muelle, y que en la oscuridad de la calle se quedó mirándolas de hito en hito.

Ante tan continuos desengaños, Ana Luisa se abatió, creyó que un genio maléfico se ensañaba contra ella. El frío glacial de la duda y el desaliento invadió su espíritu. En tanto, el hombre se había adelantado y se detuvo ante una mujer que le salió al encuentro. La condesa los vio hablar sotto voce[326], mirándola, y luego dirigirse a ella con resolución.

Tuvo miedo, trató de huir, titubeó y hubiera caído en un síncope si dos brazos robustos, y a la vez cariñosos, no la hubieran sostenido.

— ¡Magdalena! – fue la exclamación simultánea de Ana Luisa y la criada.

— ¿Qué le ha pasado a mi señora condesa?

— ¡Magdalena! ¿Cómo tú aquí?

— Vine a ver a mi madre, y como Perico no me puede traer sino después de su tarea...

Perico, a dos pasos, con el sombrero en la mano, parecía esperar órdenes. Sin comprender ni tratar de saber lo que pasaba, solo sabía que era su deber dar la vida por esa mujer que había salvado a la suya de la desesperación.

— ¡Qué feliz casualidad! Has venido a salvarme.

— ¿Qué necesita la señora?

— Volver inmediatamente a la Habana. Llegué tarde de la Villa...

— Son las once y media, señora, y ha sonado la hora de la queda.

— Pero estoy perdida si paso la noche fuera. ¿Qué pensará mi marido?

— Nada malo, señora, cuando sepa que su bondad la trajo a ver a mi madre que está o que puede estar enferma.

— Es verdad – observó la condesa –; y para sí añadió: «Ya tengo que mentir.»

---

[325] La frase «que probablemente conocería a la señora» sugiere que fue Susana, la sirvienta, y no Ana Luisa, la que se dirigió a la sacristía. Pero como Calcagno solo habla de la condesa aquí, la idea resulta confusa. Por eso creímos necesario hacer la observación correspondiente.

[326] Expresión que se utiliza para indicar que se habla en voz baja o en secreto, de forma que no se entere todo el mundo.

— ¿Pero no es posible, pagando lo que se quiera, pasar a la Habana?

— Sí, es posible, señora, sin pagar nada. Sígame la señora.

Siguiéronle las tres mujeres, y poco después el bote de Perico el Malagueño, a despecho de la ordenanza vogaba sigilosamente hacia el muelle de Luz.

Silenciosa calma imperaba en la bahía. Algunos farolillos de los botes del resguardo[327] se veían brillar a lo lejos cruzando entre Casablanca[328] y el muelle de Caballería, pero ninguno se acercó a la audaz barquilla que atropellaba el reglamento. Allá, la ciudad dormida, muerta, semejaba un vasto cementerio, en que alguna luz de aceite anunciaba la vida. La condesa no habló una palabra respecto a las causas de su tribulación. No quiso nombrar a Represalia. ¿Le escocía los labios pronunciar ese nombre o esperaba todavía que hubiera error en cuanto le pasaba? Sabía que aquella pareja, por favores recibidos, era adicta al marqués; y también sabía que a una palabra suya aquel altar de adhesión caería pulverizado.

No pronunció esa palabra, pero su mudez era elocuente[329], porque su actitud y sus facciones parecían recitar un poema de dolor y zozobras. Mirando inconsciente los rieles fosfóricos que formaban los remos sabre el agua, recorría su memoria con pavor todo aquello que le estaba pasando, todo aquel báratro[330] de mentira y de infamia, urdido contra ella inocente. Y luego, en aquella misma tarde, tantos casos fortuitos y siempre adversos, que se diría preparado por oculta

---

327 vigilancia
328 Casablanca. Es uno de los barrios en el municipio de La Habana, Cuba. Se halla situado al este de la entrada de la Bahía de La Habana, en la falda meridional de la loma en donde está construida la fortaleza de La Cabaña. En 1762, año del sitio y toma de La Habana por los ingleses, ya existía el caserío de este nombre. Desde muchos años antes la real hacienda tenía allí un almacén para depositar los objetos que no cabían en los almacenes de La Habana. Después de 1763 se avecindaron allí navegantes de cabotaje y carpinteros de ribera destinados a las reparaciones de buques mercantes, llegándose a establecer varios talleres, además del que se creó para maestranza de la plaza.

Un incendio redujo todo a cenizas en el año 1785. En 1792, ya nuevamente crecido el caserío, el maestro de ribera José Tiscornia edificó un muelle y un carenero para buques menores; ejemplo que, seguido por otros maestros, dio como resultado que toda la parte oeste de su litoral marítimo se cubrió de arrimos entablonados de madera dura sobre horcones. Siguió la marina del gobierno con un almacén y carenero para guardacostas y se estableció una fábrica de pólvora, que duró poco tiempo. También se estableció allí una fábrica de clavos para hacerle la competencia a la importación de este artículo, pero el comercio la hizo fracasar. Tuvo también su pequeño hospital. Su iglesia se terminó en 1858. En 1846 tenía 894 habitantes y contaba con 120 casas entre mampostería, madera, y embarrado y guano. En 1858 había llegado a 1,061 personas su población.

329 En el original, *elocuencia*.
330 Abismo

enemiga mano. La demora del bote, la partida de la diligencia, la carencia de carruaje, el marqués invisible, el conde inencontrable; la condesa madre, ausente; todo conjurándose contra ella, y llegó a pensar (porque cuando la adversidad persiste fácilmente tomamos el acaso por fatalismo) si no se hallaría ella bajo la influencia de un anatema inexorable... Pero, ¿qué había hecho para merecerlo? ¿De qué delito se la podía culpar? De ninguno. En sus recuerdos veía siempre al ángel de su guarda a su lado que sonreía.

Pensó con íntima satisfacción que toda su vida era de inocencia y buenas intenciones: toda claridad, sin una sombra. Juan Pérez...no; no se sentía culpable por no haber podido resistir al ascendiente de sus padres y deudos. El recuerdo de Juan Pérez, su primer amor, ya se perdía entre las brumas del tiempo. Si quedaba algún recuerdo de él era porque lo veía siempre taciturno, misántropo, aislado de la sociedad sin hablar jamás a otra mujer.

En medio de esto la imagen de su marido, antes odiado, ahora compadecido, se presentaba en su agobiado intelecto; no ya con rostro [de] usurpador envanecido, sino llevando algo de resplendor de los mártires en su frente. Infatuado, sensual era él; déspota con los otros. Pero, ¿lo había sido con ella? ¿No la había honrado siempre con la confianza ilimitada que ella creía merecer? ¿No le había dado el dignísimo lugar que le correspondía? Sí, así era. En aquel momento en que veía el infortunio cernirse sobre la cabeza de aquel culpable, sus grandes defectos se obscurecían y sus escasos méritos comenzaban a resplandecer. Y sentía debilitarse los antiguos rencores. Sentía que andando el tiempo... ¡ah!, sí, podría ser... mucho tendría que perdonar, pero perdonaría... Y así, desde la cima horrenda en que se ahogaba, la ilusión le fingía allá lejos una amena campiña con horizontes de luz, y en que florecían árboles encantados, el olvido, el perdón, la reconciliación, el amor, la felicidad. Pero volvía la realidad siniestra con su séquito de incertidumbres y nebulosidades. Volvía para decirle: «no esperes; tu marido al fin sospecha, y los celos convertirán la oveja en león; no esperes. Tú no puedes ya pasearte en esa campiña amena de los árboles encantados».

Sus lágrimas corrieron ardientes, silenciosas. La barquilla vogaba con rapidez y con cautela. Apenas se oía el chocar de los remos en las tranquilas aguas. En la ciudad las luces se habían apagado, porque el alumbrado se hacía de orden superior, por los particulares, que recogían sus faroles cuando se daba la queda.

— Pero, ¿qué tiene mi señora condesa? ¿Qué le pasa? ¿Qué la aflige? ¿Quién puede hacer llorar a los ángeles? Yo sufro de ver sufrir a mi protectora, a mi salvadora; a quien me detuvo al borde del abismo, a quien me enseñó a olvidar y esperar. Confíeme sus cuitas. Yo también quiero llorar ya que no pueda consolar. ¿Quién tiene más derecho que yo a *disfrutar* de sus penas?

Todas estas ideas, mejor dicho, todas estas palabras brotaban espontáneas y envueltas en lágrimas del corazón de Magdalena, pero no se formulaban en sus labios. Veía llorar y lloraba... y callaba, ¿qué podría su palabra, sincera sin duda, pero incorrecta y mal zurcida, en el ánimo de aquella gran señora?

El Malagueño que no sabía más que obedecer, se abstenía de cantar en aquella noche, y remaba con ademán de rabia sorda y reconcentrada. ¡Oh! ¡Si tuviera en sus manos, si le fuera dado triturar al que hacía llorar a aquella santa!

Así fue como atravesaron la bahía en silencio, y sin embargo, jamás palabras más vehementes y más necesitadas de expansión fermentaron en cerebro humano.

Cada uno hablaba con su propia conciencia. Y ninguno parecía contento de las respuestas que su conciencia le daba.

Antes de media hora, y eran entonces las doce estaban sin inconveniente en la dormida ciudad.

La condesa tenía que ir a pie hasta su casa, porque no era posible conseguir carruaje a tal hora; y Perico y Magdalena se ofrecieron a acompañarla, lo que aceptó con gusto.

— Pero tendrás que ver al conde – observó.

— Es el hombre que menos deseo ver – contesto Magdalena –, pero me verá esta noche; no tememos nada.

— No tememos nada, señora – repitió el acento franco y varonil del pescador.

Y nada en efecto tuvieron que temer, porque llegados a la casa, el portero informó que el conde pasaría la noche fuera. Solo había venido para advertir que teniendo un lance a la mañana siguiente, quería evitar lágrimas y explicaciones y demás majaderías, y por tanto, pernoctaría en casa de uno de sus padrinos, ignorándose quién fuera este.

— ¿Ha venido por aquí el marqués? – preguntó la condesa.

—No, señora; solo ban venido Belisario, el barón, el señor Alberto Goylan... y un desconocido, que dejó esta carta para la señora.

La condesa la abrió y se precipitó a leer la firma.

«*Mañana a las ocho, en el campo de Carraguao, estancia de Hecha-varría*».

He aquí todo lo que pudo leer.

Despidió entonces a sus acompañantes, y subió a su aposento. Susana no se separó de ella en toda la noche. Estaba acalenturada.

Alberto era de los pocos que, a despecho de las apasionadas aserciones de Belisario, creía de buena fe en la impecabilidad de Ana Luisa. Empero, cuando supo que *no había pasado la noche en casa*, pues tal se dijo, abrió con rabia su libro nobiliario, y rectificó con rabia la frase escrita en el capítulo anterior, añadiendo:

«Represalia no se casa con Matilde Contreras. Se ha *casado* con la esposa del conde de San Marcos».

Era el último defensor de Ana Luisa que también caía en el abismo de la credulidad general.

# Capítulo X

## El duelo

El condesito de O'Reilly y el capitán don Francisco Senmanat eran los testigos del conde de San Marcos. Apadrinaban a Represalia el señor don Rodrigo de Olivar, su inseparable protector y consejero, y el teniente don Matías Armona. En reemplazo, este último, del barón de X., que por razón de sus nervios, no servía para duelos ni para ninguna otra cosa.

Era el florete la única arma que creía el de San Marcos manejar con destreza. Pero en esa arma Represalia campeaba en primera línea, era impenetrable. Su educación, toda, había sido dirigida como si se esperara este lance, o como si toda su vida hubiera de pasarla peleando. La Habana, que poseía buenos tiradores, ignoraba esto, porque jamás, ni en diversión ni en veras, había tratado de lucir su destreza con nadie. Si se midió con alguno, con el aprendizaje de Pepe Guión, por ejemplo, dejó probado o que no era de primera fuerza, o que llevaba su galantería hasta dejarse vencer.

La estancia de Hechavarría, situada donde hoy Carraguao, lugar entonces apartado y solitario, fue el elegido para que se saciaran su furor los dos antagonistas.

Un yerboso camino que más tarde cerrado por dos líneas de casas formó la calle de la Horqueta, hoy de Estévez, conducía del barrio del Horcón a dicha estancia. No existía aun aquel edificio que sirvió algún tiempo de hospicio de dementes y después de colegio. No había más que una desvencijada casa de embarrado y tejas, rodeada de árboles vetustos, y en espacios yermos toda clase de legumbres, mientras el fondo rematábalo la zanja de Antonelli[331], sangría del Armendariz,

---

331 La Zanja Real, primer sistema de abasto de agua a La Habana, dio servicios por 243 años, de 1592 hasta 1835, cuando se concluyó la construcción del acueducto de Fernando VII. La propuesta original de conducir hacia las zonas urbanas mediante una zanja las aguas del río La Chorrera (hoy Almendares), fue enviada al rey Carlos I por el gobernador de la Isla, Juanes Dávila, en 1544. Su sucesor, Antonio Chávez, la envió nuevamente, hasta que, por Real Cédula de 16 de mayo de 1548, se aprobó el primer impuesto cobrado en Cuba: el «derecho de anclaje», encaminado a gravar cada buque que fondease en el

la que continuando al Norte, y oblicuando luego al Este, sobre terreno fangoso y deleznable, venía a ser, por entonces, el único recurso hidráulico de la ciudad. Todavía los poetas no habían ideado la corruptela Almendares, como más adecuada al consonante.

Por aquella parte de la posesión cruzaba una especie de acequia de regadío, que partía de la dicha zanja y venía a pasar a una callejuela sin casas ni salida; y a uno y otro lado coposos árboles, en su mayoría frutales, algunos de los cuales habían precedido a la fundación de la finca, siendo muy pocos los que debían su presencia a la mano del hombre.

Cuba, la hija mimada de la naturaleza, estaba representada en lo que ella tiene de más valioso en aquella fogosa vegetación: allí cocoteros altísimos, allí el tenaz caimito, la quebradiza ciruela, el mango verde-alegre, la yagruma de hojas bicolores, el alegre tamarindo, el severo mamey, con su sombrío follage hacían de aquel lugar un recinto encantado, que no parecía a propósito para que dieran en él satisfacción a sus rencores dos fieras de la especie humana, sino más bien albergue para la lectura reposada, para la meditación filosófica o para castas conversaciones amorosas. Unos bancos de tierra cubiertos de cesped, una guardaraya de mangos conducente a algo que llamaban glorieta, un estorbo que no estatua de tosca piedra, unas matas de marpacífico, y nada más en punto a adornos. Los judíos, los caos, ya desterrados de este departamento; las cotorras también alejadas ya por la civilización, los totíes, los tomeguines[332], dejaban oír

---

puerto habanero para recaudar fondos con que construir la Zanja. No obstante haberse convertido de hecho La Habana en capital de la Isla al pasar a residir en ella el gobernador Diego Mazariego, el fracaso del «derecho de anclaje» obligó a la Corona a emitir, el 3 de octubre de 1562, una nueva Real Cédula, la cual establecía la contribución denominada «sisa de la Zanja», consistente en un gravamen sobre el comercio de jabón, vino y carne, con el cual se esperaba recaudar 480 ducados anuales hasta conseguir la suma requerida de 8 000 ducados en que se estimaba el monto total de las obras de la Zanja. Las obras, iniciadas en 1566 y concluidas en 1575, resultaron muy imperfectas, por lo que el Cabildo se vio obligado a reanudar en 1579 el cobro de la sisa, y a encargar la realización de otros trabajos, nueve años más tarde, a Hernán Manrique de Rojas, a quien se otorgaron 10 000 ducados y un plazo de un año para la reconstrucción. Tampoco con esa gestión se obtuvieron los resultados esperados. En 1589 el gobernador de la Isla, Juan de Texeda, nombró a Juan Bautista Antonelli para que, como ingeniero consultor y director, se encargase de concluir las obras de la Zanja, que fueron terminadas en 1592, año en que se concedió a La Habana el título de ciudad y el derecho a utilizar escudo. La capital dispuso entonces de su primer acueducto, el cual conducía las aguas a una velocidad de 0,20 metros por segundo, con una descarga de 70 000 metros cúbicos diarios, de los cuales a la población llegaban solo 20 000 metros cúbicos, a causa de los desvíos intermedios dedicados a regadíos.

332    Aves cubanas. En lo que respecta al totí hay varios dichos cubanos que lo han hecho muy popular: «Todos los pájaros comen arroz y el totí carga con la culpa», suele decirse po-

sus notas saltando por las ramas, y parecían protestar contra el ensanche de la ciudad que pronto invadiría aquellas frondas, obligándolos a emigrar al interior.

Represalia y sus testigos llegaron antes de la hora prefijada, más muy poco tuvieron que aguardar, porque al sonar esta, se presentaron el conde y los suyos; aquél visiblemente emocionado; éste, sin poder ocultar sus temores respecto a la serenidad y destreza de su poderdante. Se dirigieron por la avenida de mangos a lo que con impropiedad llamaban glorieta.

Don Rodrigo se acercó a Represalia, y muy quedo le dijo:

— Tiene miedo. Ten compasión de él.

— Entiendo – contestó Represalia con desabrido tono – que no estoy obligado a matarlo.

— No; pero sí a dejarle un recuerdo para toda la vida.

— Eso procuraré.

Medido el terreno y puestos los adversarios en guardia, fue el conde el primero que rompió el ataque apenas dada la señal. Con calma, con una frialdad desesperante, sonriendo, el marqués se limitaba a la defensiva; pero de un modo tan magistral y seguro, que los testigos comprendieron la ventaja inmensa que llevaba a su antagonista.

No cabía duda; aquel hombre había exprofeso ocultado su habilidad, y torpe se había fingido hasta entonces, para mejor utilizar su destreza. Su superioridad se confirmó desde los primeros pases, por la serenidad, la precisión matemática con que paraba las estocadas de su adversario. ¿Abusaría de ella? ¿Mataría al marido después de haber pisoteado la honra de la mujer? El generoso O'Reilly juró, en tal caso,[333] habérselas con el vencedor y vengar a su amigo. El impaciente Senmanat hubiera tomado la espada y lugar del conde para probar al Represalia que había en la Habana adversarios para él.

Y el duelo seguía; y el conde, ya conocedor de su inferioridad, tenía que sostenerse y ver aquella infernal sonrisa de hiena, que parecía de-

---

pularmente, pues a este pájaro se le achacan los daños que cometen otras aves semejantes. Esa frase se utiliza cuando se atribuye a una persona culpas ajenas. «La culpa de todo la tiene el totí», este refrán es el más conocido. No es por cierto un detalle menor el hecho de que el totí sea un pájaro negro, de plumaje muy oscuro. Etimológicamente, el totí (Ptiloxena atroviolacea) se compone de las palabras griegas *ptilon* y *xenos* significan respectivamente «pluma extraña», *atroviolaceus* en griego significa «negro y violáceo». 'Totí' y 'chonchomí' son nombres onomatopéyicos.

333   «en tal caso;» es decir, *si ocurría eso*

cirle: «No es tiempo aun; te mataré cuando se me antoje». Y hasta creyó que su adversario prolongaba de propósito, como si esperara algún otro incidente desconocido. Y los padrinos del conde se tranquilizaron, creyendo que el adversario respetaba al menos la vida de su antagonista, rehuyendo un triunfo que parecía asesinato.

De pronto, a un sencillísimo tajo del marqués, saltó la espada del conde a varios pasos, pero ante el desarmado antagonista, Represalia clavó en el suelo la punta de su acero y aguardó en actitud marcial y tranquila.

Los padrinos quisieron intervenir y dar por terminado el duelo.

— Como gustéis, señores – dijo el marqués.

— ¿Olvidáis que es imposible? – exclamó con rabia el humillado conde.

Y presentando el pecho a su contrario, añadió:

— ¡Acabe usted, miserable!

Le escocía el alma pensar que aquella víbora quedase viva o que quedase vivo él.

El marques saludó, y con una sonrisa que se diría forzada, brindó su espada al conde. Este no la aceptó, pero recogió nervioso la suya y ocupó su lugar, atacando otra vez al primero.

Y continuó el marqués en su impasibilidad feroz, desesperante, implacable. Parecía el gato que mortifica al ratoncillo aprisionado.

Por la calle de la Horqueta, se oyó el ruido de un carruaje que en precipitada carrera se dirigía lugar del duelo. El marqués, entonces, asumió la ofensiva. Una serie de menudos tajos hizo chispear un momento los aceros; pero de pronto, el conde dejó caer su espada y dio un paso atrás, vacilante, atolondrado, con la cara bañada en sangre. El florete de su contrario le acababa de vaciar un ojo. El dolor vehemente no le impidió hacer un esfuerzo por recoger su espada, pero los padrinos, como era justo, declararon imposible la continuación del combate.

San Marcos, dando traspies, cayó sentado en un banco de césped, justamente en el momento en que agitada, jadeante, la condesa se arrojaba del carruaje y se llegaba frenética a los combatientes. Pronto comprendió que había llegado tarde, y su furor se desahogó en improperios contra el marqués.

— Señores – dijo en alta voz – la causa de este desafío es una calumnia infame levantada contra mí.

Y volviéndose al marqués:

— Miserable; declare usted la verdad. ¿He dado el menor motivo a que se sospeche de mi honra?

— No, señora, que yo sepa – contestó el marqués con su implacable sonrisa. – Un caballero no puede declarar otra cosa, cuando es una dama quién pregunta.

Esta respuesta sentaba la duda; mejor dicho, la certidumbre. Ana Luisa le dirigió una mirada a la vez feroz y suplicante.

— Pero, ¿qué agravio se le ha hecho? ¿Qué motivo de odio tiene usted contra mí o contra mi marido? ¿Por qué ha mentido usted?

— ¿Mentido? Señora, jamás. He dicho, sin malicia alguna, que la dama que me acompanaba en el Coliseo era usted. ¿Acaso mentí? Si se ha sabido o hablado algo más no es mía la culpa.

A esta insolente contestación, el conde, a quien el dolor impedía todo movimiento, se puso nerviosamente de pie. Todos, aun los testigos en su favor, se encararon contra el marqués. Lo hubieran devorado si las leyes del duelo no se opusieran; porque lo hallaban cínicamente infame. Y él, impasible, apoyado negligentemente en su espada, sonreía, no ya como Mefistófeles, porque la lividez de su semblante harto revelaba que aquella actitud era fingida.

Al extremo de la avenida aparecieron tres hombres.

La condesa, torciéndose las manos con desesperación, lloraba y suplicaba.

— La verdad... ¡Ah! ¡La verdad! ¿Por qué me deshonra usted? Perdóneme si le he ofendido... yo siempre admiré sus virtudes... hable usted, hable usted la verdad.

El marqués no contestó, ni alzó los ojos, que fijaba tenazmente en el suelo. Pudo tener ansia feroz de triunfo, cuando la agraviada señora le arrojó su infamia at rostro. Pero, ahora, al verla humillada, llorosa, aquella inocencia, implorando a su hidalguía, sintió remordimiento que atenaceaba el alma.

Su rostro en aquel momento era horrible de ver. No estaba encendido, no estaba pálido; estaba cárdeno, cadavérico. La sonrisa había desaparecido, pero una contracción tétrica, hacía resaltar sus dientes blanquísimos por entre sus labios trémulos y amoratados.

Debía ser horrible lo que pasaba en el corazón de aquel hombre. Dos gruesas lágrimas asomaron a sus ojos, inmóviles como los de un cadáver.

Los tres hombres se acercaban.

— Señores – dijo Senmanat – aquí llega la policía.

— Disimulemos – contestó el condesito de O'Reilly, tratando de recatar[334] las armas –; pero entienda usted, señor marqués, que su conducta es indigna, y que esto no quedará aquí.

— Como gustéis, señores. Estaré a las órdenes de cualquiera que, después de este momento, *se digne* batirse conmigo.

En efecto (avisado, como la condesa, por un traidor anónimo) apareció el Capitán del Cerro acompañado de sus polizontes. Se llegó al lugar, se dirigió al marqués, y sin saludar y con voz gruesa, como si hablara a un inferior, dijo:

— ¿Es usted el llamado Marqués de la Represalia?

— Servidor de usted.

— Dese usted preso. Y llevó la mano a la cintura para mostrar el cabo de una pistola.

— Me doy preso – contestó el marqués impasible.

— Caballero – dijo adelantándose el de O'Reilly – aquí se trata de un lance entre hombres de honor; esto no es asunto de policía.

— ¿Hombres de honor?... No todos, señor Conde – comentó el policía con respeto. Y luego, dirigiendo a Represalia una mirada despreciativa, añadió: «A este pillo me lo llevo amarrado».

Uno de los policías sacó una cuerda, y ante la muda expectación de los testigos, el marqués de Represalia, de quien esperaban enérgica protesta, tendió humildemente las manos.

— Pero; ¿qué significa esto? – preguntarón al capitán – ¿Quién es ese hombre?

— Hipólito Marañón, esclavo prófugo de don Juan Pérez.

La Condesa cayó desmayada, los testigos se miraron mudos de estupor. El marqués, después de dirigir a don Rodrigo una mirada que guardaba semejanza con la del moribundo mártir del Calvario, tendió las manos para ser maniatado.

---

334   ocultar

# Capítulo XI

## Misterios de la Habana

Al día siguiente, el escándalo en la Habana era inmenso. No se hablaba de otra cosa, y con maliciosa sorna o perversidad despiadada, se mezclaba el nombre de la condesa. ¡Oh!, había dado bien su golpe el Marañón.

Un aristócrata distinguido, de preclaro linaje, de ilustre alcurnia, el caballero de Represalia, era un mulato cimarrón, que sin duda había robado a su amo para comprar nobleza. Y ese bandido había abofeteado el rostro de un caballero y había sido el amante declarado de una señora de distinción.

— ¡Qué cosas se ven en este país! – decía Alberto –; el orgulloso San Marcos, que desdeñó batirse con Juan Pérez, se ha batido con su esclavo.

— Y ha quedado tuerto – añadió don Rodrigo.

— Ha quedado digno de esa mujer – concluyó el generoso Belisario, con la satisfacción de Yago, después de la muerte de Desdémona.

Este vengativo pisaverde[335], cuya solicitud solo desprecio había merecido de la discreta Ana Luisa, compuso algunas décimas, de esas infamantes coplas que repetidas o cantadas por el pueblo, arrastran un nombre por el lodo, con tanto más ensañamiento cuanto más sea ese nombre respetable y respetado.

Y, en realidad, añade el autor,[336] ¡qué cosas se ven en un país esclavista! ¿Cómo pudo decir un escritor que la vida de Cuba no se presta a la novela trágica? Más que otro alguno; aquí no hay que in-

---

335 Hombre presumido y afeminado, que no conoce más ocupación que la de acicalarse, perfumarse y andar vagando todo el día en busca de galanteos.

336 Aunque esta referencia al «autor» implica que lo que sigue es de la autoría de Belisario, al no marcar la cita con las acostumbradas («...»), Calcagno disuelve la diferencia entre las instancias autoriales de Belisario, del narrador de la novela, y de él mismo, es decir, del propio Calcagno. Como verá el lector, lo que sigue a continuación puede atribuirse igualmente a eso que «añade el autor, « y por tanto a las tres autoridades que ya hemos mencionado.

ventar el drama, basta copiar a la naturaleza. Tómese cualquiera de nuestras causas célebres en asuntos de esclavitud. Allí palpita el crimen, acaso más horrible en las que quedaron ocultas.

No faltará quien crea inverosímil esta historia. Tan verosímil es, que se toca nada menos que con dos pasajes de la historia íntima de Cuba, de la crónica local, secreta, pero harto conocida.

Uno de ellos, el de las señoritas B..., corto tiempo gala y adorno de nuestra sociedad habanera; distinguidas dilettantis que habían recibido una educación esmeradísima, que alternaban con lo mejor de nuestra soeiedad, y que fueron declaradas esclavas, teniendo el señor B., padre, que pagar peso sobre peso, la libertad de sus hijas, de un hijo y de la madre.

Este hecho, tan conocido en Cuba, acaeció por la década del 30 al 40, cuando aun no había la ley de vientres libres, y fue como sigue:

La mulata... (llamémosla Zeta) pertenecía a un cura, que tenía otros esclavos en el pueblo de... no lejos de la Habana. Seducida por un libre de su clase, escapó y se ocultó en dicha ciudad, hasta que el raptor la abandonó. No quiso volver a su amo, y diciéndose libre, se presentó al señor B. prestamista, que la tomó a su servicio. Éste se enamoró de ella, tuvo tres hijos, los educó, y por el cariño de éstos, se casó con la madre, comprando las credenciales de que carecía. Muerto el cura de... heredó el caudal y esclavos.[337] Un sobrino[338] que, necesitando al prestamista, acudió a su casa, y vino a abrirle la puerta la misma Zeta, a quien reconoció.

— ¡Fulana! ¡Tú aquí!

La mulata se inmutó; pero pronto se repuso, y se armó de sangre fría.

— ¿Qué dice usted, caballero?

— ¿Tú no eres la mulata Zeta?

— ¡Es usted un atrevido! Soy la esposa del Señor B.

— Lo veremos. Quede usted con Dios.

El mismo día se presentó reclamando a la prófuga, y el prestamista B. lo acusó de calumniador. Papeles van y pruebas vienen. Los otros esclavos reconocieron a su compañera. Todo el pueblo de... la hubiera reconocido; la evidencia surgía. Cuando el prestamista vio la horrible

---

337    Calcagno no ofrece ninguna explicación sobre qué base jurídica la mulata habría podido
        reclamar y obtener (o simplemente obtener) la herencia del cura, y aun sus esclavos.

338    Se entiende que del cura.

verdad, trató de transar y ocultar todo bajo oro; pero era tarde, el caso ya era público.

El joven B. hijo, apeló al suicidio para librarse de la deshonra, porque la distinguida dama con quien debía casarse, se negó a hacerlo con un esclavo liberto. El señor B., murió poco a poco, a causa del disgusto que tal pleito le ocasionó. La madre e hijas se retiraron del mundo y no se habló más de ellas.

¿No parece esto una invención? Pues el hecho es histórico. Ha pasado tal como lo hemos referido, y no habrá lector cubano que al empezar a leerlo, no haya reemplazado con los nombres verdaderos, los pseudónimos con que la discreción nos obliga a ocultarlos.

Ni habrá nada en él de extraño, quien haya leído en este mismo año, los siguientes renglones: «¡Horror! El joven Felipe Domínguez, más blanco que un caucásico puro, es esclavo y espera la resolución del juez de primera instancia del distrito de Belén. Este desgraciado ha oído sobre su nacimiento lo siguiente: Que en Santiago de Cuba, una joven dio un mal paso y tuvo por hijo a este joven, a tiempo que una parda joven dio a luz un niño muerto. Se salvó el honor de la joven haciendo aparecer como hijo de la parda al que lo era de la infame mujer. Con un crimen mucho mayor a los ojos de Dios y de los hombres, se ha creído borrar un desliz. La justicia resolverá» (*El Triunfo*, 7 de Septiembre de 1881).

Dígase si en esas cortas líneas no está encerrado el argumento para un drama a lo Bouchardi, o para una novela del género Anna Radcliffe[339].

El otro caso a que hemos hecho referencia, lo reservamos. Viven y son personas bien conocidas los interesados. Viven haciendo honor a su país natal, Puerto Rico, los descendientes de un hombre de color, de gran talento y grandes aspiraciones, que llegó a adquirir un título en tiempos en que la raza de color vegetaba en el más ínfimo grado de abyección y desprestigio.

Horribles casos hemos hallado en nuestras investigaciones. La conspiración del año 44, que el vulgo llamó de la Escalera, tiene episodios que horrorizan. ¿Se escribirán algún día? Quizás fuera lo mejor dejarlos dormir para siempre en la noche del olvido.

---

339 Ann Radcliffe (9 de julio de 1764 – 7 de febrero de 1823), novelista británica, pionera de la llamada novela gótica de terror.

El marqués de Represalia, o sea el esclavo Hipólito, fue conducido a la cárcel pública, pero dos días después sin dificultad fue entregado a la reclamación de su amo. Era lo que procedía, siendo así que el conde de San Marcos, temeroso de dar más notoriedad al escándalo, no se presentó contra el impostor.

Solo se le juzgó como esclavo prófugo, y en tales casos, es al amo a quien corresponde aplicar el castigo.

# Capítulo XII

## Mama Creta

La vieja Mama Creta estaba triste, muy triste, y su tristeza no podía consolarse sino con lágrimas silenciosas que ninguna mano amiga se empeñaba en enjugar. ¡Qué triste es el dolor que no se comparte con alguna persona amada! ¡Qué triste es tener por qué llorar y no tener con quién llorar!

Infeliz esclava, sin derecho ni a quejarse, hacía sobre tres años que no veía a Hipólito; su único hijo, su único amor, y su único consuelo. El amo, por su omnímoda voluntad, se lo había llevado a la Habana para el servicio doméstico, y desde entonces jamás había vuelto al cafetal.

Ese amo, que de su hijo mayor era hermano de leche, para todos había sido bondadoso menos para ella. Para ella no había tenido más que palabras dulces, y promesas que ya debieran estar cumplidas.

¿No le había ofrecido traer a su hijo la primera vez que volviera a la finca? Sí, lo había ofrecido; y sin embargo, había vuelto diversas veces, pero solo. Y ahora estaba allí, serio, meditabundo, ensimismado. ¡Y su hijo permanecía invisible! Ella había inquirido con sus compañeros de esclavitud, pero ninguno daba razón de Hipólito. ¿Había cometido alguna falta grave? ¿Lo habría vendido? ¿Habría muerto? ¿Sería cierto que se había unido a las hordas de Aponte? Su corazón fluctuaba como un piélago de dudas y temores que no se atrevía a preguntar al amo, porque no tienen tal derecho los esclavos: las facultades del amo son omnímodas.

El almuerzo estaba servido allí, ante el señor omnímodo, y la esclava aguardaba en silencio.

En cuanto a él, sentado en una butaca de cuero, en actitud siniestra, apoyada la cabeza en la mano, parecía sumido en un mundo de recuerdos que, a juzgar por el amargo rictus de su frente, nada parecían tener de agradables.

Juan Pérez en aquel momento recordaba aquella noche, hacía sobre tres años, noche horrible, en que Creta le había visto llegar a la finca agitado, convulso, enloquecido, por el furor de un ultraje no vengado.

Fue cuando la escena con el conde de San Marcos, de quien había recibido uno de esos ultrajes que no se borran sino con sangre. El furor invadía su frente, y la ira rebosaba en su corazón.

Por momentos se le oía hablar a solas:

— ¡Comprar un título para poder desafiar al conde! ¡Yo, demócrata; yo, republicano! Yo, que desprecio esas vanidades. ¡Hacer una necedad que tantas veces he censurado en otros!

Y sucedió en aquel momento, Creta también lo recordaba, que vino un criado a servirle el café. Era el esclavo Hipólito, su hijo; alto, delgado, inteligente, cuasiblanco, como hijo de mulata y de un vizcaíno; con facciones más caucásicas que africanas.

El amo se quedó un momento mirándolo. Y parecía preguntarse a sí mismo: ¿por qué ese hombre nació esclavo? Lo que equivalía a decir: ¿por qué ese blanco nació negro?

De pronto se dio una palmada en la frente, como para desenvolver del todo una idea diabólica que en embrión acababa de asomar en su intelecto.

No la formuló en palabras; pero meditando en ella, sus ojos chispeaban, iluminados con lúgubre fulgor.

—Sí, se dijo a sí mismo; ¡esa será mi venganza! Ese miserable no me ha creído digno de batirme con él... pues bien, se batirá con mi esclavo.

Al día siguiente, Hipólito partía para la Habana contento, gozoso, como esclavo que va a ver un poco de mundo. Su amo lo necesitaba, dijo, para su servicio particular.

Y desde entonces, Juan Pérez, el vecino honrado, el hacendado pacífico, consagró todos sus momentos, todos sus recursos, todas las energías de su odio, a la realización de su plan mefistofélico. Como no le convenía dar la cara, para conservar incólume su derecho de amo, llamó en su ayuda a don Rodrigo, su antiguo asalariado, que le era deudor de su fortuna. Don Rodrigo acepta el encargo honorífico de seducir al mulato, de embarcarlo para la Península misteriosamente, y dejando creer que se había fugado, de fingirle cuna libre y hasta honrosa, y si no lo prohija literalmente, lleva su abnegación[340] hasta fingirse su padre y hacérselo creer.

---

340    Por supuesto, hablar de abnegación en la urdimbre de esta patraña no tiene sentido. De manera que, o bien es otro de los sinsentidos en que incurre Calcagno, o se trata de su propio pensamiento retorcido y desfigurado por su racismo. Y puede que hasta de ambas cosas.

Todo era fácil, puesto que el amo, el mismo Juan Pérez, aprobaba sotto voce y pagaba.

En el breve término de tres años se verificó en el inteligente Hipólito una transformación completa. ¿Qué no puede el dinero secundado por la diligencia? Los más hábiles lapidarios vinieron a pulir aquella piedra en bruto, y jamás se vio alumno ni más activo, ni más perspicaz. En pocos días aprendió a leer, escribir y pensar. Y fue gloria de sus maestros desbaratar aquella alma inculta, en que se descubría una luz, hasta allí ignota, por falta de ocasión para brillar. Aquellos gérmenes, sembrados en terreno fértil, hasta entonces inculto, florecían y fructificaban, a la manera de esas plantas cuyo prematuro desarrollo promueve y anticipa el artificio inteligente del experto agricultor. Así como el enfermo recobra salud y vida, al salir de una atmósfera malsana, así, a la acción benéfica de la enseñanza, aquella alma se regeneraba en un medio ambiente que parecía serle congénere.[341] Y a medida que desaparecía la tosca envoltura del esclavo,[342] fulguraba un espíritu generoso y fuerte.

Educación condensada, pero fructífera y *ad hoc*; esgrima, eso lo primero, se quería una espada; equitación, baile, modales, arte de salón, hojarasca intencionada; una tintura de bellas artes, algo de historia moderna, mucho de heráldica, y sobre todo eso un título nobiliario, de Castilla o castellanizado, que le habría entrada a la alta sociedad. Tal era el instrumento que surgía del antiguo esclavo de Juan Pérez.

Pronto el protegido de Olivar de la Fontanilla, combustible que solo necesitaba la chispa para producir la hoguera, olvidó su vida primera y se entregó a la nueva, con el frenesí de quien ha perdido una parte de su ventura y se afana por aprovechar el resto. La finca, el amo, la esclavitud, hasta su madre, la pobre Mama Creta, por quien nunca preguntaba, todo lo hundió con intención en la noche del pasado, desde que nació a un nuevo modo de ser, a una existencia de luz, de disipación y satisfacciones. ¡Madrid es tan bello, cuando se puede gastar, y la vida es tan agradable cuando no hay amo! ¿A qué

---

341   natural
342   El comentario del narrador-autor Calcagno refleja al calce el del amo. Recordemos solo unas líneas antes el narrador interpreta el pensamiento del amo «¿por qué ese hombre nació esclavo?» de que esto «equivalía a decir: ¿por qué ese blanco nació negro?» Similarmente, entonces, ahora para el narrador la *desaparición* de «la tosca envoltura del esclavo,» ¿qué otra cosa podría significar que la desaparición del *negro*? Por otra parte, dado que Hipólito era cuasiblanco, lo que hemos visto significa que el mínimo vestigio de *negritud* bastaba para descalificar su vida, y por tanto su valor.

acordarse de la mísera sierva a quien no debía más que el ser? Creta era una esclava y él era un hombre. Su excelsitud procedía toda de aquel don Rodrigo, que sin duda era su padre, aunque no lo declaraba. ¿Qué otra cosa sino padre podía ser quien lo sacaba de la ignominia y la ignorancia, quien lo elevaba a tal altura, quien lo hacía noble y le daba con que sostener su nobleza? ¿Ese opulento Olivar de la Fontanilla, no había sido años atrás el oscuro mayordomo Rodrigo el Curro, larva miserable que pasó a mariposa?

Supóngase cuál sería el asombro del liberto cuando su tutor y protector lo llamó, y le dijo:

— Ahora, para Cuba.

— ¡Para Cuba! – exclamó sin poder dominar su estupefacción –; ¡Para Cuba, señor...! Pero allí está el abismo, la perdición, el amo.

— ¿Qué importa el amo al señor marqués de la Represalia?

— ¡Si me conoce...!

— ¡Bah! Si te conociera y hablara, lo enviaría yo a presidio por calumniador. Pero, no te inquietes; no te conocerá.

— Pero, ¿qué vamos a hacer en Cuba?

— Hay una grave ofensa, de cuya venganza estás encargado; una ofensa mortal hecha a mí... ¡a mí! ¿entiendes?

El ex-esclavo bajó la cabeza y juró obedecer.

Comprendió que aquel *a mí*, dicho de aquel modo, significaba a mí, tu padre.

Y llegado a Cuba, se le señaló un hombre, y se le dijo:

— ¡Ese!.. ¡ah!

También se le señaló una mujer, y se le dijo:

— Ámala, persíguela, y si no la logras, comprométela.

Todos esos hechos bullían en el cerebro del hacendado. Y los recorría uno por uno mientras almorzaba con melancólica lentitud; y en tanto la esclava, de pie ante él, parecía esperar alguna palabra prometida. ¡Qué! ¿No tenía nada que decirle de su hijo? ¿Por qué aquel silencio obstinado e injusto? Por momentos sentía impulsos de gritarle: ¿Qué has hecho de mi hijo? como Dios dijo a Caín: ¿qué has hecho de de tu hermano Abel?

Pero el almuerzo concluyó, y ni amo ni esclava despegaron los labios; sin embargo que aquel parecía comprender la actitud suplicante y el silencio elocuente de la segunda, que ya empezaba a quitar la mesa.

En aquel momento llegó el mandadero que todos los días iba al correo, y entregó una carta.

Juan Pérez la esperaba sin duda, porque la tomó con ansia, y reconocido el sobre, rompió el sello, con no disimulada emoción. Era de don Rodrigo, y en ella le daba cuenta del desafío entre el marqués de Represalia y el conde de San Marcos.

Juan Pérez la recorrió rápidamente, y dejando caer sobre la mesa la carta y el brazo que la sostenía:

— ¡Al fin!... – murmuró, sonriendo con expresión satánica.

Y volviéndose a la esclava, añadió:

— Mama Creta, tu hijo ya es libre.

— ¡Libre! – repitió la esclava, alzando los ojos, y con el acento del náufrago que tras mil angustias, llega a decir: «me he salvado».

— Sí, libre – continuó Juan Pérez – me ha hecho un gran servicio, y le doy la libertad a él y a su madre.

Creta se apoyó en el respaldo de la silla, temiendo que le diera un desvanecimiento de felicidad. El hombre que saliendo de un abismo, contempla desde la horrible sima en que estaba hundido, y ve sobre su cabeza el sol, el espacio inmenso, el cielo azul... ¡cá!, no; eso es muy floja comparación para el esclavo que surge del antro de la esclavitud.

— Ustedes – volvió el amo –, podrán vivir aquí en la finca, o en la Habana, o donde les acomode. Siempre contarán con mi protección.

Creta no contestaba, porque no podía. La emoción y el gozo que embargaban su ánimo permitían lágrimas a sus ojos, pero no acento a sus labios.

Aquel mismo día el hacendado partió para la Habana, aguijoneado por el ansia de ver a su vengador y de gritarle: «eres libre»; la palabra más gloriosa que puede decirse a un esclavo.

— ¡Ya eres libre! Ya eres dueño de tus acciones; ya no hay para ti mayoral, ni castigos, ni obediencia pasiva a la voluntad de otro. Tu amo, de hoy en más, será tu amigo. Tú has merecido esa libertad, gózala... regocíjate!

# Capítulo XIII

## El esclavo liberto

¡Regocijarse...!

¡Cómo se engañaba el bueno de Juan Pérez! Hipólito hacía tiempo que era libre *in facto*, y estaba ya acostumbrado a serlo. Había saboreado ese infinito bien de la libertad que, como sucede con la salud, no se aquilata sino cuando se pierde. El siervo hacía más de dos años que había sido enterrado con su esquifacción de listado burdo, y había surgido un marqués de frac y guantes de piel de cabrito.

No volvía a ser esclavo, es verdad. Pero volvía a ser mulato, y ¿qué era quedar libre y mulato, para quien había sido marqués y pasado por amante preferido de una de las primeras damas de la sociedad habanera?

Allá, en el cafetal, el hijo de Mama Creta, desconocido e ignorante del vasto mundo y de sus goces, vivía relativamente feliz, sin más dolores que los de la materia, porque la falta de amor propio y de dignidad personal anulaba los del alma. Mas ahora, convertido el esclavo en hombre, los ojos con que miraba el anterior crepúsculo de ignominia y abyección de su vida le hacían considerar preferible la muerte a la esclavitud. Pero ya ni la libertad le bastaba; necesitaba la dignidad. Y en aquella ráfaga de esplendor que un momento había iluminado la noche de su existencia solo había ganado una cosa ya para él insignificante, no tener amo.

¡Ah...! ese amo, como Satanás a Cristo, le había mostrado todas las grandezas del mundo, para luego decirle: «Todo eso es vedado para ti, porque eres hombre de color en un país de blancos. Fuiste mi esclavo y no puedes ser más que mi liberto».

Ya Represalia, esto es, Hipólito, comprendía de qué maquinación infernal había sido hecho principal factor. Solo ignoraba que hubiera un tercero, y que ese tercero fuera su mismo amo. Había creído servir a don Rodrigo, en la persuasión íntima de que servía a su padre.

Por desgracia para él, en los días de la esclavitud, cuando vegetaba sin derechos ni voluntad propia, él había aprendido a obedecer. Pero no había aprendido a ser infame. Aquella alma no había nacido para esclava, y al abrirse al mundo del honor, al dignificarse, no había hecho más que acomodarse a su centro natural. Por eso más de una vez, recordando su miserable pasado, se había preguntado: «¿cómo podía yo vivir entonces? ¿Cómo pueden vivir esos desheredados, aun cuando libertos, si están bajo todas las capas sociales?»

Y si había actuado como hijo y no como siervo; si había sido instrumento ciego de la potestad paterna, era natural que ahora se reconociera víctima triste del respeto filial, y por eso, cuando excarcelado y traído a la presencia de Juan Pérez y de don Rodrigo, más que del esclavo humilde y agradecido, era su cara la del justo agraviado; majestuoso, digno, hasta puede decirse que altanero, creeríase que aun quedaba en él más del marqués que del esclavo.

Están en el pabellón del jardín que ya hemos visitado.

— Mi señor padre – dijo a don Rodrigo, con acento grave y solemne –; está cumplida mi palabra. He satisfecho mi deuda.

— No soy tu padre – se apresuró a contestar don Rodrigo –; eres el hijo de Mama Creta.

Una mirada feroz, una de esas miradas que hieren como un puñal, fulguró en las pupilas de Hipólito; mirada que parecía echarle en cara todo el mal que se le había obligado a hacer.

— ¡Ah! – exclamó con sonrisa que helaba, y dejando caer lentas las palabras como si le costara trabajo pronunciarlas: – ¿Con que yo... no soy más... que el hijo de Mama Creta?

— Pero no volverás al cafetal sino por tu voluntad – añadió Juan Pérez –; porque eres libre desde este momento.

— ¡Gracias! – dijo el exmarqués, con sarcasmo y con infinita amargura –; ¡gracias... el amo ha sido muy bondadoso, pero... es tarde!

Ambos los dos blancos hicieron un gesto de disgusto y sorpresa.

— Mi señor amo – continuó Hipólito con energía –, señor don Juan Pérez, las represalias no han terminado todavía.

— ¿Qué quieres decir?

— Digo, que yo he vengado a mi amo del conde de San Marcos; pero, quién, quién me vengará a mí de mi amo?

— ¡Esclavo! – gritó Juan Pérez, poniéndose nervioso de pie y fulminándolo con la mirada.

— ¡No! yo libre, no puedo ser ya esclavo; yo blanco, no puedo ser ya mutato; yo marqués, no puedo ya ser un cualquiera. Yo continúo siendo marqués; continúo instrumento de represalias.

Y como una sonrisa burlona se dibujó en los labios de sus interlocutores, el mulato, irguiendo la cabeza y dirigiéndose a la puerta, añadió:

— ¡Marqués, en la corte de Antonio I emperador de Cuba!

— ¡Desgraciado! ¡Qué dices! – gritaron a un tiempo y queriendo detenerlo los dos blancos –; ¡Mira que vas a tu perdición! ¡escucha..!

— ¡Paso! –, replicó el mulato, tirando de una daga que llevaba oculta –, ¡paso!, porque no no respondo de mí.

En vano trataron de contenerlo; se lanzó a la calle por la puerta del jardín y desapareció.

Juan Pérez y Olivar se intermiraron un momento en silencio. Al fin, el segundo, dijo:

— ¿A la policía?

Y el primero, después de una pausa, contestó:

— Sí; tratemos de salvarlo en gracia de esa infeliz Anacleta.

Dieron en efecto, y sin tardanza, parte a la policía; pero el Represalia, que durante su vida de aristócrata sospechó siempre un desenlace fatal, había tomado muy de antemano sus medidas de precaución.

Así fue que mientras la policía vigilaba por las salidas de la ciudad, una ligera navecilla de pescador se desprende de la solitaria playa de San Lázaro, y sube al remo hacia el castillo del Morro. Un solo hombre, que canta al compás de los remos, parece manejar aquel bote negro y ligero como las góndolas venecianas, que pasa sin detenerse por entre los otros pescadores. Más allá del castillo desplegó su vela, y el terral propicio lo empujó con mayor velocidad. Antes de dos horas dejaba atrás las playas de Cojímar y Bacuranao; antes de oscurecer tocaba el horizonte. Ya solo se divisa un leve punto blanco, que gradualmente se aleja y disminuye, alba nubecilla en cielo despejado... al fin, se perdió en la inmensidad sin entregarse a la pesca.

En aquella navecilla iba un infortunio y una felicidad; una alegría y un dolor. La alegría canta; el dolor medita.

Cuando ya ni el anteojo del vigía del Morro podría ver la

barquilla, el nauta visible, la alegría, dejó de cantar. Y otro hombre, el dolor, apareció, y comenzó a ayudar en la maniobra en profundo silencio.

A la mañana siguiente les amaneció a muchas leguas de la Habana.

— Allí – dijo el dolor, señalando a la distante costa, ¿no es Peñas Altas?

— Señor; Peñas Altas no da al mar ni tiene costas. Ese es Jaruco.

— ¿En cuya[343] jurisdicción está Peñas Altas? ¿Más al interior?

— Justamente.

— Dirija usted a la costa.

— Pero, ¡señor marqués!, mire que en Peñas Altas hace ahora mucho calor; mire que allí están sueltos todos los demonios del infierno.

— Dirija usted a la costa – repitió secamente el dolor.

La barquilla torció rumbo al Sur y pronto tocó en la playa de Jaruco, en lugar solitario y salvaje.

Poco después volvía hacia la Habana, llevando una sola carga, la alegría. Pero la alegría estaba ahora triste.

---

Y fue esto en los momentos en que el bueno de Juan Pérez, acongojado con el extraño desenlace, y con la catástrofe que se cernía inminente sobre Hipólito y sobre la infeliz Mama Creta, recibía la visita de dos personajes, amigos de otra época, olvidados ya desde que empezó para él la noche de la adversidad.

Eran Belisario y aquel Jacobo Artiz, presidente del Club Jacobino, en reemplazo éste del barón de X., que por sus nervios, no servía para el caso, ni para nada. Venían a traer un cartel de desafío, de parte de San Marcos, desafío que había de ser a muerte, en secreto, sin expresión[344] de causa, sin asistencia de testigos.

Juan Pérez leyó la carta y soltó una risa nerviosa, estridente, satánica; risa que conmovía todas las fibras del rencor; risa que solo un

---

343    qué
344    declaración

hombre ha creído poderla oír en este mundo, el Dante, cuando meditaba los horrores de su infierno.

— Ja, ja, ja...; con que, ahora se digna... ja, ja, ja...; dígale usted a ese individuo... ja, ja, ja; que yo no me bato con rivales de mis esclavos.

Y arrojó el cartel al rostro de Belisario.

# Capítulo XIV

## En Peñas Altas

Había llegado el mes de Marzo. Aponte se hallaba en plena campaña, y la Habana temblaba ante el inminente peligro que el mal ejemplo inficionara la Isla, si los revoltosos no eran pronto y radicalmente castigados.

Las naciones que poseían colonias esclavistas abrían los ojos sobre Cuba: el momento era crítico. Haití sonreía; Albión callaba; Francia, Holanda y Estados Unidos, naciones entonces esclavistas, hubieran ayudado si tal ayuda necesitara España.

Pero el Cabecilla era demasiado ignorante para ponderar lo descabellado de su idea. Su campamento se hallaba ahora en Peñas Altas, que fue el punto de la gran batalla decisiva.

En todas direcciones, los aproches[345] de esa comarca estaban devastados, arrasados de intento. La horda de los quemacueros había pasado por allí, sembrando ruinas y dejando idea de lo que hubiera sido de la Isla, si hubieran triunfado las desalmadas tribus de salvajes. Pero con razón se ha dicho que el destruir no conduce a nada bueno. Aquellas fincas abandonadas y aquellos sitios incendiados, aumentaban la fuerza de los blancos, porque los destituidos moradores se convertían en otros tantos soldados, a los que se unían muchos negros libres, pacíficos agricultores, que por permanecer neutrales, no libraron sus propiedades modestas. Diríase que la Isla resplandecía demasiado para ellos y querían oscurecerla, africanizarla, para que quedara digna de africanos.

Presentóse Hipólito, pidiendo ser admitido en las filas. Amenazadores puñales y machetes lo rodearon, pero con sencilla solemnidad dijo:

— Soy de los vuestros; llevadme a vuestro rey. Y al rey se le llevó.

— ¡El marqués! ¡el marqués! – se oyó repetir entre algunos negros libres de la Habana, que lo reconocieron.

---

345  alrededores

— Afiliarse usted – exclamó Aponte sorprendido y receloso –, ¿con qué objeto? Aquí no entran sino los de color.

— Yo lo soy.

— ¡Usted! – contestó Aponte, mirándole con asombro. Pronto comprendió que era un mulato, y le tendió la mano.

— Quiero vengarme de mi amo.

— ¿Qué te hizo tu amo...? Pero ya comprendo; lo que todos los amos: egoísmo, inconsideración, ingratitud.

— Mi amo me dio la libertad, de eso me vengo.

— ¿Quién es... quién era tu amo?

— Juan Pérez, dueño de la Concordia.

— ¡Juan Pérez! – replicó el Cabecilla en el colmo del asombro.

Sabía que era Juan Pérez uno de los rarísimos señores amados de sus siervos. Ni uno solo de su propiedad se había incorporado a las falanges rebeldes, de lo que se deducía que amos de tal índole eran un inconveniente para la realización de la magna idea. El imperio de Aponte no podía cimentarse sino sobre sangre y ruinas, y sería preferible, en justo homenaje a la conciencia humana, luchar contra tigres que no contra justos.

Tanto era así, que algunos secuaces habían propuesto al jefe que se respetara la vida de los amos que habían sido buenos, para que si era aplastada la rebelión, quedara ese recuerdo y escarmiento en el ánimo de todos. Pero ya las circunstancias hacían peligrosa toda conmiseración: era guerra de razas, la más terrible de las guerras.

— De modo que tú eres aquel Hipólito separado de su madre...

— Ese soy yo.

— Está bien – dijo Aponte –; tomaremos venganza de tu amo y de todos. Si es blanco, es nuestro enemigo; no se puede ser amo impunemente.

Y aceptado el Hipólito, fue puesto al frente de una facción.

Sandalio de Noda[346] con su palabra, Bachiller[347] con sus escritos, son los cronistas de nuestras cosas que se ocuparon del caso, y nos

---

346 Tranquilino Sandalio de Noda Martínez, notable sabio naturalista, geógrafo, agrimensor, agrónomo, periodista y ensayista cubano. Nació en Puerta de la Güira, actual municipio de Artemisa, provincia de igual nombre, entonces perteneciente a la Jurisdicción de Guanajay, el 3 de septiembre de 1808, y falleció en San Antonio de los Baños, el 23 de mayo de 1866.

347 Antonio Bachiller y Morales (La Habana, 7 de junio de 1812 - ibídem, 10 de enero de 1889) fue un historiador, profesor universitario, periodista, bibliógrafo y americanista cubano. Se dedicó a estudiar la América precolombina, y fue un contribuyente al estudio de la bibliografía en Cuba y en Latinoamérica.

hacen saber que la tentativa de Aponte ha sido la insurrección negrera más importante de Cuba, y la batida de Peñas Altas la más encarnizada entre cuantas hasta entonces ensangrentaron nuestras vírgenes campiñas.

Pero si feroces y sanguinarias eran las hordas africanas, alguna censura puede recaer también sobre los defensores del orden, porque fueron despiadados más allá de lo necesario. Fue una lucha de tigres contra caníbales. Sitios fueron arrasados, como el de los Gronlier y los Mederos, de negros que en nada se habían mezclado. Se quería precaver la reproducción de un hecho en que se arriesgaba la salvación de la Isla, y estaba en la ofuscada conciencia de todos que no bastaba vencer: era preciso ser terrible. Los guajiros habían jurado el exterminio de los quemacueros, a quienes ya no querían ni como esclavos. De esto nació la eterna prevención, el odio inextinguible, sin embargo de que muchos ingenios permanecieron tranquilos, si no por mejor tratados los siervos, sí por mejor vigilados.

Aquí las crónicas se complacen en ensalzar los nombres de algunos denodados guajiros, entre ellos los de los heroicos mayorales Antonio Orihuela y Manuel Quintero, que con singular bizarría, si bien con exceso de crueldad, se batieron en la acción de Peñas Altas. Orihuela era mayoral del ingenio Santa Ana, cuya dotación se puso de parte de los blancos.

De una extensa relación inserta en la *Gaceta de la Habana* extractamos estas líneas: «El partido de Guamutas deberá ocupar una página muy señalada en la Historia do la Isla por la fatal ocurrencia de Peñas Altas, acaecida dentro de su territorio, la memorable noche del 15 de Marzo, así como también por la bizarría y denuedo con que sus valientes moradores, arriesgando vida e intereses, castigaron la inaudita insolencia de aquellos malvados, que después espiaron en la horca su atroz delito.»

En otro lugar hay un curioso párrafo que dice: «Permítasenos copiar aquí, para que no quede en olvido, el nombre del valiente mayoral don Antonio de Orihuela, a cuyo tino y presencia de ánimo debemos la fortuna de ahogar en sus principios el fuego de la insurrección. Orihuela, viendo tan cerca el peligro, reunió *la gente* (esclavos) y operarios del ingenio que gobernaba, les hizo una arenga adecuada a ellos, y terminó diciendo: «¿Qué será mejor, muchachos, unirse a esos debaratados o derramar su sangre por Dios y por el

amo?» «Por Dios y por el amo» – respondieron todos enternecidos
(sic) y preparados. – «Pues a ellos, hijos, que ya vienen», – gritó Orihuela, poniéndose a su cabeza».[348]

Si estaban o no enternecidos, o si obraban por miedo o ignorancia,
es punto que la Historia no ha resuelto todavía.[349] Ello es que al frente
de ellos, «Orihuela, continúa la *Gaceta*, tan oportunamente atacó a los
amotinados, que logró detenerlos en su marcha, herirlos y destro-
zarlos, dando así tiempo a que el gobierno tomase las medidas que
terminaron la defensan...[350]

Orihuela, como se ve, fue el Pepe Antonio de aquella comarca. Los
principales jefes del motín fueron allí cogidos por el cuerpo de
paisanos y negros, que capitaneaban Orihuela y Quintero y, prisionero
Aponte con ocho de los suyos, fue encerrado en la Cabaña.[351]

---

348   José de J. Márquez, que reproduce también este pasaje en su artículo sobre la rebelión
      de Aponte para la *Revista Cubana* (1894) no escribe «desbaratados,» sino
      «desenfrenados;» ni tampoco escribe «derramar su sangre» sino «derramar la sangre.»
      Por otra parte, tras citar la respuesta que recibe la pregunta de Orihuela, Márquez no re-
      produce nada de lo que a continuación «cita» Calcagno: «— respondieron todos enter-
      necidos (sic) y preparados. — «Pues a ellos, hijos, que ya vienen», — gritó Orihuela, po-
      niéndose a su cabeza» En lugar de esto, Márquez reproduce otras líneas: «Ante esa
      contestación, Orihuela se puso al frente de los que habían quedado fieles a su amo, y atacó
      a los amotinados, venciéndolos en la lucha.» Como puede verse, el artículo de la *Gaceta*
      que cita Márquez no menciona ningún *enternecimiento* de los esclavos y operarios al res-
      ponderle a Orihuela. Si esto último traiciona, como sospecho, la intervención autorial de
      Calcagno en el artículo de la *Gaceta*, se trata entonces de una deliberada manipulación
      del texto con el propósito de reforzar aun más la supuesta lealtad y amor de los esclavos
      a sus amos. En este punto sería aconsejable no fiarnos del todo de la crónica de la *Gaceta*.
      Con esto no quiero decir que no sea posible que la respuesta en cuestión no resonara como
      expresión de unanimidad en los oídos de los amos – que era después de todo lo que
      querían oír – sino, que no es imposible que en el caos de ese momento algunos sujetos,
      o no hayan repetido el grito, o simplemente lo pretendieran. O hubieran simplemente
      actuado ante el pensamiento aterrador de lo que podría sucederles si se hacía(n) sospe-
      choso(s) en un momento crítico como ese.
349   Este comentario confirma nuestra sospecha. Calcagno, después de supuestamente «citar»
      al pie de la letra la Gaceta, titubea respecto a la verdad de la percepción respecto al sen-
      timiento de los esclavos; y esto, al mismo tiempo que su propia cita es la que incluye ese
      *enternecimiento* que, insisto, no aparece en la de Márquez. Supongamos, no obstante, que
      se trató de una omisión de este último. Todavía queda en pie que el hecho de que tanto
      la política editorial – de la Gaceta – como la de la cita respondían al mismo propósito:
      construir el significado de la rebelión del modo que cuadraba a los intereses de los escla-
      vistas.
350   Obsérvese que al no cerrar las comillas que indican la cita en Orihuela, para luego abrirlas
      nuevamente en «tan oportunamente,» y deslindar así su propia intromisión, si breve, en
      la cita, se funden, por así decirlo, la escritura de Calcagno con la de la *Gaceta*.
351   La intervención del propio Calcagno en la construcción del significado de la rebelión de
      Aponte, que se percibe a través de la novela, solo aquí cristaliza en una lectura verdade-
      ramente *personal*. Comprendemos su fijación en la exaltación del mayoral Orihuela en
      la Gaceta. Si para Calcago Orihuela había sido la encarnación de Pepe Antonio, nada
      más natural que suscitara el supuesto enternecimiento de sus seguidores, dado el hecho
      de que los negros habían participado en la defensa de La Habana contra la invasión in-
      glesa. Childs nos dice que cuando el fiscal Juan Ignacio Rendón le preguntó a Aponte

Lo demás ya lo sabe el lector. Condenados a muerte en la horca, dieron lugar al segundo acto de ejecución política presenciado en Cuba; y para escarmiento de pícaros,[1] como era de uso y costumbre, las cabezas de cuatro de ellos se pusieron a expectación pública: dos en la Habana, y otras dos en Peñas Altas y Trinidad.

Y he aquí porque en la mañana del 9 de Abril de 1812, la multitud a absorta contemplaba en el puente de Chávez, aquel repugnante espectáculo que la fascinaba y en vano inquiría.

— ¿Por qué está aquí esa cabeza de blanco?

Al fin pasó uno que se demoró, miró, oyó y satisfizo la curiosidad diciendo:

— Es que ese blanco... era negro.

---

por el significado de su libro para que le explicara el significado de las escenas de blancos derrotados por negros, Aponte, nos dice Childs, «explicó que uno de los dibujos representaba a su abuelo, 'el Capitán Joaquín Aponte[,] en batalla' contra 'seiscientos hombres y un batallón inglés que desembarcó en la Habana'» (Childs 25). De modo que, no solo los negros habían peleado contra los ingleses, sino que incluso el abuelo de Aponte se habría distinguido por su arrojo. Pero aquí hay también una ironía. En la interpretación de Calcagno, si Orihuela había sido un Pepe Antonio, entonces las fuerzas enemigas, esto es, los esclavos rebeldes, no podían ser sino la encarnación de los británicos. El racismo de Calcago produce el extraño efecto de blanquear a los negros. Claro, la sospecha de que los ingleses habrían alentado la rebelión ayudaba a fundir en uno a dos temidos enemigos: los negros y los abolicionistas. Finalmente, Calcagno consigue así hacer de la sofocación de la rebelión una acción patriótica, como la de Pepe Antonio. Y como en el caso de Pepe Antonio, también dicho patriotismo implicaba la *adhesión* al poder colonial, a la madre patria.

1   No obstante su empeño a través de la novela de representar a Aponte y a sus seguidores como salvajes y bestias – ahora les llama pícaros – muy a pesar suyo a Calcagno se le escapa la verdad: la ejecución fue *política*, y por tanto *política* había sido también la rebelión.

# ANEXOS

# «El buen amo» y «Teodoro:» Una introducción

El análisis del fragmento «El buen amo» que presento a los lectores, así como el capítulo «Teodoro» de la novela *Los crímenes de Concha* (1883) y del libro *Recuerdos de ayer* (1893) de Calcagno, respectivamente, permiten apreciar mejor, en toda su fuerza, algunos de los argumentos más importantes en que hemos insistido al comentar la novela *Aponte* (1901). Concentraré mi lectura – que apenas se propone otra cosa que introducir meramente estos textos – en el Calcagno historiador, en el fabulador y, en el racista, siendo esto último lo que ata y le da coherencia a los antes mencionados. Como en *Aponte*, Calcagno afirma en *Los crímenes de Concha*, la bondad del amo; en este caso, el amo es nada menos que el escritor abolicionista Anselmo Suárez y Romero.[2] Es de notar que incluso Calcagno se dirige directamente a Suárez y Romero – «A ti...» – convirtiéndolo así en su interlocutor a través del apóstrofe, estratagema retórica que le permite introducirlo en la novela, y hacer de él un oyente privilegiado. El hecho mismo de la *dedicatoria* que sirve de subtítulo al capítulo en cuestión, sugiere un intercambio que ocurre *fuera* de la trama de la novela, al mismo tiempo que en su *interior*. Para Calcagno – y él lo afirma sin cortapisas – no hay ninguna contradicción entre ser «hombre de *conciencia*,» *poseer* esclavos y ser *abolicionista*. Hasta el patriotismo, entendido como abolicionismo – sugiere Calcagno – es compatible con el esclavismo. Este argumento racista se sostiene sobre otros dos que discutimos en *Aponte*: 1) los negros son «más felices» si tienen un amo; al menos uno como Suárez y Romero; y 2) la esclavitud tiene un efecto moralizador y civilizador, puesto que sin ella los negros serían incapaces de resistir «los impulsos de una sangre *ardiente*, y a la propensión a *excesos*.» En cuanto a lo primero, ni a

---

2    Le recuerdo al lector lo que, sobre el «abolicionismo» de Suárez y Romero, y de otros escritores igualmente abolicionistas comentó Moreno Fraginals y que discutimos en el estudio introductorio.

Suárez y Romero, ni tampoco a Calcagno, se les ocurre preguntarles a los negros sobre esa *felicidad*, ni sobre la *bondad* del amo. Ninguno de los dos les habla a los negros. Éstos solamente son el *objeto* del discurso. De ellos se habla en tercera persona, y como afirma Emile Benveniste, «La 'tercera persona' representa de hecho el miembro no marcado de la correlación de persona» (Benveniste 176). Así, la «tercera persona,» añade Benveniste, «es de veras una no-persona» (177). Respecto al segundo argumento de Calcagno, lo menos que puede decirse es que trae de vuelta el carácter *represivo* que sostenía la supuesta *bondad* del amo. Si no se puede confiar en el negro – como insinúa – porque por naturaleza, por la sangre, no es racional, entonces solo su *sujeción*, esto es, la esclavitud, la privación de su libertad, además de justificarse a sí misma como institución, se justifica a su vez como instancia represiva, de dominación por el terror: el cepo, el látigo, las cadenas, la caza.

Es igualmente importante señalar que otro de los argumentos racista de Calcagno es el de afirmar que en realidad la libertad, lejos de beneficiar perjudicaría al negro. De este modo, insiste en aquello que repetirá en la novela *Aponte*, a saber, que el esclavo «que desconoce el amor propio, que ignora lo que es la dignidad humana y sus derechos, no concibe estado más feliz que su estado, ni imagina goces más allá de sus sencillos goces.» Calcagno cae así en una flagrante contradicción que trae a la luz su hipocresía: no se trataba de que el negro era feliz en su condición de esclavo, sino de que, si dejaba de serlo, exigiría su «dignidad humana y sus derechos,» exigencias que ni Suárez y Romero, ni Calcagno, ni los de su clase estaban dispuestos a satisfacer. Por eso la solución que se sugiere es la de mantenerlos vivos, en «su estado,» biológico y no humano. Para el negro, solo la existencia; para el blanco, la vida *cualificada*, la vida *digna*, afirmada en sus *derechos*. Sin el más mínimo asomo de pudor, Calcagno le dice a Suárez y Romero – citando casi *verbatim* a José María Heredia: «Esas campiñas que deleitan, toda esa poesía cubana que embriaga, a ti te hace llorar, porque *junto a un paraíso físico contemplas un horrible mundo moral*» (énfasis mío). No se le podía ocurrir que los dos disfrutaban del paraíso físico, y estaban entre los creadores de ese «horrible mundo moral.»

Toda esta meditación sobre las bondades del amo y de la esclavitud, llevan a Calcagno a lo que constituye el centro de los dos relatos que ya mencionamos: «El buen amo» y «Teodoro.» Ambos se ocupan de la misma historia: de la ejecución de un negro en Güines. Me ocuparé aquí tanto de los muchos puntos de coincidencia entre ambos relatos, como de los puntos en que difieren.

En «El buen amo» juntos, Calcagno y Suárez y Romero, *vieron* «pasar rodeado de siniestro cortejo al negro Teodoro.» La afirmación resulta más llamativa, toda vez que, según Calcagno, ese recuerdo *«siempre* estará *presente* en [su] memoria.» Pero en «Teodoro» no solo Calcagno es el único que presencia la ejecución, sino que, además, el hecho ocurre cuando él era un niño: «¿Qué edad tenía tenía yo entonces? ¡ah! ¡no puedo recordarlo! Y es acaso lo único que he olvidado de aquel funesto día.» Incluso recuerda que «iba para la escuela y al oír la bulla en las calles, decid[ió] correr novillos e ir a ver la fiesta.» Claro, añade enseguida que era una fiesta «horrible.» En el primer relato, - aunque supuestamente la presenciaron juntos – es Suárez y Romero el que resulta perturbado por la ejecución:

> Tú estabas nervioso, Anselmo, tu rostro palidecía, tus labios temblaban al hablar; el sonido de tu voz semejaba un gemido, lúgubre. Nunca te había visto tan conmovido.

Pero en «Teodoro»

> Mucho tiempo me duró la impresión de aquel aciago día: mi travesura de chiquillo engrosaba y se convertía en delito, hasta hacerme sentir remordimiento.
> El ajusticiado envuelto en la hopa siniestra se me presentaba al dormir, se sentaba a la mesa, y cuando yo reía me miraba con su mirada de mártir.

La palidez y el nerviosismo de Suárez y Romero se explican por su convicción de que Teodoro era inocente. El terror de Calcagno tenía una causa similar: el ajusticiado lo «miraba con su mirada de mártir.»

Calcagno habla en primera persona y, notémoslo, es él el afectado, y su «travesura de chiquillo,» percibida como *delito*, se convierte en *remordimiento.* El fantasma que «se sentaba a la mesa» evoca el de Banquo en *Macbeth.* No obstante, tanto la conmoción de Suárez y Romero como el sentimiento de «culpa» de Calcagno cumplen la misma función. Ambos nos llevan al descubrimiento de que Teodoro – a pesar de las circunstancias atenuantes – había sido un asesino. Esto, desde luego, atenúa, incluso puede decirse que disipa la *culpa*. Calcagno lo consigue recurriendo en ambos relatos al mismo argumento: su propia investigación sobre el suceso. Aquí entramos en las similitudes:

> Pues escucha lo que he sabido después: *Teodoro no era inocente*: yo *he tenido ocasión de, informarme de la sumaria*, y lo que es esta vez todo marchó con rapidez, pero con orden: *no fue el caso, bien común por cierto, de agarrar por los cabellos la ocasión de dar un escarmiento necesario* («El buen amo»)

> Algunos años después, *cuando registraba yo los archivos*, reuniendo datos para mi *Historia de Güines, cayó en mis manos una vieja causa criminal*... la fecha, el suceso, los nombres... sí, ¡era el mismo! Comencé a ojear febrilmente. Quería saber el crimen de Teodoro; quería persuadirme de su inocencia; pero desde las primeras páginas me llevé un desengaño.
>     *Teodoro no era inocente*. Lo que es esta vez, todo marchó con celeridad, pero con orden. *No fue el caso, bien común por cierto, de agarrar por los cabellos la ocasión de dar un escarmiento necesario* («Teodoro»).

No solo repite Calcagno su argumento, sino que como puede verse también repite su propio texto. Veamos otros ejemplos de lo que afirmo:

> el patíbulo estaba fuera del pueblo, en el camino del Río: alineadas allí las dotaciones de los ingenios circunvecinos, traídas para presenciar el saludable escarmiento, con resignado y estúpido silencio contemplaban aquel aparato de que no se daban cuenta. Los jueces y la policía lo miraban con la indiferencia que merece un hecho natural y lógico: a hierro moría quien a hierro había matado. Y el verdugo, negro también, sólo se preocupaba de la tardanza en despachar a su compañero. ¿A qué tanto aparato si el que moría no era más que un negro? («El buen amo»)

> El patíbulo *se había alzado desde el día anterior* fuera del pueblo, en el camino del río: alineadas allí las dotaciones de los ingenios circunvecinos, traídas para que presenciaran el saludable escarmiento, con resignado y estúpido silencio contemplaban aquel aparato de

que no se daban cuenta. Los jueces y la policía lo miraban con la indiferencia que merece un hecho natural y lógico: a hierro moría quien a hierro había matado; y el verdugo, negro también, sólo se ocupaba de la tardanza en despachar a su compañero. ¿A qué tanto aparato si el que moría no era más que un negro? («Teodoro»)

En realidad, las dos narraciones se repiten casi al pie de la letra. Insisto en el casi, porque cabe mencionar otras diferencias importantes. Una de las menos significativas es, quizá, el recuerdo del negro Anastasio, también ejecutado en Güines, y que solo se menciona en «Teodoro.» Por otra parte, en «El buen amo,» la aparente simpatía de Calcagno con la víctima – cuyo crimen consistió en matar al mayoral que estaba usando la violencia contra su madre – se torna problemática; o para ser más exactos, racista, puesto que se incluye a sí mismo en el plural esclavista y racista de la primera persona:

¿Pero has notado Anselmo, con que criminal facilidad separamos a los miembros más íntimos de una familia?
¿Será que un resto de pudor impida a algunos amos castigar a los hijos en presencia de los padres, aunque no tengan derecho ni a murmurar? No; es porque los consideramos no como de otra raza sino de otra especie; el *vos omnes fratres estis* no reza con ellos, porque esas palabras divinas son sólo para la raza humana («El buen amo»).

El hecho mismo de dirigirse a Alselmo en ese nosotros, por fuerza los implica a ambos en el crimen de separar «a los miembros más íntimos de una familia.» Cierto que pasa, sin transición, a la tercera persona – «algunos amos» – pero solo para, inmediatamente después, reintegrarse los dos al ellos esclavista: «es porque *los consideramos* no como de otra raza sino *de otra especie*; el vos omnes fratres estis no reza con ellos, porque esas palabras divinas son sólo para la *raza humana*.»
La crítica de Camacho al sistema judicial de la colonia en Calcagno es más patente en «Teodoro» que en *Los crímenes de Concha*:

Cuando leía yo el proceso compadecía a Teodoro y a la Sociedad. La fría experiencia de los años empezaba a hacerme comprender que suele ser legal lo que no es lógico y suele lo ilógico ser ineludible. Comprendí por qué la justicia indulgente con los blancos negricidas, es inflexible con los negros blanquicidas, sin que se pueda culpar más que a las circunstancias de nuestro estado social.

¡Las circunstancias!... palabra salvadora que nos permite ser despiadados sin remordimientos. ¡Desgraciada situación la de una comunidad a la que está impedida la conmiseración so pena de poner en peligro su existencia.

Pero las apariencias son engañosas. Calcagno aprieta su argumento para justificar el rigor racista de la ley. Lo que «no es lógico» — castigar con mayor ensañamiento al *blanquicida* que al negricida — «suele ser legal,» pero este razonamiento «lógico,» resulta ser retorcido, puesto que se desvía para dar paso a otro que legitima la represión colonial contra el negro, libre o esclavo: «suele lo ilógico ser *ineludible*.» ¿Por qué «ineludible»? Porque el bien comunitario — los privilegios de la élite-comunidad blanca, su existencia misma — peligraría. Dicho de otra manera, el siempre invocado miedo al negro — veladamente o no — justifica que lo «lo ilógico» sea «ineludible.»

Y como consignará más tarde en *Aponte*, el espectáculo de la ejecución de un negro era calculado como didáctica del terror encaminado a paralizar por el miedo: «las dotaciones de los ingenios circunvecinos, traídas para *presenciar el saludable escarmiento*» («El buen amo,» «Teodoro»). Y: «sobre todo mucha gente de color que vienen a *presenciar el saludable escarmiento*» («Teodoro»). Calcagno no se anda por las ramas:

> De esa precipitación en los actos de justicia suele resultar la condena de algún inocente, pero *en todo caso era esclavo, si no era culpable podía serlo más tarde que a la culpa es natural que estén siempre dispuestos*; y además el *escarmiento que dejaba en los vivos pagaba bien el efímero dolor de haber muerto a un inocente* («Teodoro»).

El lector recordará que Calcagno le preguntó a Suárez y Romero en referencia a los negros: «¿Resistirían a los impulsos de una sangre ardiente, y a la propensión a excesos?» Poco importaba que no se impusiera «lo lógico» si de todas maneras, por su «sangre ardiente» y «propensión a los excesos» el negro que no era culpable podía serlo después. Como afirma sin demora:

> Para el africano homicida no hay circunstancias atenuantes. Tenemos que imponer silencio a la conciencia, y más, herir pronto y de un modo ostentoso; porque esa clase, sumida en la ignorancia y la abyección, necesita freno, ha menester prevenciones terribles, re-

cuerdo incesante y tangible de que si no sabemos ilustrar, sí sabemos a lo menos castigar.

Había que eliminar todo escrúpulo, y el castigo debía llevarse a cabo «de un modo ostentoso,» lo que vale decir espectacular. Se trataba de convertir las ejecuciones en espejos en los que los rebeldes pudieran verse a sí mismos, y se afirmara en ellos el «recuerdo incesante y tangible» de lo que iba a ocurrirles, si no ponían freno a su descontento. Recuerdo y tangible apelan aquí a la memoria, a una *memoria táctil* por la que la visión de la horca, del garrote, se convirtiera ella misma en *muerte anticipada*, como si cada esclavo tuviera que sentirse él mismo estrangulado, ahorcado.

Para concluir voy a detenerme en el lugar del propio Calcagno en las ejecuciones y en la representación de las multitudes que las presenciaban.

En «El buen amo» Calcagno mismo desaparece y el foco recae en la reacción de Suárez y Romero. Pero en «Teodoro» las cosas toman otro cariz. Según Calcagno, camino de la escuela decidió ir a «la fiesta.» Confiesa, además, que él, «confundido en la multitud, llevado por *invencible curiosidad*, caminaba, caminaba, en deseos de ver al monstruo, porque monstruo debía de ser...» Debe advertirse que, en el interior de la multitud, el autor – aunque hable en primera persona – se disuelve en ella, de manera que lo vemos, en efecto, (con)*fundido* con aquélla. La pregunta retórica - ¿sabía yo lo que hacía en aquella edad? – justifica lo que a todas luces emerge como fascinación con lo que estaba a punto de ver: «todos miraban con afán; yo con asombro y hasta con miedo: era una fascinación de terror la que remachaba mis pupilas sobre aquella puerta.» Era la puerta de la cárcel por la que sacarían al condenado. *Fascinación* y *terror* se funden en la experiencia visual: la una y el otro habían *remachado* sus pupilas sobre aquella puerta. Las pupilas remachadas traicionan el deseo de no perderse ni un detalle de la ejecución, sin dudas *ostentosa*. Al salir el reo, expresa Calcagno que «[l]a multitud se movió en pos» y «la ola [lo] *arrastró*.» Hasta aquí, como puede verse, él no consigue individualizarse. Su descripción del desfile del condenado convertido en espectáculo para la multitud solo toma la distancia necesaria para que pueda escribirla, pero él mismo está *perdido* en el oleaje, en los bandazos de la curiosidad, de la fascinación de los demás. Incluso puede afirmarse que mira con sus ojos y con los de los demás cuando afirma: «aquel rostro lívido, resaltando sobre la hopa blanca que lo envolvía como un sudario, era horrible de ver.» Ese rostro, «horrible de ver,» ¿no sugiere acaso los ojos del propio Calcagno remachados en él? ¿No hay aquí un remedo de la cabeza, «horrible de ver,» de Aponte, y que pone ante los ojos de sus lectores forzándolos a *ver*?

Sin embargo, hay un momento en que, en un vano deseo de individualización, Calcagno se refiere a «ese público *sediento* de espectáculo.» *Sediento* y *remachado*, ¿qué diferencia había? La distancia solo tiene lugar al fin cuando la mirada se zafa de la muchedumbre y la inspecciona. En este punto se solapan el cronista, el reformador social y el policía: «la multitud cubría el camino o engrosaba el acompañamiento; algunos trepaban las cercas; *vagabundos* aquí, *ociosos* más allá, *mendigos*, *billeteros*, y sobre todo *mucha gente de color*...» Pero, una vez más, la separación es artificiosa, y Calcagno en un momento de rara introspección, lo admite: «Cuando llegó al cadalso el escuadrón formó cuadro en [der]redor, yo me había detenido al extremo de la calle; *censuraba* en mi interior *a aquellos que veía ganosos de mirar*, *y yo miraba*.» Al intentar el corte, se corta él mismo; al rechazar el deseo de los otros, ve en ellos, como un espejo, el suyo propio. Para vencer ese deseo tiene que recular, dar marcha atrás: «No pude ver más: logré vencer *la fascinación que me dominaba*, y me fui hacia casa.» Esto hay que leerlo al revés. Solo regresando a su casa, Calcagno consigue vencer su fascinación. El triunfo sobre el deseo no ocurre *antes* de llegar a la casa, sino *después*.

No obstante, como ya dijimos, esto no le había impedido a Calcagno, sin embargo, ofrecer una visión despectiva de la multitud, toda vez que su propia individuación, como ya vimos, estaba seriamente comprometida. Por eso las calles estaban colmadas por un «*populacho soez* que *hormigueaba* por los portales, que se *apiñaba* en las esquinas, que miraba con impaciencia hacia allá...» Y luego, «el populacho soez que se aglomeraba...» Ahora bien, si recordamos lo dicho por el propio Calcagno, ese *populacho soez miraba hacia allá... hacia el mismo lugar* donde miraba él.


«El buen amo»

(A Anselmo Suárez y Romero)

A ti dedico este capítulo de mi novela ¡oh mi buen amigo Anselmo! A ti, hombre de conciencia que eres poseedor de esclavos y abolicionista. En verdad no veo por qué no se pueda ser a la vez lo uno y lo otro.- ¡Contradicción! gritarán los intransigentes.—¡Sarcasmo! Dirán los que sostienen que no se puede ser abolicionista sólo en principio.

¿Y por qué no?

¿Podemos los que estamos fuera del abismo comprender las causas que obliguen a un hombre a proceder contra sus principios y sus íntimas convicciones? Yo que ansío ver limpia la frente de mi patria, no me afanaría por ver libres tus negros. ¿Serían más felices no estando a tu lado? ¿Resistirían a los impulsos de una sangre ardiente, y a la propensión a excesos que hoy, morigerados por tu ejemplo, no echan de menos?

Tus negros te aman; ven en ti su mejor amigo, su más seguro protector. En su monótono canto bendice tu dominio el robusto africano que alimenta el trapiche, y canta tu alabanza el anciano guardiero que en su silencioso bohío, rodeado de sus nietos, lejos del mundo cuyos placeres y dolores ignora, ve resbalar pacíficos sus años sin deseos ni aspiraciones. Esclavo que desconoce el amor propio, que ignora lo que es la dignidad humana y sus derechos, no concibe estado más feliz que su estado, ni imagina goces más allá de sus sencillos goces. Que la pobreza no es siempre la desgracia, ni es la dicha a veces sino la carencia de sufrimientos. Así, sin duda, comprendió la esclavitud aquel venerable Las Casas que gestionó por ella para aliviar a los indios sus protegidos. Él no pensó que por un amo sensible, que hiciera felices a sus siervos habría millares en quienes el sórdido interés ahogaría todo impulso generoso.

Tus negros te aman: no hay para ellos más religión que el amor a su amo, y tal vez el adusto carabalí deplora que mucho antes la codicia europea no hubiera ido a arrancarlo de su vida imprevisora o indolente; porque a tu lado todo lo tiene, menos la libertad que no echa de menos.

Persuadir por el ejemplo, someter por la tolerancia, ganar la confianza, por medio de la longanimidad y sufrir en silencio; tal es tu situación, tal revelan tus escritos que no todos comprenden. Esas campiñas que deleitan, toda esa poesía cubana que embriaga, a ti te hace llorar, porque junto a un paraíso físico contemplas un horrible mundo moral.

¡Es tanto lo que un alma como la tuya debe sufrir! Aún recuerdo [siempre estará presente en mi memoria] aquel día que juntos en este pueblo de Güines, vimos pasar rodeado de siniestro cortejo al negro Teodoro que iban a ajusticiar por homicida: su cara adusta, sin ferocidad, no revelaba una conciencia roída por el remordimiento: de sus ojos insomnes no parecía brotar ninguna chispa de odio: escuchaba, sin comprenderlas, las exhortaciones que le dirigía el sacerdote: parecía resignado, más que resignado, contento de morir. Sin embargo, aquel rostro lívido, resaltando sobre la blanca hopa[3] que lo rodeaba era horrible de ver. De vez en cuando alzaba la vista y la paseaba melancólicamente sobre la concurrencia, no con la altanería del gladiador ante el César. «Te Cæsar qui morituri salutant» decían aquellos: «A ti, sociedad injusta, el que va a morir te maldice», esa era tal vez la íntima expresión del reo.

En este callado pueblo, aquel era el suceso del día; al paso de la fúnebre comitiva algunas damas... (algunas sí, es cosa tan natural y tan común el dar garrote a un negro) algunas damas se asomaban al postigo para ver al que iba a morir, mientras una muchedumbre estólida se aglomeraba en las esquinas o engrosaba el acompañamiento: el patíbulo estaba fuera del pueblo, en el camino del Río: alineadas allí las dotaciones de los ingenios circunvecinos, traídas para presenciar el saludable escarmiento, con resignado y estúpido silencio contemplaban aquel aparato de que no se daban cuenta. Los jueces y la policía lo miraban con la indiferencia que merece un hecho natural y lógico: a hierro moría quien a hierro había matado. Y el verdugo, negro también, sólo se preocupaba de la tardanza en despachar a su compañero. ¿A qué tanto aparato si el que moría no era más que un negro?

Tú estabas nervioso, Anselmo, tu rostro palidecía, tus labios temblaban al hablar; el sonido de tu voz semejaba un gemido, lúgubre. Nunca te había visto tan conmovido.

Te acompañé hasta tu casa: te vi caer en un sillón y te oí exclamar:

—¡Ese desgraciado es inocente!

—¿Tú lo conoces?

—No.

—¿Cómo, pues, lo sabes?

—Lo dice su cara.

---

3    Como puede verse, ahora Calcagno escribe correctamente *hopa*.

Esto pasó el 23 de Junio de 1845.

Pues escucha lo que he sabido después: Teodoro no era inocente: yo he tenido ocasión de informarme de la sumaria, y lo que es esta vez todo marchó con rapidez, pero con orden: no fue el caso, bien común por cierto, de agarrar por los cabellos la ocasión de dar un escarmiento necesario. No; el reo estaba confeso: es verdad que hasta entonces había sido un trabajador sumiso y honrado, pero ¡era homicida!

También sé la causa de su delito: había sido vendida su madre, y si la iban a llevar.... ¿a dónde? a otro ingenio, es decir, a otro mundo, es decir, ¡para siempre! La desgraciada tenía allí sus hijos: ella rogó... ¿Quién oyó el ruego de una esclava? Lloró... ¿qué es el llanto de una esclava? Quiso resistir... la resistencia de una esclava es la brisa antojada de desquiciar una montaña. El mayoral la golpeó despiadadamente. Corrió la sangre de la pobre vieja, acudió Teodoro. Sin saber cómo, el machete del mayoral se encontró en su mano; sin saber cómo, aquel machete se alzó, giró, hirió; después... ¿qué hubo después? un mayoral expirando, una negra magullada, sangre de ambos mezclada en el suelo, un asesino que no huye, blancos que lo amarran, un proceso de cuatro días... un patíbulo... un escarmiento necesario. En todo esto no ves nada nuevo; lo único nuevo es el escribirlo. Quizás algún día haya algo más nuevo: el publicarlo.

¿Pero has notado Anselmo, con que criminal facilidad separamos a los miembros más íntimos de una familia?

¿Será que un resto de pudor impida a algunos amos castigar a los hijos en presencia de los padres, aunque no tengan derecho ni a murmurar? No; es porque los consideramos no como de otra raza sino de otra especie; el *vos omnes fratres estis*[4] no reza con ellos, porque esas palabras divinas son sólo para la raza humana. ¡Infelices! no tienen más amor que el de la familia, porque el mundo externo le es tan ingrato que lo detestan, y ese único amor les arrebatamos! Al comprar una *pieza hembra* la primer condición es que no traiga chiquillos que estorben.[5]

Y de cuántas desgracias y dolores fue causa esa perversa práctica: Teodoro es uno entre mil. Ahí tienes a la Concha Conga, heroína de mi historia.

Otro ejemplo es Macario, el hijo de mi heroína. Yo, movido por la curiosidad, he indagado su vida y encuentro algo de Teodoro en su

---

4    El precepto cristiano del amor fraternal.
5    Itálica en el original.

historia. De pocos años lloró a su madre, heredera y vendida por un sobrino de Ferreiro en la época del sitio: y él, poco después, fue vendido a un dulcero francés, hombre de buen carácter; pero que ignorante y desapercibido de las cosas de Cuba, lo echó a perder, porque le decía *usted*, le compraba zapatos y le toleraba el sombrero en su presencia. Permitíale en ratos de ocios ir a coger iguanas por las tunas del barrio de Campeche; correr en noches de Mayo, por las calles, en persecución de cocuyos o cazar patos en las lagunas de Hanovega, en el punto que ya el Conde de Ricla había fijado para Campo de Marte, o correr tras los bautismos y disputar a puñaladas los medios que arrojaban los padrinos» [...]

Francisco Calcagno. *Los crímenes de Concha. Escenas cubanas*. Escritas en Güines en 1863. Habana: Librería e Imprenta de Elías F. Casona, 1887, p. 70-75.

# «Teodoro»

Francisco Calcagno

¿Qué edad tenía tenía yo entonces? ¡ah! ¡no puedo recordarlo! Y es acaso lo único que he olvidado de aquel funesto día. Día en que me tentó el diablo, como dicen los que no hallan modo mejor de excusar una tontería.

Recuerdo que iba para la escuela y al oír la bulla en las calles, decidí correr novillos e ir a ver la fiesta.

Porque había fiesta aquel día en Güines ¡fiesta horrible! había una ejecución de justicia.

Por supuesto que el reo era un negro.

Por supuesto que el delito era haber matado al mayoral.

En este callado pueblo aquel era el suceso del día. Las calles estaban llenas de un populacho soez que hormigueaba por los portales, que se apiñaba en las esquinas, que miraba con impaciencia hacia allá... por donde debía aparecer el fúnebre cortejo. Asomadas a los postigos, para ver pasar al que iba a morir, algunas damas... damas, sí ¡es cosa tan natural y tan común el dar garrote a un negro!

Y yo también, confundido en la multitud, llevado por invencible curiosidad, caminaba, caminaba, en deseos de ver al monstruo, porque monstruo debía de ser, y caminando, caminando, fui hasta la calle de San Julián, donde estaba la cárcel en la que es hoy casa escuela municipal.

Era justamente la hora. La fila de soldados comenzó a brotar: todos miraban con afán; yo con asombro y hasta con miedo: era una fascinación[6] de terror la que remachaba mis pupilas sobre aquella puerta. ¿Sabía yo lo que hacía en aquella edad?

El reo al fin, vestido con la mortuoria [h]opa[7], salió entre las dos filas de bayonetas que brillaban con fulgor siniestro, junto a él, el

---

6    Calcagno escribe «bascinación,» palabra que no hemos podido encontrar en el diccionario. De ahí nuestra suposición de que debe tratarse de un error tipográfico que sustituyó la *f* por la *b*.

7    Loba o saco de los ajusticiados.

clérigo de reglamento; tras él el verdugo, seguían los hermanos de la Misericordia, sayones que simulaban rezar; el juez de la ejecución a caballo. Un escuadrón de policía precedía, otro cerraba la marcha, y el populacho soez que se aglomeraba...

El reo al salir paseó una mirada adusta e indiferente sobre la multitud, y sonrió con doloroso desdén al oír el murmullo de satisfacción que su aparición hizo brotar de la estólida muchedumbre que con febril impaciencia ahora se empinaba para ver mejor.

La multitud se movió en pos: la ola me arrastró. Jamás olvidaré la impresión que me hizo aquella cara. Yo soñaba un monstruo, me figuraba un tipo prognaz, innoble, repelente, ojos de hiena, dientes de caníbal; y lo que vi fue un rostro respetable, en que no se traslucía ferocidad ni revelaba una conciencia roída por el remordimiento.

¿Quién es el culpable? me pregunté al ver aquellos ojos insomnes de que no parecía brotar ninguna chispa de odio.

El desventurado escuchaba sin comprender las exhortaciones que le dirigía el sacerdote; creeríase que más que resignado estaba contento de morir... sin embargo aquel rostro lívido, resaltando sobre la [h]opa[8] blanca que lo envolvía como un sudario, era horrible de ver.

 Caminaba con paso firme y sereno, quizás con la impaciencia del que desea concluir una tarea enojosa. Sus brazos fuertemente atados a la espalda con un cáñamo cuya otra extremidad iba a parar a manos del verdugo que le seguía a tres pasos, se estremecían de vez en cuando haciendo retemblar todo su cuerpo. Su razón serena o extraviada no le impedía medir todo el horror de su situación: su mirada indiferente decía —¡Morir, en horabuena, pero todo ese aparato!

Que es en efecto horrible el aparato de los suplicios: esas bayonetas caladas, ese fúnebre tambor, ese escribano severo y enlutado, ese alguacil mayor de casaca entorchada y sombrero galoneado, ese clérigo que murmura frases de reglamento, esos sayones con su cruz negra de largo fuste y cortos brazos, esos hermanos de la caridad que la oración entonan de los moribundos, ese público sediento de espectáculo, todo es lúgubre, todo es horrible, aún para el indiferente. ¿Qué será para quien no lleva el consuelo de morir sin remordimientos?

El patíbulo se había alzado desde el día anterior fuera del pueblo, en el camino del río: alineadas allí las dotaciones de los ingenios circunvecinos, traídas para que presenciaran el saludable escarmiento,

---

8    Ver nota 2

con resignado y estúpido silencio contemplaban aquel aparato de que no se daban cuenta. Los jueces y la policía lo miraban con la indiferencia que merece un hecho natural y lógico: a hierro moría quien a hierro había matado; y el verdugo, negro también, sólo se ocupaba de la tardanza en despachar a su compañero. ¿A qué tanto aparato si el que moría no era más que un negro?

El reo besó repetidamente el crucifijo que un hermano de la buena muerte presentaba a sus labios, y la muchedumbre hasta allí impaciente, observó con imponente silencio. Le infundió piedad, al fin, aquella cara llena de serenidad sin jactancia, en que se pintaba sincera resignación. Algunos vecinos viejos recordaban la ejecución de Anastasio criollo,[1] porque Teodoro, como aquel, se asemejaba a uno de esos hombres de conciencia que en las borrascas humanas suelen morir víctimas de una causa santa. Se comprendió que aquel hombre podría merecer la muerte, pero no era un criminal común; era sin duda un empujado al delito. ¿Nacemos acaso con el don de cruzar sobre el lodo sin mancharnos? Pero si la conciencia pública perdonaba, era tarde para que la ley se ocupara de tales conmiseraciones: la vindicta reclamaba su presa: era blanquicida, ¡væ debilíoribus!

En tanto ya el cortejo brillaba sobre la campiña sonriente que

---

1    Nota de Calcagno: «Suprimido por la censura, lo mismo que el titulado «Teodoro,» se refundieron en la novela *Crímenes de Concha.*»§El autor narra de este modo, en una nota al final, la historia de Anastasio: §El hecho de Anastasio, que todavía recuerdan algunos antiguos vecinos a quienes lo hemos oído relatar, fue quizás el primer caso de ejecución en Güines, y prueba la deficiencia de los viejos sistemas. Este negro, criollo de excelente condición, fue al nacer declarado libre por su amo, pues ya la misma madre le había dado 12 piezas; pero creció en la finca y allí trabajaba y allí se casó con una esclava de la misma dotación.§Un día al entrar en su bohío encontró al mayoral, de quién ya sospechaba, y se atrevió a censurar su conducta en términos tan dignos que el mayoral tiró de su machete y el negro se defendió con su hierro de chapear.§Sucumbió el mayoral y Anastasio, escapando, se presentó a las autoridades de Güines, donde fue preso y sumariado. Entonces no había ni ferrovías ni vapores, y se demoraba meses una causa enviada a la Península.§El reo, cuyo buen carácter todos conocían, fue dedicado a trabajos de la cárcel, luego a mandadero del guardia, (pues no se decía alcaide) fue cayendo en olvido la sumaria, nadie se acordaba ya del hecho. ¿Quién no§confiaba en el buen Anastasio criollo? Un día pidió permiso para ver a su mujer; permiso que el guardia no le negó, y poco después, sin asombro de nadie, se le vio trayendo cargas de plátanos y frutas y ganar en este comercio tranquilamente su vida.§Más de seis meses habían pasado cuando de pronto por el camino de la Habana se presenta el verdugo con la sentencia y todo su funesto aparato,—«Es Anastasio! Vienen a ahorcar á Anastasio!,» se decían las gentes con espanto y conmiseración. El alcalde, condolido como todos, no tuvo más alternativa que ordenar el cumplimiento; pero ¿dónde estaba el reo? ¿cómo notificar la sentencia? El guardián dijo que se había metido a vendedor de plátanos, y que no venía a la cárcel más que a traerle un racimo que le regalaba algunas veces. Salieron los *comisionados* (policías que seguían y obedecían al alcalde) y al fin lo encontraron en el camino de Nombre Dios, trayendo pacíficamente su carga para el pueblo.§Allí lo prendieron para ponerlo en capilla.

ahora parecía enlutada: la multitud cubría el camino o engrosaba el acompañamiento. Algunos trepaban las cercas; vagabundos aquí, ociosos más allá, mendigos, billeteros, y sobre todo mucha gente de color que vienen a presenciar el saludable escarmiento. Allá, a lo lejos, asomadas a las ventanas, algunas señoras es decir, mujeres, no profanemos el nombre de señoras aplicándolo a esos bípedos con faldas que presencian las ejecuciones. Ya lo ha dicho alguien: en una ejecución de justicia la presencia de una mujer es inexcusable, es odiosa a no ser que venga a traer el perdón.

Cuando llegó al cadalso el escuadrón formó cuadro en [der]redor. Yo me había detenido al extremo de la calle. Censuraba en mi interior a aquellos que veía ganosos de mirar, y yo miraba. De pronto las dos filas empezaron a subir la escalera, vi la opa blanca que ascendía...

No pude ver más: logré vencer la fascinación que me dominaba, y me fui hacia casa, cabizbajo y meditabundo; pero a poco por el movimiento general comprendí que todo estaba consumado.

Las turbas comenzaron a disolverse en silencio, como si [estuvieran] avergonzad[a]s de haber asistido a semejante espectáculo.

El asesino estaba castigado.

La vindicta pública satisfecha.

¿Y la moral social?

## II

Mucho tiempo me duró la impresión de aquel aciago día: mi travesura de chiquillo engrosaba y se convertía en delito, hasta hacerme sentir remordimiento.

El ajusticiado envuelto en la hopa siniestra se me presentaba al dormir, se sentaba a la mesa, y cuando yo reía me miraba con su mirada de mártir.

Y él también parecía preguntar ¿quién fue el culpable?

Algunos años después, cuando registraba yo los archivos, reuniendo datos para mi *Historia de Güines*, cayó en mis manos una vieja causa criminal... la fecha, el suceso, los nombres... sí, ¡era el mismo! Comencé a ojear febrilmente. Quería saber el crimen de Teodoro;

quería persuadirme de su inocencia; pero desde las primeras páginas me llevé un desengaño.

Teodoro no era inocente. Lo que es esta vez, todo marchó con celeridad, pero con orden. No fue el caso, bien común por cierto, de agarrar por los cabellos la ocasión de dar un escarmiento necesario. No; el reo estaba confeso. Es verdad que hasta entonces había sido modelo de honradez y humildad; pero era homicida; había matado al mayoral del ingenio en que trabajaba.

Me enteré de la causa de su delito. Había sido vendida su madre y se la iban llevar... ¿a dónde? A otro ingenio, es decir, a otro mundo, es decir, para siempre! La desgraciada tenía allí sus hijos... Ella rogó, ¿quién oyó el ruego de una esclava? Ella lloró, ¿qué es el llanto de una esclava? trató de resistir[, pero] la resistencia de una esclava es la brisa antojada de desquiciar la montaña.

El mayoral la golpeó despiadadamente, corrió sangre de la pobre vieja. Acudió Teodoro, sin saber cómo el machete del mayoral se encontró en su mano, sin saber cómo aquel machete se alzó, giró, hirió... después... ¿qué hubo después? Un mayoral expirando, una negra magullada, sangre de ambos en el suelo; un homicida que no huye, blancos que lo amarran, ¿después? un proceso de cuatro días, una sentencia, un escarmiento necesario.

En todo esto no hay nada nuevo, lo único nuevo es escribirlo. Cuando leía yo el proceso compadecía a Teodoro y a la Sociedad. La fría experiencia de los años empezaba a hacerme comprender que suele ser legal lo que no es lógico y suele lo ilógico ser ineludible. Comprendí por qué la justicia indulgente con los blancos negricidas, es inflexible con los negros blanquicidas, sin que se pueda culpar más que a las circunstancias de nuestro estado social.

¡Las circunstancias!... palabra salvadora que nos permite ser despiadados sin remordimientos. ¡Desgraciada situación la de una comunidad a la que está impedida la conmiseración so pena de poner en peligro su existencia. Para el africano homicida no hay circunstancias atenuantes. Tenemos que imponer silencio a la conciencia, y más, herir pronto y de un modo ostentoso; porque esa clase, sumida en la ignorancia y la abyección, necesita freno, ha menester prevenciones terribles, recuerdo incesante y tangible de que si no sabemos ilustrar, sí sabemos a lo menos castigar.

De esa precipitación en los actos de justicia suele resultar la condena de algún inocente, pero en todo caso era esclavo, si no era culpable podía serlo más tarde que a la culpa es natural que estén siempre dispuestos; y además el escarmiento que dejaba en los vivos pagaba bien el efímero dolor de haber muerto a un inocente.

Yo leí, yo devoré la sumaria. En cinco días todos los trámites judiciales se habían cumplido: careo, pruebas, contrapruebas, declaraciones, revisión de antecedentes, méritos procesales, nada se había omitido. Todo estaba en orden, todo estaba en regla.

Sin embargo, cuando concluí la lectura me volví a preguntar:

¿Quién fue el culpable?

Francisco Calcagno. «Teodoro.» *Recuerdos de ayer*. Habana: Imprenta El Pilar, 1893, pp. 83-92.

# CONSPIRACIÓN DE APONTE

José de J. Márquez

Revista cubana. Periódico de ciencias, filosofía, literatura..., Volumes 18-19

El año 1812 forma época memorable en la historia de la isla de
Cuba. Tuvimos una Constitución sancionada en la Península y puesta
en ejecución, con lamentables alteraciones en la colonia, sujeta desde
la conquista al gobierno de leyes especiales y al criterio de sus gober-
nantes.[2] Necesario era para completar el cuadro de calamidades, establecer en dicho año el pernicioso e inmoral juego de Lotería, en oposición a las leyes que desde antaño condenaban toda clase de rifa.
También obtuvo el Ayuntamiento de la Habana el tratamiento de Excelencia, sea dicho esto sin ofensa, si lo incluimos entre el número do
las calamidades. A todos estos males agregamos la funesta *conspiración*
de Aponte, castigada con mano fuerte, y por apéndice, los destrozos
de un huracán que visitó a esta isla el 14 de Octubre.

Las noticias que llegaban de la América española no eran por
cierto halagüeñas. Fijábanse las miradas en México, más que en las
otras posesiones americanas. La prensa habanera de esa época de calamidades para el gobierno, llenaba sus columnas con relaciones que,
aunque disfrazadas, venían a robustecer la creencia de la pérdida del
poder de España en el continente americano.

Dice un historiador:—«Los negros y mulatos que sabían leer se
enteraban de las noticias que llegaban de Cádiz, y se alegraban de
cuanto pasaba, porque así veían más próxima la desaparición de la
raza blanca, cometiéndose atropellos entre los mayorales y los dueños
de fincas.» En cambio los blancos, sin fijarse en las maquinaciones de
la raza negra, trabajaban en las Logias masónicas y en el Club revolucionario, por seguir el camino o la marcha trazada por los
mexicanos y demás patriotas de Sur-América.

---

2   Denotado el régimen constitucional en la Península al regresar Fernando VII de
    Francia, se dieron las más estrictas órdenes para su derogación en Cuba. Decreto de 4
    de Mayo de 1814.

Y, para dar una idea exacta del sistema de publicación de esa época, nos basta dar a conocer la siguiente noticia recibida del antiguo imperio de Moctezuma y que encontramos en un número del «Diario de la Habana» del año 1812; dice así:—«Con fecha 14 de febrero, decía el comandante de la sexta división del sur, don Francisco París, de haber efectuado *la prisión del sanguinario cabecilla Padre Talavera, que tenía título de mariscal en el ejército de los bandidos de Morales.*» Como se observará, los sublevados contra España han sido y serán siempre bandidos, y lo prueba el mote con que han sido bautizados Agüero, López, Armenteros y cuantos se han alzado en armas contra la dominación de España en esta Isla.

La isla de Cuba aparecía desatenta o descuidada de lo que pasaba en México y en otras localidades de la América, mostrándose aparentemente adicta al gobierno de Fernando VII, lo que valió el título de *Siempre fiel y Fidelísima*; y en prueba de esa fidelidad damos a conocer el siguiente aviso publicado en el «Diario de la Habana,» de 5 de Marzo de 1812.—«Sociedad Patriótica de Fernando VII—Que debe componerse de las señoras de la Habana, a imitación de la de Cádiz, aprobada por el consejo de Regencia para socorrer a los desnudos guerreros de la península.» Era necesario imitar en un todo a las señoras gaditanas, formando una sociedad, con el humanitario fin de una de las Obras de Misericordia, *vestir al desnudo*, ejerciendo a la vez un acto de verdadero patriotismo, firmando la invitación (1 de marzo) las señoras *Marquesa de Someruelos,—Marquesa de San Felipe y Santiago,— Catalina Manrique de Lara y Aguilar* y la *Condesa viuda de Buena Vista*.

Recolectábase dinero en toda la Isla por medio de suscripciones populares a favor del ejército español, y sin embargo, nadie sospechaba que en la Isla se tramaba una conspiración contra los esclavistas blancos. Creíase al negro incapaz de conspirar contra el blanco. En esa época era escasa la población de la Isla, pues el censo mandado a formar en 1810 dio el siguiente resultado:— 250,718 habitantes, que comparados con los que había en 1791, ascendente a 125,921, obtenemos un aumento en diez y nueve años, de 124,797 habitantes, contando la raza etiópica en los campos con una mayoría abrumadora.

Conocida es de todos la historia de la esclavitud en la Isla de Cuba, por cuya razón pasamos por alto toda clase de comentarios, sólo sí recordaremos, como el móvil que sirvió a los conspiradores, la tiranía con que eran tratados los esclavos que trabajaban sin descanso y sin esperanza de mejorar de situación, por aumentar las riquezas de sus amos. Justo era, y hasta lógico, que el oprimido pensase en salir de la tutela del opresor, y en este caso, a pesar de la censura de los contrarios, tenemos por justificadas las revoluciones que dimanan del orden social, siempre que éstas tengan por base el perfeccionamiento de la sociedad.

Desarrollábase la *Conspiración de los negros*, como la señalan algunos historiadores, en los momentos en que el pueblo elogiaba y aplaudía la conducta benévola y justiciera del Capitán general de la colonia Sr. Marqués de Someruelos, cuyo mando en la Isla llegaba el 19 de Abril de 1812, a cumplir 12 años y 11 meses,[3] y deseando él justificar su parcialidad en el gobierno de la Isla decía en una alocución:—«si algún quejoso o agraviado, reconoce en mí alguna deuda olvidada, u otro resentimiento de cualquiera clase que sea, le suplico encarecidamente y por el amor que a todos profeso, se persone a manifestármela, seguro de que si resulta deuda, será satisfecha en el acto, y si de agravio, quedará también honrosamente indemnizado.» Hay que advertir, en obsequio a la verdad, que es la primera vez que un Gobernador de la colonia se expresa de esa manera.

Como se comprenderá, el Marqués de Someruelos hizo todo lo posible por no dejar enemigos en Cuba, pero esto no alejaba a los que conspiraban contra la odiosa institución de la esclavitud sostenida por el blanco. Muchos han juzgado al conspirador Aponte como el criminal más empedernido de Cuba, al extremo que, cuando se quiere comparar la magnitud de la maldad, se dice:—Es más malo que Aponte.

A pesar de la *tranquilidad* que existía en la isla, no sólo en los que gobernaban, sino en los que obedecían, se llevaba a cabo, en medio del silencio, una vasta conspiración dirigida por José Antonio Aponte, valiéndose de medios fáciles de propaganda, como la de que los negros eran libres merced a la intervención del gobierno británico, creencia que quedó arraigada en la sufrida raza hasta su emancipación por la ley votada en Cortes. Aponte y sus compañeros, según la versión histórica, llevaban la venganza, hasta la desaparición de la raza dominadora, y si seguimos lo que afirma un narrador, solamente se

---

3    Gobernó la Isla desde el 1 de Mayo de 1709 hasta el 14 de Abril de 1812. Después de haber sofocado la conspiración en los últimos días de su mando, fue relevado por el Teniente general de la armada, D. Juan Ruiz de Apodaca, Conde de Venadito. Dos fuertes ataques de gota y la inseguridad de los mares no le permitieron a Someruelos salir de la Habana hasta el 1 de Abril de 1813.

salvaban de la matanza las mujeres blancas, lo que nos parece un juicio en extremo exagerado. A pesar de todo, es de elogiar el secreto que guardaban los conspiradores, obedeciendo a ciegas las órdenes de su jefe. La conspiración se extendía por toda la Isla, y en particular por las jurisdicciones de Puerto Príncipe, Bayamo, Holguín, Baracoa y por algunas importantes fincas de los departamentos Central y Oriental, teniendo establecida en la Habana la Junta revolucionaria que comunicaba sus acuerdos por medio de emisarios a las juntas subalternas y éstas las trasmitían a los centros establecidos en los demás puntos de la Isla.

Descubierta la conspiración, aparece como uno de sus planes el incendio de las fincas azucareras, cafetales, potreros, vegas y sitios de labor, dando por resultado, la completa destrucción de la riqueza agrícola, y por tanto, la desaparición de los capitales que se empleaban en la compra de esclavos. El incendio del ingenio «Peñas Altas», a la vez que se efectuaban algunos levantamientos en determinadas fincas, y la muerte de varios blancos en las proximidades de Puerto Príncipe, Holguín y Bayamo, dieron el primer aviso que sirvió de alerta a las demás fincas azucareras. Hay que advertir, que tanto Aponte como sus compañeros, encontraron contrarios entre los suyos, y en gran número, como lo prueba la dotación del ingenio «Santa Ana» y de otras fincas que se pusieron al lado del blanco.

Refiriéndose a estos hechos dice un historiador: «Hubo asesinatos de mayorales y dependientes blancos, incendio de fincas y otros excesos deplorables antes de que llegasen las tropas y paisanaje armado a reprimirlas. Sublevóse buena parte de las dotaciones de los ingenios «Trinidad» y «Peñas Altas», pero antes que pudiera acudir destacamento alguno a sujetarlas, lo consiguieron los mismos negros de «Santa Ana» y de otros ingenios cercanos. No llevaban otras armas que los machetes usados en el trabajo del corte de caña.»

Alarmado el pueblo de Cuba, se unieron para combatir al elemento de color, destruyendo los planes de Aponte. Menciónanse como valerosos a los hijos del Camagüey, «hasta entonces fanáticos partidarios de Fernando VII, tales como los Betancourt, Agüero, Socarrás, Varona y Miranda (Zaragoza, tomo 1, página 255) contribuyendo muchísimo, más que la misma autoridad, a sofocar aquellos planes y a prender a los criminales denunciados por los mismos seducidos.»

Esparcida la noticia por el campo, pusiéronse a la defensa los dueños de fincas, castigando con *crueles azotes* a los esclavos que creían estar en connivencia con los conspiradores, pagando *justos por pecadores*, como acontece por lo regular en todas las revoluciones o guerras intestinas. Esto nos recuerda lo siguiente: En 1856, trabajando de maquinista el autor de este artículo en el ingenio «Santa Rosalía», en Macuriges, oyó decir a un negro contra-mayoral, refiriéndose al levantamiento citado lo que sigue: *Me cansé de dar azotes*. Este hombre, que se horrorizaba ante esa revelación, representaba la máquina patibularia en forma humana que se movía, como un autómata, a la voz de mando de su amo que no se *cansaba* en ordenar los azotes.

Fueron azotados en el Camagüey como en todas las comarcas del departamento Central y Oriental, centenares de negros, de los cuales sentenció también algunos a presidio la Audiencia del territorio. Los herreros y demás empleados en las fincas azucareras no daban abasto a la colocación de grillos, convirtiéndose las citadas fincas en departamentos o *colonias de presidiarios*.

Las cárceles eran pocas para contener a los *prisioneros o políticos de color*; necesario fue ocupar los calabozos de las fortalezas, conduciéndose a la Cabaña a los que aparecían como jefes, haciéndose cargo de la sumaria, para éstos últimos, el Oidor honorario D. Juan Ignacio Rendón y Dorsuna.[4]

El negro libre José Antonio Aponte era natural de la Habana, y según Calcagno en su *Diccionario Biográfico*, su oficio consistía en «haber sido sicario y raptor asalariado al servicio de algunos desordenados potentados de su época,» lo que no hemos podido encontrar confirmado en otros historiadores. Aparece que Aponte vivió por mucho tiempo en el barrio de Pueblo Nuevo, calle de Jesús Peregrino, y según La Torre, se le dio ese nombre a dicha calle por un retablo de la imagen de Jesús que tenía en su casa el ya citado Aponte, lo que demuestra que era en extremo católico y supersticioso.

Los afiliados a la conspiración, como hemos dicho, obedeciendo las órdenes del Jefe, lograron asesinar a algunos mayorales y dueños

---

4   A Rendón le tocó en 1810 y siguiente, la célebre causa de Manuel Rodríguez Alamán y Peña, considerado como emisario de José Bonaparte, y, sin embargo *de no encontrársele causa que lo justifique, fue condenado a muerte*, demostrándole el reo su gratitud antes de morir. Entre los pasajeros que venían de Norfolk, Estados Unidos, en el bergantín mercante «San Antonio», que ancló en la Habana por la tarde del 18 de Julio de 1810, se encontraba un joven mexicano; registrado el equipaje por D. Francisco Filomeno, criminalista, le encontró en un cofre varios *documentos que le comprometían*, pagando su falta en el patíbulo.

de fincas, incendiar algunas de éstas, extendiéndose desde «Peñas Altas» a los ingenios de Trinidad, así como por las cercanías de Jaruco, a pocas leguas de la Habana, y asiento, según afirman algunos, del cabecilla Aponte, lo que dio lugar a los castigos de azotes que se llevaron a cabo en los ingenios «Boloise,» «Viuda,» «San Juan de Dios» y cuantos más existen en las comarcas de Canasí, Aguacate, Jibacoa, Jaruco y demás lugares entre la Habana y Matanzas.

Ocupándose de esta conspiración dice la «Gaceta Diaria» de la Habana, Mayo 14 de 1812:—«El partido de Guamutas deberá ocupar una página muy señalada en la Historia de la Isla por la fatal ocurrencia de Peñas Altas, acaecida dentro de su territorio la memorable noche del 15 de Marzo, así como también por la bizarría y denuedo con que sus valientes moradores, arriesgando vida e intereses, castigaron la inaudita insolencia de aquellos malvados, que después espiaron en la horca su atroz delito.»

Entre los que lucharon contra los sublevados, aparece en primera línea D. Antonio Orihuela, mayoral del ingenio «Peñas Altas,» por su valor y serenidad ante el conflicto. Orihuela conocía el carácter y sentimiento de los que él gobernaba, y llevado de ese espíritu, reunió a la *dotación* y operarios del ingenio, y después de dirigirles una alocución adecuada al acto, los dijo a los negros: —«¿Qué será mejor muchachos, unirse a esos desenfrenados o derramar la sangre por Dios y por el amo?» A lo que contestaron: «Por Dios y por el amo!» Ante esa contestación, Orihuela se puso al frente de los que habían quedado fieles a su amo, y atacó a los amotinados, venciéndolos en la lucha. En vista de ese hecho histórico, [¿]podría afirmarse que los afiliados a la conspiración sabían lo que era ésta? ¿Tenían conocimiento exacto de la sociedad que combatían? Bien puede calcularlo hasta qué grado llegaría la ilustración de los que, a ciega se sacrificaban por *Dios y por el amo*. [¿]Era acaso para ellos el amo el único *Ídolo* que podía compararse a Dios? Esto nos recuerda un *catecismo*, cuyo autor no recordamos en este momento, que fue escrito expresamente para los esclavos de nuestras fincas, y en el que, descansaba el espíritu religioso, en la obediencia incondicional del amo para con el siervo.

Es de elogiar la conducta observada por el cura de Guamutas, D. Manuel Donoso, que con su palabra persuasiva logró reducir a muchos a la obediencia. Lo que demuestra la poca fe que abrigaban los conspiradores en el triunfo de sus ideales.

El Gobierno tuvo muy buenos auxiliares en los Capitanes pedáneos o de Partido, y Cabos de rondas, quienes unidos a los vecinos, armados en su mayoría de machetes y pistolas, lograron reducir a prisión a casi todos los sublevados y jefes de la conspiración.

José Antonio Aponte y ocho de sus cómplices fueron conducidos por cordillera de la Habana y encerrados en la fortaleza de la Cabaña. Aprovechamos esta oportunidad para una rectificación: Según Calcagno en su *Diccionario Biográfico*, la sentencia que condenaba al conspirador Aponte y a sus cómplices a la horca, se ejecutó en Mayo, encargando Apodaca de la sustanciación de esta ruidosa causa al Ldo. Rendón, cuando el *Manifiesto* dirigido al pueblo está firmado por el Excmo. Sr. D. Salvador de Muro y Salazar, Marqués de Someruelos, tiene la fecha de 7 de Abril y la ejecución la de 9 del citado mes, como se verá más adelante. D. Juan Ruiz de Apodaca, Conde de Venadito, tomó posesión del mando de la Isla en 14 de Abril, cinco días después de la ejecución.

Puede decirse, que a la actitud del pueblo cubano se debió la tranquilidad de la Isla, pues en esa época era escasa la guarnición; además, la Isla atravesaba por una de esas situaciones económicas, en la que no alcanza lo recaudado para cubrir sus gastos. La Isla era entonces el crucero de las tropas que se dirigían y venían del continente suramericano en guerra contra el poder de España.

Comunicada la orden al Ldo. Rendón por el Marqués de Someruelos, pasó a la fortaleza de la Cabaña, de donde no salió basta la conclusión de la sumaria, necesitando próximamente dos meses, lo que le valió a Rendón dos títulos que vino a recibir su viuda doña Merced de las Nieves de Suazo.[5]

Siguiendo las distintas versiones de los historiadores, pudo el general Someruelos haber sofocado la conspiración antes que estallara, ahorrándose el derramamiento de sangre; pero su dilación dio tiempo suficiente para que se realizara el levantamiento de Peñas Altas. Veamos lo que dice Pezuela en su «Historia de Cuba.»

«Rondando Someruelos cierta noche por los arrabales, paróse silencioso junto a una choza de madera y guano, en la barriada de Jesús María. Detuviéronle palabras pronunciadas dentro de la estancia. Se referían nada menos que al día y a los lugares en que habían los negros de sublevarse contra los blancos.

---

5    El de marquesa de Rendón y vizcondesa de Peñas Altas, conferidos en 1839.

«Eran como las dos de la madrugada y trataban el diálogo dos negros, muy ajenos de presumir que los estuviesen escuchando. Después de comprender lo suficiente para averiguar todo lo demás, mandó el general que los prendieran e incomunicaran.

«Desde los primeros interrogatorios se descubrió que un negro libre, de resolución y travesura, llamado José Antonio Aponte, se disponía a realizar sus esperanzas de ser otro Toussaint en Cuba.» (Tomo 3, págs. 427 y 428).

«Tan triste, aunque tan saludable y juiciosamente conducido fue el último episodio del gobierno del Marqués de Someruelos, el más largo de cuanto contó en Cuba (Pezuela, tomo 3 pág. 429).

El «Diario de la Habana», miércoles 13 de Mayo 1812, número 644, publicó unos versos, de 25 estrofas, compuestos por una señorita de la entonces villa de Puerto Príncipe, en honor del Teniente coronel de ejército y Teniente gobernador de la citada villa y su jurisdicción, D. Francisco Zedano, por haber librado al Camagüey, con sus disposiciones, el que hubiere tomado mayores proporciones la conspiración.

El siguiente Manifiesto expedido por el Sr. Marqués de Someruelos, nos da a conocer los resultados de la conspiración dirigida por José Antonio Aponte.

## Manifiesto.

«D. Salvador José de Muro y Salazar, marqués de Someruelos, Teniente general de los reales ejércitos, presidente de la Real Audiencia que reside en la villa de Puerto Príncipe, Capitán general de la Isla de Cuba y de las provincias de las dos Floridas y gobernador político y militar de la plaza de la Habana etc.

«Nada puede ser ciertamente tan sensible para la Isla de Cuba, como el alterar a sus habitantes la tranquilidad de que han gozado hasta el presente. Por fortuna no se había experimentado hasta ahora más que quietud, respeto y subordinación en las personas dedicadas exclusivamente al fomento y consolidación de la agricultura, industria y comercio, que con no pequeño asombro de los extranjeros y nacionales se sostienen y aumentan en nuestros campos y nuestros puertos; pero por desgracia ha tenido alguna alteración en estos días tan pacífico y feliz estado en los términos de Puerto Príncipe, Bayamo, Holguín y con mayor exceso en las inmediaciones de esta capital, que aunque despreciable para imponer y consternar al gobierno y habitantes pacíficos, no ha dejado sin embargo de causar graves daños. Entre ellos se cuenta el incendio del ingenio titulado «Peñas Altas» y la muerte de algunos sujetos, cometidas en los primeros momentos del desorden, que no siempre es posible precaver e impedir, particularmente en los campos, por más extraordinaria que sea la vigilancia de los jefes. Las providencias que cada uno ha dictado en su respectivo territorio, cortaron en su origen y antes de principiar, se consumaran los atentados desastrosos que proyectaban algunos esclavos de aquellas villas y las que expidió este superior gobierno me hacen expresar, que contendrán por siempre los fatales daños, que se experimentaron y harán desaparecer los contagios, que pueden haber causado las ideas revolucionarias, que abrigaban un cortísimo número de individuos. En fuerza de tales disposiciones se ha conducido a una de las fortalezas de esta plaza, porción de personas sospechosas, y habiendo comisionado para formalizar las correspondientes indagaciones y procesos al señor Oidor honorario D. Juan Ignacio Rendón, auxiliado de los tres letrados de mi confianza, han desempeñado a mi satisfacción tan penoso, grave y complicado encargo. Puestas las causas en estado claro y convincente de las culpas de cada uno: y creyendo dicho señor que sin pasar adelante podía tomarse alguna deliberación, convoqué una junta compuesta de los referidos cuatro letrados, y de los señores oidores, decano de la Real Audiencia del distrito, D. José Antonio Ramos, y teniente gobernador D. Leonardo del Monte, para que inspeccionados los procesos en mi presencia me consultasen lo conveniente. Habiéndose verificado así, y teniendo en consideración la gravedad de los crímenes cometidos, la urgente necesidad de imponer sin demora un pronto y ejemplar castigo, que asegure para lo adelante la quietud pública perturbada, las circunstancias particulares de esta Isla y otros graves fundamentos largamente discutidos, fueron de unánime parecer que el estado actual del juicio debía imponerse la pena capital a los reos convictos y confesos; con cuyo dictamen me conformé y en su virtud sufrirá la de horca José Antonio Aponte, Clemente Chacón, Salvador Ternero, Juan Bautista Lisundia, Estanislao Aguilar, Juan Barbier, Esteban, Tomás y Joaquín, los seis primeros libres y los otros tres últimos es-

clavos de la dotación del ingenio «Trinidad». Que por consiguiente
desenvainada la espada de la recta y severa justicia contra los demás
reos comprendidos en este procedimiento y otros que se descubran en
lo sucesivo, que serán también juzgados por trámites extraordinarios
y restrictos con la inflexibilidad y justificación que exige la salud pública. Tiemblen pues los malvados, que abriguen en sus corazones tan
infernales ideas, y escarmienten a la vista de los desgraciados, que van
a presentar en el patíbulo un espantoso ejemplo de la suerte que les
espera, si pretenden como ellos alterar el profundo sosiego y recomen-
dable orden conservado hasta ahora con general aplauso y pública estimación, pues son incalculables los recursos del gobierno y los que
prestará el honrado vecindario en todas sus clases para aniquilar en
un solo momento los necios y temerarios que aspiran al loco empeño
de comprometer la tranquilidad pública.

Mas estas verdaderas y terribles amenazas no tienen otro carácter,
que la de una prudente amonestación a un corto número de individuos, pues estoy muy distante de creer que la semilla de la discordia
e insubordinación esté sembrada generalmente ni aun entre la gente
más ínfima. Por lo contrario vivo plenamente convencido de que en
la lealtad de nuestros esclavos, tenemos unos compañeros inseparables
de nuestras vicisitudes políticas y veo en lo actuado un extraordinario
gusto, que a la resistencia de los adictos del ingenio «Santa Ana», que
tendrán su premio, se debe principalmente que no hayan progresado
los incendios y otros horrorosos excesos concebidos con anticipación
y principiados a ejecutar por unos pocos malévolos. Nuestros siervos
son y serán siempre obedientes a las leyes y al imperio de la raza, para
no verse manchados con feos crímenes y expuestos a sufrir un ignominioso suplicio. Tal es el fruto que cogen de su ambición los reos
libres indicados, y tal es también el de haberse prestado los esclavos a
un criminal proyecto, seducidos por falsas y halagüeñas noticias y promesas, reducidas a que las supremas actuales Cortes extraordinarias
de la nación, habían decretado su libertad y que el gobierno de esta
Isla les ocultaba tan importante gracia. Esta fue la principal especie
con que se procuró trastornar la antigua y bien acreditada sumisión
de los siervos, y que arrastraron efectivamente algunos de los ingenios
de «Trinidad» y «Peñas Altas,» sin tener otro dato ni antecedente que
en el fatuo y acalorado cerebro del moreno José Antonio Aponte y de
algunos otros que embaucados con sus torpes y risibles cálculos, aspi-

raban a saciar su estúpida ambición con honores y empleos a la sombra de aquel fantástico rey. Es por lo mismo absolutamente necesario, que se les desimpresione acerca de la creída extinguida esclavitud, manifestándoles francamente que no hay ni hubo semejante libertad, ni orden superior, que tenga la menor relación con este particular, valiéndose para el efecto sus respectivos dueños, de los medios más prudentes y proporcionados, demostrándoles convenientemente ser imposible la ocultación de semejante pretendida gracia si realmente existiese, estando prevenido en modernas reales órdenes que dentro de tercero día se ejecuten cuantas se comuniquen, bajo la pena de suspensión de empleo; y que todo cuanto se les ha dicho es una impostura maquinada por los enemigos de la paz y del orden. Hágaseles entender también los acaecimientos subversivos indicados, los progresos que han tenido y justo castigo que van sufrir y sufrirán sus autores, para que les sirva de escarmiento ejemplar; pues esta conducta sencilla y verdadera es ya más oportuna que el consecuente silencio observado hasta aquí, y muy a propósito para disipar las equivocadas y ponderadas noticias que a espaldas de sus dueños, habrán subrepticiamente adquirido. Amonésteseles asimismo para que desestimen y desprecien todo aviso y consejo de personas, que no merezcan entera confianza de sus amos e inmediatos corporales, y éstos velen con incesante cuidado la conducta y opiniones de cuantos transiten y se detengan en los fundos de su cargo, delatando a las inmediatas justicias cualquiera sospecha que conciban de ellos, con relación a la tranquilidad de los esclavos de su cargo; asegurándoles desde ahora que deponiendo mi natural compasión y sensibilidad seré inflexible y riguroso en el condigno castigo de los que directa o indirectamente viertan especies, que alarmen o puedan alarmar a dichas gentes, creciendo la pena a proporción de las circunstancias del delincuente, y sobre cuyo particular tengo tomadas y tomaré nuevamente las providencias más exquisitas para asegurar el futuro sosiego.

«En vista de todo lo expuesto, que se halla arreglado exactamente al mérito de las actuaciones formadas, se desimpresionará el público del extraordinario valor y suma trascendencia dados a este asunto, que no pasó del conocimiento de unos pocos, sin plan concierto, auxilio, ni apoyo alguno de naturales ni extranjeros. Todo ha sido una farsa ridícula y miserable, detestada altamente de los hombres libres de color, porque consideran agraviada su fidelidad y honradez, acreditada mil ocasiones, los proyectos subversivos de unos pocos de su clase. Es digna del mayor elogio esta delicadeza, que debe juzgarse extraordinaria, porque es constante que en todos estados y condiciones se encuentran individuos perversos que en nada perjudican a los buenos, y antes bien parece realzan sus virtudes. Todo está ya perfectamente tranquilo, y deben cesar por consiguiente las inquietudes infundadas, que causaron aquellos movimientos, mucho más cuando se están disponiendo reglamentos, que aseguren para adelante en los campos el útil reposo de sus habitantes.

«Resta únicamente anunciar a este respetable público, que para la mañana del jueves próximo (9 de abril), tengo destinada la ejecución de la sentencia referida, en el lugar acostumbrado, y que las cabezas de Aponte, Lisundia, Chacón y Barbier, serán colocadas en los sitios más públicos y convenientes para escarmiento de sus semejantes. Con esto quedará por ahora vengada la ofendida vindicta pública y el escándalo que han causado dichos reos a este tranquilo pueblo, que como siempre, espero use de la moderación que le es característica, y de que tiene dados repetidos ejemplares, guardando la más profunda quietud y silencio al tiempo de ejecutarse las referidas justicias, para que así se compruebe nuevamente que su ilustración, religiosidad y discernimiento, saben separar el horror del crimen de la justa compasión debida al miserable delincuente. Habana 7 de Abril de 1812.

El marqués de Someruelos.

Por mandato de su excelencia

Miguel Méndez.

En el «Diario de la Habana» del viernes 10 de Abril, número 611, tomo IV, encontramos la siguiente noticia:

Ejecucion de Justicia

«Ayer cerca de las ocho de la mañana fueron conducidos a sufrir la pena de horca José Antonio Aponte, Clemente Chacón, Salvador Ternero, Juan Bautista Lisundia, Estanislao Aguilar, Juan Barbier,

Esteban, Tomás y Joaquín, los seis primeros libres y los tres últimos esclavos de la dotación del ingenio titulado Trinidad todos reos convictos y confesos de haber proyectado perturbar la feliz tranquilidad, que reina en esta afortunada Isla,y causando los atentados desastrosos, que se indican en el *Bando* del Excmo. Sr. Presidente, gobernador y capitán general de 7 del actual, publicado en el Diario de anteayer.

«A las nueve y media ya habían recibido el condigno castigo que exigían sus crímenes y reclamaba la vindicta pública.— Para escarmiento de los malos se colocarán las cabezas de Aponte y Chacón en los barrios extramuros, donde tenían su residencia, la del primero a la entrada de la calzada de San Luis Gonzaga,[6] y la del segundo en el Puente Nuevo del Horcón;[7] las de Lisundia y Barbier en los ingenios «Peñas Altas» y «Trinidad.» La justicia se verificó con el mayor orden, dando este vecindario una nueva prueba de su instrucción y religiosidad.»

Réstanos decir, que por algún tiempo, en casi todas las fincas pertenecientes al radio castigado por la conspiración, mantuvieron con grillos a sus esclavos, hasta que la magnanimidad de algunos hacendados los hicieron desaparecer, aun con bastante lentitud.

*Revista Cubana*. Director: Enrique José Varona. Año X. Tomo XIX. Habana: Establecimiento Tipográfico "La Constancia," 1894., pp. 441-454.

---

6   Hoy de la Reina esquina á Belascoain.
7   Puente de Chavez.

# Obras Citadas

Advertencia: En la «Bibliografía activa» y «Pasiva» de Calcagno no hemos incluido, por razones obvias, los títulos incluidos en «Obras Citadas».

Agamben, Giorgio. *Homo Sacer. El poder soberano y la nuda vida*. Valencia: Pre-Textos, 2010.

Aguilera Manzano, José María. *La formación de la identidad cubana (el debate Saco-La Sagra)*. Sevilla: Consejo Superior de Investigaciones Científicas, Escuela de Estudios Hispano-Americanos, 2005.

Alcover y Beltrán, Antonio Miguel. *Bayamo su toma, posesión e incendio*. La Habana: Imp. La Australia, 1902.

Andioc Torres, Sophie. *La Correspondence entre Domingo del Monte et Alexander Hill Everett*. Paris: Editions L'Harmattar, 1994.

Arnao, Juan. *Páginas para la historia de Cuba*. La Habana: Imprenta La Nueva, 1900.

Bachiller y Morales, Antonio. *Apuntes para la historia de las letras y de la instrucción pública de la Isla de Cuba*. Tomo I. Habana: Imprenta de Massana, 1859.

Baquero, Gastón. «Tendencias de nuestra literatura» en *Polémica literaria entre Gastón Baquero y Juan Marinello* (1944). Prólogo de Amauri Francisco Gutiérrez Coto. Sevilla: Espuela de Plata, 2005., pp. 31-62.

Barcia Zequeira, María del Carmen y Manuel Barcia Paz. «La conspiración de la Escalera: el precio de una traición.» *Catauro* 3, enero-junio de 2001., pp. 199-204.

Bremer, Fredrika. *The homes of the New World: Impressions of America*. Volume 2. New York: Harpers & Brothers Publishers, 1853.

Brooks, Peter. *Reading for the Plot. Design and Intention in Narrative*. Oxford: Clarendon Press, 1984.

Buck-Morss. *Hegel y Haití. La dialéctica amo-esclavo: una interpretación revolucionaria*. Buenos Aires: Grupo Editorial Norma, 2005.

Calcagno, Francisco. *Aponte*. Barcelona: Tipografía de Francisco Costa, 1901.

_____. *Los crímenes de Concha*. La Habana: Librería e Imprenta de Elías F. Casona, 1883.

_____. *Diccionario biográfico cubano*. Edición facsimilar. Miami: Editorial Cubana, 1996.

Camacho, Jorge. «Negro y criminal: Los ñáñigos de Francisco Calcagno» en *Miedo negro, poder blanco en Cuba colonial*. Madrid-Verbuert: Iberoamericana, 2015. 163-93.

Cantos Casenave, Marieta. «Las mujeres en la prensa entre la Ilustración y el Romanticismo.» Biblioteca Virtual Miguel de Cervantes: http://www.cervantesvirtual.com/portales/maria_rosa_de_g alvez/obra-visor-din/las-mujeres-en-la-prensa-entre-la-ilus-tracion-y-el-romanticismo/html/dcd88ce0-2dc6-11e2-b417-000475f5bda5_47.html

Capentier, Alejo. *La música en Cuba*. México: Fondo de Cultura Económica, 2004.

Cartaya Cotta, Perla. *La polémica de la esclavitud. José de Luz y Caballero*. La Habana: Editorial de Ciencias Sociales, 1988.

Cepero Bonilla, Raúl. *Azúcar y abolición*. Barcelona: Editorial Crítica, 1976.

Childs, Matt D. *La rebelión de Aponte de 1812 en Cuba y la lucha contra la esclavitud atlántica*. Santiago de Cuba: Editorial Oriente, 2011.

Childs, Matt D. *The 1812 Aponte Rebellion in Cuba and the Struggle Against Atlantic Slavery*. North Carolina: The University of North Carolina Press, 2006.

Clemente Vázquez, Andrés. *Enriqueta Faber. Ensayo de novela histórica*. La Habana: Imprenta y Papelería La Universal, 1894.

Cluster, Dick and Rafael Hernández. *The History of Havana*. New York: Palgrave Macmillan, 2008.

*Cuadro Estadístico de la siempre fiel Isla de Cuba, correspondiente al año 1827*. Habana: Impresoras del Gobierno y Capitanía General, 1829.

Cué Fernández, Daisy. *Plácido el poeta conspirador*. Santiago de Cuba: Editorial Oriente, 2007.

De Humboldt, Alexander. *Ensayo político sobre la Isla de Cuba*. París: Casa de Jules Renouard, 1827.

De la Cruz, Manuel. «Francisco Calcago» en *Cromitos cubanos*. La Habana: Establecimiento Tipográfico La Lucha, 1892. 227-53.

De la Iglesia, Álvaro. *Cosas de antaño. Tercera serie de las Tradiciones cubanas*. Imp. Maza y Compañía, 1917.

De la Pezuela, Jacobo. *Diccionario Geográfico, Estadístico e Histórico de la Isla de Cuba*. Tomos 1, 2, 3. Madrid: Imprenta del Establecimiento de Mellado, 1863.

_____. *Ensayo histórico de la Isla de Cuba*. Nueva York: Imprenta Española de R. Rafael, 1842.

De la Torre, José María. *Lo que fuimos y lo que somos o la Habana antigua y moderna*. Habana: Imprenta de Spencer y Cía, 1857.

Esposito, Roberto. *Tercera Persona. Política de la vida y filosofía de lo impersonal.* Buenos Aires: Amorrortu Editores, 2009.

Ferrer, Ada. «Talk about Haiti. The Archive and the Atlantic's Haitian Revolution» in *Haitian History. New Perspectives*, edited by Alyssa Goldstein Sepinwall. New York and London: Routledge, 2013, pp. 139-56.

Fischer, Sybille. «The Deadly Hermeneutics of the Trial of José Antonio Aponte» en *Modernity Disavowed*. Durham and London: Duke University Press, 2004. 41-56.

Franco, José Luciano. *La conspiración de Aponte 1812.* La Habana: Archivo Nacional, 1963.

Friol, Roberto. «Prólogo sobre un eslabón polémico» en Francisco Calcagno. *En busca del eslabón*. La Habana: Letras Cubanas, 1983, pp. 7-23.

García Marruz, Fina. *Estudios Delmontinos.* La Habana: Ediciones Unión, 2008.

_____. *La familia de Orígenes.* La Habana: Ediciones Unión, 1997.

Goldberg, David T. *The Racial State.* Oxford: Blackwell Publishers, 2002.

Gómez, José Miguel. «Carta a Gonzalo de Quesada» en *Archivo de Gonzalo de Quesada. Epistolario* I. La Habana: Imprenta El Siglo XX, 1948., p. 215.

James, C. L. R. *Los jacobinos negros. Toussaint L'Ouverture y la revolución de Haití.* Madrid: Fondo de Cultura Económica, 2003.

Karras, Bill J. «Alexander Everett y Domingo del Monte: A Literary Frienship, 1840-1845.» *Caribbean Studies*, Vol. 18, No. 1/2 (Apr. - Jul., 1978). 137-148.

Lezama Lima, José. *Antología de la poesía cubana: Siglos XVII-XVIII.* Tomo I. Madrid: Verbum, 2002.

López Sánchez, José. «Ensayo Introductorio. El origen de la ciencia en Cuba» en Tomás Romay. *Obras* I. Biblioteca de Clásicos Cubanos. La Habana: Imagen Contemporánea, 2005, pp. 3-12.

Lugo-Ortiz, Agnes. *Identidades Imaginadas.* San Juan: Editorial de la Universidad de Puerto Rico, 1999.

Manzano, Juan Francisco. *Autobiografía del esclavo poeta y otros escritos.* Edición, introducción y notas de William Luis. Madrid-Vervuert: Iberoamericana, 2007.

Marrero, Leví. *Cuba: Economía y Sociedad.* VII. Madrid: Editorial Playor, 1992.

Márquez, José de J. «La conspiración de Aponte.» *Revista Cubana.* Vols. 18-19. 1893. 441-54.

Marmier, Xavier. *Cartas sobre la América*, vol. 2. México: Imprenta El Universal, 1851.

Martínez, Urbano. *Domingo del Monte y su tiempo*. Matanzas: Ediciones Matanzas, 2009.

Montalvo, José Ramón, Carlos de la Torre y Luis Montané. *El cráneo de Antonio Maceo (estudio antropológico)*. Habana: Imprenta Militar, 1900.

Montalvo y Morales, Rafael. *Memoria del presidio de la isla de Cuba correspondiente al año 1899*. Habana: Imprenta y Encuadernación El comercio, 1900.

Morales y Morales, Vidal, Carlos de la Torre y Huerta. *Nociones de historia de Cuba*. Habana: Imprenta La Moderna Poesía, 1904.

Moreno Fraginals, Manuel. *El Ingenio* 1. La Habana: Editorial de Ciencias Sociales, 2014.

_____. *El Ingenio* 2. La Habana: Editorial de Ciencias Sociales, 2014.

_____. *El Ingenio* 3. La Habana: Editorial de Ciencias Sociales, 1978.

_____. *Cuba/España, España/Cuba. Historia común*. Barcelona: Crítica, 2002.

_____. *José Antonio Saco. Estudio y bibliografía*. Las Villas: Universidad Central de las Villas, 1960

Ortiz, Fernando. *Hampa afro-cubana: Los negros brujos*. Madrid: Librería de Fernando, 1906.

Paquette, Robert L. *Sugar is Made with Blood*. Connecticut: Wesleyan University Press, 1988.

Pedroso Alés, Arturo A. «La Calle Obispo.» *Opus Habana*. 23 de abril de 2009: http://www.opushabana.cu/index.php?option=com_content&view=article&id=1644&catid=34:articulos-costumbrismo&Itemid=48

Pérez Beato, Manuel. «Respuestas.» *El Curioso Americano* 1-14. Habana, 1 de diciembre de 1892.

Peña González, Ernesto. *Una biblia perdida*. La Habana: Letras Cubanas, 2010.

Pichardo, Hortensia. «Reglamento de esclavos (1842)» en *Documentos para la historia de Cuba* I. La Habana: Editorial de Ciencias Sociales, 1973, pp. 318-26.

*Plan Maestro para la revitalización integral de la Habana Vieja*: http://www.planmaestro.ohc.cu/index.php/la-ciudad-historica/barrios

Poey, Felipe. *Memorias sobre la Historia Natural de la Isla de Cuba*. Tomo 2. Habana: Imprenta de la Viuda de Barcina, 1856-1858.

Ramírez, Serafín. *La Habana artística: Apuntes históricos*. Habana: Imprenta del Estado Mayor de la Capitanía General, 1891.

Rendón, Juan Ignacio. *Noticia biográfica del Señor Don Juan Ignacio Rendón y Dorsuna*. Madrid: Imprenta de Omaña, 1839.

Robreño, Eduardo. «El Muelle de Luz.» en http://www.lajiribilla.co.cu/2002/n77_octubre/lacronica.html

Sánchez Baena, Juan José. *El terror de los tiranos. La imprenta en la centuria que cambió Cuba (1763-1868)*. Castelló de la Plana: Publicacions de la Universitat Jaume, 2009.

Soto Paz, Rafael. *La falsa cubanidad de Saco, Luz y Del Monte*. La Habana: Editorial Alfa, 1941.

Villaverde, Cirilo. *Cecilia Valdés. Novela de costumbres cubanas*. Nueva York: Imprenta de El Espejo, 1882.

Victoriano Betancourt, Luis. *Artículos de costumbres y poesías*. Guanabacoa: Imprenta La Revista de Almacenes, 1867.

Vitier, Cintio. *Lo cubano en la poesía*. 2da ed. La Habana: Instituto del Libro, 1970.

Willis, Susan. «Crushed Geraniums: Juan Francisco Manzano and the Language of Slavery» en Twitchell, Charles T and Henry Louis Jr. Gates, editors. *The Slave's Narrative*. New York: Oxford University Press, 1985, pp. 199-224.

Zanetti, Oscar. *Historia mínima de Cuba*. México D. F.:El Colegio de México, 2013.

Zaragoza, Justo. *Las insurrecciones en Cuba*. Tomo primero. Madrid: Imprenta de Manuel G. Hernández, 1872.

# Francisco Calcagno

## Bibliografía activa

*Mesa revuelta. Colección de artículos de amena literatura, opúsculos, juicios críticos, historietas, novelas, folletines, revistas viejas y otras muchas cosas*, tomo 1, Est. Tip. La Antilla, La Habana, 1860.

*Escenas cubanas*, Güines, 1863.

*Mesa revuelta; o sea, Recopilación de composiciones antiguas y modernas; entre las cuales figuran picantes agudezas, cuentos, chistes, epigramas, chascarrillos, anécdotas & muy útiles para los enfermos, enamorados, perseguidos de los ingleses, amigos de los velorios & e indispensable para los que han llevado calabazas o que padecen de arranquitis*. Cuaderno tercero. Imprenta Militar: La Habana, 1863.

*Calcañotipos o sea retratos a la pluma, por un nuevo sistema de mi invención*. Imprenta La Antillana, Güines: 1864.

*Poesías del negro esclavo Narciso Blanco*, [¿La Habana?], 1864.

*Historia de un muerto y noticias del otro mundo*, Imprenta del Directorio, La Habana, 1875; 2ª ed.

*Historia de un muerto. Meditaciones sobre las ruinas de un hombre*, Casa Editorial Maucci, Barcelona, 1898.

*Uno de tantos. Novela cubana*, Imprenta del Avisador Comercial, La Habana, 1881; 2ª edición Romualdo. Uno de tantos, Est. Tip. El Pilar, La Habana, 1891; en *Noveletas cubanas*, Editorial de Arte y Literatura, Biblioteca Básica de Literatura Cubana, La Habana, 1974, p. 273-380.

*Y yo entre ellas. Ociosidad escrita hace mucho tiempo por un desocupado*, Imprenta de E. F. Casona, La Habana, 1885.

*El catecismo autonómico o la autonomía al alcance de todos*, Imprenta Obispo 34, La Habana, 1887.

*En busca del eslabón. Historia de monos*, Imprenta de S. Manero, Barcelona, 1888; Editorial Letras Cubanas, La Habana, 1983.

*El aprendiz de zapatero, Monólogo*, Imprenta El Pilar, La Habana, 1891.

*Apuntes biográficos del ilustre sabio cubano Tranquilino Sandalio de Noda*, Imprenta Galería Literaria, Matanzas, 1891.

*Las Lazo*, Imprenta El Aerolito, La Habana, 1893; 2ª ed. I., 1894; 3ª ed.

*Mina. La hija del presidiario. Novela cubana histórica*, Est. Tip. de J. Famades, Barcelona, 1896.

*Zanella* [Conferencia], Imprenta de Salvador Manero, Barcelona,1893.

*Don Enriquito. Novela histórica cubana*, Imprenta El Pilar, La Habana, 1895; 2ª ed.

*Un casamiento misterioso*. (Musiú Enriquito). Novela cubana, Casa Editorial Maucci, Barcelona, 1899.

*El emisario. Novela cubana*, Librería Ed. Maucci, Barcelona, 1896.

*S. I. Novela cubana histórica*, Est. Tip. de J. Famades, Barcelona, 1896; 2ª ed. Imprenta La Discusión, La Habana, 1916.

*La República, única salvación de la familia cubana*, Casa Editorial Maucci, Barcelona, 1898.

## Bibliografía pasiva

Instituto de Literatura y Lingüística de la Academia de Ciencias de Cuba. *Diccionario de la literatura Cubana* I. La Habana: Letras Cubanas, 1980., pp. 172-74.

Varona, Enrique José: «Notas editoriales: el Diccionario biográfico cubano», en *Revista Cubana*, 4: 568-571, La Habana, 1986.

_____ «Revista de libros. Nota sobre Los crímenes de Concha, por Francisco Calcagno», en *Revista Cuba*na, 7: 85, La Habana, 1888.

_____ «La novela cubana en el siglo XIX», en *Unión*, 6 (4): 189, La Habana, diciembre, 1968; en *Revolución, letras, arte*, Editorial Letras Cubanas, La Habana, 1980, pp. 412-440; en *Letras. Cultura en Cuba*, n. 6, Editorial Pueblo y Educación, La Habana, 1989, pp. 463-486.

Barrio, Adis: «La narrativa entre 1868 y 1898», *Historia de la Literatura Cubana*. Tomo I. La colonia desde los orígenes hasta 1898, Editorial Letras Cubanas, La Habana, 2002, pp. 469-504.